【臺灣現當代作家
研究資料彙編】21

姚一葦

國立台灣文學館
出版

主委序

近年來，臺灣文學創作與出版的旺盛能量，可說是國內讀者與華人文化圈有目共睹的事實；然而，文學之花要開得繁麗燦爛，除了借助作家們豐沛文思的澆灌，亦需仰賴評論者的慧眼與文學史料的積累。是以，國立臺灣文學館「臺灣現當代作家研究資料彙編計畫」第二輯的出版，格外令人振奮。

為具體展現臺灣現當代文學的發展與既有研究成果，奠定詳實、深入的臺灣文學史料基礎，國立臺灣文學館於 2010 年規劃並執行「臺灣現當代作家研究資料彙編計畫」，秉持堅毅而勤懇的馬拉松精神，在卷帙繁浩的文獻史料中梳理 50 位臺灣現當代重要作家的生平資料、年表、評論文章，各自彙編成冊，以期呈現作家完整的存在樣貌、歷史地位與影響。此計畫首先在 2011 年完成第一階段，包括賴和等 15 位作家的研究資料彙編，歷經將近一年的悉心耕耘，在眾人引頸期盼中，於 2012 年春天再度推出 12 位臺灣文學前輩作家：張我軍、潘人木、周夢蝶、柏楊、陳千武、姚一葦、林亨泰、聶華苓、朱西甯、楊喚、鄭清文、李喬的研究資料彙編。

這群主要出生於 1920 年代的作家，雖然時間座標相近，然因歷史軌跡、時代局勢與身處地域的殊異，而演繹出不同的生命敘事；無論成長於日治時期的臺灣，或是在 1949 年前後由中國大陸渡海來臺者，他／她們窮畢生之力，筆耕不輟，在詩、散文、小說、戲劇、兒童文學、文學評論等方面作出貢獻，共同形塑出臺灣文學紛繁多姿的面貌。

由於有執行團隊地毯式蒐羅及嚴謹考證，加上多位專家學者的戮力協助，我們才能懷抱欣喜之情，向讀者推介這一套深具實用價值的臺灣文學工具書，提供國內外關心、研究臺灣文學發展者參考使用；我們期待以此為基礎，滋養臺灣文學綻放出更為璀璨亮麗的花朵。

行政院文化建設委員會主任委員　龍應台

館長序

　　作家是文學的創作主體，他在哪些主客觀因素的影響下，走上了寫作之路？寫出了什麼樣的作品？而這些作品，究竟對應著什麼樣的心靈狀態以及變動中的客觀環境？一般所說的作家研究，即是要解答這些問題。進一步說，他和同時代，或同世代的其他作家之所作，存有什麼樣的異同？和前行代的作家之所作，又有什麼樣的繼承與創新？這些則是有關文學史性質的討論。著名的、重要的作家，從其自身的文學表現，到文壇地位，到文學史的評價，是一個值得全方位開挖的寶庫。

　　現當代臺灣文學的討論，原本只在文壇發生，特別是在文藝性質的傳媒上，以書評、詩話、筆記、專訪等方式出現；隨著這個文學傳統形成且日愈豐厚，出版市場日漸活絡，媒體編輯也專業化了，於是我們看到了各種形式的作家專（特）輯，介紹、報導且評論他的人和文學，而如何介紹？如何報導？如何評論？所形成的諸多篇章形式，竟也逐漸規範化：包括小傳、年表、著譯書目（提要）；人和作品的總論、分期和分類的作品群論、單一作品集和個別獨立文本的個論；其他更有比較分析，或與他人合論等，都有相對比較嚴謹的學術要求。

　　將臺灣現當代作家的研究資料加以彙編，應是文壇及學界很多人的期待。2010 年，在《臺灣現當代作家評論資料目錄》（16 開，8冊）的基礎上，國立臺灣文學館再度委託臺灣文學發展基金會組成

顧問群及工作小組，進行《臺灣現當代作家研究資料彙編》的工作，準備出版 50 位作家的研究資料彙編（一人一冊），第一批計 15 冊於 2011 年 3 月出版，包含賴和、吳濁流、梁實秋、楊逵、楊熾昌、張文環、龍瑛宗、覃子豪、紀弦、呂赫若、鍾理和、琦君、林海音、鍾肇政、葉石濤。我仔細看過承辦單位的期中、期末報告書，從其中的工作手冊、顧問會議的紀錄等，可以看出承辦諸君是如何的敬謹任事。

　　現在，第二批 12 冊也將出版，他們是：張我軍、潘人木、周夢蝶、柏楊、陳千武、姚一葦、林亨泰、聶華苓、朱西甯、楊喚、鄭清文、李喬。由於有工作小組執行資料的蒐集整理，且又由對該作家嫻熟者主編，各書都相當完整，所選刊的評論文章皆極富參考價值；我個人特別喜歡包含影像、手稿、文物的輯一「圖片集」，以及輯三的「研究綜述」，前者頗有一些珍品，後者概括性強，值得參考。這是臺灣文學研究界的大事，相信有助於這個學科的擴大和深化。

國立臺灣文學館館長　**李瑞騰**

編序

◎封德屏

緣起

1995 年 10 月 25 日，在臺灣師範大學教育大樓的 201 室，一場以「面對臺灣文學」為題的座談會，在座諸位學者分別就臺灣文學的定義、發展、研究，以及文學史的寫法等，提出宏文高論，而時任國家圖書館編纂張錦郎的「臺灣文學需要什麼樣的工具書」，輕鬆幽默的言詞，鞭辟入裡的思維，更贏得在座者的共鳴。

張先生以一個圖書館工作人員自謙，認真專業地為臺灣這幾十年來究竟出版了多少有關臺灣文學的工具書，做地毯式的調查和多方面的訪問。同時條理分明地針對研究者、學生，列出了十項工具書的類型，哪些是現在亟需的，哪些是現在就可以做的，哪些是未來一步一步累積可以達成的，分別做了專業的建議及討論。

當時的文建會二處科長游淑靜，參與了整個座談會，會後她劍及履及的開始了文學工具書的委託工作，從 1996 年的《臺灣文學年鑑》起始，一年一本的編下去，一直到現在，保存延續了臺灣文學發展的基本樣貌。接著是《中華民國作家作品目錄》的新編，《臺灣文壇大事紀要》的續編，補助國家圖書館「當代文學史料影像全文系統」的建置，這些工具書、資料庫的接續完成，至少在當時對臺灣文學的研究，做到一些輔助的功能。

2003 年 10 月，籌備多年的「台灣文學館」正式開幕運轉。同年五月《文訊》改隸「財團法人台灣文學發展基金會」，為了發揮更大的動能，

開始更積極、更有效率地將過去累積至今持續在做的文學史料整理出來，讓豐厚的文藝資源與更多人共享。

於是再次的請教張錦郎先生，張先生認為文學書目、作家作品目錄、文學年鑑、文學辭典皆已完成或正在進行，現在重點應該放在有關「臺灣現當代作家評論資料目錄」的編輯工作上。

很幸運的，這個計畫的發想得到當時臺灣文學館林瑞明館長的支持，於是緊鑼密鼓的展開一切準備工作：籌組編輯團隊、召開顧問會議、擬定工作手冊、撰寫計畫書等等。

張錦郎先生花了許多時間編訂工作手冊，每一位作家的評論資料目錄分為：

（一）生平資料：可分作者自述，旁人論述及訪談，文學獎的紀錄。

（二）作品評論資料：可分作品綜論，單行本作品評論，其他作品（包括單篇作品）評論，與其他作家比較等。

此外，對重要評論加以摘要解說，譬如專書、專輯、學術會議論文集或學位論文等，凡臺灣以外地區之報刊及出版社，於書名或報刊後加註，如中國大陸、香港、新加坡等。此外，資料蒐集範圍除臺灣外，也兼及中國大陸、香港、新加坡、日本、韓國及歐美等地資料，除利用國內蒐集管道外，同時委託當地學者或研究者，擔任資料蒐集工作。

清楚記得，時任顧問的學者專家們，都十分高興這個專案的啟動，但確定收錄哪些作家名單時，也有不同的思考及看法。經過充分的討論後，終於取得基本的共識：除以一般的「文學成就」為觀察及考量作家的標準外，並以研究的迫切性與資料獲得之難易度為綜合考量。譬如說，在第一階段時，作家的選擇除文學成就外，先考量迫切性及研究性，迫切性是指已故又是日治時期臺籍作家為優先，研究性是指作品已出土或已譯成中文為優先。若是作品不少而評論少，或作品評論皆少，可暫時不考慮。此外，還要稍微顧及文類的均衡等等。基本的共識達成後，顧問群共同挑選出 310 位作家，從鄭坤五、賴和、陳虛谷以降，一直到吳錦發、陳黎、蘇

偉貞，共分三個階段進行。

　　張錦郎先生修訂的編輯體例，從事學術研究的顧問們，一方面讚嘆「此目錄必然能成爲類似文獻工作的範例」，但又深恐「費力耗時，恐拖延了結案時間」，要如何克服「有限時間，高度理想」的編輯方式，對工作團隊確實是一大挑戰。於是顧問們群策群力，除了每人依研究領域、研究專長認領部分作家外（可交叉認領），每個顧問亦推薦或召集研究生襄助，以期能在教學研究工作外，爲此目錄盡一份心力。

　　「臺灣現當代作家評論資料目錄」專案計畫，自 2004 年 4 月開始，至 2009 年 10 月結束，分三個階段歷時五年六個月，共發現、搜尋、記錄了十餘萬筆作家評論資料。共經歷了三位專職研究助理，近三十位兼任研究助理。這些研究助理從開始熟悉體例，到學習如何尋找資料，是一條漫長卻實用的學習過程。

接續

　　「臺灣現當代作家評論資料目錄」的專案完成，當代重要作家的研究，更可以在這個基礎上，開出亮麗的花朵。於是就有了「臺灣現當代作家研究資料彙編暨資料庫建置計畫」的誕生。爲了便於查詢與應用，資料庫的完成勢在必行，而除了資料庫的建置外，這個計畫再從 310 位作家中精選 50 位，每人彙編一本研究資料，內容有作家圖片集，包括生平重要影像、文學活動照片、手稿及文物，小傳、作品目錄及提要、文學年表。另外每本書分別聘請一位最適當的學者或研究者負責編選，除了負責撰寫五千至一萬字的作家研究綜述外，再從龐雜的評論資料中挑選具有代表性的評論文章，全文刊載，平均 12～14 萬字，最後再附該作家的評論資料目錄，以期完整呈現該作家的生平、創作、研究概況，其歷史地位與影響。

　　由於經費及時間因素，除了資料庫的建置，資料彙編方面，50 位作家分三個階段完成。第一階段出版了 15 位作家，此次第二階段出版了 12 位作家的資料彙編。體例訂出來，負責編選的學者專家名單也出爐了，於是

展開繁瑣綿密的編輯過程。一旦工作流程上手，才知比原本預估的難度要高上許多。

　　首先，必須掌握每位編選者進度這件事，就是極大的挑戰。於是編輯小組在等待編選者閱讀選文的同時，開始蒐集整理作家生平照片、手稿，重編作家年表，重寫作家小傳，尋找作家出版品的正確版本、版次，重新撰寫提要。這是一個極其複雜的工程。還好有認真負責的宇需、雅嫻、建婷，以及編輯老手秀卿幫忙，讓整個專案維持了不錯的品質及進度。

　　在智慧權威、老練成熟的學者專家面前，這些初生之犢的年輕助理展現了大無畏的精神，施展了編輯教戰手冊中的第一招——緊迫盯人。看他們如此生吞活剝地貫徹我所傳授的編輯要法，心裡確實七上八下，但礙於工作繁雜，實在無法事必躬親，也只好讓他們各顯身手了。

　　縱使這些新手使出了全部力氣，無奈工作的難度指數仍然偏高，雖有第一階段的經驗，但面對不同的編選者，不同的編選風格，進度仍然不很順利，再加上整個進度掌控者雅嫻遭逢車禍意外，臥病月逾，工作小組更是雪上加霜。此時就得靠意志力及精神鼓舞了。我對著年輕的同仁曉以大義，告訴他們正在光榮地參與一個重要的文學工程，絕對不可輕言放棄。

成果

　　雖然過程是如此艱辛，如此一言難盡，可是終究看到豐美的成果。每位編選者雖然忙碌，但面對自己負責的作家資料彙編，卻是一貫地認真堅持。他們每人必須面對上千或數百筆作家評論資料，挑選重要或關鍵性的評論文章，全面閱讀，然後依照編選原則，挑選評論文章。助理們此時不僅提供老師們所需要的支援，統計字數，最重要的是得找到各篇選文作者，取得同意轉載的授權。在第一階段進度流程初估時，我們錯估了此項工作的難度，因為許多評論文章，發表至今已有數十年的光景，部分作者行蹤難查，還得輾轉透過出版社、學校、服務單位，尋得蛛絲馬跡，再鍥而不捨地追蹤。有了第一階段的血淚教訓，第二階段關於授權方面，我們

更是如臨深淵、如履薄冰，希望不要重蹈覆轍。

　　除了挑選評論文章煞費苦心外，每個作家生平重要照片，我們也是探高標準的方式去蒐集，過世作家家屬、友人、研究者或是當初出版著作的出版社，都是我們徵詢的對象。認真誠懇而禮貌的態度，讓我們獲得許多從未出土的資料及照片，也贏得了許多珍貴的友誼。遠在中國大陸的張我軍的長子張光正；潘人木的女兒黨英台及在她身後一直持續整理她的遺作及資料的周慧珠；陳千武的長子陳明台、後輩友人吳櫻；姚一葦的女兒姚海星；林亨泰女兒林巾力、兒子林于竝；遠在美國的聶華苓、女兒王曉藍；朱西甯的夫人劉慕沙、女兒朱天文；住得很近卻常常被我們打擾的鄭清文、女兒鄭谷苑；在苗栗的李喬，以及幫了很多忙的許素蘭……，我們和他們一起回憶、欣賞他們或父祖、前輩，可敬可愛的文學人生。

　　研究綜述部分，許俊雅敘述在中研院臺史所楊雲萍數位典藏建置完成後，她才讀到一封 1946 年 5 月 12 日張我軍在上海給楊雲萍的一封信，不僅感受到一位離家 20 年的臺灣遊子，熱切盼望返鄉的心情，也印證了張我軍與楊雲萍早在 1920 年代相識，1943 年再度於京都相逢。林武憲在〈縱橫於小說創作與兒童文學之間〉一文中，對潘人木研究資料的謬誤提出細部的更正及檢討，對她小說創作、兒童文學的貢獻及價值再度給予肯定；曾進豐寫周夢蝶，已超越一個學者的研究論述，情動於中而發為文，情理交融，令人動容。

　　林淇瀁論柏楊，短短一萬字，對其豐富的創作類型、多樣的文風、浩瀚如海的研究概述，鞭辟入裡；阮美慧揭示陳千武一生的文學志業及作品精神樣貌，讓陳千武那種質樸、更貼近普羅大眾語言風格的特殊價值彰顯出來；王友輝將姚一葦的研究分為「人、文、理、育」四方面來檢視、探索的同時，也充分顯示姚一葦一生春風化雨、提攜後進，並專注尋找自己創作和研究上新出路的特質。

　　呂興昌在〈林亨泰研究綜論〉中，特別舉出劉紀蕙〈銀鈴會與林亨泰的日本超現實淵源與知性美學〉一文所言：紀弦為林亨泰提供延續銀鈴會

現代運動的管道，而林亨泰則成為紀弦發展現代派的支柱，此觀察「可謂機杼別出，言人之所未言」；應鳳凰將聶華苓研究的三個時期，與聶華苓文學事業的三個時期，相互呼應與比較，也凸顯了聶華苓研究領域幅員遼闊，有待來者；陳建忠開宗明義即謂「朱西甯及其文學在臺灣當代文學史上的定位，仍有待重估」，當抽絲剝繭的評析朱西甯研究不同的研究路徑後，期待「朱西甯研究的進展，也實在到了朝更有彈性而務實的方向轉變的時機」。

　　須文蔚在〈唱出土地與人們心聲的能言鳥——臺灣當代楊喚研究資料評述〉一開始，就將 24 歲楊喚遇難當天驚悚的故事錄下，從此許多年輕早慧的心靈中，在閱讀楊喚天才的、靈巧的詩篇同時，也都記得了詩人早夭與不幸的命運。楊喚留下的作品不多，須文蔚認為他的作品得以傳世，除了友人的幫忙與努力，楊喚真誠的創作與動人的人格，應該是另一項重要的原因；李進益寫鄭清文，一句「他所有作品都在寫臺灣」，道盡鄭清文一生創作，所描繪與建構的文學世界，正是來自他立足的臺灣；彭瑞金在細分李喬研究概述後，輕輕帶上一筆「欲知李喬文學究竟，得閱讀近千萬字文獻」，真實反映出李喬評論及創作的豐盛，但他最終希望選文能「掌握李喬創作脈絡，反映李喬各階段的重要作品成果」。

　　1987 年 7 月臺灣解嚴，臺灣文學研究的風潮日漸蓬勃。1990 年 4 月 23 日，《民眾日報》策劃「呂赫若專輯」，標題為〈呂赫若復出〉；1991 年前衛出版社林文欽出版「臺灣作家全集・短篇小說卷・日據時代」；1997 年自真理大學開始，臺灣文學系所紛紛成立，臺灣文學體制化的脈動，鼓舞了學院師生積極從事日治時期臺灣文學史料的蒐集。這股風潮正如陳萬益所言，不只是文獻的出土，也是一種心態的解嚴，許多日治時期作家及其家屬，終於從長期禁錮的氛圍中解放。許俊雅認為，再加上當初以日文創作的作家作品，也在 1990 年代後被逐漸翻譯出來，讀者、研究者在一個開放的空間，又免除語文的障礙，而使臺灣文學研究開始呈現多元的風貌。

1990 年開始，各地縣市文化中心（文化局），對在地作家作品集的整理出版，以及台灣文學館成立後對日治時期作家以迄當代重要作家全集的編纂，對臺灣文學之作家研究，也有了很好的促進作用。《龍瑛宗全集》、《吳新榮選集》、《呂赫若日記》、《楊逵全集》、《葉石濤全集》、《鍾肇政全集》，如雨後春筍般持續展開。「臺灣意識」的興起，使本土文學傳統快速的納入出版與研究行列。

經過近二十年的努力，臺灣文學的研究與出版，也到了可以驗收或檢討成果的階段。這個說法，當然不是要停下腳步，而是可以從「臺灣現當代作家評論資料目錄」所呈現的 310 位作家、10 萬筆資料中去檢視。檢視的標的，除了從作家作品的質量、時代意義及代表性去衡量外、也可以從作家的世代、性別、文類中，去挖掘還有待開墾及努力之處。因此在這樣的堅實基礎上，這套「臺灣現當代作家研究資料彙編」，每位編選者除了概述作家的研究面向外，均有些觀察與建議。希望就已然的研究成果中，去發現不足與缺憾，研究者可以在這些不足與缺憾之處下功夫，而盡量避免在相同議題上重複。當然這都需要經過一段時間、去發現、去彌補，因此，有關臺灣文學研究的調查與研究，就格外顯得重要了。

期待

感謝台灣文學館持續支持推動這兩個專案的進行。「臺灣現當代作家評論資料目錄」的完成，呈現的是臺灣文學研究的總體成果；「臺灣現當代作家研究資料彙編」套書的出版，則是呈現成果中最精華最優質的一面，同時對未來的研究面向與路徑，做最好的建議。我們可以很清楚的體會，這是一條綿長優美的臺灣文學接力賽，我們十分榮幸能參與其中，我們更珍惜在傳承接力的過程，與我們相遇的每一個人，每一件讓我們真心感動的事。我們更期待這個接力賽，能有更多人加入。誠如張恆豪所說「從高音獨唱到多元交響」，這是每一個人所期待的。

編輯體例

一、本書編選之目的，為呈現姚一葦生平、著作及研究成果，以作為臺灣
　　文學相關研究、教學之參考資料。

二、全書共五輯，各輯內容及體例說明如下：

　　　輯一：圖片集。選刊作家各個時期的生活或參與文學活動的照片、著
　　　　　　作書影、手稿（包括創作、日記、書信）、文物。

　　　輯二：生平及作品，包括三部分：

　　　　　1.小傳：主要內容包括作家本名、重要筆名，生卒年月日，籍
　　　　　　貫，及創作風格、文學成就等。

　　　　　2.作品目錄及提要：依照作品文類（論述、詩、散文、小說、
　　　　　　劇本、報導文學、傳記、日記、書信、兒童文學、合集）及
　　　　　　出版順序，並撰寫提要。不收錄作家翻譯或編選之作品。

　　　　　3.文學年表：考訂作家生平所進行的文學創作、文學活動相關
　　　　　　之記要，依年月順序繫之。

　　　輯三：研究綜述。綜論作家作品研究的概況，並展現研究成果與價值
　　　　　　的論文。

　　　輯四：重要文章選刊。選收國內外具代表性的相關研究論文及報導。

　　　輯五：研究評論資料目錄。收錄至 2011 年 6 月底止，有關研究、論述
　　　　　　臺灣現當代作家生平和作品評論文獻。語文以中文為主，兼及
　　　　　　日文和英文資料。所收文獻資料，以臺灣出版為主，酌收中國
　　　　　　大陸、香港、日本和歐美國家的出版品。內容包含三部分：

　　　　　1.「作家生平、作品評論專書與學位論文」下分為專書與學位
　　　　　　論文。

　　　　　2.「作家生平資料篇目」下分為「自述」、「他述」、「訪談」、
　　　　　　「年表」、「其他」。

　　　　　3.「作品評論篇目」下分為「綜論」、「分論」、「作品評論目
　　　　　　錄、索引」、「其他」。

目次

輯一◎圖片集

影像◎手稿◎文物

1937年，姚一葦15歲自鄱陽初中畢業留影。（王友輝提供）

中學時期的姚一葦。（翻攝自《姚一葦》，臺北藝術大學）

高中時期的姚一葦（左二）與同學合影。
（王友輝提供）

就讀廈門大學的姚一葦（左一）、范筱蘭（右一）與同學合影。
（王友輝提供）

1946年，姚一葦（右）與范筱
蘭於廈門大學拍攝結婚照。
（王友輝提供）

1950年代初期，姚一葦（右一）與友人合影於永和竹林路寓所前。左起：葉泥、王幼薇、許國恆。（王友輝提供）

1959年，姚一葦全家合影於永和竹林路寓所。左起：姚錫齡、姚海星、范筱蘭、姚一葦、姚錫泰。（王友輝提供）

1960年，姚一葦（右）與范筱蘭於臺北市南海路國立藝術館觀賞舞臺劇「慾望街車」演出。（王友輝提供）

1966年，姚一葦（右）與葉笛（中）、尉天
驄（左）合影。（翻攝自《葉笛全集18・
資料卷二》，國家臺灣文學館籌備處）

1968年，姚一葦與其作品〈碾玉觀音〉改編成的電影「玉觀音」劇
組合影。左起：男主角陳耀圻、姚一葦、導演李行。（翻攝自《暗
夜中的掌燈者──姚一葦先生的人生與戲劇》，書林出版公司）

1974年，聶華苓返臺，於桃園國際機場與參加過愛荷華國際寫作計畫的臺灣作家
合影。左起：殷允芃、殷張蘭熙、Paul Engle、聶華苓、王禎和、林懷民、姚一
葦、瘂弦。（翻攝自《三生影像》，明報出版社）

1977年，姚一葦於中國文化學院授課時留影。（王友輝提供）

1978年，姚一葦與《文學評論》編輯委員合影。前排左起：葉慶炳、姚一葦、侯健；後排左起：楊牧、葉維廉。（翻攝自《暗夜中的掌燈者——是姚一葦先生的人生與戲劇》，書林出版公司）

1979年8月，姚一葦（右）應邀出席於奧地利因斯布魯克舉行的「第九屆國際比較文學會議」，與鄭樹森合影。（翻攝自《姚一葦》，臺北藝術大學）

1987年11月，姚一葦（右）劇作《紅鼻子》改編為日文版於
日本岐阜市公演，與日本導演小林宏（中）及曾執導此劇的
中國大陸導演陳顒（左）合影。（翻攝自《姚一葦》，臺北
藝術大學）

1989年，姚一葦（左）與施蟄存合影於上
海愚園路。（王友輝提供）

1989年，姚一葦（中）劇作《紅鼻子》於臺北國家戲劇院演
出，與男主角陳立華（右）及1970年首演時的男主角劉墉
（左）合影。（王友輝提供）

1990年，姚一葦（左）與賴聲川合影於國立藝術學院戲劇系第一屆畢業生陳立華、林麗卿的婚禮會場。（王友輝提供）

1990年，姚一葦（左）與妹妹姚鳳儀分隔52年後重逢，合影於盧溝橋上。（王友輝提供）

1991年，國立藝術學院由蘆洲遷至關渡，戲劇系學生使用師長大型魁儡遊行，姚一葦與其形象為本的大型魁儡合影。（王友輝提供）

1994年，姚一葦參觀巴黎羅浮宮博物館，留影於蘇格拉底、亞里斯多德頭像前。（王友輝提供）

1993年，姚一葦（左）參加「戲劇之旅」，與王友輝合影於四川。（王友輝提供）

1995年，姚一葦與劇作《重新開始》演員及幕後工作人員合影。前排左起：陳耀圻、姚一葦、馬汀尼；後排左起：劉亮佐、劉權富、楊惠如、葉子彥、王世信、靳萍萍。（王友輝提供）

1995年6月，姚一葦接受《中國時報》專訪，談論
執導的劇作《重新開始》。（王友輝提供）

1996年3月30日，姚一葦（左）頒聯合報「讀書人1995
最佳書獎」予施叔青。（翻攝自《暗夜中的掌燈者——
姚一葦先生的人生與戲劇》，書林出版公司）

1997年4月5日，姚一葦於75歲生日當天接受《聯合報》
副刊記者專訪，六天後與世長辭。（王友輝提供）

吉中期刊　　　20

春天

明滌

這又是春天了，這美麗而又溫和的氣節，她帶來了春的聲番和新生命的活力，在C城，我們生活得愉快，安逸，沒有改變，也沒有侵授，學校裏像平時一般照舊地上着課，然面當報紙傳來着失利的消息，我們全都會緊張，我再像平時那樣漠不關心的樣子，每天我們都拖着疲勞而又笨重的身體沈重的倒下來，教官紅着臉，巨大的手掌在空中揮動，我們會不討厭沈重的，生活似乎有了點改變，每天檢查都得到興奮和熱情，我們會使地槍枝，輕輕地撫摸他像撫摸着他自己，不時，我們會使地發出「拍」「拍」的巨響，這巨響驚醒了我們的四週，振勵到每個角落裏。

是，他有相的臂膀和鐵的意志，黑夜裏，他像燿火——這小的火焰——他散發出光明，散佈到很遠，很遙遠。

我最愛星，然面我永遠摸不着他的心，他沒有悲哀過，也從沒現出愛愁的臉，這樣的平靜，這樣的平靜，不靜得像一個溫和有禮的人，然面他有憤怒，也有悲哀這悲哀和憤怒藏在他心的深處有時他也像暴風雨箏出來他——前面展開着新的光明，我幾乎忘了星，然而我每天看着他，那平靜而又深沈的臉，不知是喜悅還是苦惱他單獨一個人走着，單獨一個人生活着，他幾乎沈默。

我戀愛着慧是一年前的事情，我愛她，我把整個的心獻給她，的確，我是忘了一切，我沒有悲哀，憂慮，恐懼感到空虛，我成為迷途的羔羊，我需要安慰，我需要溫暖。

「好龍！」我簡單的問答。

茫然地踏着這月色，這謝寂的夜，我緊緊倚着慧，我黑的頭髮，蓋看那清秀的臉。

一個晚上，慧飄然而來了，我看見他那明淨的眼，烏「明！出去走走」。

「啊！這一個沈毅果敢的哥薩克！」。的確，星的全身都表示出他的堅毅和勇敢，不時，我常常注意着星，那槍枝平靜地掛在廣闊的星的肩上。

然而，戰事緊急了，我們每個人的肩上背着槍枝，我近來我總是伴看着慧，我愛慧那明朗的臉，我要從慧那烏黑的眼睛裏找着新的安慰，我不願離開她，我不願再受那苦惱的侵擾。

國的政治經濟，我的確不明瞭，我對於他的讀書我也不明瞭，我幾乎把他看做一個「神祕的人」，他也看些關於政治經濟的書，似乎專心於近十年來中國的政治經濟的侵擾。有時讀着高爾斯華綏的爭鬥和正義，莫爾的烏托邦，他常常得不說一句話，他愛讀書，讀過很多很多的書籍，我看見他第一次他喜悅的臉，我贊美着又從槍枝上找到喜悅，不時，我常常注意着星，我看見他那明淨的眼，烏

我們默默地走着，默默地不說話，我們輕微地踏着草地，這是春夜，這俱有春夜的甜蜜，微風搖曳着她的頭髮。

1938年，以筆名明滌發表首篇小說〈春天〉於校刊《吉中青年》。（王友輝提供）

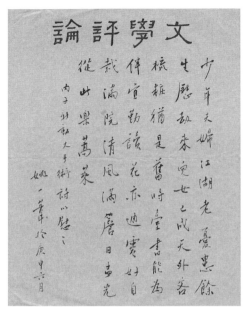

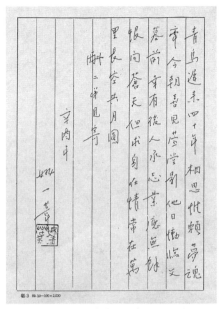

1980年6月，姚一葦為手術後的范筱蘭寫〈內子秋動大手術以詩慰之〉詩稿。（王友輝提供）

1981年，姚一葦致弟弟姚公騫詩稿。（王友輝提供）

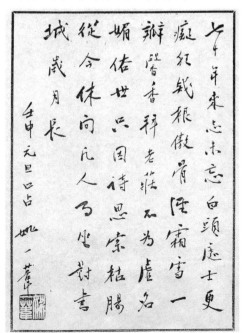

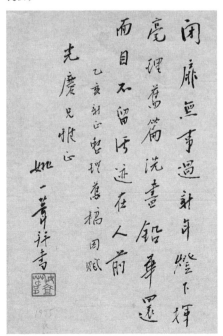

1992年1月1日，姚一葦詩稿。（王友輝提供）

1995年新春，姚一葦〈乙亥新正整理舊稿因賦〉詩稿。（王友輝提供）

姚一葦古詩〈無題〉手稿。（王友輝提供）

姚一葦致向陽信函。（向陽工坊）

姚一葦詩作〈丙戌中秋寄內〉手稿。（王友輝提供）

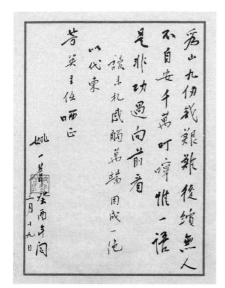

姚一葦致陳芳英詩稿。（王友輝提供）

姚一葦劇作《重新開始》劇本手稿。（王友輝提供）

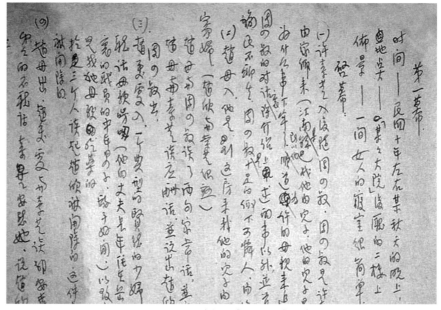

姚一葦劇作《風雨如晦》故事大綱手稿。（王友輝提供）

姚一葦「劇場藝術」授課講義手稿。（王友輝提供）

姚一葦「戲劇原理」授課講義手稿。（王友輝提供）

姚一葦〈啼鶯〉手稿。
（王友輝提供）

輯二◎生平及作品

小傳◎作品◎年表

小傳

姚一葦（1922～1997）

　　姚一葦，男，本名姚公偉，另有早期筆名姚宇、袁三愆，籍貫江西南昌，1922 年 4 月 5 日生於江西鄱陽，1946 年來臺，1997 年 4 月 11 日辭世，享年 75 歲。

　　廈門大學銀行系畢業。曾任福建長汀中學教師。來臺後於臺灣銀行歷任公庫部辦事員、公庫部省庫科副科長、公庫課課長、一等專員、研究員等職，並曾任教於臺灣藝術專科學校、中國文化學院，擔任「中國話劇欣賞演出委員會」主任委員。退休後參與國立藝術學院（現國立臺北藝術大學）建校事宜，任戲劇系主任、戲劇研究所教授及教務長。曾參與《筆匯》、《現代文學》、《文學季刊》等刊物的編務。1971 年至美國愛荷華參與「國際寫作計畫」。曾獲中國話劇欣賞演出委員會最佳編劇金鼎獎、中山文藝獎、聯合報文學特別貢獻獎、吳三連文藝獎等獎項。

　　姚一葦創作文類有論述、詩、散文、劇本及翻譯等。自言「劇作第一、理論第二、散文第三、翻譯第四、舊詩第五」。姚一葦自小愛好戲劇，1944 年開始創作劇本，其後陸續發表劇本共 14 種。其劇作題材多元，形式亦多變，結合中國傳統戲劇結構與西方的現代戲劇手法，注重情節的發展及人物的塑造，內容多描寫人物面臨生命困境的抉擇，探討愛情、人性等永恆的命題。其劇作可分為現代劇與歷史劇兩條路線，前者透過虛構的故事重新審視臺灣社會，對現代生活提出批判與反思；後者改編自歷史或

民間故事，用現代的觀點表達人生哲理及對歷史的省察。他的劇作可讀可演，曾被多次搬上舞臺，亦被翻譯爲英、德、日、韓等國文字，爲臺灣文學史上備受肯定的傑出劇作家。

　　姚一葦的論述集中於美學、戲劇、文學三方面的探討，他以亞里斯多德的《詩學》爲基礎，在教學中逐步建立理論架構，由戲劇研究而藝術學、美學、藝術批評研究，並撰寫詩、小說、舞蹈、電影、戲劇等藝術創作的評論，發揮了積極的批評功能。其中，他以首開風氣的嚴謹批評方法，率先分析多篇 1960 年代的臺灣小說傑作，如王禎和〈嫁妝一牛車〉、白先勇〈遊園驚夢〉、水晶〈悲憫的笑紋〉、黃春明〈兒子的大玩偶〉等，白先勇認爲：「直到今天看來，姚先生這些評析臺灣現代小說的論文，其中許多論點仍然屹立不墜。」

　　一生投注於戲劇，姚一葦對臺灣的戲劇創作、理論以及推展貢獻良多。評論家馬森認爲姚一葦「開啓了 1965 至 1980 年間臺灣新戲劇的風潮，以及 1980 年以後小劇場的實驗精神。」此外，他於學院中任教、擔任雜誌編輯、撰寫文藝評論，提攜後進，鼓舞許多後輩文學、戲劇家，對文學始終維持一份不變的堅持，小說家陳映真譽之爲「暗夜中的掌燈者」。

作品目錄及提要

【論述】

臺灣開明書店

漓江出版社

藝術的奧秘

臺北：臺灣開明書店
1968 年 2 月，25 開，399 頁

桂林：漓江出版社
1987 年 10 月，32 開，387 頁
藝譚叢書

本書爲姚一葦 1960 年至 1967 年發表於《筆匯》、《現代文學》、《文學季刊》之論述結集。自藝術的表現方法與形式出發，結合理論與實務的觀點，探討藝術的本質。全書收錄〈論鑑賞〉、〈論想像〉、〈論嚴肅〉等 12 篇文章。正文前有姚一葦〈自序〉，正文後附錄〈西洋人名中譯對照表〉、〈人名索引〉。

戲劇論集

臺北：臺灣開明書店
1969 年 12 月，25 開，243 頁

本書爲姚一葦關於戲劇的論述結集，全書收錄〈戲劇的時空觀〉、〈悲劇之死亡〉、〈論莎士比亞戲劇的演出〉等 17 篇文章。正文前有姚一葦〈自序〉。

文學論集

臺北：書評書目出版社
1974 年 11 月，25 開，316 頁
書評書目叢書 12

本書爲姚一葦 1966 年至 1974 年所發表文學欣賞與批評之論述
結集，爲其藝術理論的應用。全書收錄〈批評的主觀性與客觀
性〉、〈論白先勇的〈遊園驚夢〉〉、〈論黃春明的〈兒子的大玩
偶〉〉等 14 篇文章。正文前有姚一葦〈自序〉，正文後附錄誠
然谷〈文學、戲劇、批評——姚一葦教授訪問錄〉。

遠景出版公司

欣賞與批評

臺北：遠景出版公司
1979 年 11 月，32 開，314 頁
遠景叢刊 144

臺北：聯經出版公司
1989 年 7 月，新 25 開，391 頁
聯經評論 11

本書重新編排《文學論集》一書，新增〈文學欣賞的三個層
面〉、〈淺談寫小說〉、〈以兒童爲背景的成人故事〉、〈戲劇與人
生〉、〈戲劇評論〉、〈論戲劇中的選擇性〉、〈感傷喜劇〉七篇，
全書 21 篇文章，並分爲「欣賞與批評」、「詩」、「小說」、「戲
劇」四輯，刪除原附錄，重寫〈自序〉一文。
1989 年聯經版改版重排，改爲新 25 開，內容與遠景版相同。

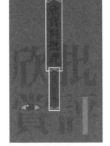

聯經出版公司

美的範疇論

臺北：臺灣開明書店
1978 年 9 月，25 開，384 頁

本書旨在探討美的不同類型，並將抽象的概念落實在具體的藝
術品上。全書分七章：「總論」、「論秀美」、「論崇高」、「論悲
壯」、「論滑稽」、「論怪誕」、「論抽象」。正文前有姚一葦〈自
序〉，正文後附錄〈西洋人名中譯對照表〉、〈人名索引〉。

遠景出版公司

聯經出版公司

戲劇與文學

臺北：遠景出版公司
1984 年 7 月，32 開，192 頁
遠景叢刊 239

臺北：聯經出版公司
1989 年 9 月，新 25 開，304 頁
聯經評論 8

本書爲姚一葦 1975 年至 1984 年所發表之文學及戲劇相關論述結集。全書收錄〈平劇的形式與結構〉、〈存在主義的戲劇〉、〈談套式〉等 15 篇文章，正文前有姚一葦〈遣悲懷——代序〉一文。

1989 年聯經版改版重排，改爲新 25 開，新增〈〈有關文人雜劇搬演的四個問題〉拾掇〉、〈〈伊齊勒斯對奧瑞提斯報父仇之神話的運用〉講評〉、〈作者的世界——《犀牛》抒感〉、〈從《馬哈／薩德》到《馬哈台北》〉、〈談兒童劇場〉、〈我與《現代文學》〉、〈從電影《尤利西斯》談起〉、〈《俞大綱全集》總序〉、〈《陳映真作品集》總序〉九篇，共 24 篇文章，並於正文後新增姚一葦〈增訂版後記〉。

書林出版公司 1992

書林出版公司 2004

戲劇原理

臺北：書林出版公司
1992 年 2 月，25 開，251 頁
戲劇叢書 1

臺北：書林出版公司
2004 年 2 月，25 開，234 頁
愛說戲 1

本書爲姚一葦多年戲劇理論研究與教學成果，經口述整理而成。全書分爲「戲劇本質論」與「戲劇形式論」兩編，闡述戲劇理論的源起與流變，並舉劇本實例作印證。正文前有姚一葦〈自序〉、〈導言〉，正文後附錄〈註釋〉、〈主要參考書目〉、〈西洋人名、劇名中譯對照表〉、〈人名、劇名索引〉。
2004 年書林版正文前新增姚一葦〈改版說明〉。

審美三論

臺北：臺灣開明書店
1993 年 1 月，25 開，186 頁

本書爲姚一葦 1989 年至 1992 年發表於《藝術評論》之美學論述結集，爲作者架構「美感經驗論」的一部分，探討審美的認知與知性問題。全書收錄〈論感覺〉、〈論直覺〉、〈論知覺〉三篇文章，正文前有姚一葦〈自序〉，正文後附錄〈西洋人名中譯對照表〉、〈索引〉。

戲劇與人生——姚一葦評論集

臺北：書林出版公司
1995 年 10 月，25 開，215 頁

本書爲姚一葦 1967 年至 1994 年零星發表的文章結集，分爲「讀書與創作」、「劇場與電影」、「文學評論」、「傷逝」四輯，收錄〈我的大學讀書生活〉、〈編劇趣談〉、〈我讀《玫瑰玫瑰我愛你》〉、〈難遣人間未了情——談俞大綱先生的《王魁負桂英》〉等 42 篇文章。正文前有姚一葦〈自序〉，正文後有李映蕡〈作詩過年——代跋〉。

藝術批評

臺北：三民書局
1996 年 6 月，25 開，342 頁

本書原爲「藝術批評」課程講稿，經重新口述整理而成。全書分爲「引論」、「批評的價值觀」、「批評方法論」三編，各編下再分章節。書中主要先由批評的價值觀討論批評的哲學，再歸納批評的技術與方法。正文前有〈彩圖欣賞〉、姚一葦〈自序〉，正文後附錄〈西洋人名、作品中譯對照表〉、〈人名、作品索引〉。

【散文】

姚一葦文錄

臺北：洪範書店
1977 年 2 月，32 開，221 頁
洪範文學叢書 6

本書爲姚一葦 1960 年至 1977 年所發表之散文隨筆結集，全書
分爲「夜讀雜抄」、「五月花雜記」、「叔祖講的故事」三輯，有
對文藝作品的品評、參與愛荷華寫作計畫的作家介紹，亦有短
篇小說作品，爲作者文藝經驗的紀錄。收錄〈渥茲華斯的家
庭〉、〈韓國詩人成贊慶〉、〈復仇〉等 22 篇文章。正文前有姚
一葦〈自序〉。

說人生

臺北：聯經出版公司
1989 年 6 月，新 25 開，215 頁
聯經文學 56

本書爲姚一葦探討人生的文章結集，其中包含了諸如時間、空
間、婚姻、文化等重大課題，結合古今中外觀點作深入論述，
爲其重要的思想著作。全書收錄〈說人生〉、〈說生命〉、〈說自
然〉等 18 篇文章，正文後有姚一葦〈後記：我寫說人生〉。

【劇本】

來自鳳凰鎮的人

臺北：現代文學社
1963 年 4 月，25 開，58 頁
現代文學叢書第五種

From Phoenix Town
tr. by Chu Chi-Yu & Oliver Stunt , 1996, Oxford Univ. Press

三幕劇。描寫原本要仰藥自盡的女子朱婉玲，在一個夜晚巧遇
了曾在鳳凰鎮相識的夏士璋、周大雄，由此揭開多年前的往
事，三人各自經歷不同的際遇，朱婉玲在希望、失望與絕望的
交替之中，決定離開原本的生活，回到鳳凰鎮。全劇寄託了
「人是靠想像而成的希望」而活的觀點。

孫飛虎搶親

臺北：現代文學社
1965 年 12 月，25 開，58 頁
現代文學叢書

三幕劇。取材自中國古典戲劇《西廂記》，劇中改寫了張君瑞與孫飛虎的性格，前者變為膽小懦弱，而後者有情有義。丫鬟與小姐則改名為崔雙紋與阿紅，她們互換身分，各為己利。故事顛覆傳統的模式，對人的身分、遭遇與命運提出了質疑，為一結合中西、具有實驗性質的劇本。正文後有姚一葦〈後記〉。

文學季刊社

中國戲劇藝術中心
出版部

碾玉觀音

臺北：文學季刊社
1967 年 4 月，25 開，61 頁

臺北：中國戲劇藝術中心出版部
1970 年 5 月，32 開，385 頁
中華戲劇集第一輯之三

三幕劇。取材自宋人小說，描寫碾玉匠崔寧與富家千金韓秀秀的戀情，兩人因身分懸殊而私奔，秀秀生子含兒後被迫回家，多年後再度重逢，崔寧已雙眼失明、行乞為生。全劇批判了現實對愛情與藝術的戕害。正文後有俞大綱〈舞臺傳統的延伸——讀姚一葦的《碾玉觀音》劇本抒感〉、張健〈讀《碾玉觀音》〉。
1970 年中國戲劇藝術中心版改版重排，改開本為 32 開，正文前有李曼瑰〈序〉，刪去俞大綱、張健文章。

紅鼻子

出版地不詳
1969 年 12 月，25 開，58 頁

四幕劇。劇中描寫一群人因為豪雨困在一家海濱旅館裡，他們有各自的煩惱、恐懼與期望，而一個雜耍班、一位紅鼻子小丑的到來，使得旅館中的人頓生轉機，然而紅鼻子卻有著他自己無解的困頓，只有為別人犧牲才能感到快樂。全劇諷刺現實生活中人們的自私、市儈、虛假，並探討生存的意義。

中國戲劇藝術中心
出版部

英譯本

申生

臺北：中國戲劇藝術中心出版部
1971 年 12 月，32 開，150 頁
中華戲劇集第三輯之六

臺北：華岡出版部
1971 年，25 開，87 頁

The Crown Prince Shen-Sheng
tr. by Marion Taylor, Wan Kin-lau, Lin Huai-ming and Tsui Te-lin. 1971

取材自《左傳》的「驪姬亂晉」，全劇深入刻劃驪姬在權力爭奪中的心理狀態。自使計陷害世子申生死亡、日夜囿於被申生追殺的夢魘，最後因兒子被殺而發瘋自盡。至劇末，真正的主角申生從未現身幕前。正文前有李曼瑰〈序〉，正文後附錄〈作者介紹〉。
華岡版為姚一葦自譯的英譯本。

A translation of Yao Yi-Wei's "Shen-sheng" with introduction／Chou, Pang-Ling 譯

Athens, Georgia: University of Georgia
1985 年，25 開，96 頁

本書為劇本〈申生〉的英譯本，正文前有〈Introduction〉、〈Notes〉、〈Bibliography〉。

一口箱子

臺北：華岡出版部
1973 年，25 開，55 頁

Suitcase
tr. by Chou Shan. 1973

獨幕劇。描寫初到某市鎮的老大與阿三兩人，因為帶著的一口箱子被市民懷疑為裝有放射性元素，而遭到追捕。由於阿三堅持不交出箱子，終在拉扯中意外摔死，眾人才發現箱子裡只是老舊的衣物、玩具、書本、獎狀等物品。全劇寫出現代人心靈的徬徨與失落，也寫出生命本質的荒謬。

華欣文化 1975

華欣文化 1982

姚一葦戲劇六種

臺北：華欣文化事業中心
1975 年 3 月，25 開，504 頁
華欣文學叢書 25

臺北：華欣文化事業中心
1982 年 9 月，25 開，504 頁
華欣文學叢書 25

本書爲姚一葦 1963 年至 1973 年所發表之劇本結集，全書收錄
〈來自鳳凰鎮的人〉、〈孫飛虎搶親〉、〈碾玉觀音〉、〈紅鼻
子〉、〈申生〉、〈一口箱子〉六篇。
1982 年華欣再版，正文前新增姚一葦〈《姚一葦戲劇六種》再
版自序〉。

姚一葦劇作六種

臺北：書林出版公司
2000 年 4 月，25 開，497 頁
戲劇叢書 26

本書爲《姚一葦戲劇六種》再版更名而來，正文前新增姚海星
〈出版說明〉，正文後附錄〈姚一葦著作一覽表〉。

我們一同走走看——姚一葦戲劇五種

臺北：書林出版公司
1987 年 6 月，25 開，237 頁

本書爲姚一葦 1979 年至 1986 年所發表之劇本結集。全書收錄
〈我們一同走走看〉、〈左伯桃〉、〈訪客〉、〈大樹神傳奇〉、〈馬
嵬驛〉五篇。正文前有〈作者簡介〉、姚一葦〈自序〉，正文後
附錄〈著作年表〉。

大樹神傳奇
The Legend of the Tree God
tr. by David Jiang. Great Britain, Alumnus, 1995

遠景出版公司

聯經出版公司

傅青主
臺北：遠景出版公司
1978 年 9 月，32 開，99 頁
遠景叢刊 85

臺北：聯經出版公司
1989 年 8 月，新 25 開，115 頁
聯經文學 59

二部劇。爲清初歷史人物傅青主的傳記劇，劇中截取傅青主人
生兩段，第一部寫其中年因反清復明活動被捕入獄、拒絕招供
的過程；第二部寫其晚年懸壺濟世，堅決不爲官的經歷。全劇
刻劃傅青主高尚的人格與氣節，表現出劇作家對傅青主的欽
慕。正文前有姚一葦〈自序〉。
1989 年聯經版改版重排，改爲新 25 開，內容與遠景版相同。

X 小姐‧重新開始
臺北：麥田出版公司
1994 年 8 月，新 25 開，158 頁
麥田文學 40

全書收錄〈X 小姐〉與〈重新開始〉兩劇，前者爲獨幕劇，描
寫一個失去記憶的女子，輾轉流離，正要恢復記憶時又遭車
禍，一切回到原點；後者爲二幕劇，描寫一對離異十二年的夫
妻，在各自經歷坎坷後決定重新開始。二劇皆點出了現代人所
遭遇的難題與困境。正文後有鄭樹森〈淺談姚一葦的〈X 小
姐〉〉，作者〈〈重新開始〉後記〉，並附錄〈姚一葦創作年
表〉。

文學年表

1922 年	4 月	5 日，生於江西鄱陽，祖籍南昌。本名姚公偉。父姚鈍劍，母石小靜。排行長子。
1929 年	本年	就讀鄱陽高門小學。
1934 年	本年	與弟姚公騫和小學同學合辦雜誌、小小圖書館。
1935 年	本年	鄱陽高門小學畢業。就讀鄱陽中學。
1937 年	本年	鄱陽中學畢業。後因抗戰輟學一年，期間涉獵群書，艾思奇《大眾哲學》影響其日後從事理論的興趣。
1938 年	本年	就讀吉安中學，後隨學校遷至遂川，自此未再返家。
1940 年	3 月	19～24 日，〈山城拾掇〉連載於《東南日報》筆壘副刊。
	4 月	12 日，發表〈多雨的季節〉於《東南日報》筆壘副刊。
	6 月	27 日，發表〈林子〉於《東南日報》筆壘副刊。
	8 月	16 日，發表〈鄉愁〉於《新青年》雜誌。
	12 月	22 日，發表〈沉默〉於《救亡日報》文化崗位副刊。
1941 年	2 月	1 日，發表〈我要奮鬥〉於《大路》雜誌。
		11 日，發表〈今宵明月〉於《東南日報》筆壘副刊。
	4 月	無故被捕，拘禁月餘，在高中會考前一日獲釋，隨即赴考。
	6 月	考入廈門大學機電工程系。
1943 年	年初	轉入銀行系就讀。
	7 月	發表〈輸血者〉於《改進》雜誌第 7 卷第 5 期。
1944 年	6 月	翻譯〈白媽媽〉（梭羅古勃著）於《新知識月刊》第 2 期。
	7 月	完成第一部劇本《風雨如晦》，未發表。

1945 年	4 月	25 日，發表〈論〈總建築師〉〉（易卜生著）於《汀洲日報》副刊。
		開始以筆名「袁三愆」發表評論及翻譯，以「姚宇」發表小說及散文。
	7 月	4 日，發表〈料草〉於《中央日報》每週文藝。
	10 月	15 日，發表〈論《女伶外史》〉於《民治日報》。
		發表〈春蠶〉於《改進》雜誌第 12 卷第 2 期。
1946 年	年初	廈門大學銀行系畢業，後與范筱蘭結婚。
	9 月	1 日，乘船抵臺灣。
	10 月	1 日，進入臺灣銀行工作，擔任公庫部辦事員；長子姚錫泰出生。
	本年	發表〈翡翠鳥〉於《明日文藝》雜誌第 3 期。
1947 年	4 月	25 日，發表〈鄉間婚禮〉於《大晚報》每週文學。
1948 年	本年	次子姚錫齡出生。
1950 年	本年	擔任臺灣銀行公庫部省庫科副科長。
1951 年	8 月	不明原因被捕拘禁。
1952 年	3 月	獲釋復職，轉任臺灣銀行板橋分行公庫課課長。
1953 年	本年	翻譯馬克吐溫（Mark Twain）《湯姆歷險記》，由臺北正中書局出版，本書為以「姚一葦」作筆名寫作之始。
1954 年	本年	翻譯史蒂文生（Robert Louis Stevenson）《杜里世家》，由臺北正中書局出版。
1956 年	11 月	翻譯短篇小說〈詩中自有黃金屋〉於《拾穗》第 79 期。
	本年	長女姚海星出生。
1957 年	本年	應臺灣藝術專科學校張隆延校長之邀於該校發表演講：「幕」，旋受聘為該校教授，講授「戲劇原理」、「現代戲劇」、「劇場藝術」等課程。
1959 年	7 月	15 日，發表〈論莎士比亞戲劇的演出〉於《筆匯》革新號第

		1 卷第 3 期。
	8 月	15 日，發表〈戲劇的動作〉於《筆匯》革新號第 1 卷第 4 期。
1960 年	2 月	28 日，發表〈從黑澤明的「戰地英豪」談起〉於《筆匯》革新號第 1 卷第 10 期。
	3 月	28 日，發表〈如何了解奧尼爾〉於《筆匯》革新號第 1 卷第 11 期。
	8 月	1 日，發表〈論鑑賞〉於《筆匯》革新號第 2 卷第 1 期。
	11 月	1 日，發表〈渥茲華斯的家庭——夜讀雜抄之一〉於《筆匯》革新號第 2 卷第 4 期。
	12 月	5 日，發表〈論電影評論的獨立性〉、〈歇尼勒的〈愛戀三昧〉——夜讀雜抄之二〉於《筆匯》革新號第 2 卷第 5 期。
	本年	開始參與《筆匯月刊》編務工作。
1961 年	1 月	5 日，發表〈論想像〉、〈胡式鈺說詩——夜讀雜抄之三〉於《筆匯》革新號第 2 卷第 6 期。
	5 月	15 日，發表〈從吉辛談起——夜讀雜抄之四〉於《筆匯》革新號第 2 卷第 7 期。
	6 月	〈戲劇的時空觀〉連載於《筆匯月刊》革新號第 2 卷第 8～10 期，至 9 月刊畢。
1962 年	12 月	20 日，發表〈斯特林堡與現代主義〉於《現代文學》第 15 期。
1963 年	3 月	15 日，發表劇本〈來自鳳凰鎮的人〉於《現代文學》第 16 期。
	4 月	劇本《來自鳳凰鎮的人》由臺北現代文學社出版。 發表〈釋李商的〈嫦娥〉〉於《作品》第 4 卷第 4 期。
	6 月	15 日，發表〈論嚴肅〉於《現代文學》第 17 期。
	7 月	發表〈從看電影談到電影的欣賞〉於《文星》第 69 期。

	9 月	30 日，發表〈論意念〉於《現代文學》第 18 期。
	本年	擔任《現代文學》顧問，並和余光中、何欣共同負責三年編務工作。
1964 年	1 月	15 日，發表〈論模擬〉於《現代文學》第 19 期。
	3 月	〈論象徵〉連載於《現代文學》第 20～22 期，至 10 月刊畢。
	4 月	24 日，發表〈寫在「哈姆雷特」演出之前〉於《中央日報》副刊。
	本年	應中國文化學院校長張曉峰之聘，至該校戲劇系及藝術研究所教授「戲劇原理」、「美學」、「藝術批評」等課程。
1965 年	2 月	1 日，發表〈論對比〉於《現代文學》第 23 期。
	4 月	1 日，發表〈論和諧〉於《現代文學》第 24 期。
	7 月	1 日，發表〈論完整〉於《現代文學》第 25 期。
	11 月	20 日，發表〈論風格〉、劇本〈孫飛虎搶親〉於《現代文學》第 26 期。
	12 月	劇本《孫飛虎搶親》由臺北現代文學社出版。
1966 年	2 月	8 日，應邀參加聯合報社、中國影劇協會於聯合報社五樓會議廳舉辦之「發展中國影劇事業座談會」，與會者有鄧綏寧、李行、張英、鍾雷、張小燕等人。
		發表〈孫飛虎搶親後記〉於《現代文學》第 27 期。
	4 月	應邀參加「慶祝 55 年文藝節座談會」。
	5 月	16 日，發表〈《詩學》是有害的嗎 ？〉（亞里斯多德著）於《中央日報》副刊。
	9 月	1 日，發表〈 釋「懂」〉於《幼獅文藝》第 153 期。
	10 月	10 日，發表〈論境界〉於《文學季刊》第 1 期。
	本年	《詩學箋註》由臺北臺灣中華書局出版。

擔任中國文化學院藝術研究所戲劇組主任，至 1982 年止。

自臺灣銀行板橋分行調回總行擔任一等專員。

1967 年　1 月　　10 日，發表劇本〈碾玉觀音〉於《文學季刊》第 2 期。

2 月　　27 日，發表〈建立在人類學和民俗學上的批評基準〉於《大華晚報》第 5 版。

4 月　　《碾玉觀音》由臺北文學季刊社出版，並由中央電影公司改編為電影「玉觀音」，獲得同年亞洲影展最佳影片獎。

10 日，發表〈論批評〉於《文學季刊》第 3 期。

7 月　　31 日，發表〈談「舞臺空間」〉於《臺灣新生報》。

發表小說〈叔祖講的故事〉於《文學季刊》第 4 期。

8 月　　21 日，發表〈寫在《碾玉觀音》演出之前〉於《臺灣新生報》副刊。

發表〈談書評欄的建立〉於《幼獅文藝》第 164 期。

9 月　　發表〈看「劉必稼」有感〉（陳耀圻著）於《臺灣新生報》副刊。

11 月　　發表〈《藝術的奧祕》自序〉於《文學季刊》第 5 期。

12 月　　發表〈文學的本質〉於《新文藝》第 141 期。

1968 年　1 月　　劇本《碾玉觀音》獲第四屆話劇金鼎獎最佳編劇。

2 月　　《藝術的奧祕》由臺北臺灣開明書局出版，並獲同年第三屆中山文藝創作獎。

3 月　　21 日，發表〈莎劇演出抒感〉於《中央日報》副刊。

15 日，發表〈論王禎和的〈嫁妝一牛車〉〉於《文學季刊》第 6 期。

11 月　　發表〈中國詩中的人稱問題芻論〉、〈論藝術中的怪誕性〉、〈論白先勇的〈遊園驚夢〉〉於《文學季刊》第 7、8 期合刊本。

1969 年	3 月	發表〈論批評家的謙遜〉於《現代文學》第 37 期。
	4 月	27～28 日,〈從平劇的特質看《新繡襦記》〉(俞大綱著)連載於《中央日報》副刊。
		發表〈悲劇人物的理性與非理性〉於《幼獅文藝》第 185 期。
	7 月	10 日,發表劇本〈紅鼻子〉、〈論水晶的〈悲憫的笑紋〉〉於《文學季刊》第 9 期。
		發表〈劇場的失落〉於《現代文學》第 38 期。
	10 月	發表〈喜劇的人物〉於《幼獅文藝》第 190 期。
	12 月	《戲劇論集》由臺北臺灣開明書局出版。
1970 年	4 月	發表〈夜讀雜抄之五〉於《幼獅文藝》第 196 期。
	6 月	發表〈夜讀雜抄之六〉於《幼獅文藝》第 198 期。
	10 月	14 日,發表〈我看《董夫人》〉(唐書璇著)於《中國時報・人間副刊》。
	11 月	發表〈藝術家筆下「人」的問題〉於《純文學》第 47 期。
1971 年	1 月	發表〈論滑稽〉於《文學雙月刊》第 1 期。
	2 月	10 日,發表〈詩人之眼〉於《幼獅文藝》第 208 期。
	5 月	〈李商隱詩中的視覺意象〉同時發表於《中華文化復興月刊》第 4 卷第 5 期與《幼獅文藝》第 209 期。
	8 月	發表〈談意象——夜讀雜抄之七〉於《幼獅文藝》第 212 期。
	10 月	應美國國務院之邀,參與愛荷華大學「國際寫作計畫」,為期八個月。
		劇本《申生》由臺北中國戲劇藝術中心出版部出版,英譯本 *The Crown Prince Shen-Sheng* 由臺北華岡出版部出版。
1972 年	6 月	9 日,應邀出席中國青年寫作協會於幼獅文化中心二樓舉辦

的學術演講，發表演講：「生活劇場」。

30 日，應邀參加教育部文化局主辦的「電視節目人員中華文化研討會」，與陶希聖進行「電視劇與文化復興」座談。

返臺。

| 1973 年 | 11 月 | 發表〈論黃春明的〈兒子的大玩偶〉〉於《現代文學》第 48 期。 |

1973 年　2 月　劇本〈一口箱子〉發表於《現代文學》第 49 期。英譯本 *Suitcase* 由臺北華岡出版部出版。

5 月　發表〈韓國詩人成贊慶——五月花雜記之一〉於《現代文學》第 50 期。

6 月　發表〈生活劇場〉於《幼獅文藝》第 234 期。

28 日，發表〈從威廉・英吉之死談起〉於《中國時報・人間副刊》。

9 月　發表〈記露易莎・福託蘭斯基——五月花雜記之二〉、〈艾爾文・K・麥羅特拉夫婦——五月花雜記之三〉於《現代文學》第 51 期。

接受覃雲生專訪，訪談紀錄〈與姚一葦教授一夕談書〉刊載於《書評書目》第 7 期。

11 月　發表〈批評的主觀性與客觀性〉於《書評書目》第 8 期。

1974 年　2 月　發表〈談文學上「懂」的問題〉於《書評書目》第 10 期。

4 月　發表〈西洋戲劇研究上的兩條線索〉於《中外文學》第 2 卷第 11 期。

6 月　發表〈論瘂弦的〈坤伶〉〉於《中外文學》第 3 卷第 1 期。

11 月　26 日，發表〈我看林懷民的「寒食」〉於《中國時報・人間副刊》。

《文學論集》由臺北書評書目出版社出版。

1975 年　3 月　《姚一葦戲劇六種》由臺北華欣文化公司出版。

5 月　15 日，發表〈論抽象〉於《文學評論》第 1 期。

7 月　發表〈感傷喜劇〉於《幼獅文藝》第 259 期。

9 月　發表〈元雜劇中之悲劇觀初探〉於《中外文學》第 4 卷第 4 期。

本年　與侯健、楊牧、葉維廉、葉慶炳創辦《文學評論》期刊，並擔任前九期編輯委員。

1976 年　1 月　發表〈文學欣賞的三個層面〉於《書評書目》第 33 期。

5 月　11 日，發表〈林懷民跨出的一步〉於《中國時報‧人間副刊》。

8 月　27 日，發表〈創造真正中國人的戲劇〉於《青年戰士報》。

發表〈戲劇評論〉於《書評書目》第 40 期。

1977 年　1 月　發表〈聆雅樂‧談戲劇〉於《中國文化復興月刊》第 10 卷第 1 期。

2 月　發表〈淺談寫小說——寫在「全國短篇小說大競寫」揭曉之後〉於《幼獅文藝》第 278 期。

發表〈《姚一葦文錄》自序〉於《書評書目》第 46 期。

《姚一葦文錄》由臺北洪範書店出版。

3 月　22 日，發表〈寫在《一口箱子》演出之前〉於《中國時報‧人間副刊》。

應聘擔任第二屆聯合報文學獎短篇小說類決審委員，並出席決審會議，與會者有丁樹南、朱炎、孟瑤、夏志清等人。

5 月　2 日，發表〈淺談《凱薩大帝》〉（莎士比亞著）於《中華日報》副刊。

7 月　1 日，發表〈從我編《現代文學》的一段往事談起〉於《現代文學》復刊第 1 期。

8 月　12 日，應邀參加中國論壇社於聯合報大樓八樓舉辦的「當前的中國文學問題」座談會，與談人有顏元叔、何欣、彭歌、

黃春明、楊選堂等人。

| 9 月 | 14 日，〈難遣人間未了情——談俞大綱先生的《王魁負桂英》〉於《中國時報‧人間副刊》。 |

10 月　10 日，發表〈論秀美（上）〉於《現代文學》復刊第 2 期。

12 月　10 日，發表〈談套式——夜讀雜抄〉於《聯合報》副刊。

　　　　20 日，發表〈我寫《傅青主》〉於《中國時報‧人間副刊》。

1978 年　2 月　13 日，〈〈藥轉〉贅言〉（李義山著）於《聯合報》副刊。

　　　　3 月　劇本〈傅青主〉發表於《現代文學》復刊第 3 期。

　　　　4 月　19 日，發表〈我的大學讀書生活〉於《中華日報》副刊。

　　　　　　　28 日，發表〈輪囷肝膽憑誰惜，生死交親及汝謀——《寥音閣劇作》序〉（俞大綱著）於《中國時報‧人間副刊》。

　　　　5 月　31 日，發表〈此時無聲勝有聲〉於《中國時報‧人間副刊》。

　　　　6 月　發表〈論秀美（下）〉於《現代文學》復刊第 4 期。

　　　　　　　發表〈悲壯藝術的美學性格——論悲壯〉於《文學評論》第 5 期。

　　　　8 月　發表〈戲劇與人生〉於《幼獅文藝》第 296 期。

　　　　9 月　劇本《傅青主》由臺北遠景出版社出版。

　　　　9 月　《美的範疇論》由臺北臺灣開明書局出版。

　　　　　　　應聘擔任中國話劇欣賞演出委員會主任委員。

　　　10 月　24 日，發表〈敬懷曼老〉於《中國時報‧人間副刊》。

　　　　　　　擔任《現代文學》主編，至 1984 年止。

　　　　　　　發表〈《美的範疇論》自序〉於《幼獅文藝》第 298 期。

　　　　　　　應聘擔任第一屆時報文學獎小說類決審委員，並出席決審會議，與會者有夏志清、梁實秋、葉石濤、顏元叔等人。

　　　11 月　1 日，發表〈以兒童為背景的成人故事——評《風箏》〉（朱

秀芳著）於《中國時報‧人間副刊》。

發表〈論戲劇中的選擇性〉於《幼獅文藝》第 299 期。

12 月　發表〈論戲劇中的選擇性〉於《中國戲劇集刊》。

1979 年　1 月　5 日，〈試評「薪傳」〉（林懷民著）於《中國時報‧人間副刊》。

3 月　發表劇本〈我們一同走走看〉於《現代文學》復刊第 7 期。

5 月　4 日，發表〈新文學的再出發〉於《聯合報》副刊。

6 月　4 日，發表〈一個實驗劇場的誕生〉於《中國時報‧人間副刊》。

8 月　2 日，發表〈期待傑作的來臨！——聯合報小說獎評選委員談小說〉於《聯合報》副刊。

30 日，發表〈開創中國文學的新傳統——「時報文學獎」的期待與建議〉於《中國時報‧人間副刊》。

發表〈一個實驗劇場的誕生〉於《現代文學》復刊第 8 期。

發表〈論《奇雙會》的結構模式〉於《中外文學》第 8 卷第 3 期。

10 月　應聘擔任第四屆聯合報文學獎中篇、長篇小說類決審委員，並出席決審會議，與會者有朱西甯、夏志清、王夢鷗、孟瑤等人。

11 月　《欣賞與批評》由臺北遠景出版公司出版。

12 月　27 日，發表〈關於《李曼瑰劇存》〉（李曼瑰教授遺著編輯委員會編）於《聯合報》副刊。

本年　擔任中國話劇演出欣賞委員會主任委員，至 1984 年止，五年任期內舉辦共五屆「實驗劇展」，推動臺灣現代劇場發展。

1980 年　3 月　11 日，發表〈《六十七年的文學理論選集》引言〉於《中華日報》副刊。

28 日，發表〈走出傳統的模式——為「竇娥冤」的演出鼓掌〉（馬水龍著）於《中國時報·人間副刊》。

發表劇本〈左伯桃〉於《現代文學》復刊第 10 期。

發表〈哈姆雷特中的「鬼」〉於《中外文學》第 8 卷第 10 期。

4 月　發表〈文學批評有「學院」、「非學院」之分嗎？〉於《中外文學》第 8 卷第 11 期。

7 月　14 日，〈開出燦爛的戲劇之花——寫在第一屆實驗劇展之前〉於《中國時報·人間副刊》。

27 日，發表〈小說家必須了解變遷中的社會；社會也應注意小說所反映的現實〉於《中國時報·人間副刊》。

27 日，應邀參加由《聯合報》於聯合報大樓九樓舉辦的「聯副開放座談會——樹立我們文化的新模式」，與會者有白先勇、李歐梵、林懷民等人。座談紀錄刊載於 7 月 29～30 日《聯合報》副刊。

舉辦第一屆「實驗劇展」。

8 月　2 日，應邀參加由《幼獅文藝》舉辦的「第一屆「實驗劇展」座談會」，座談紀錄刊載於《幼獅文藝》第 323 期。

6 日，發表〈老兵誌感——為《現代文學》二十周年而寫〉於《中國時報·人間副刊》。

9 月　27 日，發表〈我為什麼提倡實驗劇——「蘭陵劇坊之夜」幕前演講〉於《聯合報》副刊。

1981 年　5 月　9 日，發表〈出自中國的土壤——談平劇的創新〉於《中國時報·人間副刊》。

13 日，發表〈我們需要一座實驗劇場〉於《工商時報》。

14 日，發表〈人生之「境」——關於《傅青主》〉於《聯合報》副刊。

6 月　發表〈周頌所體現的文化模式〉於《華岡藝術學報》第 1 期。

30 日，發表〈大家來實驗〉於《中國時報‧人間副刊》。

7 月　應邀參加「實驗劇展座談會」，擔任主持人，與會者有李行、管管、黃美序等人。

10 月　應聘擔任第四屆時報文學獎小說類決審委員，並出席決審會議，與會者有七等生、朱西甯、蔡源煌、顏元叔等人。

11 月　發表〈《薑齋詩話》中之主賓說〉（王夫之著）於《中外文學》第 10 卷第 6 期。

應聘擔任第六屆聯合報文學獎中篇、長篇小說類決審委員，並出席決審會議，與會者有司馬中原、朱炎、張系國、鍾肇政等人。

12 月　22 日，發表〈〈五二的天空〉決審意見〉（張國立著）於《中國時報》副刊。

1982 年　1 月　23 日，發表〈讀者‧作者‧編者〉於《聯合報》副刊。

參與國立藝術學院創校籌備，並擔任首任戲劇學系主任兼教務長，講授「戲劇原理」、「美學」、「藝術批評」等課程。

2 月　5 日，發表〈漫談影評〉於《中央日報》副刊。

舞臺劇「紅鼻子」首度於北京中國青年藝術劇院上演，由陳顒導演。

3 月　應邀參加新象活動推廣中心於臺灣師範大學綜合大樓會議室舉辦的「第一屆亞洲戲劇節及會議」，擔任開幕主持人，與會者有周應龍、李昂、汪其媚、吳靜吉、魏子雲、小林進等人。

7 月　12 日，發表〈挑戰——談〈遊園驚夢〉的改編與演出〉（白先勇著）於《聯合報》副刊。

應聘擔任第七屆聯合報文學獎極短篇、短篇小說類決審委員，並出席決審會議，與會者有李喬、吳魯芹、胡耀恆、楊念慈等人。

9 月　6 日，發表〈回首幕帷深──《姚一葦戲劇六種》再版自序〉於《聯合報》副刊。

12 月　發表〈序鄭樹森著：《文學理論與比較文學》〉於《現代文學》復刊第 19 期。

本年　自臺灣銀行研究員職位提前退休。

1983 年　1 月　妻范筱蘭病逝。

4 月　24 日，發表〈遣悲懷〉於《聯合報》副刊。

7 月　14 日，發表〈年輕，無限的可能〉於《聯合報》副刊。

30 日，發表〈現代舞新語彙的前瞻〉於《聯合報》副刊。

8 月　15 日，獲選擔任亞洲戲劇協會執行委員會副主席。

19 日，發表〈改變中的劇場〉於《中國時報・人間副刊》。

9 月　11 日，發表〈六根竹竿的戲臺〉（原篇名為〈來自「野臺」的智慧〉）於《聯合報》副刊。

16 日，獲《聯合報》第八屆小說獎暨附設散文獎之「特別貢獻獎」。

發表〈編輯前記〉於《現代文學》復刊第 21 期。

10 月　1 日，〈本屆文藝季的「民間劇場」〉同時發表於《中國時報・人間副刊》與《民俗曲藝》第 26 期。

11 月　與李應強結婚。

發表〈讓更多人參與戲劇活動〉於《自由青年》第 50 卷第 5 期。

12 月　4～6 日，〈從電影「尤利西斯」談起〉（華納・耐克思著）連載於《聯合報》副刊。

1984 年　1 月　發表〈由電影「尤利西斯」談起〉（華納・耐克思著）於

《現代文學》復刊第 22 期。

3 月　應邀參加「亞洲藝術座談會──姚一葦談印尼戲劇」，座談紀錄刊載於 3 月 22 日《藝術之友》。

4 月　22 日，發表劇本〈訪客〉於《中國時報・人間副刊》。

6 月　發表〈我讀《玫瑰玫瑰我愛你》〉（王禎和著）於《聯合月刊》第 35 期。

7 月　7 日，發表〈扮家家酒又何妨？〉於《聯合報》副刊。

《戲劇與文學》由臺北遠景出版社出版。

發表〈《有關元人雜劇搬演的四個問題》拾綴〉（曾永義著）於《中外文學》第 13 卷第 2 期。

8 月　應聘擔任第九屆聯合報文學獎短篇、中篇小說類決審委員，並出席決審會議，與會者有朱炎、高陽、齊邦媛、楊念慈、鄭清文等人。

9 月　3 日，發表〈藝術的品味〉於《自立晚報》，發表〈今年的「民間劇場」〉於《中國時報・人間副刊》。

17 日，發表〈談〈牆〉〈煙塵舊夢〉〈何日君再來〉〉（張大春、盧非易、潘貴昌著）於《聯合報》副刊。

21 日，發表〈談「兒童劇場」〉於《中國時報・人間副刊》。

發表〈今年的「民間劇場」〉於《民俗曲藝》第 31 期。

11 月　22 日，發表〈說時間〉於《聯合報》副刊。

12 月　24 日，發表〈說空間〉於《聯合報》副刊。

1985 年　4 月　18 日，發表〈說生命〉於《聯合報》副刊。

25 日，發表〈說生命〉於《大自然》副刊。

6 月　4 日，發表〈說人性〉於《聯合報》副刊。

8 月　4 日，發表〈說自然〉於《聯合報》副刊。

12 日，發表〈出版《馬森戲劇集》的意義〉（馬森著）於《中國時報・人間副刊》。

9 月	26 日，發表〈今年的民間劇場與民藝展〉於《中國時報‧人間副刊》。
	發表〈今年的民間劇場與民藝展〉於《民俗曲藝》第 37 期。
	發表〈第一聲鑼〉於《鑼鼓定目劇場之節目單》。
10 月	13 日，應邀參加臺北市政府、《聯合報》、《民生報》於國立藝術館舉辦的「藝術專題講座」，發表演講：「談看戲」。
11 月	發表劇本〈大樹神傳奇〉於《聯合文學》第 13 期。
1986 年 8 月	16 日，發表〈詩人與學者——序《秩序的生長》〉（葉維廉著）於《開卷》第 2 期。
9 月	發表〈伊齊勒斯對奧瑞提斯報父仇之神話的運用講評〉於《中外文學》第 15 卷第 4 期。
12 月	發表〈撒下人類學觀念的種子「性與死」〉（胡台麗著）於《光華雜誌》第 11 卷第 12 期。
1987 年 2 月	發表劇本〈馬嵬驛〉於《聯合文學》第 28 期。
3 月	11 日，發表〈說心靈〉於《聯合報》副刊。
4 月	26 日，發表〈說文化〉於《中國時報‧人間副刊》。
5 月	2 日，〈融合傳統與創新《俞大綱全集》總序〉（俞大綱著）於《中國時報‧人間副刊》。
6 月	劇本《我們一同走走看：姚一葦劇作五種》由臺北書林出版公司出版。
	自藝術學院戲劇學系主任及教務長卸任。
9 月	26～27 日，〈說兩性〉連載於《聯合報》副刊。
11 月	應邀赴日本歧阜觀賞由「齒輪劇團」演出日語版舞臺劇「紅鼻子」。
12 月	3 日，發表〈從《馬哈‧薩德》到《馬哈臺北》〉（彼德‧懷茲、鍾明德著）於《聯合報》副刊。

9 日，應邀出席由《聯合文學》舉辦的「「當代劇場發展的方向」座談會」，座談紀錄刊載於《聯合文學》第 41 期。

| 1988 年 | 2 月 | 14 日，發表〈說婚姻〉於《聯合報》副刊。 |

3 月　30 日，發表〈說願望〉於《聯合報》副刊。

4 月　9 日，發表〈他搭上了「夜行貨車」——《陳映真作品集》總序〉於《中時晚報》副刊。

5 月　19 日，發表〈說身體〉於《聯合報》副刊。

6 月　4 日，發表〈我寫說人生〉於《聯合報》副刊。

7 月　29 日，發表〈說價值〉於《中國時報‧人間副刊》。

8 月　11 日，發表〈說個性〉於《聯合報》副刊。

9 月　27 日，發表〈說善惡〉於《中國時報‧人間副刊》。

10 月　9 日，發表〈說境遇〉於《聯合報》副刊。

11 月　10 日，發表〈作家的世界——《犀牛》抒感〉（尤金‧尤涅斯科著）於《聯合報》副刊。

獲第 11 屆吳三連文藝獎戲劇劇本獎。

12 月　11～12 日，〈說瘋狂〉連載於《聯合報》副刊。

接受鄭明俊專訪，專訪文章〈如何透過文學了解人性〉刊載於《幼獅文藝》第 420 期。

應聘擔任第 10 屆聯合報文學獎中、長篇小說類決審委員，並出席決審會議，與會者有李永平、施淑女、蔡源煌、劉紹銘等人。

1989 年　1 月　4 日，發表〈一個不同的時代——早年的文學雜誌〉於《聯合報》副刊。

12 日，發表〈我看〈傾城〉〉（李黎著）於《聯合報》副刊。

3 月　7 日，發表〈說美醜〉於《聯合報》副刊。

4 月　7 日，發表〈說人生〉於《聯合報》副刊。

6 月　《說人生》由臺北聯經出版社出版。

7 月　《欣賞與批評》由臺北聯經出版社出版。

8 月　3 日，發表〈旅店・人群・世界縮影——訪姚一葦談《紅鼻子》〉於《中國時報・人間副刊》。

擔任國家戲劇院首度自製舞臺劇「紅鼻子」藝術總監，並與陳玲玲聯合執導該劇。

劇本《傅青主》由臺北聯經出版社出版。

9 月　《戲劇與文學》由臺北聯經出版社出版。

10 月　11 日，發表〈〈鴿子托里〉的夢〉（陳煌著）於《中國時報・人間副刊》。

發表〈論感覺〉於《藝術評論》第 1 期。

應聘擔任第 12 屆時報文學獎散文類決審委員，並出席決審會議，與會者有七等生、汪曾祺、柏楊、張曉風等人。

12 月　應聘擔任第 11 屆聯合報文學獎短篇小說類決審委員，並出席決審會議，與會者有楊昌年、林耀福、周英雄、張大春等人。

本年　返南昌探親，與闊別半世紀的弟弟姚公騫相見。

籌辦藝術學院學報《藝術評論》。

舞臺劇《紅鼻子》於國家戲劇院首演，由姚一葦編導，陳立華飾演紅鼻子一角。

1990 年　9 月　5 日，發表〈哭禎和〉於《自立晚報》14 版。

16 日，發表〈秋日懷禎和〉於《中國時報・人間副刊》。

10 月　10 日，發表〈我讀《失聲畫眉》〉（凌煙著）於《自立晚報》。

發表〈論直覺〉於《藝術評論》第 2 期。

12 月　3 日，發表〈學者專家談「崑曲之美」〉於《中央日報》副刊。

1991 年　2 月　3～15 日，劇本〈X 小姐〉連載於《中國時報・人間副刊》。

4月　21日，發表〈作家的保姆〉於《中國時報‧人間副刊》。

　　23日，發表〈文學不會消滅〉於《聯合報》副刊。

5月　7日，發表〈學院與野臺〉於《中國時報‧人間副刊》。

7月　20日，發表〈「千古風流人物」開播前祝詞〉於《聯合報》副刊。

8月　發表〈懷侯公〉於《中外文學》第20卷第3期。

9月　應聘擔任第14屆時報文學獎短篇小說類決審委員，並出席決審會議，與會者有呂正惠、雷驤、劉大任、鄭清文等人。

10月　2日，發表〈試解讀《手槍王》〉（駱以軍著）於《中國時報‧人間副刊》。

　　〈論知覺〉連載於《藝術評論》第3～4期。

11月　8日，發表〈舞出新古典〉於《聯合報》副刊。

　　26日，發表〈《申生》小識〉於《中國時報‧人間副刊》，發表〈命運的對抗——關於《申生》的對談錄〉於《聯合報》副刊。

1992年　2月　《戲劇原理》由臺北書林出版公司出版。

4月　5日，發表〈想起那聲鑼〉於《聯合報》副刊。

8月　應聘擔任第14屆聯合報文學獎極短篇、中篇小說類決審委員，並出席決審會議，與會者有尼洛、王德威、尉天驄、馬森、李昂等人。

10月　發表〈從「民心劇場」談起〉於《表演藝術》試刊號。

12月　6日，發表〈用心、耐力與專業精神〉於《中國時報‧人間副刊》。

　　應聘擔任第15屆時報文學獎報導文學類決審委員，並出席決審會議，與會者有林懷民、陳列、舒國治、逯耀東等人。

本年　自藝術學院教授退休，但仍繼續在戲劇研究所兼課。

1993年　1月　《審美三論》由臺北臺灣開明書局出版。

2 月　發表〈寫在《聖夜》發表之前〉（王禎和著）於《聯合文學》第 100 期。

4 月　14 日，發表〈《碾玉觀音》斷想〉於《聯合報》副刊。

發表〈劇本與演出之間──寫在《碾玉觀音》重演之前〉於《表演藝術》第 6 期。

5 月　發表〈一個《紅鼻子》嗅出母親的訊息──我與青藝的一段緣〉於《時報周刊》第 796 期。

8 月　10～11 日，〈說說話〉連載於《中國時報・人間副刊》。

發表劇本〈重新開始〉、〈重新開始後記〉於《聯合文學》第 106 期。

接受專訪，專訪文章刊載於〈與姚一葦教授論瘂弦詩〉（無名氏筆錄）於《國魂》第 577 期。

1994 年　3 月　28～29 日，〈說觀看〉連載於《中國時報・人間副刊》。

5 月　5 日，發表〈以讀書為樂〉於《聯合報》副刊。

6 月　29 日，發表〈我看《沉默之島》〉（蘇偉貞著）於《中國時報・人間副刊》。

應聘擔任第一屆「時報文學百萬小說獎」決審委員，並出席決審會議，與會者有蔡源煌、東年、李喬、施淑等人。

8 月　劇作集《Ｘ小姐・重新開始》由臺北麥田出版公司出版。

應聘擔任第 16 屆聯合報文學獎短篇小說類決審委員，並出席決審會議，與會者有呂正惠、尉天驄、張大春等人。

10 月　1 日，發表〈一部沒有家的電影──我看「愛情萬歲」〉（蔡明亮著）於《中國時報・人間副刊》。

11 月　13 日，發表〈我看〈紀登斯事件〉〉（姚人多著）於《聯合報》副刊。

12 月　26～28 日，〈說思維〉連載於《中國時報・人間副刊》。

發表〈後現代劇場三問〉於《中外文學》第 271 期。

| 1995 年 | 4 月 | 《大樹神傳奇》英譯本（*The Legend of the Tree God*）由英國 Alumnus 出版。 |

1995 年　4 月　《大樹神傳奇》英譯本（*The Legend of the Tree God*）由英國 Alumnus 出版。

　　　　5 月　20 日，發表〈《奧瑞斯提亞》三問〉於《中國時報・人間副刊》。

　　　　6 月　舞臺劇《重新開始》於藝術學院展演藝術中心戲劇廳演出，擔任導演。

　　　　　　　21 日，發表〈一齣知識份子的戲劇〉於《民生報》。

　　　　　　　22 日，發表〈給人看，讓人思索的戲〉於《民生報》。

　　　　　　　24 日，發表〈有所堅持也有所寄望〉於《民生報》。

　　　　10 月　19 日，發表〈盲目／盲心──我看〈導盲者〉〉（張啓疆著）於《中國時報・人間副刊》。

　　　　　　　《戲劇與人生──姚一葦評論集》由臺北書林出版公司出版。

　　　　　　　應聘擔任第 18 屆時報文學獎散文類決審委員，並出席決審會議，與會者有陳列、莊裕安、蔣勳、簡媜等人。

　　　　11 月　19 日，發表〈我的願望〉於《聯合報》副刊。

1996 年　5 月　因心臟缺氧進臺大醫院急救，接受心導管手術，術後恢復情形良好，繼續從事教學、寫作工作。

　　　　　　　《藝術批評》由臺北三民書局出版。

　　　　8 月　發表〈讀書、寫作和冥想 〉於《聯合文學》第 142 期。

　　　　9 月　發表〈名人談賀伯颱風後，人心宜作之反省〉於《金色蓮花》第 45 期。

　　　　10 月　7 日，發表〈說〈故事〉〉（鄭春鴻著）於《中國時報・人間副刊》。

　　　　　　　應聘擔任第 19 屆時報文學獎散文類決審委員，並出席決審會議，與會者有黃碧端、楊牧、雷驤、顏崑陽等人。

本年　劇本《來自鳳凰鎮的人》英譯本 *From Phoenix Town* 由英國 Oxford University Press 出版。

1997 年　4 月　5 日，於生日當天完成最後一篇文章〈被後現代遺忘的——觀「英倫情人」抒感〉（安東尼明格拉著）；接受《聯合報》副刊專訪。

10 日，進行心導管檢查手術，術後於午夜心肌梗塞陷入昏迷，歷經 11 小時急救後仍回天乏術，於隔日上午 10 時 30 分辭世，享年 75 歲。

12 日，〈被後現代遺忘的——觀「英倫情人」抒感〉刊載於《聯合報》副刊。

〈文學往何處去——從現代到後現代〉刊載於《聯合文學》第 150 期。

6 月　〈春蠶〉、〈輸血者〉、〈翡翠鳥〉、〈料草〉、〈後臺斷想〉刊載於《聯合文學》第 152 期。

1998 年　4 月　11 日，由臺北藝術大學戲劇學系所與姚一葦藝術基金會共同舉辦「姚一葦先生逝世週年紀念研討會」，與會者有林國源、紀蔚然、尉天驄、許天治、陳傳興、焦桐、蔣維國、李應強、田本相、朱雙一、曹明、姜翠芬等人。

2000 年　4 月　《姚一葦劇作六種》由臺北書林出版公司出版。

2007 年　5 月　4 日，由臺北藝術大學學戲劇學系、劇場設計學系與姚一葦藝術基金會共同舉辦姚一葦逝世十週年紀念活動之一的「一葦渡江——臺灣現代劇場的領航者」特展，於臺北藝術大學關渡美術館展出，至 6 月 3 日止。

25 日，舞臺劇「一口箱子」於臺北藝術大學展演藝術中心演出，由姚海星導演，至 6 月 3 日共演出八場。

6月　2～3 日，由臺北藝術大學戲劇學系所與姚一葦藝術基金會共同舉辦「再造臺灣劇場風雲：姚一葦國際學術研討會」，與會者有朱宗慶、王友輝、鍾明德、胡耀恆、馬森、牛川海、王士儀、陳正熙、黃美序、林克歡、紀蔚然、司徒芝萍、吳麗蘭、張啓豐、陳玲玲、汪其楣、林清涼、詹惠登、姚海星、李立群、黃建業、陳婉麗、王孟超等人。

臺北藝術大學戲劇學院與姚一葦藝術基金會共同創辦「姚一葦戲劇論文暨劇本獎」。

2010年　本年　臺北藝術大學戲劇系黃建業與張啓豐、楊其文共同推行「姚一葦、汪其湄、賴聲川戲劇創意典藏計畫」，數位化典藏重要手稿、演出資料和影音紀錄。

參考資料：

・陳映真主編，李映薔、王友輝編輯，《暗夜中的掌燈者——姚一葦先生的人生與戲劇》，臺北：書林出版公司，1998 年 11 月。

・王友輝編，《姚一葦》，臺北：臺北藝術大學，2003 年 7 月。

・張俐璇，《兩大報文學獎與臺灣文壇生態之形構》，臺南：成功大學臺灣文學所碩士論文，2007 年 7 月。

輯三◎
研究綜述

姚一葦研究綜論

◎王友輝

前言

　　姚一葦先生，本名姚公偉，1922 年生於江西鄱陽，自高中念書開始，便離鄉求學，大學生涯更在二次大戰的戰火中隨校遷徙，1946 年完成廈門大學學業之後旋即結婚並東渡來臺，直到 1997 年因心肌梗塞驟逝，75 年的生命歷程中，有半個世紀以上在臺灣度過。於廈門大學就讀期間，靠著自學開始接觸文學、戲劇，並於報章雜誌投稿，以筆名「袁三愆」撰寫評論及翻譯，以「姚宇」創作小說和散文，展開戲劇與文學的創作、研究及教育之路。

　　事實上，抵臺後之後的姚公偉曾任職於臺灣銀行長達 36 年，但銀行界卻鮮有人知先生之名，1953 年因翻譯、出版馬克吐溫的《湯姆歷險記》，文學家王夢鷗為其取名「姚一葦」，其後便以此為名，開啟了這個名字和臺灣現代文學、現代戲劇密不可分的關聯。

　　先生半個世紀以來，以多重身分活躍於戲劇、文學與美學的領域，而關於先生的研究論述大約可分為四大類：一是關於其人之訪問或追憶，多半著墨於先生讀書治學、生命情誼的層面；二是關於其文藝創作，特別是劇作與小說的分析與評論，這部分關於劇作的探討顯然是最多的，或有單一劇作的分析，也有不同作品的歸納比較；三是針對其理論著述的研究，這部分的研究其實並不多，且較多屬於論著體系之整理，評述則較少；第四類則是戲劇教育、劇運推動與建立文學批評的領域，勾勒出先生被稱為

「一代戲劇導師」與「暗夜中的掌燈者」的緣由。

　　本文將從「人、文、理、育」四方面來檢視研究者對於先生的探索。

一、關於其「人」的記述

　　從先生生前接受訪問的文章以及身後眾人的追憶中，不難描繪出先生外冷內熱、嚴肅嚴謹的形象，也許是長年的銀行辦公生涯，養成他生活規律、嚴謹嚴肅的生活習慣，在黃富美〈姚一葦七十「戲」說從頭〉的訪問中，他說自己是「白天就這樣放勁工作、致使晚上從不打夜工」，無論是工作、讀書、創作，始終一絲不苟。古蒙仁〈獵殺時間的姚氏潛艇〉文中，更透露出先生善於運用時間的生活特質，在辦公時間，他力求「今日事，今日畢」，在公餘時間，他便將有限的時間加以切割，區隔出不同的時間段落，在每一個時間段落中「只專心一件事情」，時間到了，沒做好便毅然放棄，再做另一件事情。這樣的時間哲學，毋寧說明了他如何能夠在朝九晚五規律的辦公及大量的教學生涯中，依然持續產出相當分量的理論作品和劇作。

　　而其「讀書人」的角色特質當是眾人對他最是鮮明的認知，先生期許自己「不作空頭文學家」，更自許「讀書要讀到出入古今，無罣無礙；治學要自出機杼，獨立門戶；創作要走出自己的窠臼，展現一個全新的世界」，其中關於讀書的部分，這個特質反應在其創作論述之中便是他的博學以及對前人理論的鑽研與整理，他曾戲稱自己是「知識的雜貨舖」，是在幫學生以及表演者「讀書」[1]，他透過大量的閱讀了解前人的研究精髓，進而建構出個人的理論乃至於成為進一步評析作品的知識基礎。而其對人的真誠不虛、對事的認真執著，在同輩與晚輩之中皆是如此，以臺灣現代文學的諸多名家而言，他們年輕時所寫的小說，在雜誌投稿的同時，皆被先生以「面對經典」的嚴肅態度加以分析，這不單單只是一種鼓勵，卻有

---

[1]參見林懷民，〈懷念姚公〉一文，收錄於陳映真主編、李映蕾、王友輝編輯之《暗夜中的掌燈者——姚一葦先生的人生與戲劇》（臺北：書林出版公司，1998 年 11 月），頁 65～67。

實質上的意義，乃如先生所說的是一種「在砂礫中找出鑽石」的期許，儘管先生自己說這些都是「只做分析的工作，而不作價值上的定位」[2]，但是無形中已經將臺灣現代文學的創作者拉近到經典評價的地位。

　　事實上，在諸多記述中，我們也不難發現先生性格中互爲矛盾的特質，除了外表嚴肅而內心熱切的性格之外，先生雖然是五四之後的 1922 年才出生，但其以魯迅爲榜樣，間接承襲了五四以來知識分子的精神與特質，他的堅持傳統又努力創新、生活態度保守但創作態度開明，律己嚴格而對人寬厚，在在呼應著身處在中西交會的時代特質，而這些，與其創作爲文更有著不可分割的關聯。

　　在先生的生命過程中，東渡來臺之前，可以說是他後來著述創作的學習準備階段，來臺之後前面十年困守在銀行的工作中安身立命，讀書與翻譯小說是這個階段鬱悶生活的重要出口，其後因緣際會兼爲傳道授業的老師，並展開編輯雜誌、分析當代小說，以及被先生自己視爲最重要的劇本創作等等工作，在這個階段，先生已成爲戲劇及文學界舉足輕重的「老師」。爾後，60 歲時，以其對戲劇劇場的熱情和理想，提前自銀行退休，創立了當年的國立藝術學院戲劇學系（今之臺北藝術大學），並擔任首屆戲劇學系的系主任及藝術學院教務長，五年後卻堅持在 65 歲時屆齡退休專任職務，交棒給年輕的學者，但仍然兼課教學直到 75 歲驟逝爲止，其遠離政治核心、不結黨結派，專心讀書、著述與教學，而能夠在臺灣戲劇與文學領域隱然枝葉成蔭，這與他的人格特質實有密不可分的關聯。陳映真以「暗夜中的掌燈者」稱之，以及戲劇界普遍認爲其爲「一代戲劇導師」，自可看出「其人」在臺灣文學與現代戲劇領域中的真正意義。

二、關於其「文」之論述

　　先生曾在誠然谷〈文學・戲劇・批評──姚一葦教授訪問錄〉中，表

---

[2]參見鄭樹森，〈古典美學的終點〉，收錄於陳映真主編、李映蕾、王友輝編輯之《暗夜中的掌燈者──姚一葦先生的人生與戲劇》，頁 73～77。

達其「創作優先於理論」、「批評建立價值」的觀念，從這樣的角度我們便不難了解先生自述其個人生命的順序乃是：「劇作第一、理論第二、散文第三、翻譯第四、舊詩第五」的原因了。

在創作上，先生自大學時期便開始，這個階段的創作包括了小說、散文、劇作以及對西方經典劇作的評析，一方面這些篇章全都刊登於二戰前後中國大陸的報章雜誌，除了先生自己留存的剪報之外，研究者較難全面蒐集而有所論述評析，至今僅有朱雙一在先生過世之後先後發表的〈青年姚一葦──鮮為人知的早年創作〉和〈姚一葦學生時代的文學創作和戲劇活動〉兩篇文章中，針對先生早期的創作進行了一部分的研究。這時期的作品充滿了直接而強烈的「戰鬥意識」，以先生深受五四思想的影響以及對魯迅的崇敬來看，身處戰火延燒的時代，加上年輕熱血，其入世的觀念強烈，自然有別於遷居臺灣，乃至於二度短暫入獄之後的創作了。

事實上，先生的第一部劇作《風雨如晦》（亦名《明月何處》）至今仍深埋遺物舊檔中而未發表，爾後若有機會將此劇作公諸於世，先生以自學出身，從小說到戲劇創作的摸索創作脈絡便有機會進一步釐清。而在先生已發表的 14 個劇作中，簡約地約可分為兩大類，一是以古典為題材，二是以現代為題材，第一類以《碾玉觀音》、《孫飛虎搶親》、《申生》以及《馬嵬驛》為代表，第二類則是以《來自鳳凰鎮的人》、《一口箱子》、《紅鼻子》、《X小姐》和《重新開始》為代表[3]。在諸多評論中，大多肯定古典題材所透露出的現代義涵，以及在形式上跳脫寫實主義的框架，紀蔚然便認為「以《孫飛虎搶親》、《碾玉觀音》、《申生》最為突出。」更認為上述三部作品「是姚一葦戲劇遺產中最重要的三部作品，也是研究臺灣戲劇中不可輕忽的範例。」[4]

而其現代題材的作品，則顯現出意念先行的創作意圖，這幾個劇本時

---

[3] 除文中所列之外，古典題材另有《傅青主》、《左伯桃》，現代題材則另有《我們一同走走看》、《訪客》、《大樹神傳奇》。

[4] 參見紀蔚然，〈古典的與現代的──姚一葦的戲劇藝術〉。

代性和地域性均以較為隱晦的方式呈現，儘管意圖提升到象徵的層次，但情節較為稀薄的結果，也呈現出閱讀旨趣可能高於劇場實踐的現象。

　　事實上，不論是古典或是現代題材，「隱晦」創作現象的原因或可以從兩個部分來探討，其一可能因為先生曾分別於 19 歲和 29 歲兩次無故被捕入獄有關，白色恐怖的陰影讓先生透過藝術的技巧，以極其隱晦的方式建構其戲劇世界，進而抒發其個人的觀點。先生曾言自己的創作都是「有感而發」，不論是對個別生命或是人類世界，乃至於社會的時代與現象，這些「感」轉化為戲劇世界時，為了逃避可能的無妄之災，以特殊的形貌框架在普遍且近乎荒謬的世界裡。

　　其二或許跟先生個人的閱讀及興趣有關，先生曾說一生受三本書的影響極深，分別是艾思奇的《大眾哲學》、佛洛伊德的《夢的解析》以及亞里斯多德的《詩學》，[5]因此注重邏輯推演、探索內在思維、強調戲劇的統一性便成為其創作不可分割的基因。除了其理論著作的邏輯性強烈，我們更可在先生的劇作中找到相對應於上述三本書精義的形式和創作手法。例如，我們從先生的劇作中不難發現，其劇作大多透過時空的壓縮，反覆探索個人面對困境的問題，這即與《詩學》中所強調的統一性有密切的關聯；另一方面，較少為人知的，先生在古典詩詞作者中，從少年時期開始便最喜歡李商隱的詩，對那種以隱晦方式傳達深刻意念與情感的形式情有獨鍾，這也可能是其劇作無形或有意學習的結果。

　　先生在《藝術的奧祕》的〈論風格〉中，曾將劇作家區分為「內省型」的與「非內省型」兩種，也曾提及自己是「非內省型」的作者。然而，想要探索先生創作中究竟為何有所感？其作品內容與形式之間的關聯性等等議題，便不能不從抽象的理論跳開，或許，需要更深刻的比對先生創作劇本的當時，其生命階段所發生的事件以及當時社會的情境，才得以實際解開其「有所感」的真正內涵，或者說從其創作的觸發乃至於透過虛

---

[5]參見王友輝，《姚一葦》（臺北：行政院文建會，2003 年 7 月）。

擬戲劇世界的鋪陳之後，那一條思維邏輯的脈絡或許才能撥開迷霧而透件真心，在一般注重抽象意念的文本解析中，恐是無法窺得隱藏其中的社會與時代的影跡的。這一部分的研究，在眾多的劇作分析論述中是較為少見的，仍有待研究者繼續發現。

除了劇作議題的隱晦之外，先生的劇作具有高度文學性是不爭的事實，其因或許在於先生戲劇創作的自學便是從閱讀前人的劇本開始，是其根基之所在，先生晚年面對後現代作品強烈反文學現象時，產生了極大的焦慮和喟嘆，甚至極少見地針對這個議題為文提問，然而，先生自來在其論述演講中除了高度肯定劇本的文學價值之外，卻也不斷強調劇本的劇場性與可演性，只是，先生慣習的「劇場性」仍根植於寫實主義傳統的劇場操作模式與手法，以致於其以現代為背景題材的劇作，儘管文本意義充滿深入探索的空間卻始終在寫實與荒謬的表現框架中徘徊。當整個世界戲劇的潮流，從強調表演本質與投射的「演員劇場」發展到強調文學意念與意義的「劇作家劇場」，20 世紀開始，又從「劇作家劇場」轉而成為強調視聽印象與意象的「導演劇場」，這一發展趨勢投射到堅持劇場古典文學意義的先生來說，毋寧是極大的衝擊。事實上，先生劇作的「劇場性」反應在對於劇本結構及表現方式的實驗企圖，毋寧更是創作者的想像，而在古典題材的作品中透過東方意念與西方形式的結合，產生了相當程度的實驗意義與成就，但現代題材的作品失去了相對應的形式變化，以及「說故事」的支撐之後，難免暴露出先生創作上的局限。

另一方面，先生劇作的語言也是論述者少有觸及的，除了黃美序曾經針對先生早期六個劇作的語言、思想與結構[6]做過探討，以及部分如俞大綱的〈舞台傳統的延伸〉、蘇格〈《碾玉觀音》的探討〉、劉森堯〈《一口箱子》中的現代悲劇意識〉以及王墨林的〈從「心」開始〉等文章在討論作

---

[6]詳見黃美序，〈姚一葦戲劇中的語言、思想與結構〉，《暗夜中的掌燈者——姚一葦先生的人生與戲劇》，頁 262～297。

品時略有著墨之外[7]，其實是很少有人加以論述的。

　　語言乃是劇作極為本質與重要的表現工具，劇本中的語言和閱讀的文字之間，有著若似實別的差距，觀察先生劇作中的語言，或許思想性強烈但是生活性與口語性卻未必能夠完全掌握，或者說，先生的語言模式和當代口語存在著一定程度的差距，因此在表現古典題材時或者更能展現新意，但現代題材卻不免少了時代的語言特質，期望未來能有更多人針對先生劇作中語言的書寫加以分析，當可更全面了解先生劇作中劇場性的另一面向。

　　除了先生認為最重要的劇作之外，先生仍有諸多隨筆及評論文章，這些有的是演講的整理稿，有的是先生自己撰寫的文章，但有趣的是，以比例來看，小說的評析最多，其次是電影，關於戲劇的評析相對卻是最少的，現存發表的理論之外的戲劇相關文章，有的是西方經典作品的分析，更大部分是當代演出（尤其是藝術學院師生的演出）的引言，以近似導讀的書寫方式為之，卻少有針對當代個別戲劇演出或是劇本的「評論」，這一現象原因為何？卻是耐人尋味的，在未深入研究之前，僅能在此提出問題，解答便留待未來研究者繼續思索了。

三、關於其「理」之爬梳

　　先生在 50 年的論述歷程中，著有《藝術的奧祕》、《美的範疇論》、《藝術批評》、《審美三論》等美學論著，以及《詩學箋註》、《戲劇論集》、《戲劇原理》等戲劇理論，這七本理論著作可謂先生一生浸淫理論研究的重要著述，但針對這些著作加以研究的並不多，其中，鄭樹森的〈古典美學的終點〉雖是悼念文章，卻清楚勾勒出先生在文學批評上的古典美學基底與價值信念；而林國源的〈姚一葦先生的美學觀及其價值取向〉和牛川海的〈論姚一葦戲劇理論體系〉兩篇論文，則沿用了先生理論

---

[7]五篇文章皆收錄於陳映真主編、李映薔、王友輝編輯之《暗夜中的掌燈者》。

研究時邏輯性強烈、善用歸納整理的方法，將先生的理論論著摘要式地加以整理，使我們對先生的美學觀和戲劇觀有了鳥瞰式的認識，前者以先生所有的美學及戲劇理論論著爲對象，後者則偏重於戲劇理論的整理，比較特殊的是，牛川海的論文中，除了《詩學箋註》、《戲劇論集》和《戲劇原理》三本書之外，亦將先生於課堂中講授的「現代戲劇」[8]和「西方戲劇理論」等課程內容，以「戲劇現象論」爲標題，透過章節篇目的標明加以羅列，讓研究者得以進一步了解先生從《詩學》出發的戲劇理論思想體系的輪廓。

　　檢視先生的理論著述，我們不難發現其旁徵博引，博學多聞的讀書人本質，更以邏輯性強烈的綱目，爬梳整理了西方美學和戲劇理論。其理論的論述架構，通常從本質的抽絲剝繭開始探討，接著再針對作品的形式和現象加以分析，換言之，透過理論的本質觀看了古往今來理論的抽象義涵之後，再反觀現象世界中藝術作品的形式，通過兩者之間的互相印證對比，從而建立起對於美學、戲劇的整體概念。

　　或有評論者認爲，先生的理論論述著力於前人理論的爬梳，卻鮮有對於前人理論的批評，因而並未能「獨立門戶」地創建屬於個人的理論架構，這點從開山立派的角度來看誠然屬實，但這也正是先生獨特的地方，以戲劇理論來說，面對古今東西浩瀚的經典作品與理論派別，先生曾言「唯有磕頭的份」，其謙遜的本質表現在學識的淵博和對知識的興味之上，從另一個角度來說，在缺乏深度作品與理論基礎的臺灣現代戲劇場域，他毋寧以開拓者之姿，默默耕耘地引介西方知識，期望一方面厚植創作的基石，一方面透過作品的累積才得以建構出屬於當代臺灣的理論，這和他古典的信念有著相對應的關聯，也是一生一以貫之的態度。

　　綜觀臺灣現代劇場，幾十年來相對於其他文學藝術的理論研究儘管不

---

[8]「現代戲劇」乃是先生在文化大學部授課時的課程之一，「西方戲劇理論」則是研究所的課程，筆者均有完整的筆記。其中，先生「現代戲劇」的講述內容雖未曾出版，其授課的學生卻人人有筆記，因而曾有人盜用全部內容，以不同的書名出版，但先生得知之後，其敦厚的個性並未予計較，僅此爲記。

多，卻仍多半生吞活剝地移植西方理論，而少有人得以自立門戶地創建出普遍可用的戲劇理論，先生的「導師」角色，在於引領而未必自我成就便可見一斑。

四、關於其「育」的闡述

先生的書房門口掛著一幅魯迅書法的藍布門簾：「橫眉冷瞪千夫指，俯首甘為孺子牛」，這不僅是先生對於魯迅的崇敬更是自勉，而先生在「教育」的層面更不止於學校而已，透過雜誌的編輯以及撰稿、透過「實驗劇展」的推動與呵護，實質的社會教育更彰顯先生在臺灣現代戲劇及文學的重要性。這些部分，在《暗夜中的掌燈者》一書中，先生的學生晚輩有著不同面向的闡述，對應著先生的人格特質與處事態度。

觀察先生的生命史，從 35 歲那年的一場演講踏入了教學的講堂[9]，開啓了教育的大幕之後，先生在學校教育的領域中深耕了 40 年，歷年曾受聘任教於藝專、政工幹校和文化大學等校，爾後更於 1982 年參與規劃並創立了國立藝術學院戲劇學系，由其教學經歷中，便可一窺臺灣戲劇專業教育從草創到發展的歷史脈絡。事實上，國立藝術學院創立之前，先生始終未曾間斷在銀行的上班工作，因此，25 年間所有的課程皆是利用週末或是晚上時間講授，如果不是堅韌的毅力和持之以恆的定力，是很難周全的，而創建新校新系的期間，先生直接面對的是接踵而來的人情說項，使先生曾一度明生退意。最後，仍是那一股對戲劇的熱誠，以及對戲劇教育的使命感，讓他全心全意投入建校創系的工作。

先生曾自述其辦學理念[10]，認為第一是人才，第二是設備，第三才是房子，他創辦戲劇系有幾個從籌備之初即有的原則：

第一，要創辦一個真正的「劇場系」。換言之，是有別於僅僅紙上研

---

[9]參見王友輝《姚一葦》及李映蕾，〈戲劇的偶然，偶然的戲劇〉，《暗夜中的掌燈者——姚一葦先生的人生與戲劇》，頁 232～236。

[10]參見姚一葦口述、李強記錄整理之〈一個劇場系的誕生〉，收錄於邱坤良、李強編輯之《劇場家書：國立藝術學院戲劇戲演出實錄》（臺北：書林出版公司，1997 年）。

究的「戲劇學系」，他認為舉凡劇場演出的所有舞臺、服裝、燈光等等部門，都必須能夠親自動手完成，因此，專業戲劇教育的場地、設備和訓練都是辦學必要的條件。

第二，要維持劇場的專業訓練。師資除了學歷，還必須具備專業執行的能力，他認為，沒有好的老師，一切的劇場理想皆成泡影。因此他竭盡所能，內舉不避親、外舉不避仇地在國內外到處打聽，網羅專業人才加入教學的行列。

第三，要堅持五年制的特殊學制。他認為，中國現代劇場及劇場教育體制固然源自於西方，但是，中國戲劇仍有固有的傳統，甚至自成一個表演體系，為了得以學貫中西，並有能力建立自己的劇場體系，他認為四年的課程對學生而言負擔過重，因此主張以五年的學制完成教育養成。

第四，要實施獨立招生的入學考試制度。他認為劇場系的學生應有「別材」與「別趣」，不能只會念書，而應該在劇場各部門具有特殊的天賦，並且要能對劇場工作「著迷」，而大專聯考依照分數分發的制度，所招收的學生在素質上、興趣上恐怕都將無法滿足劇場系的需求，因此主張獨立招生，並且加強術科考試。

30 年後的今天，國立藝術學院已經改制為臺北藝術大學，我們平心而論前述四項原則，其實第一項在藝術學院創校之前的政戰學校（今之國防大學政戰學院）、國立藝專（今之國立臺灣藝術大學）、中國文化學院（今之文化大學）等校的戲劇科系，當時都有著相同的劇場訓練，只是在經費設備不足的情況下，劇場工作往往是在極度克難的狀況下完成的。藝術學院戲劇系從創立之初，得天獨厚地有著充分的資源，至今仍是其他院校難望項背的，如果不是先生的先見之明和努力爭取，恐怕是難以達成的。從另一個角度來看，先生創建劇場系的理想，儘管中文系名因為官僚體系而無法更動，仍維持「戲劇學系」，但實質上卻已經脫胎換骨地成為注重展演的科系。

至於第二項中關於師資的邀聘則有許多的傳奇，在李映蕾〈戲劇的偶

然，偶然的戲劇〉中有著相當生動的描述。從早期聘任的教師名單中，我們可以觀察到先生的無私，這些教師和先生未必有著相同的質性，充分顯現了他兼容並蓄、廣納賢能的真性情，在聘用教師上更不問背景出身與派別的初心，以致於教師群中會有賴聲川、邱坤良以及鍾明德等等完全不同質性與研究專業的人士。楊照在〈姚一葦——藝術舞臺幕後的指導者〉一文中，認為藝術學院戲劇系在 1980 年代末期之後成為小劇場運動的急先鋒，先生因表明反對的立場而動搖了他作為戲劇界「大老」的權威地位。事實上，戲劇系的教學以及展演，從來就不是小劇場運動的急先鋒，臺灣小劇場運動的發展，始終主流於校園以外的創作者。而先生的所謂「反對」，毋寧是憂心當代劇場的發展走向，畢竟先生從古典出身，在現代的浸淫中成長，面對去文本、去語言的後現代趨勢，自有其無法理解的憂慮。

至於第三項，在時空環境已經改變的現今，臺北藝術大學戲劇學系已經發展成為一個多系所的戲劇學院，招生更有其現實條件的考量而改為一般大學的四年制了，先生所堅持的五年制早已成為明日黃花。

但是，回首檢驗先生當年高度理想化的堅持，對比國立藝術學院成立之初所培養、後來加入臺灣現代劇場的畢業生們，他這一樹覆蓋繁花的綠葉，他「俯首甘為孺子牛」的苦心，畢竟開花結果。這一切，如果沒有先生人文氣質中高度浪漫的前瞻和信仰，大刀闊斧的理性開創格局和胸襟，以及他在矛盾與衝突之中堅持自己的理想，卻也在這種衝突矛盾之中不斷思索的生命情性，一個理想的藝術教育空間，將不可能在新時代將要起步的臺灣藝術教育界成為事實。

其實，在諸多研究中，特別是戲劇教育的研究在臺灣相當闕如，我們於是很難真正深入探討學制的不同、教師質性的不同所帶來的教育成果的差異，這恐怕也是對於先生的研究論述中相當缺乏的一塊拼圖。

除了學校的專業藝術教育，先生所身體力行的還包括了社會的藝術教育，前所言其早年編輯雜誌時，分析年輕小說家們的作品毋寧是一種社會

教育的層面，而 1980 年開始舉辦的「實驗劇展」更是不折不扣的社會藝術教育，先生在當時廣邀劇場的老少同好積極籌備，一連五年舉辦了「實驗劇展」，在讓參與者沒有票房壓力、創作自由的理想下，臺灣現代劇場開始了新的生命。對於這個實驗性的演出活動，他的觀念相當明確，首先，演出必然是帶有實驗性質的新創作品；其次，一定要賣票，一方面爲有限的經費找到活水源頭，另一方面則是希望在觀眾中建立「買票看戲」的觀念。同時，爲了吸引媒體的注意而擴大影響力，他主張集中演出力量，以劇展的形式在臺北南海路的國立藝術館推出。

五屆「實驗劇展」期間，共演出了 34 齣新創的作品和兩個世界名劇，拜當年的演出檢察制度之賜，一方面也是先生重視文本文學性的因素，這些演出都是從劇本出發的創作，具體實踐了先生戲劇文學與劇場結合的理想，更重要的意義在於，配合著社會威權時代的鬆動，它帶動了年輕人投入現代劇場演出的風氣，戲劇不再是一個僵化的、森密不可碰觸的禁地，儘管：

> ……『實驗劇展』並沒有能夠對社會乃至於文化起多大的決定性作用，它呈現出來的成果，也僅止於劇場觀念的自省，和劇場藝術的開花，留下一些為識者津津樂道的優秀作品。但是這些作品依然有其劇場的價值和藝術上的成績，在形式上不但打破當年的傳統，提供了一個新的劇場視野，同時，作品中對人生所提出的看法也有其完整的見解……。[11]

在「實驗劇展」中的創作者們，或深造或繼續留在劇場中，有許多人成爲國立藝術學院主要授課教師；而 1986 年之後臺灣現代劇場的蓬勃，與五屆實驗劇展的舉辦，更有著不可割裂的歷史因緣。這部分的研究，在陳玲玲的〈落實的夢幻騎士──記戲劇大師的劇場風骨〉和陳正熙〈1980 年

---

[11] 參見王友輝，〈臺灣實驗劇展研究（1980～1984）〉，刊於《藝術評論》第 11 期。

代臺灣小劇場運動的歷史意義——以「實驗劇展」的開始與結束爲例〉的文中，均有不同面向的思考和討論。

結語

　　先生一生藉由文章的書寫將思考付諸於文字，表現出文人以文章淑世的信念，其畢生未從事任何政治性的活動，但是春風化雨、提攜後進，甚至以創作和學術研究，親身見證了 1960 年代以來臺灣文學藝術的發展，他的影響力恐怕比任何一位在政治環境中位極高官的人都來的重要而實際。「萬不可去做空頭文學家」的魯迅遺言，對他而言，的確是終身奉行不渝，而是否成爲「大老」，又哪裡是他所關注和在意的？先生的喟嘆毋寧更多是對自己創作和研究上的思索，他在 75 高齡時仍企圖找到新的出路而期待「重新開始」。

　　1997 年先生驟逝之後，曾出版了由陳映真主編，李映蕾和王友輝編輯的《暗夜中的掌燈者》一書，書中選錄了相當多與先生相關的研究和論述，其後除了個別研究者之外，陸續有幾次的研討會舉辦，也產出了不少關於先生的研究，因此本書的選編，除了少數篇幅由於內容對本書的完整性有其特殊必要性而重複之外，其餘只得割捨而偏重於《暗夜中的掌燈者》所未收錄的新文，仍分爲「人、文、理、育」四大類收錄，企圖透過這樣的選編，得以勾勒出先生較爲清晰的多重角色形貌，期間有少數篇章由於作者個別的緣故或是無法在付梓之前完成授權而有遺珠之憾，另一方面，由於時間的緊迫壓縮，不論是綜論本文或是相關選編材料，或有疏漏之處，尚有待研究者的指正，更期望本書能夠拋磚引玉，激發更多研究者投入研究而延伸先生一生堅守的志業。

輯四◎
重要評論文章選刊

回首幕帷深

《姚一葦戲劇六種》再版自序

◎姚一葦

我自小愛好戲劇。民國 27 年進入高中，正值抗戰初期，演劇之風甚熾，我曾隨學校參與抗敵宣傳工作，演出街頭劇。當時所接觸的只是一些國人作品和翻譯。民國 30 年進入大學，在圖書館中發現大批英文本西方戲劇，使我眼界大開，只要得暇，就捧著字典讀。讀得越多，就越著迷，以至於也想編一部戲劇。

大學三年級的暑假，大部分的同學都回家了，而我的家鄉淪陷，自從進入高中以來，就從沒有回過家。這時整個宿舍變得空蕩蕩的，我一個人住了一個大房間。閒著沒事，開始寫劇本。在一個多月的時間裡，寫了一個十萬字的劇本，共五幕七場。可是寫成之後我沒有再看它一遍；寫完了就是一種愉快，就不再去想它了。這個劇本我現在還留在身邊，每年暑天拿出來曬一曬，以防蟲蛀，卻沒有勇氣讀它，應說是非常幼稚的吧。我害怕看到自己的幼稚，但無論如何是我編劇生涯之始。

民國 35 年我來到臺灣。我有了家，有了孩子，而且有一個忙碌的工作，因此剩餘的時間就很少了。但是只要一有空暇，我就往舊書店跑，陸陸續續買到一些日本人留下的劇本，有英文的和日文的。於是我開始學習日文，因光復不久本省同事全都懂日文，真是一個學習日文的好環境，所以進步很快。這些舊書成為我當時的精神食糧。

我一向讀書不抱任何目的，為讀書而讀書，為興趣而讀書，把讀書做為娛樂，做為消遣。從來不曾想過教書，也不曾想做個文人。直到民國 45 年，張隆延先生接任國立臺灣藝專校長，求才若渴，竟然枉顧茅廬，邀我

教授戲劇，（這件事我記錄在《戲劇論集》的自序中，此間不贅。）成為我從事戲劇工作的開始，也影響了我以後的一生。

因為教書的關係，不免與同學談起編劇的問題，感到空談理論，往往隔靴搔癢，自己無論如何要做點帶頭的工作。所以開始構思，卻苦無時間靜下心來寫。直到民國 51 年，我獲得二星期的休假，就如一個窮人突然獲得一筆財富，必要好好利用。在這個期間，完成了《來自鳳凰鎮的人》三幕劇。寫成之後，既無演出的機會，亦無地方發表。第二年，因應白先勇之邀，與余光中、何欣共同擔任《現代文學》的編務，這個劇本才得以問世。發表之後，頗受到一點重視，臺大、藝專、東海等校相繼演出。之後也有不少學校演出過，但都只是學生的業餘演出。倒是今年五月間，新加坡「藝術劇場」的一次公演，似乎較為轟動。我沒有親身見到，只看到剪來的報紙，有關的報導和評論，達八篇之多，這種情形我好像在國內尚未曾見過。

自此之後，鼓起了我編劇的興趣。這時候我正謙卑地向我國傳統戲劇學習，使我企圖結合我國傳統與西方、古典與現代，在一個大家所熟悉的故事中注入當代人的觀念。民國 54 年，我又利用了一段休假期間，完成了《孫飛虎搶親》。在此劇中，我採取了韻文的誦的形式和大量的歌唱，也運用了我國平劇和地方劇的技巧；可是問世以來，從未有演出的機會，我想人員眾多，技術複雜，沒有藝術界，特別是音樂家的全力支持，是難以嘗試的。所以我得耐心等待，總有一天會有人來演出它的。

民國 56 年我開始寫《碾玉觀音》。這個故事在我心中蘊藏了許多年，開始時係做為一個電影的題材，講給藝專的幾位同學聽，希望有人將它寫成電影劇本。經過了許多年，未有人動筆。於是我將它以舞臺劇的形式來表現。此劇雖然根據的是宋人小說，但是我做了徹底的改變，從鬼的世界轉化為人的世界，更把崔寧提升到藝術家的境界。或許因為它具有一個美麗的外殼——一個濃馥的愛情故事——的緣故，容易為人所接受，發表之後，有過多次的演出，而且被改編成電影，但是我仍在期待我心目中的秀

秀和崔寧的出現。

　　之後，有一段時期我的心情非常困惑，我開始思索人的問題，使我想起童年在家鄉，目睹人們到廟宇許願和還願的種種情形，他們虔誠地向神靈祝禱，或爲自身的疾病，或爲婚姻，或爲求子，或爲求財，當他們的願望獲得了某種程度的滿足，立即什麼都忘了，依然故我，他們很少關心別人，只關心自己。我想在今天，挽救人的應該不是神，而是人自身。於是在此一衝激之下，於民國 58 年發表《紅鼻子》一劇。刊行之後，在李曼瑰教授主持下，改名「快樂的人」，由各大專劇團聯合演出，趙琦彬導演，聶光炎舞臺設計，許常惠作曲，劉鳳學編舞，動員了比較多的人力。我幾乎每場都到，我不知有沒有人被感動，我則是被感動的一個。

　　我閱讀歷史，發現晉世子申生之死，具有極爲濃厚的悲劇性，但是此種悲劇性質不是西方的，而是中國的，是中國人所特有的。於是我開始仔細閱讀有關史料，我想盡可能忠於史實。我採取了希臘悲劇的形式，安排一個歌隊，並將劇中的角色約減到最低的限度，讓申生從不出場，而控制全劇。此種形式所受的限制比較大，我所費的時間也比較多。寫成之後，除了臺灣大學中文系的同學在校內試演過一次，未見到任何正式的演出。這當然不是一部好演的戲劇，像驪姬與少姬的角色不易找到，而如何安排歌隊則尤其困難。恐怕只能期待將來了。

　　民國 61 年秋我應邀訪美，這年冬天我在愛荷華城度過，讀了一些從來未曾讀過的書，也見到一些從來未曾見過的事物，但是心情極不寧貼。尤其是想到中國苦難同胞所受的折磨，以致夜不成寐。於是《一口箱子》於焉成形。本想於旅美期間完成的，然而只寫成了一場。這段期間應是我一生中最閒暇的時候，但是人卻宛如懸在空中，無可依憑，以致思路不能集中，面對稿紙，久久不成一字。直到次年夏返國，才予以完成，而第一次演出則在四年之後。那時從海外回來了黃美序、汪其楣和司徒芝萍三位學習戲劇的朋友，於是在俞大綱先生的鼓勵之下，以文化學院藝術研究所戲劇組的名義作第一次公演。這次的演出雖然時間匆促，經費短缺，卻是我

的一次難忘的經驗。

　　以上所述,是我自民國 51 年至民國 62 年間所完成的六個劇本的寫作經過。十多年來只有這樣一點成績,思之汗顏!這些劇本都刊行在小雜誌上,本無彙集成書之意,其後因瘂弦擔任華欣文化事業中心的編務,在他的慈惠下,經整理出版。但是自民國 64 年刊行以來,經過了六年的歲月,才銷完一版。此間有一個非常奇怪的現象,那就是劇本最為滯銷,甚至學習戲劇的同學,也很少購買。在這樣的情況下,我不應也不能讓出版社虧本下去,有意讓它絕版算了。可是半年以來,我接到許多的電話和信件,包括來自海外的,問我這本書哪裡有售,使我又覺得似乎不能讓它絕版,因為還有人需要它。因而我想收回版權,再作處理。可是華欣文化事業中心的負責人不讓我收回,願意再版此書,此種不計盈虧的態度,令我感動,也令我感激。這就是本書再版的由來。

　　我創作劇本從未抱持任何目的,只是一時的感觸、在自我的驅迫下,一吐為快。近年以來,年事漸長,閱歷漸深,感觸也越多,我從未為寫作的題材發愁過。可是最近兩年,一則雜務紛陳,二則內子患病,使僅有一點空閒,得用來照顧她。我這個人事務再繁,都不懼怕;可是內子的病所給予我的心頭壓力,其重如山,我是完全的被壓倒了。因此我唯有祝禱上蒼:如果還要我再寫出一些東西來,便應使她早日康復,我才能再握起這枝筆,努力寫下去,死而後已!

——1982 年 9 月 6 日《聯合報》

——選自姚一葦《戲劇與人生——姚一葦評論集》

臺北:書林出版公司,1995 年 10 月

我與《現代文學》

◎姚一葦

　　1962 年，確切的日子已無從記憶，只記得有一天晚上，王文興突來拜訪。我和他並不相識，只讀過他寫的文章。他的來意是要我為《現代文學》寫篇文章，並指定題目：有關斯特林堡戲劇的，因為他們正要出一期斯特林堡的專號。從他的口中，我才知道他們正遭遇到難題：《現文》同人均已畢業，有的出國，有的正在軍中服役，已經到了難以為繼的地步。我當時不僅答應寫這篇文章，並表示我的高度同情；只要他們需要我，我可以為《現文》效力。這是我為《現文》所寫的第一篇文章：〈斯特林堡與現代主義〉（刊第 15 期，1962 年 12 月 20 日出版），也是我與《現文》的關係之始。

　　幾個月之後，我接到白先勇的邀請，要我去他家，參加商談《現文》未來命運的茶會。這是我第一次見到白先勇。在座的還有余光中、何欣和楊沂（水晶）等人。商談的結果：今後這個雜誌改為季刊，年出四期，由余光中、何欣和我負責編輯，經費則由基金支付。原先創辦《現文》的同人，幾乎全都出國留學，他們只能在稿件上支援，實際的事務必須由我們挑起。從此之後，《現文》進入了一個新的時代。

　　我於是成為《現文》的顧問。擔任顧問的一共有余光中、聶華苓、何欣和我四位。聶華苓因已赴美，實際的工作全部由我們三人負責。因此我們經常見面，商量有關該刊的各種問題。當時我們做了幾項重要決定：第一，大家分頭拉稿，輪流主編。第二，以創作為主，翻譯為輔。我們認為，我們正缺少一份純文學創作雜誌，許多有志於文學的年輕朋友，沒有

發表的機會，因此我們希望它成為文學愛好者共同的園地。第三，完全不考慮商業性，亦即不迎合讀者。我們歡迎獨特的、新奇的、把人嚇一跳的作品；同時，我們沒有宗派，不標榜什麼，不喊口號，只要是好的就用。第四，我們絕不罵人，我們不做消極的、破壞性的工作，我們只做積極的、建設性的工作。我們只提倡，也只重視創作。第五，我們對各種文學的類型，同等重視，詩、小說、散文、戲劇和評論，希望做到每期都有；尤其是戲劇，在此間一向遭到冷落，盼望能把這種風氣改變過來。第六，我們要使它不再是份同人刊物，而走向廣大的社會，因此要加強促銷的工作，譬如向學校，以及到各種文學性聚會場合去賣。這些原則，在我們主持的時代，都盡可能去做，從來沒有違反過；只有在打開銷路的這一點上，我們雖然盡了最大的努力，效果則非常有限。實際上這正是小雜誌的共同命運。

共同拉稿，輪流主編，由第 17 期開始，這一期由余光中負責。內容有詩、小說、戲劇、散文、論文、批評和翻譯；創作稿件計 18 篇，翻譯 2 篇。共 140 頁。以後各期大體上照著此一標準。

輪到我編第 19 期，我收到白先勇的〈芝加哥之死〉、王文興的〈欠缺〉、歐陽子的〈貝太太的早晨〉，和我拉到的陳映真的〈將軍族〉、水晶的〈快樂的一天〉等小說時，內心的愉快和興奮，不可名狀；我感到我們的文學真的起飛了，文學的時代已經到臨了。我們得要好好的愛護它，培植它，讓它開花結果。

我們三人的合作，只維持了一年，1964 年秋，余光中去了美國。於是自第 22 期起，只剩下何欣和我。我們的工作，大體上，何欣管錢和印刷，我則管發書；我們共同拉稿、審稿和發稿。社址由余光中家搬到何欣家，於是我成為何欣家的常客。我們兩人合作了一年多。直到 1965 年冬天，王文興返國時止。

王文興學成歸國，返回母校臺大任教，這當然是《現文》的一件大事。王文興是這份刊物的創辦人之一，而我們則是在他們出國期間的代理

人，我們當然要物歸原主。其次，我們和他們的年齡上有差異，他們不一定滿意我們的做法，與其將來不歡而散，不如愉快地分手。再者，我們先後搞了將近三年，也有些疲倦，現在有人來接替，正好休息休息。於是我們請王文興吃飯，將《現文》的有關帳目、款項和存書，甚至郵票、信封，點交給他。何姚主編的時代就此結束。

我自爲《現文》寫稿，到擔任《現文》的編務，三年以來，不免有些感想。

第一，《現文》出現了大批作家，除了白先勇、王文興、歐陽子這批老人之外，陳映真發表了他早期的幾篇重要的作品，奠定了他的寫作生涯的基礎；此外王禎和、七等生等人亦嶄露頭角，導致他們後來的成功。我覺得這個時代的經濟剛剛起步，1950 年代的陰霾雖未消散，但爲了配合經濟發展，展現了較大的呼吸空間，也使文學拓開一片生機。同時，教育的普及與大量留學生出國，西方現代主義如排山倒海而來，使文學青年眼界大開，不再拘泥於傳統的表現方式，開創出一片嶄新的天地。

第二，這個時代的新興作家，年齡都未超過 30，有抱負，有理想，而且還有一股傲氣，貧賤不能移，威武不能屈。這個雜誌是沒有稿費的，而他們有些人的生活，相當艱困，他們卻不願將自己的作品去換錢，更不會做任何自己所不願做的事情。他們對文學的熱狂與使命，深深感動了我。

第三，自第 15 期至 26 期，每期都有我的文章。第 16 期發表的第一個劇本《來自鳳凰鎮的人》，第 17 期起連載我的《藝術的奧祕》，這部書除了〈論批評〉外，都是這段時間寫成的。第 26 期又刊出我的第二個劇本《孫飛虎搶親》。合計起來總共寫了將近四十萬字。這個時候我在臺灣銀行板橋分行任職，係第一線工作，忙碌而繁瑣；又在國立藝專兼教「戲劇原理」和「現代戲劇」。《現代文學》有一大堆雜事要做，除了看稿、校對、回信、邀稿之外，還要發書。每逢出書，得全家總動員，自寫封套、裝封袋，由家人幫忙，然後坐上三輪車，送到郵局。現在想來，這段時期我是怎樣活過來的？我真的不敢相信。

　　我沒有任何的寫作習慣，任何時間，任何天候，我都可以工作，只除了睡眠（我要有充分的睡眠，否則一天就白費了）。臺灣的夏天很長，對我而言，這是最辛苦、最困難的日子。我記得，每到盛夏，我常打赤膊，用一條濕毛巾圍著脖子工作。有時候寫到血液上騰，以致手足冰冷，頭腦發脹，我害怕會倒下去。這種情況之下，我才停下來，把腳浸在熱水裡，用冰毛巾敷頭，要好一陣子才能平復。但是，這段期間在我的一生中卻是最興奮、最愉快的日子。我看到了許多文學青年的成長、壯大，我也分享了他們那一股逼人的氣勢，也親見到了文學的發芽與生長。

　　我完全沒有接觸到錢的問題，我只知道白先勇赴美時，留下了一筆基金，存在一家鐵工廠裡，不多久就被倒了。於是立即發生了財務上的問題。後來完全靠先勇寄支票來貼補。我們每期印 1000 本，開始時每期售價七元。自 24 期起，因增加篇幅為 200 頁，售價調高到十元。當我們接辦時，每期的銷路連訂戶只有一百多本，迨我們交出時可以銷到 800 本；同時帶動了過期雜誌的銷路。因此新舊雜誌合起來的收入，幾乎接近維持的程度。

　　至於開支，事實上只有紙張、印刷和郵資三項（主要為國外郵資，包含一批海外訂戶和寄給白先勇的航空費用）。我們沒有聚過一次餐或喝過一次茶，也沒有報過一次交通費。我們認為開源既不易，只有節流；有些錢，我們能貼的，就貼上算了。

　　我自從交出雜誌的編務之後，就沒有再過問《現文》之事。《現文》在王文興主持之下，又回到臺大外文系。風格發生了很大的改變，翻譯和理論性文章增加，採取專號的形式。這樣又維持了三年。

　　1968 年冬天，白先勇返國，《現文》改組，由仙人掌出版社經營，余光中主編，並一度改為雙月刊。我只在光中的邀約下寫過兩篇文章，其他的事都不曾過問。光中主持的時間並不長，似乎只有四期。其後又發生了人事變化，我則完全沒有參與，也就不知其詳了。

　　直到 1972 年秋，我又回到了《現代文學》。這個期間正是柯慶明主持

的時代，由他的邀約，自第 48 期至 51 期，先後發表了一篇批評、三篇散文和一個劇本，我只供應稿件，其餘之事，非我所知。

　　1973 年 9 月，《現文》第 51 期出刊後，終於停刊了。為什麼停刊？內情我雖不甚清楚，我想經濟上難以支持，應是最主要因素。蓋自 1970 年代以來，臺灣的工商業獲得長足的發展。整個社會正急遽的商業化，當然影響到文化事業。一方面，講究包裝、印刷、外表的美化；另一方面，內容則力求通俗，以迎合讀者。於是像《現代文學》這樣性質的雜誌，之無法打開市場，自是必然的了。

　　《現文》停刊，一晃就三年過去了。我們已逐漸的淡忘，各忙各的生業去了。但是我知道有一個人仍沒有忘懷，仍沒有心死，那就是白先勇。

　　果然，1976 年寒假，白先勇自海外歸來，在他的奔走，在幾位舊人的起鬨下，《現代文學》經過半年的籌備，終於在 1977 年 7 月出版復刊號第 1 期。這一期的《現文》無論封面、版式、紙張、印刷各方面，都比以前顯得厚實而美觀，它又進入另一個新的時代了。

　　復刊後的《現文》，白先勇雖仍是發行人兼社長，但卻擺脫了財務上的負荷，而交給遠景出版社來經營，由高信疆負責編輯。我這位《現文》老兵自動歸隊，復刊號第 1 期就刊出我的劇本《傅青主》。

　　不料復刊後只出了兩期，高信疆突然因故不幹，《現文》立即出現了危機。於是我在白先勇與遠景的慫恿與催促下，臨危受命，單獨挑起了主編的重擔。我雖明知此事難為，但由於我與它的淵源，和對它的深厚情感，我無法推辭，亦不能推辭。

　　我擔任這份工作，自 1978 年尾起至 1984 年初止，做了整整五年。五年來，每年 4 期，共出版 20 期（自復刊號第 3 期至第 22 期），未曾間斷。因此我可能是擔任這份雜誌的編輯中最久者，計前後歷時八年；也是最後的一個，因為自 1984 年 3 月出刊第 22 期後，《現文》就正式結束了。

　　假如有人問我，對這最後的五年有何感想？我的答覆是：這是一個不同的時代。《現文》的舊人都已年過 40，已成為社會的中堅，他們有自己

的工作與事業；同時也都有了聲名，為各方所爭取，要他們全力支持《現文》，事實上辦不到。至於新進的作家，因為報刊每年舉辦徵文，一經入選，名利雙收，使他們趨之若鶩，我們無法與之競爭；同時他們的想法和觀念都與前一代有別，因此我們之間便有了差距，難以親近。過去的時代是一去不回了。

我明知道過去的時代已一去不回，但是我仍然幹下去，因為我把它變成一種「工作」。雖然這份工作沒有任何的報酬，沒有驚喜，沒有興奮，也不會獲得任何人的讚賞，可是我覺得這是我能做、也應該做的「工作」。於是我默默地、沒有抱怨，也不懷希望地做下去。我看著它一點點地萎縮，終於由我唱出了最後的安魂曲。

文學，進入了後現代主義的今天，它是什麼樣子？論者眾矣，毋庸我饒舌。然而我這個現代主義時代的過來人，仍保有對文學那一份執著，至死不悟。我所做的或許有如唐吉訶德之向風車挑戰，顯得十分的可笑與愚蠢，但對我而言，則不是沒有意義，它是支持我活下去的重要理由。

吾老矣！然而，假如有機會為文學的未來而奮鬥的話，我想我還是會拿起那生鏽的長矛，騎上那匹瘦馬的。

——選自姚一葦《戲劇與文學》
臺北：聯經出版公司，1989 年 9 月

人生之「境」
關於《傅青主》

◎姚一葦

為什麼我要寫《傅青主》？

我雖然發表過幾部戲劇，可是從來沒有爲錢寫過，並不是說我有錢，而是我生活簡單、慾望很低。那麼我爲什麼寫作？自然一定有什麼東西迫使我，令我覺得應該一吐爲快。關於《傅青主》的寫作動機和經過，我自己寫了下來，就是劇本的序言，在此不再贅述。我們今天處在這樣一個功利、現實的社會裡，我有很大的感觸，因此我決定要寫一個人物如何維護他的原則，如何排斥、抗拒外來的壓力和誘惑，而產生了這樣一個劇本。

這部戲劇是怎麼樣一種戲劇？

這部戲劇和一般的戲劇有點不一樣，可以算作歷史劇，因爲它是取材於真實的歷史，但它又不同於歷史劇，因爲歷史劇處理的往往是一個時代，具有一個更廣泛的面；而我的這部戲劇，重點則不在反映一個時代，而在表現一個人物，所以這部戲劇似應歸之於傳記劇。傳記劇是不好寫的，因爲一個人的一生有很多事情，如何能在短短的時間內來表現呢？這當然是一個問題。

我如何處理《傅青主》這個傳記劇？

亞里士多德在《詩學》第八章提到，戲劇不能以一個人的一生爲題材；換句話說，傳記劇在希臘時代應該是沒有的，因此我的處理方式是反

亞里士多德的，不是希臘觀念下的戲劇；而是屬於所謂的「敘事詩戲劇」（"epic drama"）。

追溯西方敘事詩戲劇的歷史源頭，雖然很長，但它的盛行，卻是本世紀的事，特別是敘事劇場（epic theatre）登場之後。然而真正盛行敘事詩戲劇的是在中國。我國的戲劇容有高度的敘述的成分，而且幅度很長。例如《琵琶記》，蔡伯喈和趙五娘分別發生了很多事件，這些事件雖然相互牽涉，但卻是各自獨立的。這正是敘事詩戲劇的特色。這個特色一直延伸到我們的平劇。如《紅鬃烈馬》，寫的是薛平貴和王寶釧的故事，從「花園贈金」到「大登殿」之間有不少的段落，這些段落都可以獨立演出。所以這種戲劇的構成方式，不是西方的傳統方式，而是我們的傳統方式。

爲了寫這個劇本，我曾仔細研究過傅青主的傳記，發現要將他的傳記寫出來，不是一件容易的事，當然我若將它寫成傳奇一樣，包含幾十個段落，那也是可以的，但以今天的演出情形，自是不可能。因此我便採取了兩部分，這兩部分，是兩個各自獨立的故事，第一個故事寫他四十八歲，在監獄中的一段；第二個故事寫他七十多歲，行醫、拒絕徵召的一段，兩個故事間隔了約三十年，人物除了傅青主外，沒有一個是相同的。從另一個角度來看，這應該是兩個戲劇，兩者之間只有一個關聯性，便是傅青主。但是如果只寫一段，那不足以表現傅青主，更不能定名爲「傅青主」。傅青主的重要性最少要用兩段來表現，這兩段關係他太大，不能略掉。但是孤立的兩段事件如何連接呢？於是我採取了說書的方式。這個戲劇就變成了說書。

這個戲劇是假設一個人在說書。說到中間不說了，請你看戲，以戲代替說書；戲告一段落，再說書，最後又以說書結束。如此便串連起來了。因此說書是一個很重要的部分，是串連兩個獨立事件的必要東西，沒有說書，兩段故事便連不起來，所以這個戲劇結構正是敘事詩戲劇的形式，既是說書，又是戲劇。說書人不是劇中人，是一個敘述者；而敘述者是一個局外人、旁觀者，他和戲劇的發展沒有關係。因此他和劇中人不論造型

上、表演上，各方面都應該有所不同。我想這樣的形式，恐怕很少人嘗試過，假如有，那就是 Bertolt Brecht 的《高加索的粉筆圈》（The Caucasian Chalk Circle），因此若有人說此劇受他的影響，那我就很難分辯了。因為那個戲剛好也是兩部。

我在此戲劇中想表現什麼？

戲劇所表現的乃人生之「境」（"situation"），在《傅青主》中我安排了兩個部分，實際上就是人生的兩種境，或「困境」。第一種困境是人面對死亡的問題，或許有人說這是一個普通的問題，毫不稀罕。但是這要看你從哪一個角度來看，我所提出來的不是「死的艱難」的問題，而是「生困難抑或死困難」的問題。死固然有其困難，但生也有困難，因為生就要負責任，就必須承擔更多的痛苦。因此在我安排的第一部中，看起來好像他們是掙扎在死亡的邊緣。但實際上是在表現死與生的對比，由此一對比所產生的問題就比較深刻。我個人認為死是簡單的，死是一了百了，人一死，對社會便完全沒有責任，就像劇中的牛喜兒，他是死亡了，他的死實際上就是一種移轉，死了之後沉重的擔子便要由生者來負擔，所以生比死更艱難，也更重要。

但是我不認為生死問題就是人生的最大困境，因此我又安排了另一個境，表面上看起來似乎不是困境，但在我看來這才是人生真正最大的困境。這第二部分所表現的是：人活著不只是承擔責任，還有一個重要的東西，那便是堅持「原則」。如果人都是活在一個沒有原則的世界，此劇便可以扔入字紙簍中，因為它毫無意義；不過人是應該有原則的，而且應該為操持原則而奮鬥。我們知道在中外歷史上都出現過，人為堅持自己的原則而不惜犧牲生命。這正是先聖先賢的作為，亦正是歷史的光輝所在。傅青主到後來功名利祿垂手可得，可是他為了自己的一個原則，他要對抗這些，甚至他的老朋友、他的小孫子都覺得那是不必要做的事，更別說那個老和尚和其他的人了，這才是真正的孤獨。傅青主在監獄時，周圍都是他

的朋友，他是不孤獨的，到了這裡，雖然他的兒子、孫子仍然會聽從他、不會對抗他，可是實際上這才是他最孤獨的時候，他必須一個人孤獨地對抗加在他身上的問題，我覺得這才是人生一個最難的困境，而我將這個人生最難的困境以喜劇的方式處理，因為我必須將我的嘲弄、諷刺意味加進去，所以用了些看起來很輕鬆的東西，而輕鬆的背後，常常是很沉痛的。

此劇演出時，希望收到什麼樣的效果？

我之所以採取了說書的方式，第一是劇本結構上的需要，另外也還有一個原因，那就是說書在中國眼看就要滅絕了，不管是彈詞、大鼓，都是中國的國粹，我們卻沒有一個說書的場子，而說書這個東西，具有悠久的歷史，這是自宋朝以來便有的，我們應該某種程度的讓它復活。一般來說，書場是設在茶館裡，非常嘈雜，絕不像今日的劇場那麼安靜，因此說書人的聲音要特別的響亮，比如大鼓書的聲音便是高亢入雲，如此才壓得住場子。

今日的戲劇沒落到什麼樣的程度，各位心裡明白；而觀眾究竟帶著什麼樣的心情進入劇場？他們並沒有把劇場當作一個莊重的場所，只是姑妄看看、消遣一下。因此我認為必須給觀眾一點刺激，所以這個說書人一上來必須把觀眾嚇一跳，聲音高亢得令觀眾安靜下來，規規矩矩的看戲。甚至於這個說書人最好面部完全打白，給予觀眾一點驚奇，若以普通的裝扮，則達不到這種效果，所以又用了一個瞎子。當他說：「在下負鼓盲翁，伺候各位看官老爺。」這句話必須像釘子一樣打出去，然後提起中氣，先四句定場詩，然後唸「西江月」，如果這樣還壓不住觀眾，讓他們鴉雀無聲，這戲便可以停演了。

中國人將演員出場謂之「亮相」，這在西方是沒有的，一個演員上場只要走上兩三步，便可知是不是一個好演員，這實在是很有道理的。戲劇能否壓得住場子，負鼓盲翁是第一個因素。

正戲上演時，第一個要製造的氣氛便是要觀眾震驚，當然不是亂搞刺

激，而是在戲劇進行的脈絡上，自一開場傅青主的受刑，一直到牛喜兒之死，必須緊扣觀眾。牛喜兒之死是高潮所在，讓我們回到戲劇最古老的源頭──祭典，莊嚴而神聖，最好將觀眾也捲入戲劇之中。使觀眾在情緒上有如參加了一個祭典一樣，可以得到一種情緒上的淨化。

第一部完了之後，必須休息十分鐘，再進入場中，情形爲之一變，舞臺上所進行的是輕鬆的喜劇。凡是喜劇，便係訴諸理性，可以讓人思考、冷靜的看戲，自與剛才第一部捲進情緒的漩渦的情形有別，甚至完全相反。但特別要注意的，稍一不慎會變成鬧劇（farce），分寸之把握十分要緊，故第二部比第一部更難處理。

這部戲的最難處，乃是演員如何把握傅青主這個人物，他必須由四十多歲演到七十多歲，以一個沒有達到這種年齡與境界的人，而要來表現傅青主這個人物，包括他的思想、教養、能力、意志、性格，是很不容易的。如今要把他呈現在舞臺上的是一個二十歲左右的孩子，要承擔那麼大的任務，我無法要求嚴格，因爲他在經驗上是不可能具備的，我唯有希望他能在知識上去體驗、自學養上去揣摩。

──1981 年 5 月 14 日《聯合報》

──選自姚一葦《戲劇與人生──姚一葦評論集》
臺北：書林出版公司，1995 年 10 月

旅館‧過客‧縮影世界
一葦先生談《紅鼻子》

- 《紅鼻子》首次總設計會議
- 1989 年 3 月 3 日午後
- 臺北市辛亥路國青活動中心
- 出席：姚一葦（劇作家／導演）、陳玲玲（導演）、李賢輝（舞臺設計）、靳萍萍（服裝設計）、游昌發（作曲家）、林家文（舞臺監督）

一次打破「不解釋自己的劇本」之特例

這一輩子，很少解釋過自己的作品。寫了一些劇本，有些得到演出的機會，人家問我的時候，我總是說你看到什麼就是什麼嘛，這次是個例外。我擔任過《一口箱子》的製作人，但未曾實際處理過我自己戲劇的演出。以前，確實做到了不加入任何我作者的干預。我知道作者干預是不妥的。不過，今天是個特例，我必須與各位溝通我創作這齣戲時的一些想法。

《紅鼻子》是齣標題戲劇

我構思一個劇本至少一年，《紅鼻子》也是。構想、醞釀到寫作的年代是 1968 年，民國 57 年。當時，臺灣的經濟已開始蓬勃發展，尤其是紡織業。眾多青年才俊都活躍於紡織工業裡。

創作這個劇本，我是有點野心的。這戲共分四幕，每幕訂了一個標題，這四個標題——降禍／消災／謝神／獻祭——是了解這齣戲最重要的關鍵。我特意如此安排；這是齣標題戲劇。

　　這麼安排，動機為何呢？這當從我童年的經驗談起。小時候，在家鄉，往往，我看見遭遇各式各樣災難困境的鄉人或親友，在這種非常時刻，他們萬分虔誠地去求神拜佛，他們多是這般許願道：「一旦災難過去，我將如何如何改過自新，我必如可如何答謝神明……」等到災難過去了，我親眼看見，他們三步一跪的，一路叩跪到山上廟裡，獻上三牲等祭品去謝神。但是，謝神獻祭完畢回來，他們就恢復原來的面目，絲毫也沒改變。在求神時許願所懺的悔，完全煙消雲散無蹤無影。這是人類一而再重現的情境。身臨厄運時，他會自責，以為是自己的罪愆遭到天譴，那時節，他是真心誠意想改過向善的，一旦災禍消除了，他就故態復萌，我行我素。

　　「獻祭」這淵源古老的儀式，也是這戲要探討的重點。

　　在古希臘，人們為了祈禱農作物豐收，舉行山羊祭，更早的時候，是用人祭，殺人祭神。凡是祭，必要流血，在希臘、中國、基督教文化國度，都是如此，是全人類的共同行為模式。

　　祭，有殺牲口甚至殺人去祭神的，還有一種，則是自我獻祭。後者隱射了人與神之間的關係。基督走上十字架，是自我獻祭，他要用自己的血來洗滌人類的罪惡。替人類捨命贖罪，不僅基督教，佛教亦復如是。釋迦牟尼捨棄了王子之尊，步出宮廷，在曠野中餐風飲露，衣不蔽體，無比艱難地苦練修道，直到在菩提樹下頓悟。在學生時代，我曾走過一座山上喚「捨身巖」的地方，是某佛教徒從山岩跳下捨身贖罪之處。

涵藏象徵意味的旅館和大自然

　　在《紅鼻子》，我意圖解構宗教，解構神話。「降禍／消災／謝神／獻祭」這非常原始古老的題旨，我將它們現代化了。我把人類亙古以來這個主題，隱藏在一個現代化的社會框子裡：旅館。

　　旅館，是人為的文明產物，旅館外面，是不可知無以控制的大自然。人類喜說「克服自然」，從古至今，無論科技怎麼發達，人類能作為的，其

實很有限。在這個戲劇世界裡，顯示人類文明的旅館和彰顯宇宙本體於萬一的大自然並立，兩者都具有象徵意義。

這座旅館的空間，即是人的世界。人一生中面臨的災難，不外生老病死。對青年企業家，有比破產更緊急的危機麼？靠創作闖天下的作曲家，啥事比江郎才盡更苦惱呢？葉家承受著疾病的痛苦。葉小珍的症狀，無論稱之為呆痴症或自閉症……有比這更痛苦嗎？大人小人都受煎熬呀！富商彭孝柏遭遇了獨生子飛機失事的厄運。人們所關切的，不外這些名、利、生、死、疾病罷。這些人，這些境遇，統統聚集在這旅館裡，旅館裡的人事物和合而成一個縮影的娑婆世界。

在這個小小空間外面，是不可測知的大自然——天、海、風、雨，氣象磅礡，變幻萬千，無常的命運。外頭大自然的變化與旅館裡頭的情境相互緊密牽連著。第一幕「降禍」，斯時暴風雨驟至，強大的壓力感籠罩整個空間。戲劇動作從「降禍」到「獻祭」，天氣從狂風暴雨到次日的萬里晴空；晴天，一如暴風雨，都是有用意的。

混合現實與超現實的現代寓言

這齣表面看來是寫實的戲劇，其實完全不是寫實的。看來「像」寫實，乃因要表現「這是個人類的世界」。這戲亦有超現實的成分，紅鼻子神性部分是超現實。它是在現實基礎上的超現實，是架構在我們生活的這個現實世界。旅館裡的所有客人，一點都不遠離我們，資本家就是資本家，做生意的就是做生意的，寫流行歌曲的、領班等等，一點沒兩樣。那對帶著小孩出來度假的夫婦，為了兩文錢就拌起嘴來……這些都是我們身邊的人，都是最真實的人，也許，就是我們自己。只有紅鼻子與眾不同，他具有神人二重性，當他戴著面具出現時，他有超現實意味，說的話，唱的歌，都帶著濃厚的神祕性，具有魔法師的魅力。

神人二重性的紅鼻子

對人類，我懷有悲憫之情。從小我便開始思考如何貢獻一己之心力來救助人類。這也是宗教人士關切的題旨。我塑造了一個角色，一個完全現代化的「紅鼻子」，喚他叫「神賜」是有含意的。神是什麼？神就是人呐。耶穌是人，釋迦牟尼是人，皆是在獻出自己後，被人們供奉為神的。紅鼻子是神人二重性的角色，紅鼻子面具戴上或取下，截然不同的兩個人。

拿下面具時，神賜，是個平凡的小人物。他很內向，極害羞。打出生起，他的父母家人過分呵護他，長大成家了，能幹的太太復全面照顧他，從出生到成人，在過度完密的眷顧中，他是個沒有自我的人。或說，在父母和妻子的意志控制下，不讓他有絲毫獨立自主的活動能力，他喪失了自我。劇中，夫妻倆憶起漆門的往事，他連門的顏色都不能干預，至多輕微抗議一下：「難道一定要用這個顏色嗎？」看來是很瑣碎的家務事，卻有高度的暗示性：他完全是被操控著。

在完全被控制的情況下，有的人就這樣過了一生，另一種人就不同了。這種人，他有他的抱負，有思想，他要突破現狀。還是悉達多太子的釋迦牟尼，在皇宮裡，他是完完全全被眷護著、侍奉著，他不須動心費力去愁煩任何事，忽然有一天，悉達多捨掉一切榮華富貴權柄，跑向菩提樹下，走向民間……我不敢把神賜比悉達多，但有這個心理在。當然，神賜不如釋迦牟尼那麼超凡入聖，他是戴著面具走入人群的。他有二重性：戴上面具，就具有神性。救助別人時，他是無我的。

弔詭的現代「消災／謝神／獻祭」

紅鼻子宛如神明般，幫助有災難的人度過難關，他們的問題彷彿全都解決了。彭孝伯的兒子未搭那班失事的飛機，但是，他的心疾——刻薄冷酷——卻未因紅鼻子的開示而獲得任何改進。他曾慨然允諾協助曾化德和胡義凡到期的票據，但災難一旦消除，他老奸巨滑地回絕他們：「我會回去

問一問，搞搞清楚，同時我要對你們的工廠有個了解，老實說，我現在一無所知，當然什麼也談不到。」縱使彭孝柏將票子延後一個星期軋銀行，一星期後他們不是一樣得破產嗎？那位在電臺寫作流行歌曲的「音樂家」，雖然靈感讓他「茅塞頓開」，但創作才華就此源源不斷了麼？葉小珍能夠痊癒嗎？誰知道！這就是人類的一般現象，眼前的災難過去了，彷彿一切都獲得徹底解決，卻因根本癥結和心性上的劣根性，通通留下了問題。

他們得到紅鼻子神力的協助，消除了災難，我藉著大夥聘請雜耍班的演出來表達他們酬神的心意。謝了神，人性中最根深柢固的罪孽卻如昔遺留著。看透了這一切的紅鼻子，明白他並未真正解決什麼，決定要捨身自我獻祭。

紅鼻子是如何獻祭的？我把這個問題留下一個大問號：他是去救溺水的舞孃？自殺？或另有用意？他會死嗎？他會不會回來？……這個詮釋，我們完全交給觀眾，端看個人對生命經驗的領悟了。不過，他的面具被揭穿了，這是很殘酷的：他從神的境界跌落到塵埃裡，變回一個十足的窩囊廢！他究竟是為了救助世人而獻祭——世人是這麼的無可救藥啊！——還是為了他自己而走上祭壇？這個問題太深刻了，沒人能答覆，我都無法答覆。我只是想討論一個關於人類前途和命運的問題。

——選自姚一葦《戲劇與人生——姚一葦評論集》
臺北：書林出版公司，1995 年 10 月

遣悲懷
代序

　　內子筱蘭於今年 1 月 17 日凌晨 3 時 15 分去世，今日是她死後第 78 日。在這段日子裡，我總想寫一篇紀念她的文章，可是每次提筆，禁不住情緒的激動，以致熱淚盈眶，久久不成一字。但是我發下誓言，在這篇文章未寫成之前，我絕不寫其他的東西。

　　可是話又說回來，我雖未寫成整篇的文章，但卻做過一副輓聯和一首詩。輓聯是在將她的遺體自醫院送到殯儀館的途中寫下的，完全是衝口而出，實話實說，不加修飾。

　　一生行事，教我，教學生，教育子女，從不為自己。
　　半世姻緣，相親，相敬重，相互扶持，唯願結來生。

而詩則是不久前寫成的，茲錄如下：

悼亡
筱蘭謝世已二月，每握管，悲自中來，不成一字。今夜獨坐，忽興詩思，因成一律，以誌吾哀於萬一也。

風淒雨闇一燈昏，獨對空幃有淚痕。
離亂天涯長與共；闌珊歲月孑然存。
姻緣再世難憑信；生死無端不可論。
細語叮嚀猶在耳，此情唯待夢中溫。

詩雖不工，卻使我發現我是冷靜下來了，我似乎可以接受這個事實；也使我能夠提起筆來，了卻我的心願。

我們相愛是在民國 33 年，大學三年級結束，四年級開始，我們一同參加「清宮外史」的演出，她在前臺演珍妃，我則在後臺打雜。她在學校裡是一鋒頭人物，追求她的人很多；我則既非好學生，亦不出色，只愛讀書（功課以外的書）和瞑想；而且我的年齡小她一歲半，她卻選擇了我。後來我常開玩笑問她是何緣故，她每次總是指著她的眼睛，笑而不答。所以她是第一個發現我的人。

我們一出校門就結了婚，跟著有了孩子，而且來到臺灣。那時剛剛光復，工作很好找，我進入臺灣銀行，她進入一女中，我們便負擔起一大家人的責任——她的父母、妹妹和我們的孩子。我們過著最平凡的生活。

如自世俗的觀念來看我，不只是平凡，而且是毫無出息。我是銀行系畢業，在銀行工作（當時有銀行系學位的人是很少的），應該有比別人更多的機會，但是由於我的個性，不應酬，不逢迎，甚至不理人，於是在一間小分行裡擔任公庫的工作，一做就是十多年，只看著別人步步高升，而我卻依然如故。同一性質的工作做久了，令人心煩，我於是把美國公庫制度、日本公庫制度，利用中午空閒的時間譯了出來，再收集了一些其他國家的制度（這些資料後來送給朋友寫論文去了），感到再也沒有什麼好弄了；竟異想天開，寫了一封信給當時銀行的當權者，毛遂自薦，說我不是要升級，只希望換一個不同性質的工作，讓我有學習的機會。我當時懷著極大的希望，希望他來考我一考。可是此信寄出之後，如石沉大海，杳無音息。

有了這次教訓之後，我完全拋棄了工作上的進取之心，也完全放棄了求人之意。剩下來我所能做的只是讀書，為讀書而讀書，為發洩而讀書，為娛樂而讀書，就如此這般過了十多年，直到藝專校長張隆延先生找我出來教書為止。這十多年來，筱蘭完全支持我，支持我的這種生活方式；而且排遣我的那種寂寞。那時候我沒有一個學問上的同道，也沒有一個創作

上的朋友，有時候也信筆塗鴉，她是我的唯一讀者；她讀過之後，我就信手一丟，從來沒有拿出去發表。

但不是說沒有過發表的衝動。記得有一次，當我讀到某先生的一篇文章，他的觀點與態度，我不僅不表贊同，且令我不舒服，於是提筆寫了一篇文章，極盡其尖酸刻薄、嘻笑怒罵之能事，寫成之後，頗為自得，於是請她過目。她看後只說了一句話：「這不是你應該做的事情！」我當時彷彿挨了一棍，突然清醒了過來，立即當著她的面將它撕毀。從此之後，我就再也不曾寫過這種文章。我只做正面之事，不做負面的事；我只寫建設性的東西，永不寫破壞性的東西；我可以不說話，要說（假如發現人家的好處），只說人家的好處；我只問我自己如何如何，不問別人如何如何；我只要求自己，不要求別人。這是她影響我一生的一件大事。假如當時她稍加鼓勵，甚至讚美，那我可能就不是今天的我了。這正是妻子給予丈夫的教育。記得我在討論俞大綱先生的《新繡襦記》的文章中曾提到妻子教育的重要，是有所據而說的，只是不敢舉自己為例而已。

事實上，做一個只會讀書，而且是無目的讀書人的妻子，是十分累人的。如果是為考試而讀書，或為取得學位而讀書，時間是有限的；而無目的讀書是永無止境的。她在一女中教國文，有大堆的作文簿要改，有無數的考試卷和作業要看，往往要工作到深夜。她還要料理家務，照顧孩子，還要讓我有一個安靜的環境，可以讀書寫作。對於如此沉重的工作，從來沒有一句怨言，也從來沒有對我有過不豫之色。可以說 38 年來，我是在她的照顧之下成長的。

要讀書，就得買書，因為我不認識任何學術團體，也沒有圖書館可以利用，只能買日本人留下的舊書。於是一有空暇便往牯嶺街、南昌街和西門町一帶的舊書店跑，東尋西覓。可是那時候生活艱困，有一大家人要維持，要買書得省下錢來。記得有一次，我們積下了一點錢，打算買一架電風扇，可是我卻在一家店裡發現了一套書，價錢不便宜，相當於當時一個多月的薪水。我跑了好幾趟，和老闆討價還價，他看我來往奔波，就一文

也不肯讓。於是回家和她商量，她非常乾脆：「你買吧，電風扇以後再說。」諸如此類之事，經常發生。

她治家節儉，尤其是自己的衣物、首飾，從來沒有浪費過，就是那少數的幾件首飾，在一次小偷的光顧下，一掃而光；以後就更把這些東西看輕了。每樣東西，即使舊了、破了，也捨不得丟棄；有時我偷偷丟掉，被她發現，又撿回來。她總是說：「還可以用，為什麼丟掉。」節儉是她的習慣，但卻絕不重視錢財。所以我才能長期以來，做一個「非賣品」，我的大部分的作品都發表在沒有稿費的小雜誌上，不但不曾為家用增添過一文，還得賠上稿紙。她完全支持我的做法，認為：「錢多了沒有用，夠活就好。」因此我們共同抵抗過外來的誘惑，共同拒絕過賺錢的機會，以保持我們的一點「有所不為」。

她的教育子女，有她的一套方法。凡是有關孩子的飲食起居、行為舉止、功課遊戲，一一暗中觀察，如發現有問題，便和我商量。她從不苛求，亦從不嘮叨。在我的記憶裡，她不但沒打過孩子，亦從沒有疾言厲色罵過孩子。凡是惡人都由我來做。我們的幾個孩子因係在如此溫馨的母愛中長大，一個個放學之後，立即回家；他們成家立業之後，亦都愛好家庭生活，可謂由來有自。我記得當我們的第二個孩子就業結婚時，她只告誡他兩件事：「第一不可貪非分之財；第二不可鬧桃色新聞。因為這不但自己不能做人，連妻子兒女也不能見人。」言簡意賅，表現出她的性格。

她的性格有許多地方與我正好相反。她有高度的容忍與耐力，表面柔弱，實則剛強；而我則性情急躁，易於衝動，外表強悍，而內心軟弱。所以事無大小，總要和她商量，一經她首肯，我便感到信心百倍，義無反顧。所以有許多地方，成為我的精神支柱。我脾氣不好，常因細故而叫嚷起來，她對付我的辦法很簡單，不是不響，就是回我一句：「我現在很忙，不跟你講。」待我平靜之後，再質問我：「你剛才的態度是怎麼攪的？」我一聲「對不起」，便一笑而罷。所以我們之間從不曾爭吵過；即使賭氣，也是片刻之間的事。

　　她的另一長處是細心，正好彌補我粗疏之失。我常寫錯字，並非是不知道，而是不注意。我寫的一些學術性論文和書籍，因感茲事體大，絲毫錯失不得，所以自己一讀再讀。可是其他的作品，如劇本、短文、文書、信件，均信筆寫來，不加修飾就請她看，她總會找出幾個錯字，和有欠通順之處。她常笑我是「錯字大王」。因爲我有過幾次經驗，有些東西未給她過目，就寄了出去，事後想起某個字有誤，可是已來不及改正，真正悔恨無已。所以凡經她看過的，我才放心。像這樣的小事，我也已依賴成性。

　　她找錯字的能力的確很高，這與她長期改作文有關，但是她經常慨嘆壞文章看多了，寫作的能力會退化，爲了避免退步，她有一段時間練習寫作。她曾以「姚芷」（這個名字是我開玩笑時取的，暗藏「姚姊」之意）的筆名，發表過幾篇小說（不久前林海音女士在《聯副三十年文學大系》小說卷的序言裡還提起過）。但是她是瞞著我寫的；寫成之後，亦從不曾經我看過；要等到刊登出來才發現。我每次問她爲什麼不事先讓我看看，她總是回答我：「寫得不好，沒什麼好看。」可惜她沒有繼續寫下去，她冀望退休之後再恢復，也已成泡影。

　　她的耐力和勇敢，在生病期間更加表現了出來。

　　民國 69 年 6 月初，我在辦公室接到她自醫院打來的電話，告訴我醫生認爲她乳部腫塊可能是乳癌，須立即開刀。我當時嚇一大跳，而她則非常的鎮靜，反而安慰我，不要慌張。於是我們以最快的速度，安排住院開刀。手術前後，她一切處之泰然，從未露出憂愁之色。傷口恢復之後，接受化學藥物治療一年，這一年之內，除了藥物反應之外，身體日漸恢復，使我放下了一顆心。不料好景不常，到了 9 月，胸脯上又出現一粒黃豆大的硬塊，經檢查爲癌細胞。於是在友人的介紹下，轉到榮總癌症中心治療，一切重新開始，這中間照過三次鈷六十，兩次切除手術，兩種不同的化學藥物注射，均無法阻止癌細胞的發展。以致胸前硬塊日多，右手臂水腫，身體日漸衰弱，最後更由外部轉移到脊骨和肺部，終告不治。

　　乳癌的後期，應該是世界上最痛苦的病，因爲神智是清楚的，而身體

的各部門都在痛楚之中。我嘗想假如這種病是生在我身上,我一定無法忍受。可是她絕未抱怨過,也不喊叫,默默的承擔這一切;而且從未向疾病投降,也無一言交代她的後事。記得今年初,已是癌症的末期,脊骨已開始腐蝕,動彈不易。我們的朋友李豐醫師來看她,見狀深感不忍,問我她有無談到死亡,我搖搖頭。於是她要我避開,她要和她單獨談話,過後她告訴我:她仍認為她不能死,因為我需要她。她就是這樣勇敢地支撐著,因為她太了解我,知道沒有她,難以獨存。也因此使她所受的痛苦延長了不少時日。

自從去年九月,女兒返回美國讀書之後,照顧她的工作便由我一人擔承,我停止了夜間和星期假日的一切活動,陪伴著她。使我親身體驗了人世間最親近的人的最殘酷的死亡;死亡是一點一點的接近,一點一點的腐蝕,一點一點的變形,也一點一點的摧殘,直到最後。我不相信在人世間還有比這更可惱的經驗?還有比這更深沉的痛苦;一個人在面對了這樣可怕的死亡之後,即使像我這樣脆弱的人,也不再害怕它了。假如有一天,死神降臨到我的身上時,我會蔑視它,它是再也嚇不倒我了。

但是她終於去了,而我還活著。就死者言,她活了 63 歲,自現在的標準來看是少了些,但不能說短壽;在她一生中,丈夫、子女都沒有令她煩惱過;生活雖非富裕,卻不曾匱乏;她死時應該一無遺憾。可是生者呢?

當然,我還是要活下去。但究竟是怎麼一種「活」法,這是我所面臨的問題。假如說,活在過去的記憶裡,活得可以吃喝玩樂,可以處理一些事務性的工作,可以就已有的知識教書,這種「活」法應該是容易的,我相信辦得到。但是對我而言,這不是真正的「活」,這是變相的死亡。我的所謂「活」,是能做她認為應該做的事,寫她認為可以寫的東西,也就是能夠讀書、治學和創作。然而讀書要讀到出入古今,無罣無礙;治學要自出機杼,獨立門戶;創作要走出自己的窠臼,展現一個全新世界,那就要心思寧靜,雜念不生,全神貫注,用志不紛;那就要切斷所有的紛擾,將過去一切暫時封存起來;那就要從那如磐的重壓中脫開,自枯寂與痛苦的深

淵中躍出，把自己拋向一個不可測的未來。

　　我不知道我有無這樣的勇氣與能力，我真的不知道，唯有祈求她在夢中來給我指引了。

——民國 72 年 4 月 4 日

——選自姚一葦《戲劇與文學》

臺北：聯經出版公司，1989 年 9 月

落實的夢幻騎士
記戲劇大師的劇場風骨

◎陳玲玲[*]

　　一葦先生常說，他之會走上做學問鑽理論這條不歸路，乃因讀書是他「唯一的嗜好」，且是「無目的的讀書」，他「爲讀書而讀書，爲發洩而讀書，爲娛樂而讀書」。寫劇本呢？夫子自道是：「在生活中受到某些刺激或有了某種衝動，想一吐爲快時，我會採取戲劇的形式來表現。……寫作劇本成爲我情感的宣洩，一經吐露，會感到心情舒暢，使我又能安靜下來。」晚年自稱是老維摩的一葦先生，一旦坐到書桌前，必是「心思寧靜，雜念不生，全神貫注」，他爲自己訂下的標準是：

　　讀書要讀到出入古今，無罣無礙；

　　治學要自出機杼，獨立門戶；

　　創作要走出自己的窠臼，展現一個全新的世界。

　　一葦先生無爲而爲地讀書、治學、創作，二十多年來，深重地影響了臺灣劇場之變革，從了無生氣的荒蕪狀態，逐步開拓成今天百花繁放的鬧熱情景。

　　縱算是「時機」在一葦先生傳奇性的「臺灣劇場第一導師」裡扮演了關鍵性角色，然如亞里士多德在《詩學》裡所闡述的，性格與思想，才是造成動作之各種特質的根本要素。

臺北藝術大學戲劇學院劇本創作研究所副教授。

在看似溫文謙和的風貌下，一葦先生讀書治學之勇猛和赤誠，以及義理分明的批判性格，孕育著他成爲一名文化鬥士的基因。

打從高中時期，一葦先生便參加學校宣傳抗敵演出街頭劇的風潮，這門「課外活動」自然而然地延續到他的大學生活。他與第一任妻子范筱蘭女士的姻緣亦肇始於舞臺。在流亡的廈門大學生涯裡，原考進機電工程系的一葦先生，因該系課業繁重，他爲了擁有更多時間「不務正業」，轉進銀行系。這位因戰火有家歸不得的年輕人，狼吞虎嚥地讀遍廈大圖書館的歐美經典作品和各類新知；戲劇占了極高的比例，其中兩大套易卜生全集影響一葦先生的劇作觀與人生觀最爲深遠。

抗戰時熾烈的戲劇活動，易卜生革命劇作家的熊熊火焰，五四運動後根植於知識分子心腦裡知識救國的使命感，在在交織成天羅地網布灑在年輕的一葦先生的靈命裡，結合他對戲劇文學和劇場藝術的癡情熱愛，與他廣收新知嚴謹治學的動力，在 1960 年代的臺灣，一位獨具現代劇場之遼闊視野的戲劇家，雖頗艱辛孤獨但著實地成長著。1963 年，《自來鳳凰鎮的人》發表，藝文界對這位四十出頭的「新秀」不禁注目，而後，《孫飛虎搶親》、《碾玉觀音》、《紅鼻子》各相隔兩年陸續問世，大家對其豐美多變的風貌和深遠的旨趣敬佩不已，加上他翻譯並詳加箋註《詩學》而成的《詩學箋註》（1966 年），與闡述藝術理論的《藝術的奧祕》（1968 年）、《美學範疇論》（1978 年），有識之士已很清楚，一葦先生至斯時已奠定他在中國當代戲劇文學和藝術理論屹立不移的宗師地位。

終其一生，享年 75 年歲的一葦先生共完成 14 個劇本、七部專題論著、六本結集的散文和評論。他從 24 歲畢業那年，偕新婚妻子來臺，旋即進入臺灣銀行工作，這個「本行」持續了 36 年之久，他絕大部分重要著作都是在謀生養家的隙縫間完成的，幾乎掌握了可資利用的每分每秒來讀書、寫作，實在是最精進的人。如果說有任何「天助」減輕了一葦先生爲謀生和養家之負擔而讓他能馳騁在浩瀚的學海裡，那必然要歸功他先後兩位慧質蘭心的妻子。何等天大的福分，兩位愛才惜才的才女——范筱蘭女

士（姚芷）和李應強女士（李映薔），她們皆奉獻了工作以外所有的精神和時間處理繁雜的家務瑣事，成就了一葦先生可觀的志業。這是任何人都要艷羨不已的。

擁有了劇作家、戲劇理論家、美學家和批評家等多項資產，在 1970 年代尚呈荒涼的臺灣劇場，一葦先生在精神上的領導趨勢已漸形成，然將一葦先生推進臺灣劇場改革運動之洪流的轉折點，應回溯到 1964 年藝專校長張隆延之邀聘，35 歲的一葦先生自此踏入杏壇。他先後在藝專、中國文化學院藝研所和影劇系、政戰學校等處授課，60 歲時他自臺銀提早退休，專職創辦了國立藝術學院戲劇系，是首任戲劇系系主任。

在資訊匱乏、物資拮据的 1960、1970 年代，由李曼瑰女士、俞大綱先生和姚一葦先生共同主持的文化學院藝研所戲劇組，那是臺灣劇場教育史上的金鋼鑽時期。三位文化巨頭的共同特色是學養深厚、人品清高、極度愛才、提拔後進不遺餘力。李老和俞老相繼在 1975 年和 1977 年辭世，20 年來，一葦師繼續堅守著薪傳的崗位，無有一日懈怠。他的門生陸陸續續成爲劇場創作和戲劇教育的中堅分子，每當一葦師有所呼籲，必是一呼眾諾，成爲該次演出工程最根本的班底。這項特質較爲明顯的活動有如：1977 年文化藝研所戲劇組《一口箱子》演出、1980 年到 1984 年之五屆實驗劇展、1989 年國家劇院的《紅鼻子》，以及 1995 年親自執導的《重新開始》。

在專業性舞臺劇演出尚屬難得的 1970 年代末 1980 年代初期，一葦先生主持的演出必爲藝文界盛事，若盡數列舉，便已勾勒出臺灣現代劇場發展的基本輪廓。在此，且擷取兩種稍具延展性的演出活動以爲思考。

從大禮堂到國家劇院的《紅鼻子》

《紅鼻子》之世界性首演是在 1970 年的青年節時分，在臺北新生南路的「大專服務中心」大禮堂，由「中國話劇欣賞委員會」、「教育部文化局」和「救國團」聯合主辦。由於執政黨仇「紅」忌「紅」，劇名甚至被改

成「快樂的人」始得以演出。藝術群所聚集的各方人才，是當時現代文學藝術在臺灣發展的代表性名單：導演趙琦彬、舞臺設計聶光炎、編舞劉鳳學，飾演紅鼻子的劉塽是師大的學生。劉塽記述這次演出的意義道：「民國59年，當國內舞臺劇大部分還受藝工隊的領導，並維持著《音容劫》型態的時候，《紅鼻子》的推出，確實是一道清流。我們甚至可以用這部戲，做為國內舞臺劇的里程碑，因為它是文藝界追求突破大結合。」[1]

「北京中國青年藝術劇院」在 1982 年 2 月演出《紅鼻子》，不僅青藝演出六十餘場，大陸各地劇場亦連續搬演此劇。這是兩岸因政治因素隔絕三十多年後，大陸劇院首次在舞臺上介紹當代臺灣劇作家的劇作，有非常深刻的歷史性意味。

1987 年，日本歧阜齒輪劇團公演《紅鼻子》，一葦先生偕李應強女士蒞日觀賞，是一次成功的中日文化交流。

1989 年，《紅鼻子》以中正文化中心首度自製之舞臺劇的角色，呈現在斥資 74 億的兩廳院之國家劇院，由一葦先生和我聯合導演，藝術群和演員多為成立八年的國立藝術學院之師生。劉塽比較前後相距 19 年的兩次公演，1970 年的是「豆沙湯圓用泥碗裝」，1989 年的是「棗泥湯圓用銀碗裝」；傳神地比喻出 20 年來經濟之劇烈轉型和劇場人才專業化之變革。

實驗劇展，臺灣當代劇場史的分水嶺

在國共對峙的內戰裡，共黨中的藝文人士和劇場菁英，淋漓盡致地發揮了劇場的煽動和顛覆功能，解放後，「戲劇」被政府禮遇為勞苦功高的建國功臣，在各省市廣設人藝、青藝等大型劇院和劇隊，並將寫實主義戲劇研發到顛峰圓熟的境況。相對地，遷臺初期，挫敗的國民政府，雖然表面上未將劇場活動當成洪水猛獸來打壓，戲劇宛如孤兒般遭低調對待卻是不爭的事實。在那黑暗沉寂的歲月裡，一小撮一小撮劇藝工作者，兀自耕耘

---

[1] 參見劉塽〈回首燈火明滅處〉。

著，奮鬥著。

1978 年，姚一葦先生接任「中國話劇欣賞演出委員會」主任委員，趙琦彬任總幹事，二人合力以非常有限的經費舉辦實驗劇展。一葦先生希望「將戲劇的活動自校園推展開來，凡是有興趣的社會人士都可以參與」。

「劇本創作」、「演出的創造性」、「我們需要一座實驗劇場」，三者是一葦先生大聲疾呼的奮鬥目標。他平常鑑賞作品著重原創性和深度，在主持劇展期間，忒重創造性，忒意要打破在政治操控下已呈僵化的寫實主義桎梏。可以想像一葦先生手足舞蹈地描繪著他心目中藝術劇場的宏觀：

> 他可以完全不顧忌已有的模式和舞臺慣例，他可以不必考慮別人是否喜愛，他不必具有患得患失的心理。他只是照著他自己認為該做的去做。這便是舞臺藝術的創造性。
>
> ——〈寫在第一屆實驗劇展之前〉，1979 年

> 「實驗劇場」的演出完全不顧商業利益，對觀眾的口味則採取一種挑戰的姿態，一般性與通俗性的演出，在「實驗劇場」裡是不考慮的。舞臺藝術工作者在這裡可以完全地發揮，自由創造，舞臺表現形式不斷地在求新求變。
>
> ——〈寫在第二屆實驗劇展之前〉，1980 年

促成臺灣現代劇場之變革，其合成因素有教育、政治、經濟、文化、社會等等，當然是極其錯綜複雜的，不過可以確定的一項事實是，實驗劇展適時適地適人地發生了，一葦先生扮演了催生婆的角色。這位揮舞著原創性大理念的精神領袖，彷彿魔法師般，看準了時機，看準了氣候，他的呼籲是極其靈驗的咒語；突然，枯寂的大地蠢動起來，只需幾滴甘露的滋潤，奇花異卉急急切切地鑽出原已龜裂的地面。藝文界、學術界、大眾傳播界、大學校園裡裡外外，各方人士都熱切地響應這盛典。從 1980 年至

1985 年每年仲夏，是大家引頸企盼一年一度的劇藝饗宴。「舞臺劇」、「劇場」的理念，隨著報紙、雜誌、電視等媒體的熱忱推介，全面地傳達到一般人們的生活常識裡，到劇場看戲漸漸成為時髦的習尚。

在五次實驗劇展中，因參與演出，才華獲肯定，更加鞏固其自我覺醒，繼續培育發揮其劇藝潛能而成終身職志的初生之犢們，亦正是從那時到現今活躍在劇場和教育界的重要成員，如金士傑、卓明、劉靜敏、馬汀尼、李國修、金士會、黃建業、黃承晃、牛川海、侯啓平、彭雅玲、林奇樓、陳玲玲、王友輝、蔡明亮等等。實驗劇展不但發掘了 20 年來臺灣眾多的創作與教育人才，同時把劇場理念和看戲習尚建立傳播開來，打好了這重要的基礎。可以說，日後「國立藝術學院戲劇系」之公演、「表坊」、「屏風」、「果陀」、「當代傳奇」以及各種小劇場等等蓬勃發展，都是建造於實驗劇展所開拓的根基上。

從中國當代劇場史俯瞰下來，對照大陸劇場穩定保守的創作路線，由實驗劇展激發的臺灣戲劇生態，繁茂多樣，是個奇觀，而矗立在這座分水嶺脊梁上的，是一代導師一葦先生。

——選自《聯合文學》第 152 期，1997 年 6 月

誰謂河廣一葦杭之

◎李映蕡*

　　一葦先生辭世，已近百日了。他的遽逝，不只對我來說是大大意外，連他的主治大夫也不能了解：「才手術完六個鐘頭，剛打通的兩條心血管竟然同時全堵住了。」難道是天意？

　　這件突如其來的巨大創痛，使我有如誤闖入死亡幽谷，四周是壁立的懸崖，陰影鋪天蓋地而來。開頭一段時間，每到夜晚，所有慰問的、扶持的人均已離去，獨自一人感受莫名的驚懼，說不出的孤零感，令我不禁寒慄，一身冷汗，老覺得四周陰暗，必得將家中所有燈全開亮，才稍感安神。

　　一葦先生個性謹慎，雖然我常笑稱他是「天下急性第一名」，但行事從不盲動，無論大小事必謀定而後動，而且往往把事情先做最壞的打算。然而面對死生大事，竟無所察覺，任憑死神登堂入室，在睡夢中陷入昏迷，從此遠離。這是我見過他唯一未經計劃就做的事。

　　我們向無任何宗教信仰，尤其一葦先生絕對奉行「子不語怪力亂神」，唯一的信仰是知識與理性。但是當陷入理性所無法掌控的情境中時，我尋求佛法的超度，一方面希望自己能遠離顛倒夢想，更希望他能無罣無礙安心離去。

　　他怎能不牽掛呢？只要我單獨出門，不是擔心我忘了看錶，就是擔心我沒帶錢。其實我並非一個頂糊塗的人，但與他的細心比較起來，就夠叫他不放心了。何況是一句叮嚀都沒有，就此天人永隔，死生契闊。

*李映蕡（1948～2000）散文家。本名李應強。發表文章時為國立藝術學院副教授。

　　雖然被尊稱為「戲劇大師」，而且對劇本創作高度要求結構嚴謹，不容任意增減。可是這一場自己站在舞臺上的人生大戲，他卻無法掌握何時劇終。就好比，一位演員正在臺上賣力演出，他雖然心裡明白，已演到末場了，時候不多，但是一句臺詞未唸完，一個動作未做畢，大幕竟然霎時落下，留給滿場觀眾一陣驚愕。而幕後的他，是吃驚？生氣？遺憾？還是無可奈何？

　　不知他的感受如何？叫我牽腸掛肚。於是為他做了一場佛教的「中陰度法」，上師說他曾經生氣這樣突然離開人世，不過已心平氣和地接受了。我相信，這是他的脾氣。

　　佛家說人生如夢，一葦先生大半生有一個揮之不去的夢魘——回不了家。1940、1950 年代，他的夢是「找不到三輪車，天黑了，馬路漸隱沒在暮色中，一輛車都沒有，好容易找到一輛，車夫竟然不認識路……」到1960、1970 年代，夢變成「找不到計程車……」時代不同了，回不了家的原因也變了，但主題未變，不是不想回家而是外在因素使自己無法回家。

　　造成這個可怕夢境的原因是，17 歲離開家鄉南昌到吉安念高中，遇上對日抗戰，家鄉淪陷，之後考上撤退至長汀的廈門大學，熬過八年孤苦伶仃的日子，大學畢業，隨岳父到了臺灣，接著國共對立，兩岸成壁壘，臺灣海峽有如天塹。

　　從此做了近半個世紀的惡夢，直到 71 歲，偕弟妹重返老家，見到兒時住過的房子竟無所變更，才漸漸走出這個夢境。

　　可能是這個原因，使他非常戀家，常自詡是「家裡蹲大學」畢業，標準讀書迷，但不喜歡上圖書館，出國留學免談。民國 60 年，應美國國務院之邀赴愛荷華國際寫作計畫訪問半年，當年這是莫大的榮耀，出國是一件很困難的事，他卻是在人家三催四請之下，才勉強上路，期限一到，半天也不願耽擱，馬上打道回府。而離家那幾個月，他說：「這段期間應是我一生中最閒暇的時候，但是人卻宛如懸在空中，無可依憑，以致思路不能集中，面對稿紙，久久不成一字。」

也是這個原因，使他無意中得罪朋友，愛朋友，但不願與朋友廝混，只喜歡在家與妻子廝守。有時在一些社交場合偶遇多年不見的老友，高興得滿臉通紅，熱烈握住對方的手，大叫好久不見，可是寒暄幾分鐘後，他就揮手說再見。回到家，我問他：「你不是很高興見到那位朋友？為什麼這樣急著趕回來？」他說：「我也不知道。」

他常自我消遣地說：「我應該去刻一個閒章：天下第一疼婆尪（這個字用臺語發音）。」我想他生命中最重要的兩件事，就是讀書與妻子了。61歲那年初，他失去了第一任妻子，年底與我結婚，相信當時一定有好些人不以為然，老實說，嫁給他之前，我對他所知有限，不知是什麼力量，叫我在很短的時間中，決定了一生中最大的冒險？婚後才漸漸了解，他對「家」的渴望，有異乎常人的迫切；對妻子的依賴，比誰都深重，半個鐘頭沒看見，馬上樓上樓下、屋前屋後到處找，待找到了，雙眼一亮，笑逐顏開。

一葦先生對沒什根據、帶神祕色彩的事物，一概沒有興趣，唯獨服膺「緣分」。不過緣分是一時的，夫妻是長久的，天下沒有十全十美的人，也沒有了無遺憾的生活，常要我記住一句老話：「天作孽猶可違，自作孽不可活。」他總認為老天爺疼惜，前後賜給他兩位如此好的妻子，無論對誰，他都全心全意對待。

如果手術前我知道他的心血管阻塞得這麼嚴重，絕不會讓他提物爬我們家那段陡山坡，他喜歡陪著我上菜市場買菜、到百貨公司購物，不讓他提點東西，可是會大生氣。他是個手腳不靈敏的人，但是只要他會做的，一定熱心幫忙，我修剪花木，他趕過來掃地；我做飯，他爭著洗米、丟垃圾。有時熱心過了頭，換來一句：「好做不做，多事幹（廣東話）」他快快地說：「好心沒好報，好頭戴爛帽（廣東話）。我只不過是想鬥腳手（臺語）。」

自稱自己是「知識的雜貨攤」，而我稱他是「怪話收藏家」，無論什麼方言，只要是語意有趣、語音好玩的，他一聽就記得。有一次，我們聊

天，談到感冒，他忽然冒出一句：「氣喘，臺灣話叫——嗄龜。」現在即使
是本省人，都不見得講得出這個辭，他卻能準確發音，我一時真正吃驚得
瞪大眼睛。他之所以記得，是因為發音古怪，一聽難忘，偶爾搬出來玩
玩。一葦先生懂一些臺語，不是跟人學聽來的，而是評論分析王禎和的小
說，白紙黑字看來的。因為欣賞王禎和，就把他寫的方言小說記到腦子裡
去了。

　　一葦先生整個人看來細小，卻有一雙炯炯有神的大眼睛，和一個寬廣
的大額頭，從那裡透露出這是一個優秀的頭腦。而這個大腦是左右平衡
的，少有人像他能夠藝術創作與學術理論同樣擅長，甚至同時進行而不干
擾，反倒是互補有無、互相發凡。

　　記憶力佳是他的特長之一，去年五月，第一次心臟病發，急診後做心
導管手術，躺在手術臺上幾個鐘頭難熬的時間，他把記得的唐詩、宋詞全
背一遍，回到病房，我問他：「背些什麼詩？」他問道：「你正在教誰的作
品？」我說：「李商隱的〈九日〉。」於是把這首詩一字不差一口氣就背誦
完畢。若不是生病，他很少去接觸中國古典文學的，年輕時讀過的東西，
就像存在電腦資料庫中，隨時要用，信手拈來，迅速確實。

　　在這段悲傷的時日裡，一方面對上天這麼快從我身邊將他收走，感到
痛心與不捨；另一方面很沉重地感覺到，一個時代結束了。一葦先生出生
於 1922 年，沒有趕上「五四運動」，卻深受那一代知識青年影響，常懷家
國之憂，涵泳在傳統文化之中，但對傳統感到不滿足，企首西方現代文
明。大學時因為回不了家，寒暑假留在圖書館廣泛瀏覽，佛洛依德和易卜
生為他開啓了西方哲學與文學之門，不過他不像「五四」以來的許多知識
分子，才從西方借來一枝火，就想撐起「○○主義」的大旗，呼風喚雨，
最後留得一地殘枝敗葉。自少年時代，就時刻以魯迅的一句話為座右銘
「萬不可去做空頭的文學家或美術家」，常自認最沒有藝術家習氣的藝術
家，他說：「做藝術家之前要先做一個人。」

　　雖然一直關心國事，從不涉足實際政治；對民族文化前景滿懷理想與

熱情，從不以指導者自居。入了西方學術文化之門以後，絕不敢像梁啓超說的：「讀到性本善，則教人以人之初」，而是奮畢生之力，直溯其文化之源，釐清其發展之脈絡，以期對重建民族文化貢獻些建設性之諍言。

　　一葦先生常說：「我願意做一個維護現代文學的唐吉訶德。」提著長矛，騎著瘦馬，堅持理想，獨行了一輩子，走到了這個後現代，他也難免感到失望，原先知識分子所堅持的，變得可笑而微不足道，前半生遭遇政治控制文化，後半生適逢商業控制文化，只能像陳映真說的，做一個「暗夜中的掌燈者」，以微弱之光，引領一個是一個，無法看見理想實現。

　　古人云：「百日卒哭」。如果他可以對我說話，一定會訓我，為無可挽回之事傷感，毫無意義，不要沉溺於過去，也不必妄想將來，應把握而今現在。

　　而他呢？我相信極樂世界並非最大嚮往，他最想做的，一如他最後一齣戲的劇名：「重新開始」。

——原刊 1997 年 7 月 17 日《聯合報》副刊

——選自陳映真主編《暗夜中的掌燈者——姚一葦先生的人生與戲劇》
臺北：書林出版公司，1998 年 11 月

姚一葦
藝術舞臺幕後的指導者

◎楊照*

姚一葦本名姚公偉，1922 年生，今年 4 月 11 日辭世，時年 75 歲。

姚一葦畢業於廈門大學銀行系 1946 年渡海來臺，旋即入臺灣銀行任職，至 1982 年退休爲止，長達三十餘年，然而他在銀行事務上並無任何值得一述的成就，那只是他賺取固定薪資的工作而已。正因爲有銀行提供的穩定生活基礎，使他能夠長期扮演著藝術創作者與藝術理論指導者的雙重角色，而後者又比前者更重要、更出色。

棄商從文貢獻卓著

姚一葦行事向來有其保守現實的一面，卻又有標榜獨立創新的一面，這兩面時而互補、時而矛盾衝突。選擇攻讀銀行系，卻於廈大時期便遍讀文學書籍、創作並翻譯小說，這是理想與現實勉力兼顧的互補例證。至於在文學藝術價值上，既要強調其菁英、淬煉的文學性格，卻不時又要以「觀眾耐心」、「觀眾口味」爲由，來苛斥「前衛」、「後現代」劇場手法，就難免表現而爲衝突矛盾了。

廈大時期，姚一葦便受易卜生吸引，對劇場著迷。入臺灣銀行後，沒有幾年他已經感受到銀行界的氣氛、好事風格，都不是他能輕易適應、有所發揮的，他的「成就動機」自然地由職業轉往少年時期的興趣上。1956年，當時的藝專校長張隆延邀請姚一葦到該校兼課，替姚一葦的戲劇藝術研究癖好找到了一個發抒的管道。

*現爲《新新聞週刊》副社長兼總主筆、News98 新聞網「一點照新聞」主持人。

　　正式建立姚一葦在臺灣文壇上的「理論指導者」地位，則是《筆匯》創刊以後。《筆匯》同仁定時到姚家聚會，聽姚一葦釋講文學上的種種課題，剛開始時，講的多是抽象的題目，引用的理論大體是西方古典概念，而分析的對象則是中國的詩詞，尤其以唐詩為主要核心。這樣的取向已經可以看出姚一葦博雜的野心，以及承繼自「五四」要求「貫通中西古今」的價值觀。

　　進一步對這些年輕作者發揮更大影響的，是姚一葦後來轉而用他發展、整理出的文學理論，來讀當代臺灣文學作品，他在〈論王禎和的〈嫁妝一牛車〉〉文前，鄭重其事地表白：「我討論這篇小說的態度，和討論文學世界一切古典作品（包括現代的古典作品）一樣，採取嚴肅的方法與態度。」

　　這樣的態度，對被他討論到的作者，當然是很大的鼓舞力量。尤其在那個文學創作換不到什麼物質報酬的時代，姚一葦率先以將作品提高位置的方法，發揮了批評者的功能，放大了非物質性的精神酬勞價值。從另外一個角度看，他這樣認真、仔細評選當代作品的同時，也就正在替後來的文學史作「典律化」（"canonize"）的初步工作。一經姚一葦評點的作家作品，幾乎毫無例外都成了後續討論的焦點，「典律」的候選。

文學理論審視臺灣文學

　　再進一步，1963 年起，姚一葦和何欣、余光中接編由白先勇等人創辦的《現代文學》，他隨後又參與了《文季》的編務，透過這兩個 1960 年代最具影響力的文學同仁雜誌，姚一葦成功地催生了更多的作品，並利用他豐富的西方文學知識，給予它們各自應得的位置。

　　1963 年，姚一葦也開始了劇本創作的生涯，以 40 歲高齡，寫出了處女作《來自鳳凰鎮的人》。接著《孫飛虎搶親》、《碾玉觀音》、《紅鼻子》、《申生》、《一口箱子》等作陸續發表問世。

　　林懷民形容「來」劇是他讀過，第一個無關反共抗俄的劇本，這提醒

了我們姚一葦創作那個時代特殊之背景。1949 年以後，總結戰敗經驗，國民黨對於文化宣傳有了更多的注意。而注意的程度，和他們認爲該宣傳形式的「大眾性」高低成正比。「歌曲」、「戲劇」正是他們檢討後，標舉出來認爲在對中共作戰時挫敗的兩大領域。「歌曲」與「戲劇」，在他們看來，都有可以透過「演出」接觸到「非文字思考」的「大眾」生活的特性，因此不得不留心。

強化情感時空失焦

於是戲劇一方面獲得了政府大量的經費補助，另一方面卻也被嚴厲監管，把演戲、寫戲的權利，緊縮在意識形態的小框框裡。這種背景下，戲劇當然愈走愈乏味，宣傳味愈來愈重，也就愈來愈沒人看了。

如此限制下，還願意嘗試「無關反共抗俄」題材的人，少之又少。在稀少中，凸顯出姚一葦的特殊，可是也因爲孤軍奮戰，他的戲劇就不得不在理論上一再抬出「藝術至上、人生至上」的態度，來對抗「政治至上」。他的劇本總傾向處理某種普遍的「人間情感」，而失去了時代焦點。

姚一葦寫的劇本，看得出各種努力嘗試突破的痕跡，像《申生》直接挪用希臘悲劇成規、語彙改寫春秋故事、《左伯桃》是爲京戲舞臺而寫，《我們一同走走看》、《大樹神傳奇》刻意的設計笑料、《訪客》對存在意義的正面探討，不一而足。不過他最擅長的畢竟還是像《紅鼻子》那樣看穿人世繁華起落，對人性的無奈感歎吧。

正因爲劇場被政治介入後的沒落、蕭條，1960 年代臺灣「非宣傳性」的戲劇出路有限。而在李曼瑰、俞大綱、姚一葦耕耘下的文化學院戲劇系，最是重鎮。人數有限、傳承緊密，於是造成戲劇界幾乎都是三人門生的情況。李、俞在 1970 年代中期前後謝世，姚一葦就提前成了「大老」。

1978 年，姚一葦出任「中國話劇欣賞演出委員會」的主任委員，與總幹事趙琦彬共同籌劃、開辦「實驗劇展」，終於替戲劇界在既有系統外，吸引招納了一批新人投入。這些從「實驗劇展」裡崛起的新人，包括了金士

傑、卓明、劉靜敏、李國修、馬汀尼、黃建業、王友輝、陳玲玲、蔡明亮
等人。十多年後，這個名單排開，都已是劇場甚至電影界的中堅人物了。

反對創新的小劇場

　　1982 年，姚一葦從臺灣銀行退休，又全職投入了國立藝術學院戲劇系
的創設工作，並長期擔任系主任。在這個位子上，他指導了另一群更年輕
的學生投入劇場。不過姚一葦在教學上雖然一貫主張兼容並蓄，他自己創
作方面實際的信念，畢竟還是很老式老派的。以亞里士多德的《詩學》為
依歸，輔佐以中國傳統劇場的部分抽象概念，因而他總還是強調「戲劇」
不同於「表演」、「藝術」不等於「人生」、「劇本是戲劇的靈魂」等等。
1980 年代末期以後，藝術學院戲劇系成了小劇場運動的急先鋒，姚一葦明
白地表示了反對的立場，此一變化多少動搖了他做為戲劇界「大老」的權
威地位。

　　姚一葦曾自許：「讀書要讀到出入古今，無罣無礙；治學要自出機杼，
獨立門戶；創作要走出自己的窠臼，展現一個全新的世界。」公平來說，
在第一項上他的確成就不凡，然而二、三項有關「獨立」與「全新」的部
分，到底不夠凸出。

　　　　　　　　　　　　——選自《新新聞周報》第 541 期，1997 年 7 月 20～26 日

文學不死

感念姚一葦先生

◎白先勇[*]

　　姚一葦先生竟然也走了。姚先生享年 75，其實也算是高壽。但是自從認識姚先生三十多年來，每次與他相聚，談到文學——我們兩人見面總也離不開這個話題——尤其是他熱烈愛護的臺灣文學，姚先生一逕是那麼興致高昂，神采飛揚，讓人感覺他那充沛的生命力，永遠也不會衰竭的。今年 4 月 11 日在《聯合報》上看到刊載姚先生遽然逝世的消息，真是大吃一驚，一連幾晚，難以入眠。我因創辦《現代文學》而與姚一葦先生結識，也因這本雜誌，姚先生與我之間建立起一份半師半友、爲文學事業患難與共的悠久關係。姚先生曾爲這本經常在風雨飄搖中顛躓前進的同人雜誌投注了最多的心血，他無條件的爲它奉獻，栽培它、扶持它，前後擔任了八年的編輯任務，幾次臨危授命，使之不墜。姚先生對《現代文學》用情之深，常常使我感動。

將一群年輕的作家帶上廣闊的創作道路

　　1963 年，大概是二、三月間，那時《現文》同人大部分已經出國留學去了，我自己馬上也要離開臺灣，《現文》的編務登時陷入了危機。有一天我把余光中、何欣、姚一葦三位先生請到我家，當面鄭重將《現文》的編務托付給他們三人輪流擔任。那是我第一次與姚一葦先生見面，也就此開始了我們之間長達 34 年的文學因緣。余、何二位從創刊起本來就是《現

文》的基本作者。而姚先生是從第 15 期才開始替《現文》撰稿,發表他那
篇有關斯特林堡戲劇的文章。據姚先生後來說,他當初是由於同情《現
文》困境,由衷愛護這份由幾個年輕學生創辦的文學雜誌,於是義無反
顧,答應下來為《現文》效力。大概當時姚先生自己也沒有料到,他一聲
承諾竟使他與《現代文學》共度了起起伏伏,時斷時續,21 年休戚與共的
命運。

　　談到《現代文學》,姚先生最津津樂道的是他第一次主編《現文》第
19 期(1964 年 1 月 15 日出刊)。許多年後他回憶起這一段往事,興奮之
情,仍舊躍然紙上:「輪到我編第 19 期,我收到白先勇的〈芝加哥之死〉、
王文興的〈欠缺〉、歐陽子的〈貝太太的早晨〉,和我拉到的陳映真的〈將
軍族〉、水晶的〈快樂的一天〉等小說時,內心的愉快與興奮,不可名狀;
我感到我們得要好好的愛護它,培植它,讓它開花結果。」

　　其實那一期小說稿還有七等生的〈隱遁的小角色〉,葉靈的〈弟弟〉,
以及汶津的〈十六歲的獨白〉,汶津就是張健。詩也有六、七篇,有羅門、
管管、方莘、周英雄、邱剛健、吳萐等人的詩作以及余光中譯的一組〈印
度現代詩選〉。東方白有散文一則。邱剛健同時又翻譯了尤金・伊歐尼斯柯
的戲劇名著〈禿頭女高音〉。最後還有姚先生自己的美學鉅著《藝術的奧
祕》中〈論模擬〉一章。這本只有 145 頁的第 19 期《現文》,內容紮實,
目錄上列名的作家,後來大都卓然成家,雖然詩人余光中、羅門等人早已
成名,其他多為當時開始寫作的「新銳」作家,所以雜誌風格便有了一番
新的氣象。這大概也就是姚先生最感到興奮的地方,姚先生的確曾為《現
代文學》引進了一批才氣縱橫的青年作家。例如陳映真便是姚先生引進
《現文》來的,他那篇〈將軍族〉在《現文》一刊出,臺灣文壇為之側
目,變成了陳映真的一塊招牌。後來施家姐妹,施淑女(白樺木)、施叔
青,也是姚先生引介到《現文》投稿的。

　　除了推動戲劇以外,我認為姚一葦先生對臺灣文壇最大的貢獻應該
是,在 1960 年代以及 1970 年代初,姚先生曾經發掘、鼓勵、呵護、不惜

餘力的將一群當時初露頭角正在摸索階段的年輕作家帶引上廣闊的創作道路。他對他們的影響是深遠的，陳映真、施叔青等人的紀念文章，都有感一同地表露了當年姚先生對他們的知遇之恩。姚先生對我個人的愛護及器重，我更是一直銘記於心。當年我們的小說還沒有引起太多注意的時候，姚先生已經開始極嚴肅的用「新批評」的方法來評論我們寫作了。他第一篇論文選了王禎和的〈嫁妝一牛車〉、接著下來又陸續選了我的〈遊園驚夢〉、水晶的〈悲憫的笑紋〉、黃春明的〈兒子的大玩偶〉、以及陳映真的〈一綠色之候鳥〉做為他評論的範例。在當時臺灣文壇，姚先生分析小說的方法，以及所選的文章，都令人耳目一新。像〈嫁妝一牛車〉、〈兒子的大玩偶〉，後來被評論家認定為 1960 年代臺灣小說的傑作，姚先生都是第一個撰文肯定這些作品的人。直到今天看來，姚先生這些評析臺灣現代小說的論文，其中許多論點仍然屹立不墜。姚先生看小說看得仔細，他在〈論白先勇的《遊園驚夢》〉中，把我那篇小說結尾處畫蛇添足的一句話指了出來，在別人看來也許是一個小瑕疵，可是這句參有作者干擾的句子事實上破壞了整篇小說的觀點統一，為害甚大。我非常感謝姚先生提了我的毛病，我在《臺北人》結集時便把這句多餘的句子刪掉了，使得整篇小說的結構得到完整。姚先生可以說是我的「一句師」。

三度出任雜誌主編，效法唐吉訶德

套句姚先生常說的話：「《現代文學》是本窮得不能再窮的雜誌！」姚先生最初參加編務的那三年，的確是《現文》經濟最拮据的時期，幾位編輯不但沒有支薪，因為體恤時艱，有時還要補貼交通費。姚先生這樣回憶：「我們沒有聚過一次餐或喝過一次茶，也沒有報過一次交通費。我們認為開源既不易，只有節流；有些錢，我們能貼的，就貼上算了。」不僅如此，社務忙的時候，編輯太太們也一齊動手幫忙。姚先生興致勃勃的寫道：「每逢出書，得全家總動員，自寫封套、裝封袋，由家人幫忙，然後坐上三輪車，送到郵局。現在想來，這段時期我是怎麼活過來的？我真的不

敢相信。」我記得當時的姚師母范筱蘭女士也曾說過，那些訂戶的封套都是她寫的，寫完了又急急忙忙捧著拿出去寄，出一期雜誌，全家興師動眾。那一段時期，從《現文》第 15 期到第 26 期，每期姚先生都替這本雜誌撰稿，一共寫了近四十萬字，《來自鳳凰鎮的人》及《孫飛虎搶親》兩個劇本便在此時完成，當然這些稿子都是沒有稿費的。姚先生那時一面在銀行上班，又要教書，為了《現文》，凡事還得躬親操勞。臺灣夏日酷熱，他有時趕稿趕得「血液上騰，以致手足冰冷、頭腦發脹」，須得用冰毛巾敷頭。工作如此辛苦，但是姚先生卻認為：「這段期間在我一生中卻是最興奮、最愉快的日子。」多年來，我跟姚先生見面時，總禁不住要懷念那一段創辦《現代文學》篳路藍縷、胼手胝足的時光。那種為了文學事業奮不顧身，近乎唐吉訶德式追求理想的精神，我知道，姚先生是頗以為傲的。「文學」，可以說是姚先生的宗教吧，那是 1960 年代臺灣，我們唯一的精神救贖力量。

　　後來《現代文學》中斷了三年，1970 年代底再復刊時，臺灣社會經濟已在劇變中，同人文學雜誌的生存空間愈來愈小。姚先生在我力邀之下，慨然答應復出主掌編務。姚先生說：「我雖明知此事難為，但由於我與它的淵源，我對它的深厚感情，我無法推辭，亦不能推辭。」那是一個知其不可而為之的局面，姚先生貫徹始終，一直支持《現代文學》到 1984 年復刊號第 22 期最後停刊為止。對這本雜誌，姚一葦先生可以說是仁盡義至。

用不完的精力，好多事等著完成

　　雜誌雖然停刊了，可是我和姚先生的聯繫一直沒有斷過。每次回臺灣，總要跟姚先生一起吃飯、喝冰啤酒，然後就是聽姚先生侃侃而談他一個又一個文學、戲劇的計畫：他正在創作的劇本、他即將出版的論文集，他在藝術學院創立的戲劇系。他好像總有用不完的精力，去追求實踐他的理想。他對文學、戲劇的熱忱從來也未因時間及年歲而稍減。姚先生一向身體健康，沒有聽說他有過任何病痛，去年得知姚先生因心臟病動過手術

的消息，頗感意外，我打電話給他，除了探問病情外並勸他稍微放鬆，工作不要過度勞累了。電話中姚先生熱切如昔，他說不工作不行，他還有好多事等著完成。其實心臟病手術成功，恢復不成問題。我的一位哥哥心臟病動過大手術，多年來照樣因公奔走西方。心臟病首重調養，我寄了一本耶魯大學出版的《心臟病》（Heart Book）給姚先生，書裡心臟病防治知識非常豐富，當時我想姚先生的病一定很快復元的，因為姚先生給我的感覺，仍舊是他一貫的鎮定、樂觀、積極，他那種雖千萬人吾往矣唐吉訶德式的精神，似乎仍舊在熊熊的燃燒著，那樣一個堅強熱烈的生命不應該輕易被病魔擊倒的。

　　4 月 14 日，姚先生逝世後的第三天，我接到他生前寄出來的一封信，寫信的日期是 4 月 6 日，很可能是他入院的前一兩天付郵的。信裡只有一封寥寥數語的短函，他要我看看他附在信中今年四月份《聯合文學》上發表的那篇文章：〈文學往何處去——從現代到後現代〉。這篇文章現在看來，應該是姚先生給我以及對臺灣文學界臨終留下來的遺言了。這其實是他去年 11 月 17 日於「聯合文學週」上的一篇演講稿，可見得他是要講給大家聽的。

　　這篇文章主要表達他對現代與後現代文學戲劇的一些看法，以及他對文學今後走向的關切及憂慮。姚先生親自參與臺灣 1960 年代「現代主義」的文學運動，而他本人也承認是「現代主義迷」，他對於現代文學的作品，尤其是現代主義全盛期（High Modernism）如喬伊斯、卡夫卡、吳爾芙等人的小說以及同時代的現代劇作不免偏愛，但正如鄭樹森在〈古典美學的終點〉追溯姚先生美學系統那篇文章所論，姚先生做為一位美學家，其實是從古典主義入手的，他精心翻譯的亞里士多德的《詩學》，並集解而成的《詩學箋註》一直是中譯界一本重要的參考書，而他本人的美學思想中，亞里士多德一脈相傳的古典主義也一直是一根主軸。因此，姚先生對文學作品的看法，於藝術形式及美學架構上，自然就有了十分嚴格的要求。他比較現代與後現代的文學戲劇時，對於後現代的一些「現象」，提出了相當

嚴厲的質疑。

　　姚先生認為現代主義全盛期的作家對待創作的態度嚴肅，「像喬伊斯、卡夫卡、吳爾芙、葉慈、艾略特等等，他們是根據自己的理念來創作的，不管有沒有人看，有沒有市場。」「因此在那個時代作者是為了自己而寫的，是所謂的精緻文化（High Culture）的時代」。相對於此，後現代進入了晚期資本主義，「有一件事卻是肯定的，那便是『文化工業』。文化成了工業，任何文化活動都是商品化了。這個現象把以往所謂的精緻文化和大眾文化的界線消弭了。」

關注如何重建後現代的新美學

　　姚先生特別關心的一個現象便是「到了後現代（1970 年代）以後，我們不再相信傳統下來的觀念和教義」。姚先生引用了李歐塔（Jean-François Lyotard）所指從文藝復興以降人本主義傳統的「大敘述」（"Grand Narratives"），過渡到後現代變成了「迷你敘述」（"Mini Narratives"），變成了「局部的、部分的、特殊地區的、少數族群所發生一些臨時性、偶然性、相對性的東西」。姚先生認為「現代主義」的重要作家，他們的作品即使悲觀、失望，表露出某種哀愁、或是懷舊，可是基本上還是蘊含著對這個世界、對人類的關懷。他舉出艾略特的〈荒原〉、喬伊斯的《都柏林人》、契訶夫的劇本等，「都不是自我的小問題，都有大關懷在內。」

　　對於後現代作品中流行的「戲擬」（"Parody"）與「併湊」（"Pastiche"），姚先生亦頗有微辭。「到了後現代，這種創作方式（指『拼湊』移植到文學上來，便是東抄一段，西抄一段毫無關聯地放在一起，這邊模仿張三一段，那邊模仿李四一段，於是就併成一個作品。姚先生對此現象百思不解，他後來聯想到臺灣電視的現象，得到一個比喻：臺灣電視臺自第四臺開放後，有好幾十個頻道，臺灣觀眾看電視的習慣，拿著遙控器，這裡看一點，那裡看一點，不是從頭到尾看一個節目，而是由完全不相關的碎片併湊起來。「併湊」的作品，就像電視片段的集錦，沒有了整

體，只是一堆彼此連接不起來的碎片。

據我了解，姚先生對文學戲劇的看法絕不保守，他曾經對臺灣實驗劇場的推動不遺餘力。他也不是刻意避俗，他一定知道中國傳統小說戲劇一向是雅俗共賞的。但是做為一個受過古典主義訓練的美學家，姚先生篤信文學戲劇是一種藝術創作，有其特定的藝術形式，無論其內容結構千變萬化，總也要遵守一些基本的美學原則。我想姚先生必然深知現代主義的文學、戲劇、藝術當年興起之時，對古典美學傳統的顛覆性是何等猛烈，但現代主義的作家們馬上尋找到了一套新的美學法則，一種新的藝術形式做為規範。現代主義之衰退當然有其時空背景，我想姚先生不是在留戀一個已經過去的文藝運動，現代主義的「警句」已出，不朽作品已經傳世，不必為其消逝而惋惜。姚先生毋寧是在關切後現代在「顛覆」了古典、現代的美學傳統之後，如何再重建後現代的新美學呢？這個關切，在他另一篇文章〈後現代劇場三問〉裡，提出了更具體的疑問。

那篇文章發表於 1994 年 12 月《中外文學》，文章裡，姚先生舉出後現代劇場一些過激的現象：例如否定劇本存在，將文學排出了劇場，導演取代了劇作者，演員不受腳本的拘束任意發揮，一切的先在性與可約束性都給否定了，於是一些古典名著也就被隨意改編得面目全非，姚先生對於這些完全「顛覆」劇場藝術原則的做法，顯然是無法苟同的。

〈文學往何處去〉一文最後論到學術界文學批評的一個相當普遍的現象：「便是文學批評幾乎完全演變為文化批評」，文學研究者言必種族、性別、階級，這些原本屬於社會學、心理學、政治學的研究議題，喧賓奪主，反而成為了文學研究的主流，歐美學界此風更加為烈，美國大學的文學系，1940、1950 年代以耶魯大學布魯克斯（Cleanth Brooks）、華倫（Robert Penn Warren）等人為首建立的「新批評」（"New Criticism"）學派，提倡精讀文本的文學研究方法，曾經獨領美國學界風騷 20、30 年，現在這種主張以文學論文學的學派已被推翻打倒，美國大學的文學系大門大開，各種社會科學的文化研究者蜂擁而入，文學研究也就變了質。文學不

再被視爲一門獨立藝術，而淪爲各種社會科學研究的原始材料。姚先生引用索樂士（Werner Sollors）1993 年一本書中，歸納出一些文化研究者從文學中找出來的一些研究題目：

> 人種認同、人種學、民族優越主義、女性身體、女性形象、女性認同、女性想像、女性主角、外國人、性別、同性戀、人類自體、認同、亂倫、無辜、婚姻（亦包括：重婚；通姦；新婚；離婚；婚約；求婚；厭惡婚姻；婚禮）多重文化、種族、種族關係、種族衝突、種族區別、種族主義、性、性的角色、性歧視、性認同、性別政治、性關係、性慾、社會階級、社會認同等等。

　　姚先生自己還加了「少數族裔、邊緣的族裔、女性書」等等，但姚先生問道：「請問大家這些所謂的主題，與文章有無大關係？」嚴格的說，恐怕關係不大。

維護正宗的「文學研究」

　　文學作品當然可以描寫反映這些主題，但書寫這些題目的文章不一定就是文學，更不一定就是好文學。「新批評」學派盯緊文本精讀，可能粗野狹隘了一點，但的確是正宗的「文學研究」，現在文化研究（Cultural Studies），範圍寬了，無所不包，卻往往離題太遠，有些研究與文學本身實在沒有什麼關聯。美國大學東方語文學系的研究生，不需要從詩經、楚辭、唐詩、宋詞等下來，只要從馬王堆裡找出一張古藥方做篇論文也可以得到博士。據說現在美國語言文學博士生求職，如果論文不涉及種族、性別、階級等等流行議題，便很難找到職位。我參加過一個甄試會議，一位謀求中國文學教職的候選人宣讀論文的題目是梅蘭芳，通篇所講的卻是梅蘭芳的性別問題，梅派京劇藝術一字不提，當然，那篇論文跟中國戲劇根本扯不上關係。

文學研究爲了因應 1980、1990 年代一些政治、社會運動已經「政治化」了，文學本身看起來似乎已無舉足輕重。於是有些人便提出疑問：文學是不是已經死亡？或者說，文學會不會死亡？姚先生在〈文學往何處去〉結尾時，對這個問題很肯定的答覆：「文學絕對不會死亡，除非語言已經死亡。」姚先生認爲「即使現在電腦時代已經來臨，但電腦網路也要使用語言，有些年輕學生在 BBS 站上發表詩，也不能說它不是文學吧。」姚先生的結論是：文學會變，但不會死亡。

> 十九世紀時代是小說盛行的時期，不論是英國的狄更斯，法國的巴爾扎克、福樓拜，俄國的托爾斯泰也好，他們能夠想像剛才所說的《尤利西斯》也是小說嗎？他們絕對不能想像那也能稱之爲小說。我們的曹雪芹能夠想像今天得獎的、我們稱之爲小說的是小說嗎？絕對想像不到。我們能想像李白或杜甫能夠想像得到今天的新詩是詩嗎？恐怕作夢也想不到吧！不要談那麼久，就是一百年前的人也無法想像那會是詩吧？當然，以往世界的變化不如今日這麼大、這麼快，我們能想像十年之後的文學是何種面貌？我們在辦《現代文學》、《文學季刊》的時候便想像不到現在這樣東一段西一段也是小說。我們憑什麼能夠預測十年後或是 21 世紀有什麼樣的小說？什麼樣的詩？但是它會出現，它是文學，不過是甚麼樣的文學我不敢預測，但是我可以說『文學是不會死亡的』！

姚先生在這篇演講稿中，說了一些對當世文學走向「反潮流」的話，有的話恐怕還有點「不中聽」。因爲是篇演講稿，不像姚先生一些有關美學的論文那樣嚴謹推敲，但正因即興而發，反而令人感到姚先生語重心長，是篇由衷之言。姚先生生前是如此熱愛文學，尤其熱愛戲劇，愛之深，不免責之切。他臨終前還急著將這篇演講稿寄給我看，想必姚先生也知道，他的一些論點，我一定會贊同的。我想文學寫的不外乎人性人情，只要人性不變，文學便有存在的必要。

英美文學的正宗主流重返暢銷

最近英美文藝界然又掀起了一陣珍‧奧斯汀（Jane Austen）及亨利‧詹姆士（Henry James）熱，兩人多部小說都改成了電影、電視，美國幾家大書店又把他們幾部名著，珍‧奧斯汀的《理性與感性》、《愛瑪》、《傲慢與偏見》，亨利‧詹姆士的《仕女圖》、《華盛頓廣場》、《鴿翼》都放在最醒目的地方，與暢銷書爲伍了，珍‧奧斯汀可以說是英國小說的「青衣祭酒」，亨利‧詹姆士卻是美國小說的一代宗師，兩人都被英國名文學批評家李維士（F. R. Levis）歸入他那本挑選甚嚴的《偉大傳統》（Great Tradition）中，可以說是英美文學的正宗主流。有意思的是，兩位大師被改成電影電視，又成爲暢銷書的幾本小說，寫的都不過是找丈夫、嫁女婿、最近人性人情的一些「俗事」，只是珍‧奧斯汀筆下的英國女孩比較精明，都挑中了好男人，喜劇收場，而亨利‧詹姆士的美國女性則比較天真，上了壞男人的當，受到教訓。在這個世紀末，美國的婚姻制度已經瀕臨破產（離婚率已超過 50％），美國讀者又回頭一窩蜂讀起奧斯汀、詹姆士的小說來，是不是想從這兩位大師的文學作品中去汲取一些人生智慧，重新學習男女相處之道？人性人情大約總還脫離不了男男女女以及男男、女女這些牽扯糾纏，即使當今的電腦網路族恐怕也難逃離這張天羅地網，而描寫人生中最微妙複雜又難以捉摸的這些東西，還是文學最當行，因此，我也頗有信心的要回應姚先生最後留給我們的話：「文學是不會死亡的！」

——原刊 1997 年 11 月 29～12 月 1 日，《聯合報》聯合副刊

——選自陳映真主編《暗夜中的掌燈者——姚一葦先生的人生與戲劇》
臺北：書林出版公司，1998 年 11 月

前身合是文殊座

　　散文家李應強女士從小便文采斐然，儼然是個小作家，也非常喜歡畫畫，她的妹妹秀強讀中學時，應強幫妹妹完成一件畫畫的作業，結果秀強被選去參加畫畫比賽，弄得她好苦惱。在秀強記憶中，姊姊的思想從小便比同年齡的人深沉很多，不太與人閒聊扯淡，卻又很喜歡小孩子。應強天性極講究整齊潔淨，常常扔掉她認為沒有用的東西，爸媽常問應強：「妳是不是又丟掉我的什麼東西？」

　　1965 年考大學時，應強最想上的是美術系或服裝設計系，但遭父母勸阻，結果她被分發到中國文化學院的歷史系。她本著父親一句「中國傳統是文史不分家的」，開開心心打下了文史的基礎，同時結交了同窗的陳芳美和蔣勳等人為好友。

姚一葦以人品、文華擄獲佳人芳心

　　大學畢業後，應強在白河國中教了一年國文和歷史後，決定擺脫升學主義的桎梏，「要以自己的興趣、自己的速度讀書」，1970 年，她回到文化學院，在圖書館工作，開始研讀文化史、藝術史，並拜歐豪年為師習畫。1976 年，她以專書《從齊白石題跋研究白石老人》升等為講師，於圖書館負責編採組工作之同時，在大一教授「中國通史」。

　　1982 年，國立藝術學院創立，校舍暫借辛亥路的國際青年活動中心和臺大男八舍，應強經由主祕王德勝的大力推薦，從服務了 11 年的文化學院跳槽到藝術學院，在圖書館擔任編目典藏組主任，同時在共同科授課。次

年夏天，教務處籌辦該校第二屆獨立招生，應強從圖書館被借調到教務處支援，教務長是尚處喪妻之慟的姚一葦先生。

　　一葦先生對這位氣質典雅做事卻相當幹練的年輕小姐留下極深刻的美好印象，不久，應強便接到一通電話：「猜猜我是誰？」是求妻心切？還是一見鍾情？在短時間密集的約會後，一葦先生邀應強到木柵參觀他的住處，在日後被一葦先生封為「騙妻池」的園中蓮花池畔，一葦先生直言直語：「我就是這樣的一個人，妳要不要嫁給我？」

　　應強從圖書館借出一葦先生所有的著作，專程到她摯友陳芳美在埔里的家中，仔細讀過一遍。「絕不做個空頭的文學家！」魯迅的警語已衍化成一葦先生生活與志業的精神指標，晶璀文華中彰顯的清高人品擄獲了佳人芳心，11 月 2 日，兩人便心手相攜步上紅氈。

整理一葦先生著作

　　一葦先生當年一月痛失愛妻，而范筱蘭女士與一葦先生伉儷情深是文壇佳話，然應強女士只是篤定地感思一葦先生斯人斯文，以及誠實地對待她自己靈命中真正的需求，不畏懼她與一葦先生年齡差距 26 歲，不考慮他人的想法與異樣的眼光，挑起「姚一葦的妻子」這個任重道遠的角色。

　　在事事以一葦先生為第一考量之「姚太太」同時，應強在做為女兒、老師、姊姊，以及她自己的本分上並未懈怠過。在藝院學生心目中，她是屈指可數的好老師，她事親至孝，友愛弟妹，善待同仁，在做為一個知識分子的本分上，她勇猛精進，除了以筆名「李映薔」發表雋永的散文，她亦常在兩大報《論壇》、《民意》，大刀闊斧痛貶時弊。

　　1993 年，她提出十年研究有成的《中國服裝色彩史論》晉升為副教授，教授課目已擴展至「古典散文賞析」、「敘事文學賞析」、「古典小說賞析」、「中國文化史」、「中國服裝史」、「中國服裝與文化」、「歷史與文學」、「歷史人物與時代」、「藝術家與時代」等。

　　在 1996 年 4 月 11 日一葦先生遽然辭世後，應強恢宏大度的身影才廓

然清楚出來。她按捺自己濃鬱的傷慟，發揮了二十多年來在圖書館編目的長才，效率快速地整理先夫的著作，和他人紀念一葦先生的文章，極力推動出版《姚一葦紀念文集》和《姚一葦戲劇全集》，努力促成「姚一葦基金會」成立，惜現實離理想有些距離，然她仍鍥而不捨，捐給藝術學院她繼承自一葦先生的全部動產和不動產——生前 300 萬元成立「姚一葦藝術基金」，身後將著作財產權和屋舍、書籍、字畫，盡數回饋大眾，以期成立「姚一葦先生紀念圖書館」。

病中生死無懼，如如不動

1998 年 7 月下旬一個上午，因為《姚一葦戲劇全集》的編輯問題，我打電話給應強，從她回電話的聲音聽來，她身體似不舒服。她說幾天前到萬芳醫院做健康檢查，一切都好，但檢查到胃鏡時，突然全身不對勁，嘔吐，脹氣……

而後，萍萍載她到中山醫院急診，也回到萬芳醫院看檢查報告，萬芳醫院的大夫說有腹水，建議她開刀徹底檢查；萍萍和我力勸她到臺大醫院治療。開刀前，應強在婦產科住了一星期，所有檢查報告似都說沒異樣，我們也都祝禱這只是一場虛驚。每天，萍萍和我都去醫院說笑話逗她開心，湘琪全程照料著她。我們幾個女人擠講病牀旁，還嚷嚷說要成立「老女人俱樂部」。精神上，我們是愉悅的，以為只是婦科方面的病症。

開刀那個上午，我在系辦主持僑生考試事宜，忙到中午才能趕過去。手術剛完成，應強已在恢復室。永遠難忘在長廊上，那些守候著應強的家人、同事、朋友的極度震驚錯愕神情。開了刀，才發現，應強得了胰臟癌，癌細胞已擴散到其他內臟。

接著的一年九個月，應強數度出入臺大醫院舊大樓的癌症個人病房。她是醫生最順服的病友，接受多種最先進的療法。今年三月下旬，她問我：「常常有人要我不要緊張，不要焦慮，我看起來很緊張很焦慮嗎？」我說：「妳看起來不緊張也不焦慮，但妳的情況的確是很令人緊張也很焦慮——

一」她笑笑：「看來我是太遲鈍了。」我說：「不像，妳是太有定力了，而且，這定力還不是一般的，且不僅於初禪，已是二禪、三禪了。生死無懼，如如不動。」我勸她修習《西藏生死書》中傳授的「施受法」、「頗瓦法」。

生前最掛念的是，一葦先生的自傳

問她什麼是她最牽掛的，她想了想，說：「我常希望有人盡快把一葦先生的口述自傳整理成文字，我已整理了七卷。讓我看過一遍，老師口音太重，很多不容易聽懂。他什麼都跟我說，我大概都清楚。希望整理這部自傳的人能申請到一筆經費，到大陸去探訪老師的弟弟、在北京的妹妹，好些細節，老師說的跟他弟妹說的有些出入……」她竟然不是擔心自己病情惡化、不害怕死後魂魄何去何從。我很小心地追問：「這就是妳最牽掛的？」她停頓了一下：「這是我目前正在做的。」

5 月 17 日星期三，最後的 24 小時，她的身心都很平靜，不再發生之前煉獄般的煎熬；上午，她神智清醒，還對住院大夫微笑，從中午二時許到去世前，她都沉睡著。她在世的最後幾句話是，告訴永強：「弟，……「X小姐」……要排演了。」「50 歲了。」以及凝視著湘琪，問：「X小姐？」湘琪貼近她的耳邊，向她肯定會飾演 X 小姐，應強含笑點頭。

晚上 10 時許，秀強從馬來西亞趕回牀榻前，應強眼睛無法睜開，手緊緊握著妹妹的手。10 點 58 分，她最親愛的親友圍在身邊，在她最欣賞的女歌手 Cecilia 吟唱她最喜愛的"Amazing Grace"歌聲中，她猛然睜開雙眼——

那是應強告別塵世的最後一眼，時間宛如凝止住的長長一眼，眼睛炯炯圓睜著，似乎企圖剎那間攝進她所摯愛的人間，又似乎，那如如不動的大篤定，應強照見了宇宙最令人驚心動魄的本來面目、最根本的實相、上帝的光輝。

應強女士非常安詳地離開駐留 52 年的軀體。她盡心盡意盡力完成生活

中每一種角色；她已打了美好的仗，走了該走的路。對她，塵世之旅已劃
上一個句點，對我們，她的風範，是激發我們省思生命的一個起點。

──選自《聯合報》2000 年 6 月 3 日，第 37 版

劇作家・文藝理論家・教育家

◎李立亨*

　　生前一向被文化界尊稱爲「姚老」的姚一葦，和創辦「中國話劇欣賞演出委員會」及催生「世界劇展」和「青年劇展」的李曼瑰，同爲臺灣早期戲劇發展史上相當具有代表性的人物。

　　李曼瑰在推動戲劇教育和增加戲劇活動演出機會上的努力，提供了戲劇愛好者不少親近戲劇的機會。姚一葦有關戲劇理論和劇本的著述、以及他長年在中國文化大學與國立藝術學院戲劇系執教，則爲臺灣現代劇場的發展做出了直接貢獻。

　　臺灣現代劇場人物當中，唯有李曼瑰和姚一葦在大陸的「中國大百科全書出版社」出版的《中國大百科全書》戲劇卷，個別被列爲單獨的條目來加以介紹。由此，我們又可以發現他們二人在戲劇藝術上的成就是兩岸所共同認同的。

　　和李曼瑰不同的是，姚一葦的成就並不僅止於戲劇藝術的範疇，對於文學和文藝理論的鑽研，他也有著相當傲人的成績。

三種身分三種角色

　　1922 年生於江西南昌的姚一葦，本名姚公偉，他於 1946 年自廈門大學銀行系畢業，並在同年和新婚的妻子抵臺。雖然一直到 60 歲退休爲止，姚一葦都在臺灣銀行任職，但是，他在公暇之餘所投入的許多工作，卻有

*發表文章時爲優劇團戲劇顧問及海外製作人，現爲林桃國際藝術總監。

著大多數人專職也難以企及的成就。

除了劇本創作以外，戲劇及文藝理論的經典大作：亞里士多德《詩學》最早（1966 年）的臺灣譯註本，就是姚一葦所著的。1970 年代最重要的文藝刊物《現代文學》，由姚一葦獨立主持最後五年的編務。1980 年，姚一葦催生了臺灣的第一屆「實驗劇展」。大陸國家級劇團最早演出的臺灣劇本是姚一葦的《紅鼻子》（1982 年），這個劇本在 1987 年又為日本的「歧阜劇團」所搬演。臺灣第一個「戲劇學系」，則是姚一葦在 1982 年創立的。

一直到 1997 年，以 76 歲之齡病逝為止，姚一葦在臺灣的戲劇界及文藝界所擔任的「角色」大概有以下三種：劇作家、文藝理論家和老師。

姚一葦總共寫有（並出版）14 個劇本，他在生前最後第二年還導演了自己當時最新寫就的劇本《重新開始》，並表示：「我覺得我們這個時代應該多寫一些劇本，劇本應該以人為主，我們這個時代有許多各式各樣的人值得寫下來……經常去搞改編或翻譯的本子有什麼意思？」

就臺灣這近五十年來的劇本而言，姚一葦的作品可說是最多樣性、最不重複自己的了。他的劇本裡面的動作指示不多，討論的則多是永恆人性中的基本，例如：《傅青主》談的是對於原則的堅持；《重新開始》以夫妻生活、成長中的學習與變化來反映人性和時代；而他曾兩度被搬演的大型舞臺劇劇本《紅鼻子》，凸顯的是一個為了活出自己、尋找快樂真義的紅鼻小丑。

姚一葦的劇本屬於著重文學性的傳統舞臺劇，戲的本身主要是以對話來發展故事、塑造角色性格及人物關係。在他自己所寫的《戲劇與文學》、《戲劇與人生——姚一葦評論集》兩本書當中，他都曾強調「戲劇是文學的一部分」的觀念。

雖然許多劇場工作者早已經把劇作當作是舞臺構思和創作的跳板，而不會將「尊重原著」當作第一要務。但是，姚一葦在這部分的看法仍然保有他的驕傲：「英國文學少了莎士比亞的劇本，可以嗎？德國文學少了歌德

的劇本，可以嗎？戲演完了就沒有了，只有劇本會被永遠的傳下去。」

　　姚一葦面對文本的嚴肅態度，同時也反映在他的理論研究和教學工作上，並且在他的讀者和學生心中建立了不可抹滅的清晰印象。

也是文藝理論家

　　姚一葦在文藝理論上的研究，主要集中在美學、戲劇及文學三方面。1966 年，他就翻譯並彙整各家註解，出版了亞里士多德的扛鼎鉅作《詩學》。姚一葦自己在文學理論及美學上的理論，經過二十餘年的研究、整理，則已經先後出版了《文學論集》、《戲劇與文學》、《戲劇原理》和《美學三論》等。

　　關於文藝理論，姚一葦在書中都提出了許多跨學科、比較文學的觀念。至於戲劇理論方面，他則更幾乎是國內唯一從事這類研究，且又持續出書的學者。事實上，姚一葦的重要文藝理論著作，大都是他教學多年的心血結晶。姚一葦經常為了講課而先做大量的閱讀，這些閱讀往往成了他後來寫文章的材料，部分講稿及上課延伸出來的心得，再經過多年研究、修改之後，才會被集結成書。

　　關於戲劇教育的養成，姚一葦從 1957 年開始就曾先後在藝專、文化大學、國立藝術學院這三所設有戲劇相關科系的學校授課。到 1982 年，當姚一葦被任命為國立藝術學院戲劇系籌備主任時，他對如何經營戲劇系有了更清楚的看法：「我要設的是一個『劇場系』，我們培養學生主要用來做戲劇的。我們絕對不搞外文系搞的戲劇，我們的學生要既能談戲劇，又要能實際去呈現一齣戲來。」

　　既然要學生能做戲，表演、後臺工作（舞臺設計、服裝設計）的課程也得開得好。姚一葦除了堅持系內得有自己的製作工廠以外，他對表演課，還有非常「中國」的看法，他首開先河的要求戲劇系的學生必修「國劇聲腔」及「國劇動作」，他所持的意見非常簡單：「我們要做好戲，主要是中國人的戲。既然是中國人的戲，當然得從中國劇場內吸收養分。」

在擔任戲劇系主任的五年內，學生的期末呈現，姚一葦一定親自到場看戲並在事後和學生一起討論。他對學生課業的熱切關心，為其他的老師和學生們立下了相當令人懷念的典範。姚一葦對教育工作的投入，持續到他過世前都不曾稍離。

「我企圖建立起我們的戲劇……」

教育和寫書，到底哪一個對新一代的戲劇愛好者比較能夠提供有利的幫助？姚一葦顯然認為後者可以影響多一點的人。教書教了三十餘年的他，曾在晚年幾次私下談到：「對於現在的學生，我很灰心，我寧願把我的力氣拿來寫書，讓它們能被讀到。只要有一個人因為讀了書而受到影響，我都覺得安慰。」

然而，當我們談到姚一葦的「老師」身分時，他在校外從事戲劇活動所扮演的「姚老師」所產生的影響，卻也同樣值得注意。姚一葦在 1960 年代和 1970 年代，因為參與過《筆匯》和《現代文學》雜誌的編務，對於當時的文藝青年如白先勇、陳映真、施叔青、古蒙仁等人，有了直接的知遇提攜之情。至於在校外所從事的戲劇活動當中，又以他在 1980 年開始推動的「實驗劇展」最為重要。

被戲劇學者喻為臺灣現代劇場濫觴的「蘭陵劇坊」《荷珠新配》，就是在第一屆實驗劇展時首演的。時任「話劇欣賞演出委員會」主委的姚一葦，除了為文鼓吹劇場應該持續「實驗」之外，還和參展的劇團討論演出得失，不論對參與的劇團或觀眾而言，整個劇展就像一個大教室一樣。

為期五屆的「實驗劇展」雖然後來未能持續的展演下去，但是它對於戲劇團體推出新作的鼓動、吸引新觀眾走入劇場，以及將一般民眾對於戲劇活動觀感提升到一定高度的努力，卻是臺灣現代劇場當中相當輝煌的一頁。時至今日，在實驗劇展推出作品的劇場界人士，有許多人後來都成了臺灣劇場界的中堅，如金士傑、卓明、陳玲玲、黃建業、王友輝，乃至於後來跑去拍電影的蔡明亮，都是其中的菁英。

　　終其一生，姚一葦在扮演自己多重身分所賦予的工作上，始終有著超乎常人的熱忱與幹勁。他在面對人生、文學和劇場的態度上，都是極爲積極嚴肅的。他在一次談到他想將中國劇場的特色融入自己作品中的心情時，寫下了極爲動人的話語：「我企圖建立起我們自己的戲劇，把傳統與現代結合起來，爲開拓我們自身的文化盡一點力。我更希望所有朋友，也懷著與我相同的願望……，這種願望可能會落空，但我的一掬愚忱，則是與天共鑑的。」

　　姚一葦幾乎將他所有的人生都投入在臺灣的文藝與戲劇園地當中，從1970 年代開始，就是文學界和戲劇界最受敬重的文藝理論及批評家。同時，他又是戲劇界少數既了解戲劇古典特質，又能全盤性了解戲劇理論的創作者。他的「願望」和「愚忱」應該會爲這一代和下一代的有心人所延續下去的。

　　　　　　　　　　　　　　　——選自臺北市政府新聞處編《臺北人物誌(三)》
　　　　　　　　　　　　　　　臺北：臺北市政府新聞處，2000 年 11 月

姚一葦先生雜憶

◎柯慶明*

「殺頭的生意有人做；賠錢的生意沒人做。」

多年之後，想起姚一葦先生的種種，很奇怪的首先想起的，竟然是這句聽他講好幾遍的話，以及他講這句話的神情。大概不能算常講，但鐵定聽他講了不只一次。因爲從「殺頭」講起，對於年少的我，初聽還真有點驚異，所以印象深刻。他還會平伸右掌成刀，砍在右頸作殺頭狀來增加效果，然後露出世事洞明，充滿了睿智與超然的微笑。「這是要殺頭的……」也是他會用的說法。說「殺頭」而不說「槍斃」，可能是這句「成語」由來甚久，也可能和舊劇有關，雖然姚先生是現代戲劇的創作者。另外，他還常說的話是：「咳──這可厲害囉……」同時感嘆又看著你之際，在他纖細而又敏感的臉上，眼眉間往往會如同胡紹安唱老生戲，到了緊要關頭會充滿了表情的神韻。

我對姚先生最早的印象，其實是來自刊載在《現代文學》上的〈來自鳳凰鎮的人〉，當時只覺成這齣戲寫得很熱鬧，日後才漸漸覺察其中實在深寓鄉人同遭流離之悲慟。因爲在此之前，我已熟讀了啓明書局出版整套的世界名劇譯叢，對於劇本不但頗有閱讀的興味，甚至還嘗試自己創作，自然那只是不成熟的練習。所以，一度亦曾以該劇做爲要努力達到的標竿。

另外，對我幫助很大的是他的《詩學箋註》，他的旁徵博引，深入淺出的融貫解說，自然對於初學西洋理論的我，是一個難得的掌握亞里士多德

*發表文章時爲臺灣大學臺灣文學研究所教授，現已退休，爲臺灣大學臺灣文學研究所兼任教授。

「悲劇」理念的導引,使我可以比較有自信的印證自己對王國維、康德等人的「悲劇」理念。後來甚至發展爲我企圖融會中西文學而提出的以〈論「悲劇英雄」〉爲名,雖然副題是「一個比較文學的觀念之思索」,其實是我對「悲劇」理論、「悲劇」精神,所作的跨文化的詮釋。接著撰寫的〈論項羽本紀的悲劇精神〉與〈苦難與敘事的兩型——論蔡琰「悲憤詩」與「古詩爲焦仲卿妻作」〉則是這些理念的具體運用。雖然分章綜論中國「悲劇」文學的心願,因爲種種機緣的岔開,始終還停留起步階段。但對《詩學》的研讀,確實引發我更進一步的關注。多年後回顧,姚先生在譯注了《詩學》之後,似乎更加貞定了他的藝術理念——《藝術的奧祕》自然是他的博覽綜攝之作。他在戲劇創作上,繼續寫《紅鼻子》、寫《申生》、寫《一口箱子》、寫《馬嵬驛》……都表現了某種「悲劇」視野,反映了某種「悲劇」英雄的堅持,不能不說仍是《詩學》的影響,因而和前後的劇作家顯然不同。在那「到了『現代』,『悲劇』仍是可能的嗎?」之質疑甚囂塵上的時日,或許我們兩人可能是當時僅有的,不論在研究上或創作上,明顯的不合潮流,卻仍然特別關注甚至特別崇仰「悲劇」經驗的少數人。姚先生後來一直善待我,也許也是一種引以爲傲同道之意。

　　雖然《藝術的奧祕》是我帶去金門當兵的少數書籍之一(另外的三本書是《阮嗣宗詩箋》、《陶淵明詩注》、《稼軒詞編年校注》)。因爲時當 1968 年,正是「八二三」十週年,戰事蓄勢待發,選書就頗有人生最後的倚靠與安慰之意,但它對我則只是增廣見聞,受用而已,並沒有太大的驚異。因爲我在高中時代已經遍讀當時在臺灣能看到的朱光潛的著作。真正震撼我的是克羅齊的《美學原理》;大一時殷海光老師指導我去精讀的羅素《哲學問題》原文本,以及自行閱讀的桑塔耶那《美感》原文本。因此比較專注的始終是直探問題,析理入微,步步進逼,峰迴路轉,終於豁然貫通而至綜覽全局……這類的哲學著作。後來和姚先生交往漸深,他看了我寫的〈文學美綜論〉長文,似乎覺得我也可以涉獵一下美學,特地買了雙葉書店翻版,R. G. Collingwood 的 *The Principles of Art* 與 Jerome Stolinitz 的

Aesthetics and Philosophy of Art Criticism: A Critical Introduction 送我，以示鼓勵。可惜我終究是埳陷於中國文學之中，並未敢航向廣大的「美學」之汪洋，很是辜負了他的期望。

我和姚先生日漸熟稔，自然是在參加了《現代文學》雜誌；尤其在先是《現文》脫離王文興老師與臺大外文系，交由余光中先生主編並由仙人掌出版社發行，但不旋踵仙人掌出版社突然倒閉，白先勇為了對他向諸多文友拉來的書稿有所交代，創辦了晨鐘出版社並負責《現代文學》的發行，而編務則交由我在姚先生和何欣先生的指導之下執行。當時先是到何先生家去看他；而姚先生則是到臺灣銀行總行後棟二樓的辦公室去看他。雖然還有其他的辦公人員，但我們總是旁若無人的促膝交談。除了《現文》的正事，也旁及許多藝文瑣事，這些很愉快的談天，似乎就成了我每次拜訪的「紅利」。

我想也是這些訪談，使姚先生對我有所認識與信賴。所以，先是他接受了我的介紹，聘請了學成歸國的汪其楣到他所主持的文化藝研所去任教。汪其楣與我是同班好友，我們一起應邀參加了《現文》「中國古典文學研究」專欄的編輯工作。她臺大畢業後，教了一年國中，就赴美留學，改念「劇場」（"Theater"），受了全套完整的「劇場」理論與實務的訓練。這是臺灣極為缺少的人才。我總覺得她留在美國：演美國人的戲，導美國人演戲，教美國人各種演戲的課程，雖然勝任愉快，但卻有違我們「中文人」，這批《新潮》舊友祝福她前往美國取經的初衷；於是，我們極力勸她歸國任教。但是當時幾乎沒有大學教職可供她發揮，就先由張淑香向俞大綱老師極力推薦她，表示願意將原來兼任的那班「元明戲劇」課程，讓這位優秀的學姊來教；當時只要姚先生也願意提供一班課程，她就可以在文化正式專任了。這件事我記得很清楚，就是我專程到臺灣銀行去談妥的。姚先生的欣然應允，終於成全了我們想將汪其楣留在臺灣開拓現代劇場的心願。

使我們特別想勸汪其楣回臺打拚，除了她是我們《新潮》舊友中才華

洋溢的重要夥伴，也因為我們嘗試過演出姚先生的《申生》。那時一方面有《劇場》雜誌的刺激，他們還演出了《等待果陀》，我則模仿了貝克特的《無言劇》，寫過兩篇〈無言劇：哭〉，其中的一篇還發表在《新潮》上，其實對於充滿突破精神的現代劇作與表演方式頗為嚮往；另外一方面則是外文系每年皆有他們盛大的畢業公演，我們卻只有在系學系迎新送舊的晚會上編一點短劇，做極為簡易的演出。我還自編自演了一個無言的獨角戲：〈指揮〉，結果動作不夠俐落，還發生了一點小意外，令觀者因而印象深刻，頗讓自己啼笑皆非。

姚先生發表他的劇作《申生》時，我在當中文系唯一的辦公室助教；而一批《新潮》舊友亦皆當完兵回來讀研究所。恭世子申生的故事，那些年臺大的學生因為大一國文下學期教的是《左傳》，大家都耳熟能詳。我們覺得姚先生詮釋申生時，以存在而非動作，透過對周邊眾人的影響，彰顯了他作為「悲劇英雄」的高貴與崇高，實在精采。我們覺得演這個戲，可以凸顯中國文學與文化的高卓，又能具現我們融古典於現代的藝術理念。覺得若以《申生》為題材，應該可以得到系裡師生的支持。果然系主任與一些師長都願意贊助，於是中文系終於演出了一次有劇本的大戲了。

雖然演出順利，反應也不錯，但卻讓我們深切認識到了種種在劇場專業上的不足：讀案頭的劇本，終究和演出場上的戲，是截然不同的兩回事。我們也發現姚先生的劇本在閱讀時很順，很詩意的句子，到了演出時有些會拗口，有些沒有字幕的話，會聽不懂，為了演出的效果，只好略加修改。雖然有種種局限，而且也只是校園裡的演出，這終究是《申生》的首演。我們還很誇張的宣稱：這是「世界」首演。至今我仍然覺得那是姚先生最宏偉，最豐富的作品。因為「驪姬之亂」本身的悲劇性與戲劇性就非常強烈；而姚先生達到悲憫眾生的宗教性詮釋，確實精采。

汪其楣回臺之後，先是親自演出一個改編的劇本《寒梅》，頗受好評。她所執導的第一部舞臺劇則是姚先生的《一口箱子》。姚先生做為一個劇作家，當然希望創作的劇本能夠得到演出，尤其是專業的演出（像我們的

《申生》恐怕只是慰情聊勝於無而已）。所以，對於那次在南海路藝術館的演出，不僅重視而且興奮，首演的效果很好，姚先生看了也非常滿意，歡快之情溢於言表。《一口箱子》雖然頗有笑鬧與荒謬之處，其實處理的卻是一個很嚴肅的「現代」議題：在這個「群眾」的時代裡，個人還可以保有多少的「自我」？對於身遭「離散」的現代人而言，他又能夠擁有多少屬於自我可以認同的「傳統」或「記憶」？那一次的演出意義重大。對姚先生而言是確認了他的作品不僅具有「文學」價值，而且可以在「劇場」發揮很大的藝術效果。汪其楣也在臺灣的舞臺上初試身手。另一個意外的收穫則是劇中扮演「老大」的李立群，深受演出經驗的感動，從此投入了舞臺劇的演出。

姚一葦先生，根據他自己所敘述的：「我自從交出雜誌的編務之後，就沒有再過問《現文》之事。……直到 1972 年秋，我又回到《現代文學》。這個期間正是柯慶明主持的時代，由他邀約，自第 48 期至第 51 期，先後發表了一篇批評、三篇散文和一個劇本，我只供應稿件，其餘之事，非我所知。」（〈我與《現代文學》〉）但是這一敘述，其實並不精確，因為自第 40 期到第 47 期（1970 年 3 月到 1972 年 6 月），雖然由何欣先生掛主編，但我是執行編輯，其實衝來衝去，往返於姚先生、何先生、出版社，甚至印刷廠之間。但因掛了何先生為主編的名義，雖然他給了我不少指點，以他當時謙抑的個性，他自然強調：「我只供應稿件，其餘之事，非我所知。」他的印象只有我去跟他聯繫與請益，因而，當他覆案《現文》首頁的編輯者時，自然就將日期推後到所謂我「主持」的年代。

但是在此之前，因為《現文》先是交由王文興先生主編，並且有一度，至少在名義上轉由臺大外文系共同負責；再交由仙人掌出版社發行，而由余光中先生主編。大約在此前後，姚先生與何先生亦與曾主編《筆匯》的尉天驄創辦了《文學季刊》，走的反而是《現文》自第 17 期起，由姚、何、余三位主編的以創作為主，雖然仍有翻譯與批評，但是不設主題的路線。王文興先生主編的《現文》則始終以專題為重，所以會借助於外

文系以至中文系師生的參與。（王文興先生當時是臺大中文、外文兩系合聘的教師。）余光中先生主編時，則仿照《文星》雜誌，每期設有「封面人物」，仍是專輯的設計，除了第一本還是美國小說家安德遜外，另外的三本，則爲本國作者：白先勇、於梨華、周夢蝶。

　　姚先生在《文學季刊》的情況，我身爲局外人，自然是不甚了了。但是王禎和在其〈嫁妝一牛車‧後記〉提到：「民國 55 年我在花蓮中學教英語，一面申請學校，準備出國。在等待的期間，心情頗苦。這時姚一葦教授來信邀稿，並附寄一本《文學季刊》創刊號。讀完《文季》，有一種想寫的念頭，便這樣寫了〈來春姨悲秋〉。」於是，《現代文學》第二代的三位編輯之一（另外兩位是杜國清、鄭恆雄），而且是唯一的小說家（杜、鄭二人皆寫詩），王禎和就成了《文學季刊》的代表作家。（另外兩位《文學季刊》的指標性作家，自然是陳映真與黃春明。）

　　當時施叔青的小說也都發表在《文學季刊》上，因爲幫她在《現代文學》發表處女作〈壁虎〉的，也還是姚先生。施叔青告訴過我，姚先生如何鼓勵她寫作的往事：姚先生還用手比了高度，說瓊瑤只能到這裡，但你好好磨鍊，可以到這裡……。

　　姚先生對於當代作家的批評與影響，主要亦見於這段時期，他先後發表了：〈論王禎和的〈嫁妝一牛車〉〉（陳映真筆記）、〈論白先勇的〈遊園驚夢〉〉（施叔青筆記）、〈論水晶的〈悲憫的笑紋〉〉（奚淞筆記）、〈論黃春明的〈兒子的大玩偶〉〉（周方圓筆記），他在討論之前，開宗明義作了「聲明」：

　　　第一，我討論這篇小說的態度，和討論文學世界中一切古典作品（包括
　　　現代的古典作品）一樣，採取嚴肅的方法和態度；第二，在這個討論裡
　　　頭，我主要的目的，在於探討「作者如何去表現」，即表現的形式和方法
　　　和問題，以及「作者表現了什麼」，即作者所表現的內容問題。換言之，
　　　只作分析的工作，而不作價值上的定位。

　　話雖如此，一篇作品能與「文學世界中一切古典作品」得到相同的對待，其實正是將它「經典」化的一種表示，因而〈嫁妝一牛車〉、〈遊園驚夢〉、〈兒子的大玩偶〉就成了眾所皆知王禎和、白先勇、黃春明的代表作；到了《文學季刊》轉型為《文季》，並且有意的批判《現代文學》的現代主義傾向，終至發展為鄉土文學論戰之後，王禎和與黃春明就順理成章的變成了鄉土文學的代表作家了。

　　姚先生在 1971 年 10 月至 1972 年 5 月應美國國務院之邀，參加愛荷華大學國際寫作計畫，回國之際帶了他的〈五月花雜記〉的文稿與寫作計畫，也就是撰文分別介紹那些和他一起住在「五月花公寓」的國際作家，做為他此行的收穫。他原先打算交由《現代文學》與《文學季刊》分別發表。《現代文學》的部分，他叫我去拿稿子，我就立即送排。但《文學季刊》方面，卻因聯合國在 1971 年 10 月 25 日排除中華民國而以中華人民共和國代表中國，並且取得安理會席位；中（臺）美斷交亦已呼之欲出之事，他們的文學主張急遽地轉向左翼：現代主義成了他們反美的代罪羔羊；結果姚先生的〈五月花雜記〉也受到了嚴厲的批判。所以姚先生在《姚一葦文錄・自序》上只提到：「我原計畫寫十餘篇的，卻只寫成五篇，因《現代文學》停刊而擱置下來。」

　　當時《文季》的部分同仁更發起所謂鄉土文學論戰。他們除了率眾到處演講，亦率眾參加各種文學講論的場合。前國防部長俞大猷正好將他的藏書捐給臺大成立「俞大猷文庫」，亦捐款臺大舉行定期的演講活動，首次演講正好請了顏元叔講他一句主張的「社會寫實主義」，（他是明辨有別於「社會主義的寫實主義」的，因而聽起來滿像電影界所謂：「健康的寫實主義」。）但是不管左翼、右翼都是反對以個人情性為中心的文學；好像他們都不懂文學中「一國之事，繫一人之本」，甚至更普遍與永恆的象徵意義，而必須直接以「文章合為時而著，歌詩合為事而作」，也就是必須時時在各種鬥爭中表態才算不逃避現實。因而，追求以新鮮的藝術性感知呈現永恆普遍之人類情境的現代主義，及《現代文學》就成了應該撻伐的現成對象。

　　兩派人馬於是在顏元叔先生講完後，脣槍舌劍的論戰了起來。姚先生也在場，但不發一語，可是雙方都不放過他，逼他發言，他很緊張的只說了：「要團結；不要分化。」兩句，就戛然而止了，非常不安的樣子。我並不清楚他在《文學季刊》遭遇到了什麼對待。雖然他頗不以彭歌、余光中等宣稱：「狼來了！」藉政治力來從事論爭的方式，他以為自由派的文人不該如此做。但他的創作似乎還是受到了無情的意識形態批判。他對我說：「那我就不創作，從事學術研究總可以吧！」於是他邀我一起創辦《文學評論》。當然，他的意思是要我擔任負責實務的執行編輯，我想就當作早期在《現代文學》負責「中國古典文學研究」與在《新潮》推動當代文學研究的延續，因而就答應了。

　　他進一步和我商量編輯委員人選時，其實他已成竹在胸。他說我們要如《現代文學》貫通中外，所以：我們先找臺大中文系系主任葉慶炳先生與外文系系主任侯健先生參加。然後是請葉維廉和楊牧；他們一個是普林斯頓的博士，一個是加州大學柏克萊的博士，不但是一流大學培養出來的，而且都是比較文學的科班出身，這個陣容夠堅強了吧！正好他們兩人都先後回臺大外文系客座，連同姚先生他們五人都參與了中華民國比較文學學會的運作。在姚先生盛情邀約下，他們都答應了不僅要擔任編輯委員，而且還得提供稿件。依據後來的紀錄看：姚先生自身供稿最密；但拉稿則葉慶炳先生最勤。刊物採叢書形式，半年一冊，發行則交由隱地的書評書目出版社來負責。

　　但我們創刊的時機有點不利，因為走的方向與《中外文學》近似，但《中外》有稿費，我們沒有；而且研究所逐漸加多，升等更是以論文為主，各校的學報紛紛出籠，稿源甚受擠壓，而且要求的水準又高，日漸有成為同仁雜誌之虞。而不但各位編委，即使是我亦不愁沒有發表園地，幾年下來遂意興闌珊。後來高友工先生返臺大客座，姚先生亦邀他加入編委會，高先生亦答應了，但幫助不大。終於只出了九期，沒有達到至少出滿十期才休止的願望。

　　有一次編委們與隱地聚餐，隱地提及彭歌所譯的《人生的光明面》如何大賣的情形，大家正在慨然這種像興奮劑般簡單的讀物反而是大眾所需，深入宏偉的文藝探討，亦不免淪為菁英的小眾讀物。在旁默不作聲的姚先生突然說：「學校拿我的《藝術的奧祕》與《美的範疇論》送去教育部審查通過了，我已經拿到教授證書了。」然後又笑著說：「我不再是黑牌的了！」於是大家爭相祝賀，強調這是遲來的承認。

　　我們這批人的合作，還包括共同撰寫慶祝開國 70 年《中華民國文化史》中，由侯健先生主持的〈第柒章：文學〉，其中的〈第四節：話劇〉自然非姚先生莫屬；葉慶炳先生寫〈第二節：散文〉，我則負責〈第一節：文學批評〉。結果我寫成的初稿，長達 11 萬字，再縮減成兩萬字才收入書中，侯健先生覺得初稿還算不錯，就拿去《近代中國》分四期連載。我後來將它與一些討論文學批評的文字，集結成《現代中國文學批評述論》一書，扉頁上題：「謹獻給《文學評論》編委會／諸位師長」出版。姚先生看過了之後，給了我一封信說：「評論當代人，能寫到這個樣子已經非常不容易了。」我對一些當時甚囂塵上的文學界人物，還是仿春秋的迂曲筆法作了一點個人認知的褒貶。生性謹慎，心思細密的姚先生，自然完全能體會我的弦外之音。

　　1980 年鮑幼玉先生奉命籌備國立藝術學院（即是後來的北藝大），找汪其楣擔任祕書組主任。汪其楣跑來問我的意見，我說：「去當兵兩年吧！」兩年後她將一切規畫完成，連四位系主任都聘好了，我們再見面時，她整整瘦了一圈。她就以當兵期滿，申請退伍的心情遞出辭呈，以示她只是以藝界人士，樂助其成而已。她建議戲劇系應聘姚先生為主任。姚先生應聘之後，自然不能放過她這種人才，還是聘她前來任教。姚先生從此有了國立藝術學院為據點，事業重心逐漸轉往戲劇界。我們的接觸也就少了。但他出了新書還是會以題簽：「給　慶明／姚一葦／月日年」的方式寄我一本。

　　但彼此最後一次深談，卻是 1983 年 9、10 月間，赴淡江開比較文學會

議的車上，他於是年年初喪偶，我則母喪方滿百日左右，因為有兩年奔波
於醫院學校間，沒有收到訃聞，很晚才得知姚先生元配過世之事，因而為
此向他致意，並且告訴他：母親臨終要我勸父親再婚。她強調再孝順的子
女，都無法取代一個老伴！因而建議他不妨考慮再婚。但是他卻告訴我已
有傾慕他的女子，可能好事將近。然後微笑的說：「學文學藝術就有這種好
處：即使上了年紀，還可以是很迷人。你父親是學醫的，恐怕不會有這種
機緣！」姚先生於是年 11 月再婚，知道我尚在守喪，沒有發喜帖給我。我
僅知道此後，他事業婚姻兩皆得意，有如長鯨終能縱浪江海，從此漸有大
師的姿態與廣泛的影響力。

　可惜他過世又逢我在國外，未能前往弔唁告別。只有多年後，在〈傳
統、現代與本土——論當代劇作的文化認同〉一文中討論了他的全部劇
作，借此略表我對他的敬意與懷思。回想起來，他雖然愛說：「殺頭的生意
有人做，賠錢的生意沒人做」，其實不論是《現代文學》，是《文學評論》，
我們都是在做賠錢的生意！只是，他比我還多賠了一樁：《文學季刊》！

——選自《印刻文學生活誌》第 65～66 期，2009 年 1～2 月

文學・戲劇・批評
姚一葦教授訪問錄

◎誠然谷[*]

時間：民國 61 年 4 月 19 日上午 11 時。

地點：美國愛荷華州愛荷華市「五月花公寓」512 室。

文學理論及批評

谷：姚教授，您在藝術理論方面做過很多研究，我也拜讀過您著的《藝術的奧祕》，現在可否請您就作家的作品，文藝理論以及文學批評之間的關係，給我們做個簡單的解說？

姚：理論的產生總是落在作品之後，一定是先有作品，然後才有理論。就拿希臘戲劇來講，最早的一部理論應該是亞里士多德的《詩學》，它就遠在 Aeschylus、Sophocles、Euripides 之後，那時希臘戲劇已由盛而衰了。中外古今都是一樣。中國最早有《詩經》，中國的詩的理論則晚得多。至於文藝理論究竟研究什麼，似乎可以分兩方面來講：一方面，我們知道藝術和文學都是人類心智活動的產品。那麼，這種人類心智活動是什麼性質？這種心智的活動的創造性建立在什麼基礎上？他們企圖表現什麼？何以藝術品成為大家所共同接受的對象？等等，要解答這一連串的問題便屬於美學研究，或藝術哲學研究的範圍。這種研究不是以個別作品為對象，而是以藝術品的通性為對象。換言之：它不是對哪一個作品發言，而是自

[*]發表文章時為美國愛荷華大學企業管理研究所博士生，現為美國 IBM 公司任高級經理，並擔任美國芝加哥「芝華藝坊」、「東方藝術團」導演及藝術指導。

全盤藝術活動來探討。古往今來就產生了許多這樣的理論，而且角度不同，論點不一。有的人從人類學的立場來研究，把藝術品分別為若干的基型；有的人從心理學出發，研究作品與藝術家的心理狀態的關係；有的人從社會學觀點來研究，認為一種什麼形式的社會才會產生什麼形式的作品。於是五花八門，絕不能像科學一樣，有一種大家遵守的規則。這個現在還正在發展之中。

理論的第二個意義是建立在評價基礎之上。剛才講的是對藝術的通盤研究，現在則是對藝術品個別的研究了。為什麼會產生這種理論呢？因為自人類開始創造藝術品以來，越到現在，數量就越多，那麼就有一個問題產生——好壞的問題。當然，每個人都可以根據他的趣味來判斷它的好壞，誰都不能干涉，這種趣味判斷，沒有辦法爭辯的。於是就有人自趣味的判斷以外，企圖建立起一條共通的原則來，一個可以辯論的原則，就是說，好，什麼叫作好？這方面有許多古老的規則，譬如說，平衡對稱，以繪畫來說，這都是最早的規則。這些原則不見得人人都同意，不見得代代都能用，所以就有五花八門的原則的產生。這類的研究便屬於藝術批評的範圍。

當然這兩種理論是相關的。正因為自全盤基礎上所建立的藝術哲學，和自個別藝術品建立起來的藝術批評有其相關性，所以統統都叫做藝術理論。

谷：是不是就好比經濟學的分類，個體經濟學和總體經濟學？

姚：我想是的。必須先有經濟，才有經濟學；必須先有動、植物，才有動、植物學，道理是一樣的。

創作與理論

谷：那麼理論與作品的關係為何？也就是說理論對作家有沒有幫助？

姚：這是一個非常有趣味的問題。我們剛才說，先有藝術品然後才有理論。換句話說，理論並不是和藝術品發生密切不可分的關係，因為一點

藝術理論都不懂的人，照樣可以產生藝術品出來，可見沒有必然的關係。我可以說，越是大天才，越是不需要理論。譬如說，莎士比亞有太大的理論呢？他的學問似乎不很好，因為有人曾經譏笑過他；可見學問好不好，與他的創作沒有什麼關係，這是兩回事。不過，話又說回來，因為真正所謂的大天才是不多的，往往幾百年一見。一般的人，如果想成為這樣的大作家，機會並不很多。因此對一般人來說，藝術理論往往會有所幫助，因為一個人沒有辦法把世界上的書讀完，就是讀大作家的作品也是難得讀全的。那麼，藝術理論幫助你至少有兩個用處：一種是幫助你知道有所選擇；另一種是供給你分析、理解和批評的能力。因為理論家曾做過整理的工作，指出哪些是創造性特別強的東西，哪些是所謂的次等作家，這樣就可以減少你很多精力，至少可以減少你摸索的時間，所以是有用處的。但是如果你是大天才的話，那就不需要這些了。

　　谷：這樣是不是說已經有一種大家共同接受的藝術標準？

　　姚：似乎可以這樣說，模仿的作品的價值總是低的，一定要具有某種程度的創造性。所謂創造性，依我的看法，那就是對人類你表現了什麼，或者說你對這世界做了什麼樣的分析、了解、探索和發言，這就是作品的深度。同時你不是只表現一個特殊的事件，它一定有一個較為廣大的象徵意義，有它的普遍性，這就是作品的寬度。這種作品，無論從哪個角度來看，它都是有它的價值的，至於一定要規定一個具體原則，恐怕是很難，說不定也是不必要的。

戲劇與小說

　　谷：您曾說您喜歡戲劇，可否請問：就戲劇和小說來講，在藝術的形式方面有什麼技術上的不同？

　　姚：小說和戲劇，在表現的方式上有很大的不同。這個題目談起來很長，現在我只簡單的、技術性的來討論這個問題。第一，在時間的處理上，戲劇的時間是有一定的（我們所謂的戲劇是指舞臺上的戲劇而言）。不

能太長，尤其是我們今天的工業社會，只能允許二小時左右來表現。那麼這個事件必須要發生在這二小時之內，是不是？不管你的故事經歷的時間多長，一定要壓縮或集中到這個一定的時間裡來表現，這是個專門的技術。譬如，這裡有一椿複雜的事件，前因後果很多，你怎樣把它安排在這個短時間裡來發生，這不是一件容易的事。在小說上，就沒有這個顧忌，百萬字以上的小說是常見的。

谷：那麼短篇小說呢？在這方面是不是稍有類同之處？

姚：短篇小說有時也經過壓縮，不過，它比戲劇似乎又短了一點。第二是空間也要集中。譬如說，我們寫一篇小說，像我這樣從臺北，把我所經歷的地方，一一都寫出來，在小說上是毫無問題的，高興怎麼寫就怎麼寫。在戲劇上就是用電影來拍，你也要把這些事件集中到少數的場所裡或空間裡來表現。小說則沒有這個限制。這還是小問題，最大的問題是表現的媒介物的不同。小說表現的媒介物是文字，通過文字來敘述，在運用上遠為自由。譬如是一人稱的小說，出之於「我」的口吻的（這個「我」可能是作者，也可能是假託的），表現為作者個人的經驗形式，包括敘述感情、思想，以及環境描寫等等，是一個很自由的形式。另外一個重要的形態是第三人稱的小說，這時作者是藏在後面，而且是處於神的地位。如果他不是神，這兩個人在密室談話，他怎麼會知道呢？對不對？還有每個人心裡想什麼，他都知道，作者此時正是神的地位，他可以把每個人的心裡所有的情感、想法和祕密都表達出來。這時的作者是無所不知，無所不在，全知全能的地位，所以他來駕馭他筆下的人物，是自由的。但是戲劇家不行，他的表現媒介物是表演，是真人在舞臺上表演，是活的人用自己身體做媒介來表現，當然不同於作者的敘述。他不能議論，也不能描寫，因此戲劇在運用表現媒介上是要比小說困難得多。

還有一點，情緒效果有限制。如讀一本小說，讀多久都可以，一天讀完可以，一個月讀完也可以，頂多忘了前面的時候，再翻回去看看；甚至中間雜夾著一大堆議論也沒有關係，你不高興看的話，翻過去就是了。戲

劇絕對不行，對於那些買票進來看戲的觀眾，一點都不能鬆弛，一鬆弛，觀眾就走。這是一件非常靈的事。所以說，戲一上來就得抓住觀眾。譬如我們以一種最淺近的戲劇——笑劇——爲例，沒有一個觀眾在上演前會想到他將縱聲大笑，沒有的事；我們不妨站在旁邊觀察，當觀眾買進票場的時候，是面孔嚴肅，道貌岸然的。所以一個戲劇家便懂得先要偷偷解除他們的心理武裝，亦即一開始就要逗引他們，設法把他們的武裝解除，這個就叫作情緒效果。如果你不小心把效果放鬆了，他們就馬上恢復到本來的自我，感覺無聊起來。如果有的人寫戲劇喜歡發太多的議論時，我想最好能收斂點。

　　谷：以上所講的四點，是不是等於戲劇的限制？那麼，在表達上來講，是不是有強於小說的地方？

　　姚：我想是的。因爲戲劇是真人、活人在舞臺上或銀幕上表演，所以它比小說來得直接，直接得多了。從效果來說，它對觀眾言，我認爲總比小說來得強點。

電影與戲劇

　　谷：有些人認爲電影是從戲劇演進而來，所以當電影全部商業化、企業化以後，因爲大量投資的緣故，觀眾都願意去電影院；有的人就認爲，國內戲劇衰敗的原因正是如此。

　　姚：你的意思是不是說電影取代了戲劇？

　　谷：是的。

　　姚：我的看法恐怕不一樣，電影和戲劇有很大的距離。譬如說，這次我在甘迺迪劇場看到英格麗褒曼演出蕭伯納的 *Captain Brassbound's Conversion*，我才算是真正見到了她的表演。（我得說，當我年輕時，我算得上一個褒曼迷。）因爲只有在舞臺上，演員才是將感情直接傳給觀眾，不僅一氣呵成，而且不得修改，而電影鏡頭是可以重拍的。所以，舞臺無論在處理上、風格上都有它自身的特點。以我的看法，它是不會消滅的。

就我所知，有很多的電影明星都很願意有機會在舞臺上演出，他們認為這樣才真是一種藝術表演。電影多半不是從頭一直拍下來的，是不是？往往將就場景，如這裡叫你要哭，你就得哭，拍的時候，和前後沒有關聯，一點情緒的關聯性都沒有，所以有人就非得用眼藥水不可，就是這個道理。在舞臺上就不會發生這種情形，而是由於情境的演變、事件的轉變，到那時他自然會產生那種情感。笑也如此，什麼情緒都如此，都不是突如其來的。

再說舞臺往往可以和觀眾打成一片。像莎士比亞的舞臺，與觀眾的關係非常親密，有的觀眾甚至坐在舞臺上。現在的舞臺又有這種趨向。像我最近在紐約看到的「頭髮」的演出，就是如此，觀眾與演員間絕不是分隔的。這種藝術的欣賞方式是電影絕對做不到的。所以在美國的百老匯，戲劇的演出仍然生意鼎盛，有的戲演好幾年不衰。國內的戲劇業不怎麼旺盛，那是另外有別的因素的。

對美國戲劇的感想

谷：現在我們談到美國方面的東西，美國戲劇在您看來，是不是有一定的潮流？

姚：這很難說，在某個程度來講，或許可以說有一定的潮流。這次到美國來，看了幾次戲，我是選各種性質不同的戲來看，從最豪華的戲院看到只有幾十個人的那種所謂「外外百老匯」（"off-off-Broadway"）。我或許可以對美國戲劇講幾句話。美國的戲劇，最近的潮流看起來，似乎是屬於年輕人的天下了。這樣說好了，美國有兩種戲劇，一種是大堆頭的戲劇，演出時往往以大明星為號召，好比我剛才說的英格麗褒曼演出的戲劇，戲院豪華，設備考究，每個人都是明星，這種戲劇，商業性非常濃。另外一種的就是所謂前衛的戲劇，像在外外百老匯演出的。我想那種商業性的戲劇，在傳統上不太有什麼變化。我現在要談的就是這種新興的戲劇，這正是年輕人的玩意，現在流行的「Living Theater」可為代表。這種戲劇沒有

什麼劇本，即興的形式很大，主要建立在表演上面。我對於這種新潮流的美國戲劇興趣很低，老實說，感到頗爲失望。我不是說它們沒有新東西。有的。它把舊的舞臺規律都否定了，舞臺的時空限制也都被打破了。譬如說布景，他用人來做布景，真正的的布景反而不重要了，臺上臺下全打成一片，還有音樂的成分很多，演員非常的賣力，予觀眾的衝擊很大。他們也不是完全沒有主題，如「Hair」所表現的主題很簡單，可用兩個字來代表，一個是「Peace」，表現年輕人的反戰；第二個是「Love」，赤裸裸的性愛。「Peace and Love」重重複複的表現出來。但是有的戲劇除了否定的意義以外，我找不出其他的意義。他們否定人的價值，也否定了人的語言、思想和行爲；語言是無意義的，思想是無意義的，價值是不存在的，行爲是無意義的，不能傳達的。如果這些都被否定光了，剩下來的恐怕只有性了。看了以後，不知是不是我年紀的關係，我認爲這是一個可怕的現象。將來也許他們能走出他們的路來，當然，那是他們的事。

對美國文壇的感想

谷：現在可否請您談談在一般文學創作方面情形又如何？

姚：這是一個很大的問題，我不知從何談起。啊，有了，我最近聽說水晶在《中央日報》上發表了一篇〈各領風騷三、五年〉的文章，可惜我沒有見到，因爲最近很忙，沒有上圖書館。不過這確是我和水晶在紐約見面時所共有的一個感慨。這種感慨在我言，已有許多年了。而來美之後，更加深了這種感覺。

我感到美國的文學與商業結合的情況是太嚴重了一點。我當初在大學時代，所讀的所謂 1930 年代的作品，使我很感動的這些人，譬如說，像卡德威爾、史坦貝克、懷爾德、薩落揚，這些作家當初都是紅過的作家，而他們的作品也是曾經受到讚美的，現在這些作家到哪裡去了呢？當然如果說一個作家江郎才盡，不再寫書了，這是可以了解的。悲哀的是現在連他們的書都很難買到了，市場上都已很少見到他們的書了。就是說，他們已

經被遺忘了。我再舉兩個有關戲劇方面的例子，這方面我或許比較熟悉一點。田納西‧威廉姆士，當年是紅極一時的，據我聽說，現在他的作品已經不能在百老匯演出了，因爲他已過時了。他年紀並不太大，就已經過時了。又如當年寫《誰怕伍爾芙》的亞爾比，一夜之間成爲名人，曾幾何時，據說已經沒落了。如果做爲一個作家，他的作品取決於市場，取決於時代風尙，取決於一些所謂的批評家，也就是說要合於時興的款式，趕時髦，那麼這和女人的裙子有什麼兩樣呢？在這種情況下，我得說，我第一件不要做的事就是做一個作家了。因爲在這個世界上總有些人不趕時髦的，對不對？

美國文學批評界

谷：能不能再請您談談美國文學批評方面的感想？

姚：這可又是一個好大的題目。我想一般所謂批評有兩種：一種是通俗性的，一種是學術性的。由於我所接觸的範圍的關係，我只想對後者說幾句話。我們要知道美國的學院多，教授要升等，學生要取得學位，所以在這方面，產量特別豐富。最近或許是我看得太多，不免發生了一些感想。第一，這種學院的批評有時不免過於學究氣，題目往往小到不能再小，偏得不能再偏，因此使我懷疑，花許多年的工夫去從事這一種的研究，是否值得？第二，最近時興的所謂形式主義的批評，他們往往在一、兩個字上下功夫，這個字（有時只是一種聲音）是如何重要，有了它就如何如何，沒有它又如何如何，長篇大論。但是我不免懷疑真是如此的嗎？可真有如此的要緊嗎？當然這只是一種感想，並非對誰而言。但是我想批評必須是有意義的和踏實的，對不對？

國際作家計畫

谷：現在我們把問題轉到您個人身上，可否請談談您這次到美國參加 Program 的事？

姚：我這次應邀參加的國際作家計畫——International Writing Program
——可以說是全世界唯一的大學舉辦這種性質的邀請。每年邀請世界各國
的作家共聚一堂，相互討論彼此的作品，以促進各國間的文化交流。譬如
說，我們在國內，只對美國、英國、法國等大的國家、重要的國家的文學
予以注意，如果是小一點的國家，如阿根廷、巴西、智利，不要說這麼遠
的，就說韓國、印尼吧，都很少有機會接觸。這一次能與那麼多國的作家
互相接觸，互相交換意見，交換作品，使我們對其他國家的文化、文學有
所了解，這方面的意義當然是很大的。

我們這裡每週五舉行一次討論會，由每一位作家輪流主持，宣讀他自
己的作品，然後自由討論。唯一的困難是語言的障礙。來的人英文好的當
然有，但大部分人都並不太好。只是大家住在一起七、八個月，大家都變
成了好朋友，這倒是真的。無論如何，對我來說是獲益不淺。

谷：這個 Program 的目的當然是很高的，但在做法上，您覺得有沒有
什麼可以改進的地方？

姚：這個問題我還沒有仔細想過。來的作家大部分是第一次出國，剛
來的第一件事是適應環境，就像我剛來的第一個月，老實說，很不習慣，
只想回家。但是，它的方式安排得很自由，使我們能逐漸適應，並盡量減
少我們的負擔，給我們各種方便。以我來講，現在就非常習慣了，可以做
一點事情了（其他的人也大都如此）。可是這時 Program 也快結束了。

谷：您這次也同時是接受了國務院的邀請來的，能不能大概講講您到
過哪些地方參觀？

姚：這次我去了華盛頓特區、紐約、波士頓、伊士卡、芝加哥、米爾
瓦基等地，說來也跑了不少州。不久我要到西部加州去，然後經東京返
國。

谷：國內對美國的一般了解，認爲他們現在的社會秩序走在一種迷路
的狀態中，整個國家的氣氛好像因爲年輕人鬧事多而不是在很穩定的情況
下發展。您大略看了一遍，有什麼感想？

　　姚：也許因為我自己上了年紀的關係，我和美國的年輕人接觸不多，但是我和中年的美國人接觸得比較多。說起來，美國的基礎還是建立在中年人的身上，這種中年人都非常負責、穩健，做起事來一絲不苟。至於他們年輕人的問題，可能要請專家來答覆了。但是無疑的，美國的社會仍在變化之中，像這樣一個年輕而又富強的國家，她應該會選擇一條自己的道路的。

──選自姚一葦《文學論集》

臺北：書評書目出版社，1974 年 11 月

第十一屆吳三連文藝獎〔戲劇組〕得獎人

姚一葦評定書

◎文藝年報編輯部[*]

　　姚一葦先生，江西南昌人，民國 11 年生。國立廈門大學畢業，美國愛荷華州大學研究。曾任中國文化大學藝術研究所教授兼戲劇組主任。國立藝術學院成立後，姚先生受聘爲該院戲劇系教授迄今，並曾兼任系主任及教務長等職務多年。

　　自民國 52 年起至民國 76 年止，姚先生先後創作發表了 12 個劇本，其中半數純爲虛構，半數則爲歷史和民間故事改編。無論題材之來源與新舊，姚劇均以現代人的觀點，探討人生問題，情懷高潔，寄寓深遠。例如：《來自鳳凰鎮的人》以一個妓女與逃犯的巧遇，呈現人性的尊嚴與善良；《孫飛虎搶親》與《馬嵬驛》利用膾炙人口的歷史故事，重新探討愛情與生命，個人與社會的複雜關係；《碾玉觀音》透過一個藝術家的顛沛流離，肯定生命中真善美之憧憬，猶勝於錦衣玉食之追尋；《傅青主》、《左伯桃》不同的時空謳歌殺身成仁的氣節；《紅鼻子》則暢論「快樂就是犧牲」的宗教情懷。

　　除《左伯桃》爲平劇外，其餘 11 劇均爲話劇，或爲獨幕，或爲長篇，要皆從寫實主義風格出發。再於劇情需要時，自由運用歌曲、頌唸與獨白，藉以擴大關懷的層面，加強感情的深密。隨著劇情劇義的變化，姚劇

[*]財團法人吳三連先生文藝獎基金會於 1978 年刊行《文藝年報》，後更名爲財團法人吳三連獎基金會，刊物亦更名爲《文化年報》，已於 1998 年停刊。

　　所能引發的效果也多采多姿，像《大樹神的傳奇》的諷刺、《訪問》的蒼涼，《我們一同走走看》的溫馨，以及《碾玉觀音》、《申生》及《傅青主》等劇中的嚴肅悲壯，在這個急遽變化的 25 年之中，姚劇流露著一個知識分子對社會人群的關注，也反映了這個時代的心。

　　姚先生的劇本長年來累經國內各劇團上演，極受觀眾歡迎。他的《申生》、《一口箱子》及《紅鼻子》等劇，近年來經譯為英文或日文在國外演出，增進了我國戲劇之國際地位。因為姚先生在戲劇與創作上的輝煌成就，在藝術與戲劇理論上的豐富著述，以及在戲劇教育方面的卓越貢獻，評審委員會評定姚先生為第十一屆吳三連文藝獎戲劇組之得獎人。

——中華民國 77 年 11 月 21 日

——選自《文藝年報（1988 年）》，1989 年 5 月

1980 年代臺灣小劇場運動的歷史意義

以「實驗劇展」的開始與結束爲例

◎陳正熙[*]

　　鍾明德先生在他所書寫的臺灣當代小劇場史中，將 1980 年代臺灣劇場以 1986 年爲分界點，以實驗劇場及前衛劇場兩個範疇分別論述，並且以和當權政體（國民黨專政）、資本主義文化（隨著經濟發展而出現的新興中產階級文化品味）的關係，以主流與非主流（反體制），以兩者與話劇這個所謂舊法統的關聯性，來界定兩者的差異。[1]

　　1980 年代前期的臺灣小劇場運動，也就是鍾先生所謂的實驗劇場時期，當然是以姚一葦先生所主持的「實驗劇展」爲代表。對於「實驗劇展」的價值評斷，縱有一些不同意見，[2]一般看法仍然對劇展培育人才，建立觀眾基礎，擴大劇場的社會能見度，啓蒙風氣的形成，以至於改革劇場創作概念的貢獻，多加肯定。

　　鍾先生基本上對「實驗劇展」（實驗劇場）對臺灣當代劇場發展的歷史意義抱持肯定態度，但他也從演出劇碼的分析中，指出「實驗劇展」的幾

---

[*]臺灣戲曲學院劇場藝術系專任講師。

[1]鍾明德，《臺灣小劇場運動史——尋找另類美學與政治》（臺北：揚智文化公司，1999 年），頁 120～127。

[2]黃美序先生對於實驗劇展的評價，與一般看法頗有些差距：「近年來看到一些在大捧『實驗劇展』的文章時，我曾多次自問：『實驗劇展在臺灣的小劇場發展中真的那麼重要、那麼偉大嗎？』我不敢肯定……我認爲『實驗劇展』並沒有真正做到事前的理想，也決沒有某些文章說的那麼了不起。它不是空前，也非絕後，只不過是臺灣小劇場發展中的一個波瀾，曾激起一些浪花，剛好有人看到，有人喊彩，但並沒有形成真正的激流或巨浪。」（原文出自：黃美序，〈臺灣小劇場拾穗〉，《中外文學》第 23 卷第 7 期（1994 年 12 月），頁 66。

個局限：劇本中心論、鏡框舞臺的呈現、具有中心意義的有機整體、非政治或主流政治的義涵、大中國意識形態，再以所謂小劇場運動的內在邏輯：「戲劇地再現臺灣此時此地的慾望」為標準，認為「實驗劇展」（實驗劇場）雖然讓臺灣現代劇場掙脫了話劇形式的束縛，但「*既沒有深入吸納歐美前衛劇場精髓*」，又「*沒有就近審視臺灣豐富的、現成的戲劇材料*」[3]，因此無法掌握或再現當時的臺灣。

　　鍾明德先生的論述可由公評，但他以為「實驗劇展」（實驗劇場）「沒有就近審視臺灣豐富的、現成的戲劇材料」的看法，如果被放置於正在當時臺灣的歷史情況中加以檢視，確實有超乎戲劇史論述的義涵。換言之，就是以一個歷史性的觀點，我們可以如何看待這樣一個向來被視為是臺灣當代劇場發展的關鍵？或者，在那樣一個歷史轉變的情境中，劇場工作者（「實驗劇展」中的創作者們）以什麼樣的態度去面對身邊的世界？

　　本文企圖從這個角度切入，對「實驗劇展」提出兩個主要的問題，一是劇展主導者姚一葦先生，對於劇展目標的看法，究竟如何自我定位，二是在社會現實的對照之下，劇展的歷史定位，除了是臺灣現代劇場奠定基礎的關鍵，是不是可以有其他的看法。從這兩個問題的討論，我們可以對從 1980 年代以來的臺灣現代劇場，在這幾十年的社會變動中，如何面對現實，如何自我定位，如何在劇場中書寫歷史提問。

　　首先，我們從進入 1980 年代之前的一件重大事件開始，看一下「實驗劇展」開始時的臺灣歷史現實。

　　1979 年 12 月 10 日，一場紀念世界人權日的遊行活動，演變成臺灣近代歷史上最受注目的官民衝突事件之一：「美麗島事件」。衝突暫時平息之後，當時所謂的黨外人士（政治異議分子）幾乎盡數被捕，並且被以叛亂及其他罪名起訴；隔年（1980 年）2 月 28 日，在「美麗島事件」審判期間，被告林義雄的家人遭不明人士殺害，對臺灣社會的震撼更甚之前一年

[3]鍾明德，《臺灣小劇場運動史——尋找另類美學與政治》（臺北：揚智文化公司，1999 年），頁 124～126。

的衝突事件。

　　「美麗島事件」的同一年，姚一葦先生接下了教育部指導的「中國話劇欣賞演出委員會」（簡稱話劇欣賞會）主任委員職位，隔年，林家血案的同一年，7 月 15 日到 31 日，由姚先生主導籌劃，第一屆「實驗劇展」不僅順利演出，更因為有蘭陵劇坊《荷珠新配》的大受歡迎，而讓實驗劇場頓時成為臺灣藝文圈裡的當紅話題，朝著他「讓我們看到不同的戲劇，不同的舞臺樣式和不同的演出形式，在我們自己的土壤上生長」的理想，踏出頗受期待的第一步。[4]

　　真槍實彈的街頭抗爭，讓整個社會人心惶惶，虛情假意的舞臺姻緣，卻讓滿場的觀眾掌聲笑聲不絕，兩個事件，同樣都發生在臺灣：「十大建設」次第完成，正在逐漸接收經濟發展成果的臺灣，也是作家陳映真筆下那個被跨國資本主義體系納編的臺灣，是蔣經國繼任總統，正逐漸走出從退出聯合國到中美斷交一連串外交挫折陰影的臺灣，也是政治異議分子（所謂黨外人士）透過街頭運動、政論刊物、乃至成立政團，逐漸取得某種存在的臺灣。

　　姚一葦先生在〈開出燦爛的戲劇之花——寫在第一屆實驗劇展之前〉文中明白說道：

> 這次實驗劇展便具有振興舞臺劇的重要意義，希望通過它的不同的演出形式，找到我們自己劇場的一條道路，也希望通過它找回我們已失落了的觀眾。[5]

　　因此，期待戲劇界的年輕創作者，讓劇場從話劇的拘束與低迷狀態中走出來，是姚先生為劇展設定的目標，而如果能夠一步一步地走下去，讓

---

[4]姚一葦，《戲劇與人生——姚一葦評論集》（臺北：書林出版公司，1995 年），頁 103。〈開出燦爛的戲劇之花——寫在第一屆實驗劇展之前〉，原載《中國時報》，1980 年 7 月 14 日，並收於第一屆實驗劇展節目特刊，後收入《戲劇與人生——姚一葦評論集》。

[5]同前註，頁 104。

更大的夢想逐步實現，也就是一個永久存在的空間，而非隨時可能生變的
年度活動，自然是更讓人期待的：

> 「實驗劇展」今年是首次舉辦，規模可能不夠大，準備可能不夠充分，
> 希望一年比一年充實，一年比一年壯大，一年比一年普及，終於在我們
> 自己的土壤上開出燦爛的戲劇之花。而我的夢想還不止此，我希望能建
> 立起一座永久性的實驗劇場。這座實驗劇場不需要豪華的建築，只要能
> 蔽風雨，能夠容納百把人的場所就行。它將是屬於所有愛好戲劇的年輕
> 人的實驗室和工作室。[6]

姚先生又在隔一年的〈我們需要一座實驗劇場〉文中，繼續鼓吹建立
一座給予完全的嘗試空間，免於任何財物或經營壓力的實驗劇場，讓年輕
的創作者可以放手發揮，或許可以如 19、20 世紀交，歐美小劇場運動的先
驅們，為臺灣劇場開拓出一番新局。[7]

無論是「實驗劇展」或實驗劇場（實驗室／工作室），當然都源於姚一
葦先生對年輕後進堅持不懈的照護和提攜，和他對「實驗」作為的堅定信
念。至於究竟如何實驗，實驗什麼，姚先生在第二屆「實驗劇展」所寫的
〈大家來實驗〉文中，有比較明確的說法：

> 目前，我們的劇場藝術如何實驗呢？我想分二方面來談：第一、是鼓勵
> 劇本的創作……第二、是演出的創造性……[8]

以劇本的創作而論，姚先生談的較多的是劇本的再創造，也就是從各
種現存的材料中取材加以改編，並且能夠注入編劇自己的思想觀念與哲

---

[6] 姚一葦，《戲劇與人生──姚一葦評論集》，頁 105。
[7] 姚一葦，《戲劇與人生──姚一葦評論集》，頁 104，〈大家來實驗〉，原載於《中國時報》，1981 年
3 月 30 日，並收於第二屆實驗劇展演出節目特刊，後收入《戲劇與人生──姚一葦評論集》。
[8] 姚一葦，《戲劇與人生──姚一葦評論集》，頁 107～108。

學；至於所謂演出的創造性，也就是強調現代劇場的一些具進步性的概念，如打破舞臺空間的寫實限制，強調以演員的表演爲舞臺重心，和導演對藝術整體性的重要性。

實驗空間的建立，劇本創作與演出形式的實驗，應該就是姚先生對實驗劇展的定位，對於這些年輕創作者可以實驗出什麼成果，他則抱著非常開放的態度：

> 成功與失敗對實驗演出而言，不是最重要的（當然沒有人喜歡失敗），最重要的是他的敢於嘗試的勇氣，因為這一敢於嘗試的勇氣是他未來成功的先決條件。[9]

對年輕創作者來說，劇本創作和演出形式的實驗，當然是重要的，實驗本身的成功或失敗，也無須過於計較，只是姚先生一直沒有碰觸到的，似乎也不在這些創作者們的考量範圍內的，也就是筆者想問的問題：如果他認爲「戲劇就是人生，是我們的縮影」[10]，那他究竟如何看待在劇場中的實驗進行同時，周圍世界正在發生的變化？姚一葦先生爲年輕人所撐起的這把遮風避雨的大傘（「實驗劇展」／實驗劇場），會不會也同時遮蔽了他們對現實世界的近身觀察或甚至親身投入？

總共舉辦了五屆的「實驗劇展」，演出劇目共 43 個，如陳玲玲對這些劇目的戲劇手法所做的分析列表[11]，我們可以看出「實驗劇展」的所謂實驗，主要還是著重在戲劇語言、敘事手法、表演風格這些形式上的探索嘗試，新創劇本除改編其他類型作品外，多數的素材還是個人生命的思索，少見取材現實或實質檢視現實的作品[12]，或者如同鍾明德先生所指出：

---

[9]姚一葦，《戲劇與人生——姚一葦評論集》，頁 104。
[10]同前註。
[11]陳玲玲，〈我們一同走走看——記實驗劇展〉，《文訊》第 31 期（1987 年 8 月），頁 98～109。
[12]從 1970 年代以來，如陳映真（《將軍族》、《夜行貨車》、《雲——華盛頓大樓系列（一）》）、洪醒夫（《黑面慶仔》）、王禎和（〈小林來臺北〉）、黃春明（《莎喲娜啦再見》、《小寡婦》、楊青矗

> 實驗劇展很少或無力觸及當代臺北的具體政治、社會問題,只能抽象地
> 對臺北的社會問題表達抽象的人道關懷……[13]

　　當代臺灣劇場人中,最重要的人道主義者就是姚一葦先生,他身處亂
世,經歷了從中日戰爭、國共內戰、到兩岸分治的動亂不安,生命經驗中
波折不斷,豐富的學養和敏銳過人的心智,都應該讓他對現實世界的變化
有最深刻的領悟,那他對實驗劇展與現實的距離,會有什麼感受?他對這
些作品如何讓觀眾「對人生多一些體驗,對生活多一點感受,對生存的意
義多某種認知」[14],會有什麼看法?

　　就實驗劇展的個別作品而論,筆者無從知道姚先生的看法,就活動整
體來看,之後也因為劇展的停辦和「話劇欣賞會」的解散,而無從判斷終
究會實驗出什麼,會從正一步步走向解嚴的臺灣現實社會中,開出什麼樣
「燦爛的戲劇之花」。

　　姚先生在 1984 年 12 月,第五屆實驗劇展結束之後沒有多久,因為教
育部將他擴大推廣實驗劇場運動的提案否決[15],就辭去了「話劇欣賞會」主
任委員的職務,舉辦了五年的「實驗劇展」也因此宣告結束,「實驗劇展」
因為有他的籌謀主持而出現,也因為他的選擇退出而告終。[16]

　　「實驗劇展」的結束,或許在姚先生為第五屆所寫的〈辦家家酒又何
妨〉文中,已經可以看出一些端倪:

> 「實驗劇展」是屬於年輕人的,他們有權利表現他們自身的世界,表現

　　(《工廠人》)、王拓(《望君早歸》),都對臺灣從 1970 到 1980 年代的社會發展,有從不同角度、
　　不同面向、不同社會領域的取材描寫,直接面對現實的態度,與劇場創作形成明顯的對比。
[13]鍾明德,《臺灣小劇場運動史——尋找另類美學與政治》,頁 84。
[14]姚一葦,《戲劇與人生——姚一葦評論集》,頁 115。
[15]王友輝,《姚一葦》(臺北:國立臺灣藝術大學,2003 年),頁 126。
[16]1985 年,「實驗劇展」結束後的隔年,在世華銀行文化慈善基金會的資助下,姚一葦先生主持了
　　僅有的一屆「鑼聲定目劇場」。「鑼聲定目劇場」的舉辦,主要是為紀念李曼瑰老師逝世十週年,
　　但也應該有延續「實驗劇展」的可能性,只可惜最後並未成真。

他們的情感與願望，表現他們的歡樂與悲傷，他們可以自由地表現，自由地創造……我不是說所有的實驗劇都是好的，重要的是它的實驗精神。因為好與壞、成功與失敗，都是相對的，要看你以什麼眼光來看待。即使有人用刻毒的語言，說它是辦「家家酒」，大家也不必氣憤，因為辦「家家酒」也不是一件壞事。心理學家薩利（Sully）就曾說過：兒童的遊戲是認真的、嚴屬的，只是大人往往不了解他們。所以在此我要懇請大人先生，請你不要用你那「偉大的」眼光來看他們，你要多多愛護他們，一株草，一朵花都不是容易成長的，它需要適宜的陽光和土壤。請你留下一塊園地給他們吧！像這樣一塊小小的園地，不會妨礙你什麼的。[17]

　　姚先生所稱的「大人」指的是哪些握有資源或詮釋權力的劇場或非劇場界人士，我們不得而知，但主管「話劇欣賞會」的教育部長官，應該就是其中之一，只是，姚先生的懇求顯然對他們無效，他們拒絕了姚先生所提擴大推廣實驗劇場運動的 300 萬元計畫，也因此導致姚先生的辭職，和原本似乎頗被看好的「實驗劇展」的嘎然而止。[18]

　　針對「實驗劇展」的停辦，筆者希望了解的問題，其實不是官方的態度或決定，而是姚先生的態度，他對「實驗劇展」繼續辦理的態度。

　　姚一葦先生在 1960、1970 年代，多次在資源有限、臨危受命的情形下，承擔《筆匯》、《現代文學》、《文學季刊》這些文學刊物的編務，做一個如陳映真所說「暗夜中的掌燈者」，將一整個世代的年輕創作者「帶上廣

---

[17] 姚一葦，《戲劇與人生——姚一葦評論集》，頁 116～117。〈玩家家酒又何妨〉，原載《聯合報》，1984 年 7 月 7 日，並收於第五屆實驗劇展演出節目特刊，後收入《戲劇與人生——姚一葦評論集》。

[18] 教育部拒絕姚一葦先生的提案，卻以幾乎相同的經費規模，在第五屆「實驗劇展」同一年（1984 年），開始舉辦「大專院校話劇比賽」。教育部的意圖，吾人無法猜想，或許從教育推廣的部會立場來看，針對所有大專學生的「大專院校話劇比賽」，確實比僅限於少數幾所戲劇科系師生和校外劇團的「實驗劇展」，要更有教育意義，只是，在兩者性質、目標、對象都不同的情形下，以話劇比賽取代劇展的作法，是否恰當，對戲劇的推廣功能究竟有什麼差異，可能需要進一步的檢視。

闊的創作道路」（白先勇），卻會爲了一個擴大規模的計畫無法獲得認同，而絕然放棄已經在困境中堅持經營五年的「實驗劇展」，對照他在〈辦家家酒又何妨〉文中，爲年輕人請命的殷切，兩者之間的落差，確實讓筆者有些不解。姚夫人（范筱蘭女士）的罹癌與辭世，國立藝術學院創校籌備的工作（1982 年），官方的態度，可能都是姚先生決定放棄的原因，但就「實驗劇展」本身來看，找不到出路的實驗，會不會也可能是原因之一？

對曾經參與劇展演出，並且在姚先生的鼓勵下，持續耕耘臺灣劇場的創作者們來說，「實驗劇展」是臺灣劇場生態蓬勃多樣發展的契機[19]，對當時許多第一次走進劇場的觀眾，尤其是想要在文藝的領域中呼吸到一點新鮮空氣的青年們，更是重要的啓蒙經驗，但劇場中的演出，和劇場外的真實世界有什麼關聯，還是一個沒有被問到的問題，沒有被創作者問到，也沒有被觀眾問到。

至於姚一葦先生，他是否問了自己這樣的問題？

在回憶自己與姚一葦先生多年情誼的文章裡，陳映真先生寫道：

> 如同一些和政權站得比較遠，又親身經歷和目睹過國家暴力的一代懷璧東渡來臺的大陸知識分子一樣，先生對時局和政治保持著十分敏銳的戒慎和防衛意識。[20]

王友輝在回憶姚先生的文章中，也提到姚先生對現實政治問題的迴避。[21]那麼，這會不會就是姚先生不去問這樣的問題的原因？換言之，姚先生是否以同樣戒慎防衛的心情，在保護著「實驗劇展」中那些充滿實驗精

---

[19]李映蕾、王友輝編，《暗夜中的掌燈者——姚一葦先生的人生與戲劇》（臺北：書林出版公司，1998 年），頁 92～98。陳玲玲，〈落實的夢幻騎士——記戲劇大師的劇場風骨〉，原載《聯合文學》第 152 期（1997 年 6 月），後收入《暗夜中的掌燈者》。

[20]同前註，頁 46～52。陳映真，〈洶湧的孤獨〉，原載《聯合報》，1997 年 6 月 22 日，後收入《暗夜中的掌燈者》。

[21]李映蕾、王友輝編，《暗夜中的掌燈者——姚一葦先生的人生與戲劇》，頁 138～143。王友輝，〈來不及謝幕〉，原載《聯合文學》第 152 期（1997 年 6 月），後收入《暗夜中的掌燈者》。

神的年輕創作者們？這樣的保護，對於這些年輕創作者來說，究竟有什麼樣的結果？是形成了鍾明德先生所謂臺灣當代劇場的主流色彩，或者說明了臺灣當代劇場發展與歷史現實的割離、脫軌？

　　除了必要的劇本審查之外，「實驗劇展」提供給一整個世代的劇場工作者，一個乾淨而可以自由發揮的創作空間，但臺灣當代劇場這樣一個獨特的發展歷程，和當時那樣獨特的歷史時空並列來看，或許應該有比開啟臺灣劇運更為有趣，更值得思考的歷史意義。以美麗島事件和林宅血案與「實驗劇展」對比，或許是過於唐突而激烈的，但如果我們也同意姚一葦先生的看法，將 19、20 世紀之交的歐美小劇場運動，以至於 1920 年代的美國小劇場運動，做為臺灣劇場發展的指標，進而鼓吹年輕人劇場實驗創作的迫切意義，那麼如寫實主義先驅者對歐洲現代社會文明的針砭，如美國劇作家 Clifford Odets 在作品中直接面對勞工與階級問題的勇氣，也就是他們以劇場作品介入檢視現實的作為，或許也應該是臺灣當代劇場自我檢視的一個標準。

　　敢於向成規挑戰的勇氣，不計成敗的決心，自由發揮的創作力，是姚一葦先生對「實驗劇展」的最大期許，或許也是他唯一在乎的價值，但相較於同時代的社會變化，還是讓人對劇場安身在清悠靜僻的南海學園（國立藝術教育館）的狀況，有一些保留的看法。

參考書目

專書

- 王友輝，《姚一葦》，臺北：行政院文化建設委員會，國立臺北藝術大學，2003 年。
- 李映蓓、王友輝編，《暗夜中的掌燈者——姚一葦先生的人生與戲劇》，臺北：書林出版公司，1998 年。
- 鍾明德，《臺灣小劇場運動史——尋找另類美學與政治》，臺北：揚智文化公司，1999 年。

期刊論文

- 黃美序,〈臺灣小劇場拾穗〉,《中外文學》第 23 卷第 7 期,臺北:中外文學月刊社,
  1994 年 12 月。

──選自《再造臺灣劇場風雲:姚一葦國際學術研討會論文集》

臺北:臺北藝術大學戲劇學系,2007 年 6 月 2—3 日

姚一葦先生的美學觀及其價值取向

◎林國源*

一、問學 40 年以建立自身的美學觀

　　根據《戲劇論集》的自序，姚一葦先生研究戲劇、藝術與美學的淵源是「自幼愛好戲劇」，於民國 45 年秋，得偶然的機緣，為當年國立藝專張隆延校長的顧訪與敦聘而開始「自無目的的愛好戲劇一變而為有目的的研究戲劇，由閱讀戲劇而創作戲劇」，並得到信心與勇氣，拋卻一切生活上的困擾，將全副心力放在藝術的研究上來。

　　復據姚先生的自述，於擔任藝專教席，講授「戲劇原理」、「現代戲劇」等課程時，均篤實地逐一寫定講稿，在 36 歲時，即已建立了他的「戲劇意志論、動作論、與幻覺論」的理論架構。可以說，這是他問學道上治學能力成熟，立言審慎有據的第一個階段。

　　在《詩學箋註》的後記中，姚先生提及《詩學》一書與他有頗深的淵源，「開始時將它做為戲劇理論的基礎；其後從戲劇的研究轉移到藝術學、美學、藝術批評的研究上來，它又是這些部門的最初與最重要的經典。民國 49 年，著手撰寫《藝術的奧祕》，所企圖建立的藝術體系可以說完全承襲亞氏的餘緒，是從《詩學》基礎上生長起來的，它便成為手邊翻閱得最勤的一本書，十年於茲當可見與它的親密的程度」。

　　自民國 49 年夏至 57 年，姚先生自「只想解釋一些現象，和澄清一些

*臺北藝術大學戲劇學系教授。

流行的觀念」的出發點，寫了〈論鑑賞〉與〈論想像〉，民國 56 年則確立寫作《藝術的奧祕》與完整計畫，其觀念亦發生了改變，「不再只討論藝術的現象，而要探討藝術的本質，發掘藝術的內在的奧祕」，直至民國 57 年 6 月，完成其「討論藝術之共相，結合內容與形式，審美與創作爲一；企圖將藝術的鑑賞、創作、與批評，治爲一鑪的藝術理論體系」的一部大書——《藝術的奧祕》。這是他問學歷程的第二個階段，治學的範圍自戲劇理論的探討擴展到藝術學、美學與藝術批評的研究上；《藝術的奧祕》即藝術學中的「藝術本質論」。

自民國 50 年起，姚先生的講學重心移至中國文化學院藝術研究所，擔任「高級美學」、「藝術批評」、「戲劇理論」、與「劇場藝術」等課程。其美學講稿分爲上下兩篇，上篇討論「美感經驗」，下篇探究「美的範疇」。民國 57 年起至 67 年間，姚先生先將下篇的講稿逐一寫成專論，如民國 57 年的〈論藝術中的怪誕性〉，民國 59 年間完成的〈論滑稽〉，最後於民國 67 年 9 月集結而成《美的範疇論》一書。這部書討論的層面是「作爲藝術品客觀性的美的六個範疇」與各類美的理論的整理。其論旨仍是藝術本質論的延伸。其〈美感經驗論〉則自審美的觀照的各種層次性：感覺的、直覺的、知覺的、超感覺經驗的，統覺的去探討，尚在修訂中。這是姚先生問學歷程的第三個階段。

在藝術批評方面，〈論批評家的謙遜〉可以見出姚先生的批評態度，〈論批評〉可以見出其批評方法論的基架；《文學論集》與《姚一葦文錄》中所收的，則多爲批評的寫作。姚先生計劃將「藝術批評」這一門課的講稿寫成《藝術批評論》專書，接著完成〈美感經驗論〉，合爲「姚一葦美學四種」——《藝術的奧祕》、《美的範疇論》、〈美感經驗論〉、《藝術批評論》，這將是姚先生問學歷程的心血結晶，也是他現階段所正黽勉從事的問學工作。

在藝術創作方面，《姚一葦戲劇六種》——《來自鳳凰鎮的人》、《孫飛虎搶親》、《碾玉觀音》、《紅鼻子》、《申生》、《一口箱子》——爲他探索戲

劇創作的具現；晚近兩年多以來，則有《傅青主》、《讓我們一起來走走看》二部劇作問世，最近並有嘗試寫一齣平劇的構想，初稿並已完成，唯尚未發表。

　　整個看來，姚先生的藝術研究是發端於自幼對戲劇的愛好，後講授戲劇、創作戲劇；從事藝術理論的探討，做美學觀的會通與建立自身的美學觀；在探討、會通與建立的問學歷程中，則有一系列與國內藝術活動相結合的批評寫作以資印證。這是至目前為止，姚先生問學 40 年的大要，本篇之作，即在循姚先生的問學歷程，以見其系列著作中藝術體系的根源與發展，並就問學的態度、方法、與範圍（即限制）等方面做一考察，以為國內目前蔚成嚴肅批評風氣發揮批評功能的參照。

二、戲劇本質論的建立與其發展經緯

　　姚先生的「戲劇原理」課所探究的是戲劇本質論：戲劇意志論、戲劇動作論與戲劇幻覺論，以及戲劇形式論中最為重要的戲劇時空觀。

　　戲劇意志論乃就布倫第耶（Brunetie're）的意志衝突說、亞瑟（William Archer）的危機說、以及瓊斯（Author Jones）的調和上述二者之見的理論以見戲劇的問題關鍵與理論層次，除了例釋之外，最後並提出戲劇的三點基本原則，幾種形式，尤其是「衝突的意念化的形式」。

　　戲劇動作論的基點是亞里士多德《詩學》中的悲劇定義：「悲劇為對一個動作之模擬……」以及書中出現「動作」一詞的行文；然後就貝克（George Pierce Baker）的「從情緒到情緒」、勞遜（John Howard Lawson）的「一系列平衡的改變」、「發展的與行進的觀點」，以及弗格遜（Francis Fegusson）的「動作不是情節，它卻是情節的核心部分」三家論點以闡明動作應包含兩個基本因素：結構的核心部分與完整的系列發展二者。並就此建立動作的單一性、發展性與完整性等本質。（見《戲劇論集》中論〈戲劇的動作〉一文）接著分言「自動作的統一到情節的統一」、「自動作的統一到人物的統一」、「自動作的統一到主旨的統一」，自戲劇的本質論戲劇的

各種要素。（凡此的論列間架，經納入《藝術的奧祕》「論完整」章中）本論不止區別動作與情節，並建立其間各爲核心與從而模擬的關係；並指出「動作屬經驗範疇」、「主旨屬概念範疇」，毋使混淆，因此，動作論是戲劇本質論。

戲劇幻覺論是自劇場演出在觀眾的感受上的兩極──同一感與超然感──論戲劇幻覺的兩種現象：同一現象與超然現象。並據此劃分各種戲劇類型：傳奇劇、悲劇、悲喜劇、喜劇、笑劇等，自同一到超然依其幻覺性質之不同與程度而做適切的劃分。

在戲劇形式論方面，最重要的是〈戲劇的時空觀〉（經收入《戲劇論集》中）。新古典主義有所謂「三一律」之說（動作的統一、時間的統一、空間的統一），其實時空形式可以劃分爲「希臘集中型」與「中世紀延展型」二者，各有其獨特性與限制；新古典主義的批評基準一非亞里士多德的原意，二則無視於另一種時空形式的可能性，殊無足拘取自限。

以上《戲劇原理》的理論架構固然是以亞里士多德的《詩學》、勞遜的《戲劇的理論與技巧》（*Theory and Tecnigue of Playwriting*）、弗格遜的《戲劇觀十論》（*The Idea of a Theatre*）與班特萊（Eric Bentley）的《論劇作家之爲思想家》（*Playwright as Thinker*）等西方戲劇理論與戲劇批評中擷取組合而成，然其互爲補餘的圓融性格不以形式現象爲已足，而基本地把握住戲劇的本質，是其特點。

其次，此間所建立的戲劇本質論雖自亞氏的《詩學》的基礎上建立起來，卻非奉《詩學》爲教條，而爲「有機地去了解他，而非機械地去信守它」。而且，《詩學》亦有其本身的限制，如其爲講稿的綱要，過於簡略；並受時代的限制（見《藝術的奧祕》自序）。因此，在建立戲劇原理的理論間架時，姚先生早已經過長期的觀劇與聽戲，大學時代更曾是個參與劇場實作的劇場迷，後來更讀過了 400 部以上的中外的古典與現代劇作，據此經驗基礎，並以亞氏詩學悲劇論爲基點（不是教條），梳理戲劇本質論自不會流於架空的思辨，各家理論的適用性與分際自易加以擇取與歸劃。

　　有待指出的是，姚先生的戲劇原理的論旨是兼及劇本、劇場與觀眾三者的，以戲劇動作論爲核心的戲劇本質論，在戲劇的編導、表演、設計與批評等方面均可自「動作」的把握而深得戲劇的本質，具備了這種直探本質的知識與能力，在進行實作之際，自能有所依歸而不致流於架空自醉或偏詖失當之弊。

　　最後，論者或不免會問，自亞氏《詩學》生長出來的戲劇本質論，對我國傳統戲劇的適用性爲何如？在這方面，姚先生對李漁的「立主腦」（爲一人一事而設）之說已有所引述，並撰有〈從《繡襦記》談平劇的特質〉一文，請加覆按，則此問即可獲得釐清。蓋特質的體認可以自本質的把握去建立，「東方是東方，西方是西方，永不相遇」的截然劃分法，依筆者之見，不如自本質的把握以見其同，復自特質的體認以見其異，其間的會通與比較，正有待我們去做兼容並蓄與尋求自我的深切印證。

三、藝術本質論的建立與其發展經緯

　　如前所述，《藝術的奧祕》前二章最初寫作的出發點是「只想解釋一些現象，和澄清一些流行的觀念」。依筆者的理解，那些現象實指現代主義藝術的「複雜性」和「無拘束性」，並肯定「一個偉大的藝術家的魔力便是如何結晶了這些膚淺的現象（神話或傳說、幻想或象徵的外衣），而表現出一個自身的完美的意念來」。

　　而所欲澄清的一些流行的觀念，實指克羅齊及克羅齊派美學觀的觀念。姚先生將克羅齊美學觀簡化成一公式：直覺就是「現形」，就是「表現」，同時又是「創造」，又是「再造」（欣賞），又是「藝術」。其中，並無傳達的問題存在的餘地，審美的判斷亦不可能有分歧。姚老師以「藝術品的客觀性，簡單說即其可鑑賞性」、「可傳達的條件」爲基礎，言藝術的鑑賞「建立在理智的、邏輯的判斷上，可宣述的，是一切藝術批評所從而建立的基礎，早已越出了直覺的範圍」。

　　在〈論嚴肅〉章中，姚先生指出「對於藝術的嚴肅性反對得最爲完

全、最徹底的爲被稱爲形式美學的集大成者克羅齊」。克羅齊的美學是克羅齊哲學體系的一環，論列藝術時，言藝術不是哲學、不是科學、不是歷史，不是功利的活動、不是道德的活動，一連串的否定，雖強調了藝術的自主性或獨立性，卻也使自身的美學觀架空於藝術發展的歷史事實之外。承繼克羅齊美學觀並作某種修正的朱光潛，言「美感經驗就是形相的直覺，就是藝術的創造」，仍在哲學的思辯中漫引中國文學作西方美學的註腳。這在我國的美學研究雖有開風氣之先的貢獻，但對於建立與藝術的本質相結合的美學觀毋寧是一種有待澄清的意念障。

西方現代主義的藝術風尚，自寫實主義（胡適提倡的易卜生主義）到象徵主義、表現主義、抽象主義等等，不論大陸時期或遷臺爾後的 1950 年代，都曾一波接一波地影響了我國的藝術「創作」。依筆者的理解，姚先生對這種買櫝還珠、得筌忘魚的作法早即不以爲然，但他並不透過論戰的方式去進行批評（其整個批評價值觀見《美的範疇論》），而不是僅止於「解釋藝術上的一些現象」爲已足，而要「探討藝術的本質，發掘藝術的內在的奧祕」。

藝術品的客觀性，即其可鑑賞性，是〈論鑑賞〉意中的正面出發點，也貫串了整部《藝術的奧祕》；換言之，姚先生所建立的藝術體系，是以「藝術品的客觀性」爲基礎的「藝術本質論」。

自創作的觀點言之，爲自藝術家的想像力之剖析，藝術家的嚴肅性與所欲表達的意念，到其表現方法模擬的功能，象徵與對比的樣式，以及藝術品的完整性；可以說姚先生的藝術創作觀是自藝術家到藝術品，內容與形式之間則具現爲文質彬彬的和諧性。

自鑑賞的觀點言之，則爲自藝術品到藝術家，自「脫離了母體，成其爲獨立的審美的客體」的藝術品逐層深入去體會藝術家所提示出的境界。

而自批評的觀點言之，則依筆者的理解，似可大分爲助益創作的批評與助益鑑賞的批評二者。言助益創作，批評家的抱負應放在藝術家如何創造出藝術品的這一命題去發揮，因此，重點應放在藝術的內容如何尋找到

一適切的形式，而非以古典的或現代的形式壓抑創作的生命。言助益鑑賞，則批評家的抱負應放在探索藝術品如何具現藝術家的境界這一命題上，重點則爲藝術的形式如何表現藝術的內容，表現了什麼內容。使鑑賞者一無畏於古典形式的典雅艱深，二不目迷於現代形式的五花八門。

茲羅列姚先生藝術體系中所提出的藝術的本質：

（一）是藝術品的客觀性，簡單的說即藝術品的可鑑賞性，建立在可以傳達的條件上。

（二）是藝術家的想像力，想像的性質，創造的想像。

（三）是藝術家透過藝術品所具現的嚴肅性與意念（間接傳達出來的意念）。

以上是藝術品內在的奧祕，蘊含藝術境界，攸關藝術品內容的藝術特質。

（四）是模擬的功能、象徵與對比的樣式，探討了模擬真實世界與內在世界的選擇、類型、秩序與信服；象徵的符號性、比喻性與暗示性；自實體的對比到抽象的對比，自對比產生嘲弄，自悲劇的嘲弄到喜劇的嘲弄。

（五）是藝術品的完整性與統一性。自「動作的統一」到情節、人物、情緒、主旨的統一等關係言藝術品的結構性質。

以上是藝術品表現方法方面的共有的特質。

（六）是藝術品內在的本質與表現形式之間的和諧性。

（七）「風格」做爲純客觀的用語，不涉及任何價值的意味，並列出風格的四種不同的對立形式：時代與個人的對立，內省與非內省的對立，寫實與反寫實的對立，古典與浪漫的對立。

（八）「境界」做爲評價用語。自「創造性」與「真誠性」之有無判斷境界之有無與是否爲藝術性的。以「普遍性」與「豐富性」之程度判斷境界之高低與能否構成其偉大。

（九）「境界」之大小，此爲美的範疇，依藝術品的客觀的差異性以

論，自「美的基準」判斷，境界的大小，為美的量的變化，自「非美的基準」判斷，為境界的快感混入不快的成分，為美的質的變化。此即「由崇高到秀美」、「由悲壯到滑稽」、「由怪誕到抽象」的「美的範疇論」。

（十）是批評的原則性（技術性有待將來）問題。將批評劃分為分析的、比較的（縱、橫兩方面）與評價。批評的基準分：知識的、規範的與美學的三類。並指出諸基準的排他性，強調藝術的獨立性與批評的全盤性。以及批評家的「保守的」條件：多聞、明辨、篤實、謙遜。

要了解與把握藝術的本質與表現方法，姚老師不取玄學的，而取科學的（廣義的）方法，服膺孔子、亞里士多德所說的「做人、治學的道理和那一虔敬誠實的態度」。尤其是亞氏的《詩學》，先了然於那部書的限制之際，次擷取亞氏所提示的那一科學的方法，那一實事求是的態度。亞的論旨雖僅涉及〈論模擬〉與〈論完整〉二章，然他所採取的方法與態度則幾乎貫通整部《藝術的奧祕》。

姚先生對《藝術的奧祕》中的「每一問題均先界定它的內含和範圍，再就歷史的淺學以論述此一問題的癥結及其演變，然後再宣述個人的見解，並列舉例證加以解說」。檢視全書 12 章，此方法的第二個層次則有繁有簡，最繁富的為「論想像」與「論模擬」，「論嚴肅」與「論意念」，「論和諧」與「論風格」，詳於歷史線索，則在排比之際即見出理論的層次，於「個人見解」部分則加以融會與補餘；「論象徵」、「論對比」、「論批評」則逕以理論層次的比次鋪陳歷史線索，然後在比次間，提出會通與補餘的見解。最具獨創性的「論境界，境界一詞是我國所獨有的批評用語，除了澄清通俗用法指為修養及自藝術的技術性觀點所言的境界，並釐清了王國維為境界一詞所立的六種對立關係；最後提出了「境界」一詞做為評價用語的個人見解，分述境界之有無、高低與大小。

接著我們檢視一下問題歷史線索所引述的理論與藝術經驗。讀者試就書後附錄二的人名索引（用語索引未列入）即可得一梗概：

如柏拉圖之為「論想像」、「論嚴肅」、「論意念」、「論模擬」、「論完

整」、「論和諧」、「論批評」的歷史線索引頭或理論間架之某一環結引頭。

　　引證最頻繁的是亞里士多德，除了「論鑑賞」，亞氏的觀念均通過全書，有的為歷史線索的最重要的基點，有的為理論的基架。茲作簡要的摘引於後：

　　「論想像」中引亞氏所提示的「詩人之特殊賦予或瘋狂的成份，以想像神態、超乎自我情緒之外。「論嚴肅」中引亞氏「詩比歷史更哲學」與情緒之引發與發散，自知性與感性二者言藝術的嚴肅性。「論意念」與「論完整」章中從「動作的統一」到「主旨的統一」言思想或意念的透過係屬經驗範疇的「動作」而表達出來。

　　「論模擬」中引亞氏所提示的「模擬及自模擬中獲得快感，乃屬人之天性」；言模擬的模式、媒介物，不同的對象與樣式。模擬「動作中的人」，模擬人的性格、行為、與遭受。藝術為一種秩序之說，假設條件下構成秩序的模擬觀等。

　　「論象徵」章中「動作中的象徵性」；「論對比」章中的「悲劇的嘲弄」等「喜劇的嘲弄」。

　　「論完整」章中為戲劇本質論之核心戲劇動作論，其基架取自詩學的悲劇論亦極明顯。

　　「論和諧」章中「美與大小及秩序相關」，「模擬的媒介物約歸為韻律、語言、與『和諧』」。

　　「論境界」中的「藝術模擬自然」、悲劇英雄、無傷的快感、理性的歡樂等。「論批評」中的批評基準亦多所引用亞氏的觀念。

　　由於亞氏的治學方法向重歸納，姚先生的藝術體系則一方面自歷史線索找出問題的「癥結」及其演變，就歸納出的見地和對亞氏的「詩學」作適切的引申以行建立自身的美學觀。這是一種積學深思，不廢江河萬古流的問學苦行，絕非朝發夕至、天馬行空的「神來之筆」的產物。

　　在整個藝術體系的建立過程中，佛洛依德、康德、黑格爾、柯勒立基、恩普遜、席勒、楊格等近代現代批評家、哲學家的觀點亦逐一經過庖

丁解牛式的梳理並安在體系中的某一個環結，其剖析與歸引的細節留待讀者去細察。

　　在藝術經驗的基礎方面，則以文學與戲劇爲主，蘇福克里斯、莎士比亞、歌德、易卜生、艾略特、喬艾斯的詩與小說與戲劇是其犖犖大者，其他音樂家、畫家亦多所論列，唯重點是放在抽取其間的共通的特質，請勿以藝術的殊相之求責此藝術的共相之論。

　　引證我國藝術理論的，則古代的以詩序、劉勰的《文心雕龍》，與鍾嶸的《詩品》爲多，現代的則爲王國維與朱光潛二家之說，唯出入主從的分際讀者不難明察。於我國古典文學與藝術，李商隱與杜甫的詩，李後主的詞，爲剔論的例釋，唯並非單就文字的伊飽考求，而爲剔示本質的一環，其他小說、書畫間亦論列，總以理論的間架爲主，未遑詳引。

　　整個看全書的取材，引論中西各家的學說與作品超過三百家以上，其中約百分之八十取自西方，原因之一是取材的標準嚴謹（所立的四個標準見原書的自序），其次是我國與此書相關的論著每每吉光片羽者多，具現體系思考者少。

　　在中外的藝術論著之中，《藝術的奧祕》之爲藝術的本質論，列爲極具宗廟之美的大著是殊無愧色的，而其間所特具的發展性與啓發性則使此書的生命力更形泓富與深刻，如「論境界」一章生展爲「美感經驗論」與「美的範疇論」，是自藝術本質論的研究躋發展爲美的本質論的研究，在建立自身的美學觀的歷程上，是息息相生，緊密相扣的。

四、美的本質論的建立及其發展

　　《藝術的奧祕》「論境界」章中，論境界之有無與境界之大小，是姚先生美學觀的基架，前者爲「美感經驗論」、後者爲「美的範疇論」。

　　「由快感的純淨程度與引起之情緒性質、傳達與接受者的能力、以及二者間的相關性來設立基準，係我的整套美學觀之基礎。」（《美的範疇論》「緒論」）

在討論美感經驗時，先從直覺的觀照、感覺的觀照、知覺的觀照、想像的觀照、超感經驗的觀照及統覺的觀照等層次討論各家的美學觀，最後提出自身對美感經驗所設的七個命題：

（一）美感經驗之產生係建立在「客體的性質」與吾人「主觀作用」的二重關係上。

（二）審美的性質，是觀（contemplating）與感（feeling）的作用，易言之，即知之作用與情意之作用，二者同時發生，完全不能加以割裂。

（三）自美的客體之性質言，它並非實體，而是一個「符號」，此一符號係以其自身為內容，不含審美以外的目的，為自我充足的，不依附其他事物而存在。

（四）美感經驗係建立於美的客體與審美者之間的相互關聯上，一方面受著客觀性質之限制，另一方面也受著審美者自身經驗之限制，故必須二者的相互適應，和諧一致。

（五）審美的活動係由自我的集中到自我的擴散，是生命的豐富化，一方面是我豐富了物，另一方面是物豐富了我。使吾人走出了這一狹隘封閉的世界，故又是創造的，審美的活動在此一意義下，又是創造的活動。

（六）美感經驗有其層次界域（即前述各種觀照層次的從自我到形式的感受界域）。

（七）美感經驗是符號的人格化。藝術之為符號具現自我充足與永不重複的性格。

依此，「美感經驗論」的重點當放在「人的主觀作用」上，美的客體之性質不是實體，而為「符號」，此即「美的範疇論」的探討重點；此論的論旨為如下三端：

（一）徹底探討美的類型問題，不同性質之美均各有其形式與內容，亦各有其精神法式與文化意義。先自抽象的概念落實到具體的藝術品上，就古今東西方諸般藝術品中，相互比對，找出其共同的精神模式。

（二）從事各類美的理論的整理，自東西方之美學思想與觀念，考取

源流，理其脈絡，以別異同。

（三）提出自己的觀點與看法，以建立自身的美學觀。

就此論旨言，美的範疇論即探討審美客體的性質，此亦即《藝術的奧祕》之爲藝術本質論探討藝術品客觀性的延續與發展，自具體的藏術品著手，庶不致使抽象的概念討論架空。因此，《美的範疇論》所探究的實以美的本質（以藝術品客觀性的美爲主）爲基礎，其發展脈絡前後兩書是一貫的。唯在寫作的體例上則先言具體的藝術美，次整理各家的美學觀，最後提出自身的美學觀；與前書之先界定觀念，次披尋其觀念演變，三提自身的見解與例釋，二者間的程序已有所更張。

《美的範疇論》先引借波桑葵「容易的美」與「艱難的美」的觀念，設定「美的基準」（純粹快感）依量的大小而分「崇高」與「秀美」的相容復又對立的範疇；設定「非美的基準」（快感中羼入了諸如恐懼、痛苦、哀傷、甚至不快適的情緒），依質的變化而分「悲壯」與「滑稽」的範疇（以上四範疇爲普遍的型），以及「怪誕」與「抽象」的範疇（有別於一切正常型態，或稱異常的型）。

凡上所述的六個範疇，依筆者的理解，復可就其「精神法式與文化意義」以論姚先生的美學體系所蘊含的精神價值觀、人格價值觀與文化價值觀。也可以說，這六個範疇的選取與建立是符應姚先生「藝術批評論」中所持的價值觀。

「論秀美」中，言秀美的美感乃「由外在的調和、圓滿、纖小與可愛，而產生純淨快感；同時，當此種快感與吾人之理性相結合時，復造成精神上的融合、完遂、柔順、與依戀，使吾人走出狹隘的自我世界，而進入美的世界。」

「論崇高」中，言崇高的美感乃「崇高的自然與藝術之無限、巨大、有力與可敬之性質所產生的積極快感，轉化爲精神上之自由、豪放、雄渾與仰慕……由感性進入理性……使吾人走出了狹隘的自我世界，與廣大無垠的宇宙相同一。」

　　「論悲壯」與「論滑稽」中則指出：悲壯藝術與滑稽藝術是人類創造的藝術品中，吾人無法在人以外的自然物中找到。「此兩類藝術所表現的係人自身的問題，表現其意志、性格、行為與遭受，表現其所作的肯定與否定，表現宇宙觀、宗教觀或道德觀，更表現出其自身之人格價值。」

　　以上四範疇為「普遍的型」，自美的量變到質變，具現了人與自然間的關係，與自然和諧或相生者為秀美與崇高，與命運或環境相抗衡或受其播弄，則具現為悲壯與滑稽。怪誕與抽象則為「異常的型」，具現了人性的底層，呈現人的精神的怪異與反常、到否定與拒絕。

　　「論怪誕」與「論抽象」中，言美感的產生，乃透過焦慮與不安的表現，引發「知性的一閃」，透露出一種隱祕的喜悅；前者常表現為藝術家的主觀世界或人格的渾沌與反常，後者在古代「是原始人勞力、智慧、心性的綜合表現，是文明曙光乍現，是人的價值的表徵」，在現代則「是西方文明頹廢的表徵，是精神崩潰的象徵，是人的價值的否定，是『人的失落』」。

　　依筆者的理解，自秀美到崇高到悲壯，為「人之精神價值與人格價值」之依存、肯定與提升，自滑稽到怪誕到抽象，則是現為「社會價值與文化價值」之貶抑、懷疑與否定。前者為正極價值，後者為負極價值。而其整個總取向則為師法孔子徹底的人文精神（「論嚴肅」的最基本論旨）。

　　《美的範疇論》之為美的本質論，自經驗的層次言之為美之客觀性的探討，陳述各類型自然美與藝術美的本質；自分析的層次言之，為各種美之理論（各家美學觀）的剖析；而自會觀的所見言之，則自美的客觀性到美的主觀性，由純淨快感及所屬入非喜悅的情緒結合人的理性而為美感。

　　在此，擬詳加討論的乃姚先生用力特深的一個範疇：「悲壯」。「論悲壯」章中，先擴大取自悲劇的悲劇性（悲劇的）的蘊含，代以「悲壯」一詞，將之做為藝術中的一個普遍的型，一個美學上的範疇。所探討的悲壯藝術，則逕指其所具的「悲壯觀」（"tragic vision"），分上下兩篇，上篇：悲壯的時空性格，探討不同時空背景下悲壯藝術的差異性；下篇：悲壯的

美學性格，探討各種不同悲壯藝術的共有性格。

貫串整個悲壯的時空性格者，爲自古典的希臘、中世紀、文藝復興、法國新古典主義，以至現代世界所具現的悲壯觀，即人在神話世界、英雄世界及至人的世界中所抱持的宇宙觀與人生觀。就人的自身與人所依存的環境這二個變數去剔論，對西方文明自曙光時期到黃昏時期做了整體的思考；復自中國的文明系統言我國的神話特質，思想特質，及中國式的「悲壯觀」或「人生之悲壯感」，或某種性質的悲壯藝術。並以元雜劇爲例，言中國悲壯藝術所具有的獨特的性質與意義。

言悲壯的美學性格，則先整次歷史上的重要理論；列論建立於人類學、心理學、倫理學與哲學等基礎上的悲壯觀；所述各家學說，「或自原始人類的心性出發，揭開神話與悲壯藝術的起源；或自人類心靈入手，以表現人類心靈與心靈底層的奧祕，或建立起一定的倫理或道德的構架，以論斷其價值；或由人類與宇宙的關係，以宣洩人對自然或神的態度以及人自身的意義」，然所論的悲壯卻只構成其學問或知識的某一環結；姚先生則「自藝術的本位出發，雖涉及上述諸不同學說層面，而不執著於任何一個層面，〔而將〕悲壯藝術做爲一個純粹獨立的思考對象」。並進行四個層次的剖析：

第一、自悲慘悲憫到悲壯：剖析神性英雄、人的英雄、受害者三種人性格與遭受言悲壯的性格。

第二、自特殊悲壯到普遍悲壯：剖析悲壯藝術情節架構的邏輯基礎，依其蓋然性或必然性的大小言悲壯普遍性的大小。

第三、自悲壯的可避免性到悲壯的不可避免性：剖析悲壯藝術的結局及其與觀賞者的同一關係與疏離關係。

第四、自低級悲壯到高級悲壯：剖析悲壯藝術價值層面的兩極。建立邏輯基礎，境界高低，人格價值，與發散作用的兩極基準。

我們說，姚先生對悲壯範疇用力獨深，不只是此論居全書的三分之一的篇幅，更在於列論的廣含與深遠，其他各論，就其「與人類歷史文化相

關性之差別」而長度不一，然體例是一貫的。於其他的各論，我們再擬加以指陳的是，全書的取材寬廣度復比《藝術的奧祕》更大，讀者不妨先自「西方美學史」（如 Monroe C. Beardsley 的 *Aesthetics from Classical Greece to the Present*）入手，即可見出姚先生之精識西方美學觀的發展史，且能入能出，力足以做明確之剖析並歸爲層次性的理論，復自生展的、吸融的、補餘的觀點，貫以「以人文精神爲總取向」的精神價值、人格價值、與文化價值，從而建立自身的美學觀，「門外千竿竹，佛前一柱香」，劉勰雕龍意在斯乎？唯待讀者去深自體會了。

五、批評方法論的建立及其功能發揮

藝術批評的理論，自哲學層次言爲價值論，如客觀主義、主觀主義與客觀相對主義；自技巧層次言爲方法論，如印象主義的批評，形構主義的批評，與情境主義的批評等等。可以說，批評的價值觀與方法運用決定批評的主觀性與客觀性，及其功能與限制。凡此，都是姚先生「藝術批評論」所進行探討的範圍。

姚先生的批評價值蘊含於《美的範疇論》的價值取向，上節已有所指陳，其批評的基準的建立見之於《藝術的奧祕》「論批評」章中的三種型態與三類基準，亦如前述，不再贅述。而批評方法論爲姚先生「藝術批評論」講稿之第三篇的論旨，其全貌與細節目前尚待修訂，然我們可以就所發表過的批評篇章以見其建立的經過及其功能與限制。

最早的一篇是〈論批評家的謙遜〉（《戲劇論集》），於指陳批評的限制（時代的與個人的）與批評家絕非法官，絕非教師，其工作應具有建設性而非只具破壞性之後，點出了批評家所應具有的批評態度：知識上的謙遜與品格上的謙遜。在「論批評」中則指出了做爲批評家的「相當保守的條件」，茲不贅述。〈批評的主觀性與客觀性〉經收入《文學論集》，言批評的有效程度是相對的，「因爲主觀的批評不一定爲大家所接受，而客觀的批評容易建立一個有效的基準」。並提出作爲一個批評家的條件與工作：一要有

寬廣的趣味，二要多覺察、多體驗人生，三要有分析的能力。批評家的工作是：「將自己審美的方式、途徑，用文字記錄下來，帶給其他人，其他人如根據這一方式、途徑來欣賞藝術品，也可以達到同批評家一樣的效果。」〈藝術家筆下的「人」的問題〉一篇，同「論嚴肅」一章，則可以見出姚先生批評價值取向的基點與格局。

再看姚先生所寫的批評實作，涵蓋的層面，自中國的古典詩（尤其是唐詩）到現代詩，自日本雅樂（其實為唐的燕樂之流亞）到雲門舞集，自外國影片到具實驗意義的國片，自西方戲劇到中國戲劇，自外國小說到我國現代小說，所抱持的態度與所運用的方法均可見出其與自身所欲建立的美學觀相互印證相互發展的意趣，所提出一些有關文學欣賞與批評的意見，雖然自言「並無完整的系統，多屬興到之作」，但也具有相當的格局與間架，絕非浮泛的掠影，均有其助益鑑賞與鼓舞創作的正面功能。

我們認為，藝術批評功能的發揮，重要的是助益鑑賞提高品味，鼓舞創作拓展氣象，這也就是批評的建設性，這也就是姚先生所鈞鈞在意的；對國內三十年來的文學、藝術實作的批評，姚先生一方面是戲劇性的創作者，另方面則為嚴謹批評的開風氣者之一；進一步或更具系統的現代批評，國內現有了相當豐碩的成果，其所發揮的批評功能亦極具建設性，我們促望這種成果與正極的貢獻，其氣象會更加恢宏地擴開來。

——選自《書評書目》第 82 期，1970 年 2 月

姚一葦戲劇中的語言、思想與結構

◎黃美序[*]

《來自鳳凰鎮的人》[1]（三幕劇）

這個戲中的幾個重要人物都和鳳凰鎮有關，但我想主要的「人」應指沈婉玲（或朱婉玲）。例如在戲中重複出現的一首歌，便是很強的暗示：

> 鳳凰鎮有隻金鳳凰。
> 鳳凰鎮有位小姑娘。
> 鳳凰飛到那梧桐上。
> 小姑娘嫁到那大王莊。

——頁 25、80

這首歌兩次都是由沈唱出。除這首歌外，在第二幕開始後不久、沈自殺獲救後正在沉睡時，還有一首小調，雖不是由沈唱出，但顯然的也和她有關：

> 一輪兒明月照閨房
> 閨中的姑娘想情郎（男女聲和唱）

[*]發表文章時為中國文化大學戲劇系教授，現為中華戲劇學會理事。
[1]《來自鳳凰鎮的人》（臺北：現代文學社，民國 52 年）。

情郎遠在那天邊外

拈花惹草不肯回鄉（男女聲和唱）

一輪兒明月照大江

情郎哥哥啊在他鄉（男女聲和唱）

他鄉怎能比故鄉好

怪只怪他是鐵心腸（男女聲和唱）

——頁 20

　　這首小調在《姚一葦戲劇六種》中被刪掉了。刪去的好處是加快了那段戲的節拍，但也不無損失。自從夏負氣走後，沈一直在盼望他回來，卻沒有一點消息。希望變成失望，失望變成絕望，「絕望變成憤恨」，但她仍忘不了他，便創造出一個想像中的他，「一個偉大的英雄」，或「一個偉大的醫生」，她把自己比成「玉堂春」中的蘇三。（頁 64～65）但幾天前夏的出現粉碎了她自己創造的世界，她只好自殺。她寧可夏永遠不再出現，像小調中鐵心腸的男子。這支小調在這時候出現，是很有趣的安排。

　　自殺結束了她的過去，她安靜的睡了，當她「醒」來時，她已決定再活下去，因為她遇到了一個比她「更靠想像過活的人」，她「不能讓他的想像破滅」（頁 67）。生命畢竟是肯定的，黑暗的時刻終會過去。對沈婉玲來說，周大雄的出現和夏士璋的回來是同樣的突然和神祕。多年前夏士璋離開時原是去尋求物質上的滿足，想不到卻做了牧師。周大雄在「懷疑人活著究竟是為了什麼……幾乎自殺」（頁 54）時，卻想起了贈戒指的姑娘而找到了生的意義。甚至白癡細狗也希望得到玩具和錢——多麼有趣的諷刺！女佣把希望寄託在弟弟的長大。

　　生命來自希望。生命有多層的意義：這個戲中的潘氏夫婦以及瞎了眼睛的賣花女郎，似乎就在說明這一點。潘太太的優越感破壞了她對丈夫的感情和已有的幸福。沈婉玲在自殺後才能領悟個中道理，而幫助潘氏夫婦尋回快樂，幫助自己原諒了夏士璋，並看到了未來生命的意義。作者並藉

賣花女加強了這層道理。在沈自殺前賣花女曾對她說：

> 我見過很多很多的人，我懂得他們——，他們只愛他們沒有的東西，從
> 不愛已經有了的，所以很煩惱。
>
> ——頁8

沈拒絕聽，但賣花女「像一座莊嚴而寧靜的雕像」仍對她「喃喃地」
說：

> 一個瞎眼的賣花女，她把花兒讓人們不再煩惱，不再憂傷，小姐，妳學
> 學我，學著閉上眼睛，您就會安靜下來，您就會什麼也想開了！
>
> ——頁8

最後沈送走她的時候，她給了沈一朵花，並且說：「這一朵花給您戴在
頭上，保您平安如意。」（同頁）可是沈仍聽不進去。人常須經過痛苦的經
驗才學會去愛生命。人是自私的，但有趣的是，當他覺得是爲別人而活著
時，卻活得更積極。

以第一個劇本來說，在主題和技術上作者都具有很大的雄心。姚在主
要情節的發展上把握得很好，但似不能充分利用次要的人物。把沈婉玲的
弟弟安排成一個白癡很是有趣，作者在〈後記〉中曾這樣說：

> 還有一位朋友認爲劇中的細狗有點像白傻子那個角色，頗以爲不妥。這
> 個白癡的角色我是細細地想過的。白癡當然有很多很多的可能的形態，
> 但是他必須不是妥斯妥益夫斯基的，不是佛克納的，更不能鑽進田納
> 西・威廉姆斯的迷魂陣裡去的。於是我採取了最簡單的一種，一個心智
> 發育不健全者，一個把自己的智識與經驗永遠停滯在兒童時代，一個成
> 人兒童型的白癡……戲劇有一種人物出現過千萬次而永遠新鮮的，那便

是丑角（clown）……他是白癡也好，是細狗也好，是任何其他的名字全
行。因為他的意義不能從他的本身來確定，只能從整個戲劇中來確定[2]。

保留這個角色是對的。細狗在這個戲中發揮了很大的功能。他一共出
現了六次，每次出現都有「嘟！嘟嘟！」模倣汽車喇叭的先導聲音。第一
次是在沈吞了安眠藥後不久，馬上被沈叫他出去了（頁 16）。第二次從窗
子裡爬進來時，沈正在替周大雄包傷口，他幫忙拿剪刀。同時因為他自己
的頭被小三子打破了，周便替他洗傷口（頁 21～24）。這一次出現幫助呈
現了周、沈類似的一面的性格。第三次是第一幕結束時，當時夏士璋正跪
在地上祈禱。接著第二幕一開始他便在臺上，在駕駛用椅子排成的車子，
夏正在用錢來向他收買消息。這一段非常成功，部分的對話是這樣的：

夏：我問你，你知道不知道鳳凰鎮？

細：（傻笑）嘻嘻，鳳凰，鳳——（搖頭）

夏：（覺得不對，改口）你的老家，你從前住的地方？

細：：（得意地）我住在屋子裡。

接著，話題由河、船轉到他的父親：

夏：他喝酒？

細：他喝酒，喝很多很多，媽不喝，姐姐不喝，我也不喝！

夏：後來呢？

細：後來——，後來——後來沒有了。

夏：你想想看。

細：（想）啊——，（想起）你給我錢。

夏：你再想想，你爸爸後來？

細：你給我錢，我要錢，你騙我。

---

[2] 同前註，頁 58。

（夏士璋無可奈何把兩塊錢掏給細狗。）

──頁 28～30

這一段近似「荒謬劇場」手法的戲，成功地告訴我們鳳凰鎮及他們家的一個粗淺的輪廓，沒有細節的交代，正足以引起我們「想多知道一點」的好奇心和與之同來的懸疑作用。這種效果很難利用兩個正常人的對話完成。

他再次出現是在第二幕將行結束時，正好喚醒昏倒地上的姐姐，沒有特別的戲。第三幕開始時他正睡在客廳的沙發上，秦功勉把他叫醒問他姐姐在哪裡，當然問不出什麼來。以後只有沈提到過他一次，便沒有再上場了。做為一個白癡來說，我們似乎不應該對他做更多的要求了；但就他和沈婉玲的關係來說，我希望能看到他更多的戲。

《孫飛虎搶親》[3]（三幕劇）

這個戲的主題似在討論外表與實質的問題，和第一個戲在取材、文體、結構上都不一樣。《鳳凰鎮》用的是口語體的散文，在這個戲中卻以韻文為主，並有許多唱的句子供舞者合唱。作者在〈後記〉中說：

> 我採用一種極為通俗的韻文體，我企圖為我們的舞臺建立一種「誦」的方式。我認為「誦」的方式如不能建立，我們只能上演口語的戲劇，永遠沒有誦文戲劇，我們的劇場將只是一條跛腿，始終不能站穩。關於音樂：每一句都重疊半句，重疊的部分我的目的係做為「幫腔」，前後臺人員全部可以合唱，甚至觀眾亦可以加入，使演員與觀眾之間的隔閡消除。關於演員的身段、姿勢、腔調、臉譜、服裝，我們要向平劇、木偶劇，以及各種地方戲學習。至於舞蹈，將需要一種創造性的設計；這種

---

[3] 《孫飛虎搶親》（臺北：現代文學社，民國 54 年）。

設計它必須來自我國傳統，同時又必須具有現代人的觀念與精神。

——頁 57

無疑地，《孫》劇非但對姚一葦自己說是個新的試探，也是中國現代劇場中的一個新試探。現在就這個劇本來看看它哪些是傳統的，哪些是現代的，以及使用「說」、「誦」、「唱」三種形式的情形。

就表面上看，張、崔的故事是傳統的，但在處理上說和過去的「西廂」劇本都不一樣。過去搶親故事的主角多是壞人，但姚卻將孫飛虎塑造成一個完全不同的人物。如果下面的這段話可以代表這個戲的主旨，這個戲在精神上說該是現代多於傳統。這段話是孫對雙紋用誦的方式說的：

我打聽出妳要嫁的那鄭恆，

鄭恆又不是妳所愛的人。

他一頂花轎便把妳抬過去，

不也和我同樣是搶親。

我也是個追求妳的人，

卻永遠沒有機會和妳來親近

你們說這事公平不公平。

——頁 154～155

在過去的小說和戲劇中，孫飛虎只是一個強盜，對鶯鶯並無精神上的愛，姚劇中的孫飛虎卻是一個大強盜和大情人。這種雙重性格的表現，似源於西洋文學。從這個角度來看，孫飛虎有些像布雷希特（Brecht）《四川好女人》（The Good Woman of Setzuan）中的沈德（Shen-te），她必須同時扮演冷靜現實的表兄，才能在那個社會中活下去。但不同的是：在《孫》劇中似乎每個人物多多少少都具有雙重性格。張、雙紋、阿紅，和鄭，都用一副面孔對待外在的世界，或給這個世界看，卻在內心隱藏著另一個自

我。當然，誰也不能說姚的基本概念來自西方；性善、性惡之爭，在我國已有久遠的歷史，只是傳統的小說家和戲劇家中，似極少有人把善惡放在一個人物的身上來處理。

《孫》劇最傳統的因素似在它語言的使用方式，而不是戲劇形式或結構。姚在這個戲中特別愛用重疊或重複句法，多達十次以上；他在以後的好幾個戲中也用，但從沒有這麼多。大體上說，他用得都很成功，也富有變化。下面為一個很好的例子，發生在第二幕開始時，當時崔雙紋、阿紅和張三人在臺上「宛如三具木偶」：

> 崔：我們坐了很久了吧！
> 張：很久了！
> 紅：或許不很久！
> 崔：夏天就要過去了！
> 張：夏天真的就要過去了！
> 紅：夏天還沒有過去！
> 崔：夏天過去了就是秋天。
> 張：夏天過去了就是秋天。
> 紅：夏天還沒有過去。
> 崔：秋天就來了！（一種突然的興奮）秋天就要來了！
> 張：（喃喃地）秋天就要來了。
> 紅：秋天還沒有來！
> 崔：那是個很美麗的秋天！
> （以一種平板而沒有絲毫的感情的音調誦出，但十分清晰）
> 那是個很美麗的秋天，
> 那是個堆著白雲的秋天，
> 那是個黃花滿地的秋天，
> 那是個西風陣陣的秋天，

那是個北雁南飛的秋天，

那是個霜林染醉的秋天，

張：那是哪一個秋天？

紅：誰都不知道那是哪一個秋天！

——頁 115～116

上例包含有姚一葦愛用的兩種不同的重複法：1.一字不改完全的重複；2.相同句型、部分換詞。這兩種重複法交互變化，非常活潑。但是，在有些地方似乎重複得太長了。最明顯莫過於在第三幕後半，崔、孫、張、阿紅四人在一起的一次：

崔：我們沒有哭過、笑過、愛過、希望過！

紅：我們沒有哭過、笑過、愛過、希望過！

孫：我們沒有哭過、笑過、愛過、希望過！

張：我們沒有哭過、笑過、愛過、希望過！

——頁 164

接下去當崔雙紋說：「我們沒有選擇，也沒有被選擇。」「我們不能辨別，不能思，不能了解。」「我們只是躲在一首高牆的裡面！」「我們只是躲在我們的衣服裡。」「我們是躲在洞裡。」「我們是老鼠。」「老鼠老鼠老鼠老鼠」（以下無標點）等七句時，其他三人完全依上列同一次序重複著每一句，似乎是太多了，很可能達不到預期的效果。

這個戲的語言很美，很有詩意，讀起來非常好，對演員來說可能是個很大的挑戰。（或許即因如此，一直還沒有人去演。）或許劇作家本人也沉醉於語言的美了，以致有時候忘了舞臺和觀眾。例如當第一幕中孫、張二人剛上場時，讀者可從舞臺說明中知道他們是誰，但觀眾便不知道了。所以路人當著孫、張的面談他們，卻不知他們是誰的滑稽、諷刺的效果便沒

有了。姚極少犯這樣的錯誤。至於這個戲兼用「說」、「誦」、「唱」的效果如何，最好是等演員去發現，不擬在此猜測。這戲還有一段頗難確定的語言問題，就是上面引文中崔雙紋回憶的秋景，很明顯是由「北西廂」中的名句「白雲天，黃花地，西風緊，北雁南飛，曉來誰染霜林醉」轉化而來。此段似乎不是刻意的舊句重寫或模倣；作者似想借此勾起讀者們對元雜劇的印象，將它和「孫」劇作一比較，使之產生一種類似「蒙太奇」的作用；它也可以說是典故的變體用法。是好是壞，很難取決於語言的本身，最好也從一般觀眾的反應上去決定。

《碾玉觀音》（三幕劇）

俞大綱先生曾指出這個劇的故事來自同名的一篇宋人小說。俞先生又說：姚一葦獵取了原著的「內在精神，而用現代人的感情與思想來處理這一段哀豔故事；所表現的，卻又是中國民族那份在苦難中默默的為理想人生而犧牲的傳統精神。」並且是「溝通現代和傳統、中國與西洋的舞臺藝術之作。」[4]張健先生認為這個戲比《孫飛虎搶親》更易於為讀者所接受。他又說：「無可諱言地，崔寧是一個作夢的人。夢與現實的矛盾，交織乃至分道揚鑣，這樣的題材在作者的《來自鳳凰鎮的人》裡早已表現過；但這次的深化的再醞釀，給予讀者一更大的幅度：這是一個三代——或 N 代——的故事。」[5]

我同意他們兩人的看法。或許，在語言、形式、主題等方面來說，《碾》劇比《孫》劇更合我國的傳統。作者有了《孫》劇的經驗，對處理歷史性或傳說性故事的困難，以及演出這類劇本的有關問題，已有更深的了解。雖然在這個戲中他仍用「說」、「誦」、「唱」三種方式，已用得更為

---

[4]俞大綱，〈舞臺傳統的延伸〉《新生報》，民國 56 年 1 月 30 日。收入《戲劇縱橫談》（臺北：傳記文學社，民國 59 年），頁 175～180。及《碾玉觀音》單行本（臺北：文學季刊社，民國 56 年）頁 53～56。
[5]張健，〈讀《碾玉觀音》〉，《大華晚報》，民國 56 年 2 月 20 日，收入《碾》劇單行本，頁 59～61。

小心成功。「誦」只出現一次，很適當地用於秀秀兒子背「魏顆嫁武子遺妾」的一段戲，使那段關於愛、婚姻，與死的引文，更爲凸出（頁 239～241）。張健認爲這一段「文字的穿插，也是極爲巧妙的。」[6]唱僅用於開始四個丫環的輪唱與齊唱，俞先生認爲那是「中國舞臺的傳統手大都用於點將、行軍的壯闊場面」，姚將它移植來渲染郡王府的氣派，「運用得極爲靈活適當。」[7]其他的對白全用散文，一種「詩化的日常口語，而不是堆垛詞藻」。[8]這些話都批評得很恰當。

重複句法的使用也比在「孫」劇成功。例如在第一幕中崔寧去向秀秀辭行時秀秀問他要到那兒去，什麼時候走，崔寧說他們能在一起的時間不多了，不能浪費，於是他們說：

秀：我們談什麼呢？

崔：我們談什麼呢──我們談愉快的。

秀：我們談愉快的──

崔：我們談愉快的，那些過去的日子。

秀：那些過去的日子。

崔：我們去過的那些地方。

秀：我們去過的那些地方。

崔：我們爬過的那些山。

秀：我們爬過的那些山。

崔：我們在山上放風箏。

秀：我們在山上放風箏。

崔：我們在草裡捉蟋蟀。

秀：我們在草裡捉蟋蟀。

---

[6]同前註。

[7]同前註。

[8]同前註。

崔：我們唱著、笑著、叫著、跳著。

秀：我們唱著、笑著、叫著、跳著。

——頁 205

　　這裡，他們的回憶從日子、地方而轉到動作，而語言的使用，則由名
詞而變為動詞，配合得非常好。然後，他們的談話由玉觀音而到崔寧的夢
想（頁 206），再從秀秀的發現幸福的定義就是「照自己的意志生活」（頁
207），而發展到秀秀「平靜地」說出「我——跟——你——走！」（頁
208），然後以另一段重複句來做這一幕的結束：

崔：可是我們走到哪裡去呢？

秀：走到哪裡去？

崔：走到哪裡去？

秀：世界這樣大。

崔：世界這樣大。

秀：我們總會找到一個地方的。

崔：我們總會找到——

秀：我們可以住下來的地方。

崔：我們可以住下來的地方。

秀：一定的。

崔：一定？

秀：不是嗎？

崔：是——是——

——頁 209

　　在這段話中，我們應該同時注意到一點，那就是作者在我們不知不覺
中把主動的地位由崔寧變為秀秀了，是寫秀秀性格轉變的妙筆。所有這些

重複句都安排得很好，但是在搬上舞臺時，必須有很好的演員來配合。否則，可能會使它成為意外的喜劇而整個失敗。

這個戲的重點很明顯的是放在崔寧和秀秀的身上，從頭到尾，我們幾乎沒有一刻看不到。但是戲的主題是什麼呢？它是貧富及門第觀念所產生的愛情悲劇嗎？誰也無法否認崔寧和秀秀間有很好的感情，但我覺得「愛情悲劇」這幾個字並不能很適切地加在這個戲上：至少崔寧死得很「平靜」、「安祥」、「連一點恨也沒有」（頁 268），而秀秀也為他們的孩子好好地活了下去。

假如這是崔寧和秀秀的愛情故事，那他們之間有多少愛呢？秀秀和崔寧一起走是因為愛他呢？還是因為她身上「流的是他們（父母們）從前的血液，／那反抗的、倔強的心」（頁 203），以及她要「照自己的意志生活」呢？當她和崔寧定居後，她的快樂是幫忙貧苦的人。後來又為了孩子她不肯告訴已失明的崔寧她就是他要找的秀秀。簡單地說，崔寧從未曾是她生活的重心，或者說她從未完全為他而活。她有她自己生命的理想——一種變動的、或漸變的、「人」的理想。

崔寧也從未全心全意地去愛過秀秀。當秀秀問他為什麼將玉觀音雕得像她，他說：「……我不知道，我沒有注意，即使是像你，那也不是有意的。」（頁 206）當秀秀追問他雕的時候有沒有想到她，他說：「我沒有。（注視秀秀）我很抱歉。」（頁 207）如果說他不好意思當面承認愛她，是很難令人接受的。連當面承認的勇氣都沒有，那算什麼愛。

我覺得這個戲不是在寫一個藝術家和一個不平常女孩子的愛，作者在此所探討的是一個古老而卻永遠新鮮的問題——生命或生活與藝術之關係，包括文學與戲劇。這意旨在戲名《碾玉觀音》中已很巧妙地透露出來了。崔寧是雕觀音的藝術家；秀秀是「人的觀音」，是崔寧工作的靈感。但為什麼要雕觀音呢？「觀音」也就是「大慈大悲觀世音菩薩」，照見世上的各種音相。

做為一個藝術家來說，崔寧是要雕出「一個美麗的幻象」，他對秀秀

說：「一個存在我心底的幻象，一個存了很多年很多年的幻象，我覺得我要
表現出來，把它表現出來。當我得到那塊玉的時候，妳知道我多高興……
我日以繼夜的工作著，它終於完成了。」（頁 206）換句話說，藝術的表現
是幻象或意念，通過某種媒體而具體地呈現出來。玉是崔寧要用的媒體，
觀音是他呈現幻象的形式。在創作的時刻，藝術聽從直覺的指揮，而直覺
我認爲可解釋爲「意識和潛意識或無意識的自然地外現」。藝術家在創作的
過程中並不自覺這兩種意識的同時存在或交替出現。同時，藝術家也是
「人」，他應該──或只能──呈現「人」以及人的經驗世界內的東西，他
認爲最「美」的東西。所以多年後崔寧已失明了再雕出來的，仍是年輕時
的秀秀。別忘了崔寧還有一次想雕一個老乞丐。他對多梅說：

> 就是那個每天蹲在城隍廟的，那個缺腿的乞丐。他的面前擺著一個盆
> 子，任過路的人給他點什麼，可是他從來不開口向你討，我每次走那兒
> 過的時候，老是注視他，他的嘴角老是掛著一絲笑容，當然，你不能稱
> 它爲笑容，那不是笑，我說不上來，還有──，他的眼睛，你注意沒
> 有？發出來的那一種異樣的光芒，是怨恨？不，不，是嘲笑？不，是憐
> 憫？不，是哀求？不，不，都不是的，那是什麼？
>
> ──頁 216

然後他又「自言自語」地說：

> 他一天到晚瞧著這熙熙攘攘的人生……難道他真是一個旁觀者嗎？
>
> ──頁 216

一個旁觀者？另一個形態的「觀音」？無疑地，這個乞丐也可以是藝
術家的靈感。如果這個戲只是一個愛情故事，這一段乞丐的插曲又如何解
釋呢？要了解這一切，必須注意到下面一段崔寧對秀秀說的話：

我要塑造一個人的觀音，而不是神，我們誰都沒有看過神，我們不知道
神是否真的存在過，因此我不願雕成別人雕過的樣子，我要雕一個我所
理解的，我曾經觸摸過的東西，一種我所尊敬，所喜歡的東西，一個理
想的東西，一個最美麗的東西，一個生活在我們中間的東西。

——頁206

　　崔寧雖沒有像西方存在主義者那樣，認為上帝已經死亡，但是他也沒
有找到神在那裡，所以他必須向人去尋求創作的源泉。（或許由於同樣的理
由，本劇作者將原來故事中的鬼變成了人。）對他來說，藝術不是生活的
翻版，藝術有神聖的因素，所以雕像又是觀音，又是秀秀——當然更應該
是年輕的秀秀，青年的、倔強的、尋求自由的，而不是後來現實的秀秀。
並且，從崔寧和秀秀的結合和以後的分離中看，作者似認為藝術應和生活
結合，但當世俗的因素侵占我們生活的全部時，藝術無法在這個世界上生
存時，便只有向另一個世界中去追尋它的靈泉。就另一方面來說，生活或
生命中如沒有藝術，會變成非常痛苦，就像秀秀最後一段話中所透露的：
「找著了他心目中的秀秀，可不是我，不是我，不是我，是從前的那個秀
秀，不是現在的；不，不，不，（狂亂地）都不是的，是他心裡所幻想的那
個秀秀，那個從來不曾存在過的秀秀。」（頁268）

　　在表面上看，這段話可以做如下的解釋：為了孩子，秀秀必須設法活
下去；但要活下去她需要否認她對崔寧的愛和（或）歉意。如果她能假想
他從未為她活過，創作過，她要活下去便容易多了。從象徵層次來看，當
藝術家找不到創造的靈泉時，他可以說是死了；然而生活中缺少藝術時，
我人仍得活下去。不過《碾玉觀音》並不是一個悲觀的戲。「只要這個世界
上有玉，就有碾玉的人」，藝術家要「為這個世界上所有痛苦的人而雕，為
那些希望破滅了的人而雕……給他們以希望……給他們以美麗……給他們
以信心。」（頁235）崔寧死了，他的孩子身上仍有他的血，藝術的血。

　　但是，這個戲中仍有一點令我困惑的地方：崔寧的失明雖然在劇情的

發展上有事先的安排，但他的失明代表什麼呢？類似伊底帕斯王（King Oedipus）的失明？藝術是盲目的？還是根本沒有意義？我沒有找到令自己滿意的解釋。

《紅鼻子》（四幕劇）

寫了兩個取材於過去的戲後，作者又回到現代的背景。不過，《紅鼻子》和《來自鳳凰城鎮的人》在結構、人物、語言方面都不一樣。

在結構上說，《紅鼻子》類似高爾基的《下一層》（Gorki's *The Lower Depth*）和尤金·歐尼爾的《賣冰者來哉》（Eugene O'Neill's *The Iceman Cometh*），尤其是後者。就功能和諷刺性的象徵意義來說，蓬萊別館很像哈利·何伯（Hope，意為「希望」的酒店，較不像《下一層》中的地下間；紅鼻子有點像路加，但更像海克。他和海克一樣，都是小丑型的人物，帶上假面具來娛樂別人；最後，兩人似都得到了解脫。相似處應到此為止。《紅鼻子》並不就是《賣冰者來哉》或《下一層》；在深度和廣度上說，似也不及這兩個西方名著。在何伯店中的那一群生活的逃兵，曾嘗過更大的痛苦；蓬萊別館中的這群人，只不過是因外力的促使，短時間被暫困於此而已。所以在生活的態度上和方式上都非常的不同。海克的煩惱屬於很不平常的一型。他對酒店中的人說：

> 你知道，艾美琳愛我。同時我愛她。麻煩就出在這裡。如果她不那麼愛我事情就容易解決得多了。或者我不愛她。可是在那樣的情形下，只有一個辦法。（他稍頓——然後簡單地說）我只有殺死她。[9]

不知為了何故（歐尼爾未解釋），在殺死太太後他又回到這個酒店中來，給這群人講他自編的他太太和賣冰者的笑話，然後又說出真相，並自

---

[9]見 Eugene O'Neil, "The Iceman Cometh"，收入 *Masters of Modern Drama*（雙葉書局），頁 636。

首去接受電椅的死刑。

海克和路加都「驚醒」了酒店和地下間的那些人，引起他們內心的希望、不安──和死亡。但紅鼻子給大家帶來的是希望與快樂──除了他的妻子外。他有點像創造奇蹟的天使──他的真名是「神賜」。

比較到此為止。《紅鼻子》的四幕有很明確的劃分，作者並且給每幕一個類似「題目正名」的標題：

第一幕：降禍
第二幕：消災
第三幕：謝神
第四幕：獻祭

從上面的情節大綱中可以知道，在第一幕中，這些人都困於共同的災禍──公路不通，以及個別的災禍：金錢、疾病、生活、死亡等各種意外。這些外在的或精神上的災難，在第二場中都消除了。除了曾、胡的問題外，其餘的卻和紅鼻子直接發生關係。第三幕最短，在這幕謝神的戲中戲裡，紅鼻子提出「什麼是真正的快樂」和「誰是世界上最快樂的人」兩個問題，似在為謝神的行為做某種意義的註解。在第四幕中除王佩佩外，可以說每個人都得到了他或她所要的。「獻祭」的「犧牲」或祭品很明顯的是自己投入大海的紅鼻子。為什麼？為了誰？這一幕我覺得最為費解，也最耐人尋味。同時，四幕所代表的四個步驟，似暗示著人類古老的儀典（ritual），那表示人與命運或宇宙關係的儀典。

上文已經指出過，紅鼻子的真名叫作神賜。他為大家指示迷津，卻得不到他們的感激。當路通後他們即紛紛上路，沒有人向他說聲謝謝，或道聲再見。當邱大為的女友提醒他紅鼻子對他說的話時，邱甚至說：「他是什麼東西？他不過是個江湖班子的小丑，他懂得什麼？」（頁 353）當然，紅鼻子不會是耶穌。他出生於一個好家庭，什麼都不用自己動手；娶了一個

好太太，什麼都替他安排好了，他不用去想什麼或擔心什麼。「但是有一天，」他說：

> 我問我自己，我到這個世界上是幹什麼來的？我的存在有沒有意義？我問我自己：你究竟能做些什麼？你究竟要做什麼？想著，想著我就不安起來了……怪不得釋迦牟尼會離開他的王子之尊，會離開他的美好的家庭。

──頁 347

於是他離家出走了。但是他也不是釋迦，也不能和釋迦來比。他只是一個常人，他「比平凡的人還要平凡。膽小、懦弱……害羞……怕一個人睡……怕黑……什麼都怕……甚至怕耗子……怕穿新衣服……怕生病……更怕死。」（頁 349）他必須躲在面具後做一個小丑──一個被人笑，引人笑，卻常不為人敬愛的人。

從表面上看，《紅鼻子》有一個很明顯的主題──為別人做自我犧牲。紅鼻子自己也曾經說：「當一個人為別人而犧牲自己，他最快樂。當釋迦牟尼步出他的宮廷的時候，當耶穌走上十字架的時候，……當吳鳳騎在馬背上要去獻祭的時候，他們是世界上最快樂的人。」（頁 348）但是紅鼻子不是耶穌、釋迦或吳鳳。他最後的投入大海，並不能算為救人的自我犧牲。他只能躲在面具後才有勇氣。他對王佩佩說：「當我戴上面具的時候我不害怕。我一點也不害怕。我覺得非常自由，我覺得我是自由了，自由地生活在一個我自己的世界。我覺得我可以冷靜地觀察別人，而不必害怕我自己。」（頁 346）

我覺得很難將一段只能在面具後面才能存在的勇氣與自由，看作這個戲要帶給讀者及觀眾的正面意思或價值。我認為紅鼻子的奔向大海，不是去救人，而是要永遠逃離他的妻子。他自知不會游泳又怎能去救人呢？作者在《孫飛虎搶親》中曾將某些躲在衣服後的人比做躲在洞中的老鼠。面

具、服裝和化妝都是假的。閉幕前王佩佩「昏亂地」說的：「我知道他不會回來，我知道他不會回來了！」（頁 268）是說他不會從大海中生還，而是指不會回到她的身邊。

即使我們將他最後的行動看作高貴的自我犧牲，而不是無奈的逃避，他的犧牲和耶穌、釋迦、吳鳳的犧牲也完全不同。他只是一個常人（everyman）要戴上假面具去隱藏他的真面目，可以說是打腫臉充胖子、充英雄，來自欺欺人。在劇情的結構上說，假如作者是要表現紅鼻子最後的行動為一段忘記自我的勇敢行為，則王佩佩的出現似屬多餘。當然，由王和紅鼻子的對話來交代他的過去是很合理、方便的方法，但絕不是唯一的方法。舞娘泳溺的假警報是個惡作劇——一個值得深思的惡作劇：不是舞娘在作弄紅鼻子或其他人，而是作者在作弄讀者及觀眾。我認為全劇是對人類處境及人性的暗諷——對人性中的懦弱和有意或無意「妄想……要成為一個偉人」（頁 348）或英雄的批判。紅鼻子這個人物，我以為是姚一葦所創造的最具現代悲劇感、最含諷刺意味、也最耐人尋味的複雜人物。

《申生》（四幕劇）

這個戲演春秋時的一段史實。劇中歌隊的作用，很像希臘悲劇中的歌隊，用來說明已發生的和即將發生的，用以批評、暗示、悲歎、製造氣氛等等。歌隊在這個戲中還有使故事產生遙遠、過去的感覺。黑衣老婦的咒語和祈禱，使全劇蒙上了一層神祕、恐怖的色彩。三次獨白的使用，似乎也有西方古典劇的影子。

本劇在結構上及形式上都顯然有受西方古典悲劇影響的痕跡。不過，歌隊和唱的使用，也是我國傳統劇場中原有的。姚一葦對中、西戲劇都很熟悉，所以在他的戲中發現中、西戲劇的雙重影子，應該是很自然的事，也可以說他是有意地攝取這兩種劇場的特點，而綜合為他自己的戲劇。在《申生》及別的戲中，燈光的用法顯然地借自西方的現代劇場。但有的因素卻很難分清楚，例如在這個戲中所用的詩化的語言，無疑的是中國的；

但有時候又透出一些莎士比亞無韻體（blank verse）的語味。我不想在此分析這一點，僅擬從主題方面來看看這個戲。

《申生》中有很強的善與惡的對比，是任何人都看得出來的。申生與少姬代表善的一面，驪姬和她的女官及優施代表惡。善是被動的，所以被惡打倒了，但惡也自食其果。作者在《孫飛虎搶親》中早已試探過人的雙重性格，《申生》可以說是部分地回到了這個主題，不過情節、人物、結構都已完全不同。在這裡，道德的教訓直接地由歌隊唱出來：「榮耀會引起人的慾望，／權力會使人發狂。／一切的邪惡將因此而生。」而「善與惡是一對孿生的兄弟，善的對面是惡，惡的對面是善」（頁 372）這話似暗示著驪姬與少姬兩姐妹為這個戲的主角。

可是，作者以《申生》命名，申生應該是主角才對。但有趣的是，像易卜生《群鬼》（Ibsen's Ghosts）中的鬼，申生從未在舞臺上出現。從頭起他便只是被提到，平均大約每三頁一次，大部分時間是一行兩行，有時一大段（通常都在歌隊的唱詞中）。如果以他為主角，戲的主題可以說是「一個善良靈魂的犧牲」，他被命運選當大任，卻缺乏野心和意志去保有它，也沒有願望去為他應有的權利奮鬥；他是一個過於善良的人和兒子，有點像尤利比提斯（Euripides）筆下的王子赫寶利特斯（Hippolytus）。

出場最多的人物毫無疑問的是驪姬——權力慾望的化身。下面所錄在戲中重複出現的謎題和謎底，正是她和少姬命運的寫照：

門前有兩株樹，
一株低來一株高。
外面飛來兩隻喜鵲，
它們在哪兒做巢？

門前有兩株樹，
一株低來一株高。

外耳飛來兩隻喜鵲，

它們在高樹上做巢。

忽然颳起了一陣狂風，

把那株高樹連根拔起，

那高樹上的鵲巢呢？

都跌翻在哪裡？

忽然颳起了一陣狂風，

把那株高樹連根拔起。

那高樹上的鵲巢呢？

都跌翻在那泥地裡。

——頁 432，頁 460～461

　　這四段問答第一次出現時由黑衣老婦問，優施答；第二次則由驪姬唱出，少姬唱答，是在全戲將結束時。

　　雖然我們也可以將這個問答聯想到申生的命運，但頗為勉強。樹大招風，優施在談到申生時也曾說：「一個人的名譽愈大，地位愈高，就愈招忌，就愈容易跌下來。所謂爬得越高，跌得越重，就是這個道理。」（頁388）[10]但這個對答中所強調的是這兩隻鳥主動的選擇，而喜鵲在性質上也較近似驪姬。從這方面來看，驪姬應為主角，少姬是她的陪襯。她的毀滅並不是由於她要權力，而由於她無所不用其極的不正當手段。如以驪姬為中心，這個戲的主題似可借用佛洛斯特（Robert Frost）的〈火與冰〉（Fire and Ice）來說明：

---

[10]同樣的話在《一口箱子》中也出現過。見頁 469。

有人說世界將終結於火，

有人說　於冰。

就我所體驗的慾

我贊同主張火的。

但世界如須消失兩次

我想我認識足夠的恨

敢說用來毀滅　冰

也很偉大

且能勝任。[11]

　　不論以申生或驪姬為主角，這個戲似都很明白、易懂，沒有什麼引人深思、令人費解的地方。可是我們絕不能忘記另一隻喜鵲——少姬。善良的她為什麼也要一起被吹落泥地裡呢？甚至優施都認為「只有她是一個好人，因為她還像一個孩子，因為她沒有心機，因為她不知道天高地厚，因為她不惹事生非。」（頁 386）為什麼她也要遭到和驪姬同樣的下場呢？

　　莎士比亞的《李爾王》（King Lear）呈現過同樣令人困惑的問題：大女兒和二女兒的死可以說是應有的處罰，李爾王本人的死雖值得同情，也引不起我們太大的所謂悲劇的恐懼。只有善良的小女兒的死難解。少姬的結局有異曲同工之妙。她們的死似在控訴自然或命運的無情。

　　上述的分析似在暗示《申生》在結構上缺乏嚴密的統一性和焦點。但

---

[11]原詩如下：
Some say the world will end in fire,
Some say in ice.
From what I've tasted of desire
I hold with those who favor fire.
But if it had to perish twice,
I think I know enough of hate
To say that for destruction ice.
Is also great
And would suffice.
(*Complete Poems of Robert Frost*, p.268)

不管以申生或驪姬爲中心，這個戲都能給人很深的感受。在戲劇史中不乏中心人物不明顯，而全劇效果很好的名作，尤利比提斯的《赫寶利特斯》和莎士比亞的《李爾王》都是現成的例子。

《一口箱子》（獨幕四場）

《一口箱子》是姚一葦七個戲中最短的一個，也是唯一可稱爲獨幕劇的一個。據作者說，觸發他寫這個戲的原因有二：1.報上刊載的一則雷錠丟失的新聞；2.他本人遊學美國回來時提著手提包步下飛機，看到親朋好友時的感觸——我這個包包裡有些什麼？別人的包包裡又有些什麼？但是在研讀這個劇本時，這兩件事都不重要。至少我在戲中找不到和它們有關係的重要線索。

像他過去的幾個戲一樣，《一口箱子》顯示很強的中、西劇場的影子。俞大綱先生說：

> 我個人非常欣賞這一劇本，它具有中國戲劇的「批判精神」的優良傳統，而賦予現代思維及形式。凡是淺涉中國戲劇發展的，無不知古代的優戲對後代戲劇有決定性的作用，溯自古代優戲，而唐代的參軍戲，宋代的雜劇，全都是運用丑角，以滑稽嘲弄的語言來諷刺時政或時尚，借重扮飾小人物的丑角發揮批判精神——戲劇的主要功能之一種，這些丑角化的優伶批判時政，曾被稱為「優諫」。這一中國戲劇批判精神的優良傳統，也一直被保存於平劇及地方舞臺上的丑角。丑角在前臺可以即興抓辭，滑稽嘲弄，（自然也有其範圍），《一口箱子》的兩個主要人物，全屬丑角型，極接近唐代參軍戲。[12]

他並且補充說：

---

[12]俞大綱，〈由《一口箱子》演出引發的個人感想〉，《中國時報》，民國 66 年 3 月 21 日，收入《一口箱子》演出特刊。

《一口箱子》嘲弄及批判的對象，不像古代優戲或優諫那麼狹隘，它是嘲弄現代知識分子群的敝帚自珍，沾沾自喜的一般傾向。[13]

一位旅臺德國學者看了這個戲的首演時說：

我想這個戲的意義在於它真正結合中西戲劇：它部分接受西方的影響，部分在追索中國的傳統。[14]

我非常同意他們兩位的看法。事實上《一口箱子》第一場的景，就很像《等待果陀》（*Waiting for Godot*）的景：一條鄉間的小路、斜坡和一棵樹。不過姚沒有指出這棵樹的樣子。老大和阿三有點像「哥哥」、「弟弟」（Gogo, Didi）。但是當戲開始進行後，在人物的外型及處境上，更像史坦白克的《鼠與人》（*John Steinbeck's of mice and Men*）：老大和李尼都是四肢發達型，阿三和喬治都是瘦小較喜歡用腦的人物，他們都失業了在找工作，他們都被人追，最後其中一人死了。但是這些類似點都只是表面的。就如俞先生指出，姚一葦有他自己的思想，《一口箱子》有多層面的諷刺。

首先，我覺得這個戲在諷刺某些人的盲從和幼稚，金錢的誘惑──尤其是可以不勞而獲的錢，對別人權利的忽視，以及法律力量之不足。就另一層次來說，它透過阿三從祖傳下來的大箱子，來探詢一切傳統所留下來的東西的真正價值，和它們所加諸我們身上的重荷。它諷刺了追者和被追者：作者並沒有明白說出阿三的箱子和醫生失落的箱子，像到什麼程度；我們所知道的只是兩隻箱子都是又舊又大而已。群眾在沒有弄清楚真相前便開始瞎追，而老大和阿三也是糊裡糊塗地開始逃。雖然阿三的想法並沒有錯：「有時候我們會喜歡某種東西，它可能沒有用，可能完全不值錢。」（頁 496），雖然他可以說別人「絕對沒有理由」（同頁）來看他的箱子，

---

[13]同前註。
[14]A. Jadis, "Yao Yi-wei's A Suitcase," Street, 1(1977 年), p.47。作者之本名為 Andreas Weiland.

但是當警察對他說：

> 就算是相同的，你讓我們看看有什麼要緊？如果不是那口遺失的箱子，
> 我們會還給你，原樣的還給你，你不會有任何損失。
>
> ——頁500

　　他似乎沒有理由再堅持自己的決定。他是太固執了。他甚至連老大的勸告也聽不進去。他死命地不肯讓別人看他的箱子，他付出了他的生命，而箱子仍被打開了！這是誰開的玩笑？無疑地，世界上有很多像阿三的人，他們值得同情和憐憫，但是他們過度的固執有時也會令人氣憤。不過，他們並不是自私的人：例如阿三認為大家在追老大，所以很關心地問他以前是否在該地和人有過過節：

阿三：你有沒有闖什麼禍？

老大：闖過什麼禍？那就記不起來了。

阿三：你想想看。

老大：啊，我記起來了。那一年，為了一個妞兒，我和這兒的一個混混泡上了，他喊來三四個小夥子，我憑著一條板凳，狠狠地揍了他們一頓。這一下子，我闖出碼頭來了。

阿三：那怪不得。

老大：阿三，你得攪清楚，我打架是有的，老子生平就愛管個閒事，可是一不偷，二不搶，壞事我是不做的。

阿三：我想一定有人認得你。

老大：你以為他們注意的是我？

阿三：我想的是。

老大：你見了鬼了。他們注意的是你！

阿三：我——我——，為什麼？

　　老大：你的那口箱子。

　　　　　　　　　　　　　　　　　　　　　──頁490

　　阿三對追逐者的誤解或無知，的確是令人又好氣又好笑；但是他對老大的關心，使他忘記了自己的處境，也很能令人感動。作者在這裡耍了很有趣的一招：當老大說「你的那口箱子」時，我們會和老大一起發笑，但阿三的天真和嚴肅的態度，馬上又會使我們為剛才的笑而感到不安。

　　《一口箱子》故事在基本上是「錯誤喜劇」（"comedy of errors"）的素材，在功力稍差的劇作家手中，很可能會變成一齣鬧劇。謝謝姚一葦將它造成一個含意深遠的「喜悲劇」（"tragicomedy"）給我們，使我們的現代劇場中，多了一個可看可演的好劇本。

《傅青主》（二部劇）

　　這個戲依據史實與傳記寫成。「序詞」和「尾聲」採用舊體詩，並用定詩開場。作者似極力想創造一個純中國式的劇本，而不帶任何西方劇場的色彩。除了燈光外，在語言上和形式上，他都做到了。

　　或許作者由於有意或無意地特別注重語言的美與思想，第一部第一場的戲缺少足夠的衝突與行動，似顯冗長了些。第二場有過於直接說道理的感覺，例如下面的一段戲中張中宿和王孫一兩人的對話：

　　張：你知道不是我們不要活，是別人不讓你活，是別人要你死。
　　王：別人不讓你活，你就更要活下去。你就要想盡方法活下去，這就是
　　　　活比死難的道理。
　　張：那要看怎樣一種活法。
　　王：對，像豬狗一樣的活是容易的。如果要不像豬狗一樣的活，而是像
　　　　一個真正的人那樣的活，活得有價值，活得有意義，活著來承擔一切痛
　　　　苦與一切責任，這就不容易。如果在這樣艱難的情形下還能活著，不管

他們如何厲害，他們的手段如何毒狠，都能挺得下去，這就告訴世人，
人心未死，至少還有希望，那怕是很小很微弱的一點希望。你可別看輕
它，它會傳播開來，就像一顆種子一樣，慢慢的會長出芽來，會長成一
棵大樹。

張：這不是人人能做到的。

王：當然不是，只有少數人能做到，或許只是少數中的少數。

張：不是我。

王：不是你，也不是我。是他（指傅青主），只有他。

——頁213～214

也許這是由於作者在寫第一部時，未能將他個人對傅青主的欽佩之情
放在一邊，空出劇作家在創作時必須有的一種距離。第三場還是差不多。
垂死的難友丙將月圓之夜起義的口信告訴傅青主後的一段對白，似乎太
長、太單調了，失去了應有的嚴肅感：

丙：我的信帶到了？

傅：帶到了。

丙：我——我沒事了。

傅：你沒事了。

丙：你沒有以為我瘋了？

傅：我知道，你沒有瘋。

丙：我沒有瘋。

傅：你沒有瘋。

丙：或許我是瘋了。

傅：你沒有瘋。

丙：現在——現在有沒有瘋已沒有關係了。

傅：不要這樣想。

丙：我的信帶到了？

傅：帶到了。

丙：你知道我的一生只做了這一件事。

傅：你歇會兒。不要說話。

丙：我的一生只做了這一件事。

傅：一件大事。

丙：真的嗎？

傅：真的。

丙：我做到了嗎？

傅：你做到了。

大家：你做到了。

丙：我沒有事了嗎？

大家：你沒有事了。

丙：我要──要──走了。

大家：不，不，你不要走。

丙：我要走了，我累了。

──頁232～234

　　這一段引文是太長了，但也是最直接明白的說明方法。這段對白頗有國（平）劇的韻味。不過，過多的重複，用於輕鬆的喜劇或荒謬形式的諷刺劇，似更為適切。

　　第二部遠較第一部成功。第一場中貴人及酒鬼的穿插，大大地增加了戲劇的效果和趣味。因傅只替窮人看病，所以貴人不得不喬裝成窮人的樣子，並請大家不要在傅面前說出來，酒鬼正無錢買醉，便抓住這個機會敲了貴人一頓。整場戲從頭到尾輕鬆活潑，而幽默、諷刺、人情、人性全有了。傅替瘸腿人開刀的一段，短短的幾行，便將他寫成一個很好的醫生和幽默的老人。他一邊叫傅蓮蘇準備，一邊和瘸腿人談話：

傅：你喝不喝酒？

瘸腿人：我不會喝酒。

傅：那更好。

（傅蓮蘇倒出一小杯酒，送到瘸腿人嘴邊。）

傅：你喝下去！

（瘸腿人喝酒。傅青主手中刀跟著切下去。）

瘸腿人：（大喊）啊喲！

傅：好了，沒事了。現在不疼了是不是？這叫作長痛不如短痛。

——頁250

　　第二場以傅青主的兒子和孫子修補鄉間草房以防嚴冬大雪開始，用自然的象徵，不著痕跡地製造了必須的氣氛，並襯托出傅的堅毅而有原則的人格。但是他不像阿三那樣固執，所以更為可愛。

　　最後在寺院中的一場也非常成功。這場戲更表現了作者高超的編劇藝術。他將傅的人格，通過他對別人的態度及別人對他的態度，很具體地呈現出來。非但如此，這場富有的暗示力的戲，更批評了炎涼的世態和一些人性的特點。戲從第一行對白開始便兼具交代情節和人情的描寫：

小沙彌：師父，這家人住了三個多月了，怎麼還不走？

老和尚：小聲一點，不要亂說。

小沙彌：師父，您不是說他們是窮光蛋，混飯吃的嗎？

老和尚：（小聲）胡說，師父哪裡說過這種話。

小沙彌：師父忘了，他們剛到的時候，您不是叫我們少理他們嗎？

老和尚：此一時彼一時。起初哪裡知道他們是什麼樣的人，可是只要眼睛稍稍放亮一點，你就知道了。

小沙彌：知道什麼？

老和尚：唉！你這人真是其笨如牛，這些日子你難道沒有看見，王公大

臣，貝子貝勒，都恭恭敬敬向他請安，連當今相國，文華殿大學士馮老
先生都到了。

小沙彌：您不是叫我躲遠點；我哪裡知道他們是誰？

——頁 269～270

　　緊接著的下一個片段馬上加強上述對話中的諷刺性。傅的老朋友戴廷
栻來訪，老和尚聽說戴沒有官銜，以為傅一定不見他，但想不到戴馬上被
很客氣地請了進去。

　　就整個戲來說，我認為《傅青主》不是姚一葦最好的劇作。第一部頗
弱。很可能是因為他很久沒有寫戲之故，以致筆和創作的匠心都有點鈍
了，到第二部便又鋒利如前，甚至有超過之感。無論如何，這個戲對他個
人說應具有深遠的意義：在這個戲中，他最接近他要為我國劇場創作純中
國形式和中國內容的戲劇的理想。

結論

　　以深厚的中國文學及西方戲劇的知識和修養為基礎，姚一葦的劇本可
讀可演。綜觀他的七部戲，我覺得他在情節的發展及人物的塑造方面，一
直非常注意。他的表現的技巧，每個戲都有進步。例如在他的頭兩個戲
《來自鳳凰鎮的人》和《孫飛虎搶親》中，有好幾處不合理，動機不夠
強，或是過於激動的地方。在第一個戲中，賣花姑娘簡單的歌聲（「白蘭花
啊玫瑰花——梔子花啊繡球花——是俺奴家親手採呀——先生買一朵戴
呀！」——頁 15），剛好出現在沈婉玲自殺前，做為刺激或襯托她的行動
用，似都不夠有力。又在沈自殺時，劇本上只說：「把藥全倒出來急速地和
水吞下」（頁 15），她從未數過，也沒有數過的暗示，但是後來當周大雄問
她吞了多少時，她竟毫不猶豫地說：「20 片。」（頁 18）。在第一幕快結束
夏士璋跪在地上祈禱時，細狗的進來，竟使他「驚訝跌倒」（頁 27），似嫌
誇大了點，在舞臺上可能會產生不必要的喜劇效果。第二幕開始時夏正在

向細狗問話，在情節上說應緊接上幕，此處的「前幕兩小時後」（頁 27）
的舞臺說明，有點問題。在同一幕中，當周大雄和夏士璋兩人在回憶鳳凰
鎮時，在半頁內兩人因驚喜共跳了四次：先是周想起了「環河街」時「跳
起」一次，夏隨著「跳起」；再是夏問「是不是幹醫生的？」時，周又「跳
起」來說：「天啦！我的天，我的上帝！」（頁 34）。這段戲在臺上演出時
很可能會使觀眾感到可笑或過於感情化（sentimentalized）。

下面是另一個有待研究的細節，當沈自殺前把她的耳環送給傭人春子
時，有這樣的一段戲：

> 沈：（從耳朵上解耳珠）你等會兒（把耳環給她）這個你留著。
> 春子：（嚇了一跳）您這是——
> 沈：（淡淡一笑）沒什麼，這是對翡翠的，要千把塊錢。
> 春子：（疑神疑鬼）這麼貴重的東西！
>
> ——頁 11

沈曾經送過衣服給春子，所以，我覺得沒有「疑神疑鬼」的必要，而
「嚇了一跳」的反應，以放在後面較自然。

在《孫飛虎搶親》中，除了上文已提到過的孫、張的第一次上場時作
者忘了觀眾的例子外，還有一個值得討論的地方。當三個瞎子走後，雙紋
說：「他們也像我們一樣。」（頁 123），指張、阿紅和她自己三個人。這句
話和她當時的心意及她的以自我為中心的個性，都不太合調。似乎可改為
「我們也像他們一樣」。

這些似乎欠妥的地方在他以後的戲中很難再找到。誇大的情感和反應
雖仍舊存在，也減少了。在《紅鼻子》中，只有彭孝柏和紅鼻子在談他的
兒子時，忽然把紅鼻子當作他的兒子，又罵又打（見頁 317），轉變得太突
然了，不易令人相信。在《一口箱子》中也只有一個類似的突變：老大和
阿三在談過去的老闆，當老大想到可能被騙時，便馬上「大聲」地用第二

人稱罵起來，好像老闆就在他的面前（見頁　465）。這種突變在閱讀時可能不會產生任何問題，但在演出中因沒有足夠的時間做情緒上的調整，可能會使演員感到困難。不過，如我們因此認為姚一葦的劇本不適於上演便錯了。這些次要的小缺點並不會降低他劇本的價值。不錯，他的劇本需要有經驗的導演和好演員的合作，才能成功地搬上舞臺，因為他的每個戲都有相當豐富、深遠的含義。

　　大體說來，姚在創作時「眼」前有一座舞臺和他的人物。但像許多別的成功的劇作家一樣，他有時候也會因為專注於語言，或是受了個人情緒等方面的影響，而忘了它們。除了上述《孫》劇中的例子外，《紅鼻子》中的四幕的標題，也只有讀者才能看到──除非是用幻燈或字牌將它們掛在臺上，像「敘事詩劇場」（"epic theatre"）中的那種做法。（以後演這個戲時似很可以一試。）

　　在《申生》和《一口箱子》中還有兩個性質稍異的例子。在《申生》中當驪姬對少姬說別人怕她（少姬）背後的東西時，少姬竟「恐懼地後退」（頁　381）。在《一口箱子》的最後一場中，警察甲乙二人一直都在場，而乙卻沒有半句臺詞。

　　上文已經指出，姚的語言基本上是詩的語言，並且他特別愛用重複句。俞大綱先生認為它來自傳統的疊字和疊句，姚使用得很成功。我想這話是沒有問題的。但在《孫飛虎搶親》一戲中，似用得太多了。（這也可能是一直沒有人演它的原因之一。）姚在選字方面也很謹慎，但也不是全無瑕疵，例如《孫》劇中的「妞兒」（頁89）一詞，可能在時期上有問題。

　　由於我國傳統劇場的影響，姚喜歡用音樂和唱，除了《一口箱子》外，唱在每個戲中都有，並且有時用齊唱或合唱，是一個很好的特色。姚嘗過各種舞臺的技術與方法，在他的戲中也有超自然和神祕的因素。《申生》中的黑衣老婦是最明顯的例子。動物意象除老鼠外（在《孫飛虎搶親》、《申生》、《一口箱子》中出現過），還有喜鵲、狗等，似都不很重要。只有《孫》劇中的老鼠和《申生》中的喜鵲，有較重的分量，稍具象徵的

意味。

姚一葦在戲劇方面的總成就無疑是成功的。他是一個有訓練的、努力苦幹的劇作家兼理論、批評家。他的寫作很有計畫；前六個戲都是每隔兩年一個，便是明證。說到這裡，或許有人要問他在民國 62 年完成《一口箱子》後，爲什麼到民國 67 年才寫《傅青主》？這個問題的答案很簡單也很複雜，最好是借他自己的話來說明。他說他很多年前就想寫傅青主了。

> 但是此一願望一直遷延下來，主要原因是沒有創作的刺激與衝動。我感
> 到我發表過六部戲劇，這六部戲劇雖已印在紙上，但卻像空氣中的泡沫
> 一樣，幾乎沒理睬。迫至本月三月間《一口箱子》的演出，我坐在最後
> 一排，我的思潮起伏，感到我還是要寫，在我的有生之年，不斷地寫下
> 去。於是我又想起了傅青主。[15]

謝謝他，他要一直爲我們的舞臺創作。

在本文開始時曾提到，他的戲多已被演出過，除《一口箱子》的首演令他感到能代表他原作的精神外，《碾玉觀音》也曾成功地搬上過舞臺[16]。所以他的感到失望，很可能是指他的戲的一般演出水準。讓我們誠懇地希望我們今後的現代劇場不要再使他——以及其他要爲我們將來的劇運努力的作家們——感到失望。

——原刊《中外文學》第 7 卷第 7 期，1978 年 12 月

備註：

因篇幅關係，原作在每一劇作前均有一段劇情簡介，予以節略。本文前六個戲見《姚一葦戲劇六種》（臺北：華欣出版公司，民國 64 年出版），《傅青主》見《現代文學》復刊第三期（民國 67 年 3 月）。本文內所引頁

---

[15]姚一葦，〈我寫《傅青主》〉，《中國時報》，民國 66 年 12 月 20 日
[16]俞大綱，《戲劇縱橫談》，頁 181～192。

數，均指此二處。如引單行本時，將另行註明。

——選自陳映真主編《暗夜中的掌燈者——姚一葦先生的人生與戲劇》

臺北：書林出版公司，1998 年 11 月

古典美學的終點

◎鄭樹森*

　　在 1968 年 2 月《文學季刊》第 6 期，姚一葦先生發表〈論王禎和的《嫁妝一牛車》〉（當時姚老還在銀行上班，文章由陳映真先生以許南村筆名記錄整理）。論文開頭就聲明：「只做分析的工作，而不做價值上的定位。」這個立場，在後來陸續發表的〈論白先勇《遊園驚夢》〉、〈論水晶的《悲憫的笑紋》〉、〈論黃春明的《兒子的大玩偶》〉，都一以貫之（這些文章後均收入 1974 年書評書目版《文學論集》）。這個實際批評（practical criticism）的立場，與 1930、1940 年代崛起，1950、1960 年代大盛的「新批評」（"New Criticism"）或「美國形式主義」（"American formalism"）的理論與實踐，大體相同。分析當時這批青年小說家作品時，姚老都是緊貼本文、不及其他地「苦讀細品」（"close reading"）。而「新批評」用力極深的敘事觀點、嘲弄、對比、暗示、內外呼應（用姚老的話，「即如何透過客觀世界以抒寫出作者自我的主觀世界」）等表現手法，姚老都有使用。在〈論瘂弦的《坤伶》〉一文，更捻出「新批評」大將布魯克斯（Cleanth Brooks）拿手好戲「弔詭的語言」或「弔詭的情境」，來作分析架構（此文亦見《文學論集》）。

　　儘管三十年前的姚老曾經吸收「新批評」的分析手法，並因此一新耳目，在當年的「印象派」、「感動流淚派」、「道德訓誨派」等所謂文學批評之外，別樹一幟，但姚老並不是「新批評」的信徒或鼓吹者。相反，在這批細讀裡，姚老例必高舉亞里士多德《詩學》裡的「動作」（"action"）

---

*發表文章時為香港科技大學人文學院教授，現為香港科技大學榮休教授。

觀，來審視情節、結構的完整性或對照出現代作品裡常見的不完整性。即在分析瘂弦的小詩〈坤伶〉時，仍不忘提出亞里士多德的「急轉」或「境遇的轉變」，來襯托布魯克斯的「弔詭」論。姚老筆下的這個「雙結合」，從中西比較文論的歷史觀點來看，雖未竟全功，但自有其重大的突破，因為在「新批評」風行一時、左右大學和中學的基本文學教育時，以芝加哥大學為大本營的一批西方古典文論及英美文學學者，在 1950 年代就不斷質疑「新批評」的分析手法，認為是以偏概全、過度重視「局部肌理」（"local texture"）、不免以表現手段替代整體意義。芝加哥學派（Chicago School）重新標舉亞里士多德的完整觀、歷史性和文類沿承論，意圖抗衡「新批評」缺乏文學史觀的謹守單一文本的極端形式主義。就記憶所及，姚老當年文論並無旁及芝加哥學派（又稱「新亞里士多德學派」的討論，雖然 Wayne Booth 的《小說修辭學》（*The Rhetoric of Fiction*, 1961 年初版，1983 年增訂版）似有涉獵。

今日回顧，姚老對亞里士多德的實際運用（此點又與芝加哥學派不盡相同），可能是個人心得高於刻意的理論互補，但也因此而不致只能拾人牙慧，而有所超越匡補。這當然和姚老長期鑽研亞里士多德息息相關。早在 1960 年代初，姚老就有意中譯亞里士多德的《詩學》，經過多年努力，以不同譯本互相參詳，加上大量解釋，《詩學箋註》在 1966 年由臺北中華書局印行，至今仍為華語世界善本。

1960 年夏天，在《筆匯》雜誌同人力邀之下，姚老開始探討藝術做為客觀存在之諸面相，在《筆匯》發表〈論鑑賞〉和〈論想像〉。《筆匯》停刊後，自 1963 年至 1965 年，在《現代文學》先後發表〈論嚴肅〉、〈論意念〉、〈論模擬〉、〈論象徵〉、〈論對比〉、〈論完整〉、〈論和諧〉、〈論風格〉。1966 年《文學季刊》創辦，最後兩篇〈論境界〉、〈論批評〉終告完成；1968 年以《藝術的奧祕》（臺灣開明版）為題出書。寫這些專論的時候，姚老仍任職銀行，既無圖書館可用，又不像今天的大學教員有各種研究獎金可以申請，純以公餘點滴和個人庋藏完成這部大書。

　　這本書以藝術之整體爲探討對象，追求者爲藝術「做爲獨立的審美的客體」之「共相」（姚老意見），並堅信「花式翻新」之「現代藝術」，「同樣是可以理解可以傳達」。而在姚老表達這些見解的時候，歐美結構主義思潮正悄然登場，在往後的 30 年持續動搖挑戰傳統的文學理念和古典的美學信仰。所謂「獨立」，對傅柯（Michel Foucault）而言，可能只是一種「建構」，背後另有紛雜不一的多元主體。所謂「共相」，對德希達（Jacques Derrida）而言，不但是「理體中心論」（"logocentrism"），甚而是對內在歧異、自我瓦解、不斷「衍異」等的忽略。所謂「理解」，對女生主義而言，如仍是「理體中心論」和「語言中心論」（"phonocentrism"），則無疑是爲舊有男權「陽具中心論」（"Phallocentrism"）撐腰。所謂「傳達」，對薩依德（Edward Said）的某些追隨者而言，則可能是對西方霸權體制裡價值觀的認同。

　　在後結構主義思潮開始其「顛覆」活動時，所謂「後現代」亦宣稱降臨（此處所用的「後現代」，以 Charles Jencks 1987 年 *What is Post-Modernism?* 的界定爲準）。在《藝術的奧祕》完成後的 30 年，姚老對「後現代」有以下的體會：「其爆發出來的力量非常強大，可以破壞現有一切的秩序，把語言變成呼號、喊叫，變成沒有意義，變成難以理解，變成一種可怕的沉默靜寂。這裡所謂沉默，其意義非常複雜，乃是指對我們的語言、理性、社會、自然、歷史意義的顛覆或拒絕。」姚老在這篇最後的講稿〈文學往何處去——從現代到後現代〉（見《聯合文學》1997 年 4 月號），也觸及法國「後現代學」發言人波德理雅（Jean Baudrillard）的「擬象」（"simulacrum"）論及其「波灣戰爭沒有發生」之觀點。一九九一年的高科技波灣戰爭，是人類有史以來交戰情況自始至終通過電視全球播放的，波德理雅因此認爲，這場映象戰爭是「似真的真實」（"virtual reality"），通過映象的「過度真實」（"hpyerreality"），不在現場而有現場的擬象，是「事實與映象的交錯，似真之蓋過真實，及二者無可避免的混淆。」所以，對這場戰爭的「一切意識形態或政治推敲，只是一種心智阻

滯（愚蠢）的表現」，執迷不悟於「這場戰爭的真實」（英譯見 1995 年印第安那大學出版的 *The Gulf War Did Not Take Place*）。這種觀點無疑是將「後現代」狀況的高度懷疑論推至虛無主義的極端，對真實、現實、倫理、甚至真理的完全否定。姚老對這個論點並無明確表態，但在講稿結束時一再強調「語言不會消滅」、「文學不會死亡」、「不過是什麼樣的文學我不敢預測」。

　　姚老在生前最後一篇文章〈被後現代遺忘的──觀《英倫情人》抒感〉（見《聯合報》副刊，1997 年 4 月 12 日），有以下的感嘆：「在這部電影中看到人性中可貴部分……，使你不知不覺感受到它的溫暖，使你覺得人活著還是有意義，不是只爲自己而活，有時也爲別人而活。」而這個訊息，在姚老看來，多少是「被後現代遺忘的」。姚老在生時，對所有的文學、藝術、美學及人文學科論辯，都是同情的理解、絕對的包容，然而他一生的重要著作，從《文學論集》、《藝術的奧祕》，到《美的範疇論》（1978 年）、《審美三論》（1993 年）、《藝術批評》（1996 年），及《戲劇論集》（1969 年）、《戲劇與文學》（1989 年）、《戲劇原理》（1992 年），對傳統的人文精神、古典的美學信仰，都是一貫地堅持。在世紀末回顧，姚老畢生論述，恰巧也是傳統文學價值的重新肯定、古典美學的最後完成。文學和美學在將來一定有不同的發展，但姚老的歷史基石，不管是對話或挑戰，都必定是不可忽略的。

──原刊《中國時報》人間副刊，1997 年 5 月 1 日

──選自陳映真主編《暗夜中的掌燈者──姚一葦先生的人生與戲劇》

臺北：書林出版公司，1998 年 11 月

古典的與現代的

姚一葦的戲劇藝術

◎紀蔚然*

起言

　　無論於質或量，臺灣的戲劇成就似乎遠落於小說與現代詩之後。1950 年代起迄今，臺灣孕育出不少傑出的小說家與詩人，然而稱得上「劇作家」的，用十隻手指算還有剩。甚至，有的寫劇本的是否足以成其「家」都令人質疑。這種「落後」的現象，除了劇作者自身才氣的缺如以外，尚有其他外在的因素。首先，自從大好江山落入共產黨手中後，退守臺灣的國民黨對文學藝術箝制有加。其中，尤以戲劇更是嚴加管教的對象，因為劇場演出屬於公共場合聚眾集會之類的活動。另一個主因和劇場本身的生態有關。再者，戲劇，若以廣義的角度視之，不單只是劇本，它還涉及導演、演員、舞臺設計、燈光、服裝等等。因為需要多方面的配合，戲劇拓展所遭遇的阻力較之詩、小說、美術等要來得大多了。這也是為什麼於西方現代主義文學史上，戲劇一直追不上美術或小說的腳步。

　　在臺灣活躍於 1960 及 1970 年代的少數劇作家當中，以姚一葦先生最為傑出，也最有資格「自成一家」。以年代來分，姚一葦的創作歷程可粗分為三段。自 1963 年至 1973 年這十年間屬第一段，也是他藝術成就最高的一個階段。1978 年至 1987 年屬第二段，這一段的劇作大都屬小品，和第一段較具藝術野心、較具實驗精神的大部分作品無法相提並論。1991 年至

*臺灣大學戲劇學系教授。

1993 年為最後一段。這一段雖只有兩部作品，但對作者而言意義匪淺，因為它們代表篤信人文主義的姚一葦面臨西方理論如洪水般捲襲而來的現象所做的反擊。

然而，我們也可以風格及時代背景將姚一葦的著作分為兩類。一種是屬於古典的：《孫飛虎搶親》（1965 年）、《碾玉觀音》（1967 年）、《申生》（1971 年）、《傅青主》（1978 年）、《左伯桃》（1980 年）、及《馬嵬驛》（1987 年）。另一種是屬於現代的：《來自鳳凰鎮的人》（1963 年）、《紅鼻子》（1969 年）、《一口箱子》（1973 年）、《我們一同走走看》（1979 年）、《訪客》（1984 年）、《大樹神傳奇》（1985 年）、《Ｘ小姐》（1991 年）、《重新開始》（1993 年）。雖有古典與現代之別，但就其戲劇形式（如風格、技巧、結構）而言，姚一葦走的是傳統戲劇的路線。這可能和他服膺亞里士多德《詩學》中的戲劇理論稍有關係。可是，這並不代表他的劇作中沒有實驗的嘗試與跳脫傳統的衝動。現就古典與現代兩類對論姚一葦的代表作品，以窺其戲劇世界之堂奧。

古典的

綜觀之，姚一葦的戲劇於「古典的」的成就超越了他於「現代的」的表現。當然，姚一葦的古典的戲劇中並不是個個皆屬佳作。《傅青主》即是個極失敗的嘗試。因為作者對主人翁聖人般的歌頌反而將傅青主這個歷史人物平面化、八股化了。又，《馬嵬驛》也因文本肌里（teXture）薄弱，讓人無法體會作者再三強調的「文學性」。於這一類別中，以《孫飛虎搶親》、《碾玉觀音》、《申生》最為凸出。他們不但是姚一葦戲劇遺產中最重要的三部作品，也是研究臺灣戲劇中不可輕忽的範例。因《碾玉觀音》一向被認為是姚一葦最好的作品，也最常被人拿來討論，本文不擬深究此劇，而將討論的篇幅著重於較為人忽略的《孫飛虎搶親》及《申生》。

劇場演出活動於 1960 年代的臺灣算不上活躍，還停留在話劇的階段。當時的戲劇「主流」屬以李曼瑰為代表人物的假寫實主義（pseudo-

realism）。所謂假寫實主義即是有類似寫實主義的形式，卻無寫實主義
（Realism）精神的一種戲劇。（有關這一點於「現代的」的部分會有較深
入的討論。）大部分從事劇本創作的人都不願或無力跳脫這種注定會遭時
間淘汰的劇種。但是，有一個人卻有意走出這個貴為正統的窠臼，默默地
尋找戲劇的出路，那個人就是姚一葦。

　　《孫飛虎搶親》為一齣極具實驗精神的劇作。所謂戲劇實驗有好的，
也有不好的。李曼瑰於 1960 年所發起的「小劇場運動」及她自己的創作屬
於不好的實驗，因為她將戲劇帶進一條（國民黨的）意識形態掛帥的死胡
同。姚一葦於 1965 年至 1971 年期間所做的實驗則屬於好的，因為他的劇
作很成功地拓展了臺灣戲劇的視野，進而提供戲劇走向極多的出路。實驗
也可以分為三種層次。第一種是世界前所未有的創舉；第二是國人前所未
有的創舉；第三是個從未實踐的嘗試。《孫飛虎搶親》是屬於第二種層次的
創舉，而且較之《碾玉觀音》及《申生》，是姚一葦藝術成就最高的傑作。

　　姚一葦企圖於《孫飛虎搶親》（以下簡稱為《孫飛虎》）一劇中於西方
古典戲劇的形式，注入一些古典中國的元素，這些元素包括人物、情境、
語言、風土民情、時代背景等等。這種嘗試並不能用老掉牙的「中西合
璧」來「一言以蔽之」。西方戲劇自從 19 世紀末傳入中國，已經變成中國
現代文藝中重要的一種文類，亦即它本來就是舶來品。姚一葦無意改良舶
來的形式，或融合西方戲劇與中國傳統戲曲兩種形式。於 1960 年代的臺
灣，原本舶來的「話劇」已因當時的政治文化環境而產生突變。其實，於
五四運動時期之後，它早已突變，而那時的突變進而影響到 1960 年代的臺
灣話劇，而引發另一種突變。綜觀 1960（甚至 1970）年代的臺灣話劇，我
們可以歸類出以下的特色：語言文藝腔十足；技巧貧乏，以致捉襟見肘；
人物做作以致不中不西，更不要說有「臺灣味」了。《孫飛虎》的成就在於
他以沒有斧鑿的技巧、鮮活的語言、可信的人物、合理的情境創造出古典
中國味道的情境喜劇。

　　借由喜劇的基調，姚一葦於《孫飛虎》觸碰兩個他一生極關切的議

題：人的命運與身分認同（identity）。劇中，幾乎所有的人物或事件都有兩個身分或兩種版本。整體結構如此，局部結構亦然。第一幕就是很好的例子。兩個路人、兩種不同的故事版本（有關孫飛虎的長相、有關張君銳與崔雙紋的戀情、有關鄭恆的事蹟）、兩個男主角（孫飛虎與張君銳）之互換服飾，及兩段迎娶歌謠（一為老鼠娶親、一為男女結合），再再吻合全劇所要探討的「錯亂」的情境。這種錯亂包括：英雄與狗熊、強盜與書生、君子與小人、公主與奴婢、結合與分離、歡娛與哀愁、有自主性的人與無意識的鼠。如果路人甲、乙可以互換，上述看似相對的人物、身分、情境、物種也可以互換。

第一幕最主要的結構數字是 2，而第二幕最主要的結構數字則是 3。延續第一幕尾聲人鼠之間的錯亂，第二幕以三個無法主宰自身命運的人物起拍：崔雙紋（要嫁給誰由不得她）、阿紅（她的命運任由主人決定）、張君銳（他的一生猶如落葉般隨風飄泊）。他們三個人彷彿三具木偶，命運任情勢宰割。為了加深這種印象，作者還安排三個瞎子風塵僕僕地行走於人生道路上。反諷的是，這三個看得見的人竟然問三個瞎子強盜長什麼模樣：

崔雙紋：（對阿紅）問問他們，強盜是什麼樣兒？

阿紅：（對張君銳）問問他們，強盜是什麼樣兒？

張君銳：請問三位老兄，強盜是什麼樣兒？

瞎子甲：強盜的樣兒說不清。

瞎子乙：強盜的樣兒看得真。

瞎子丙：強盜的樣兒不一定。

——頁 121

就在「說不清」、「看得真」和「不一定」之間，強盜的身分和很多人的身分一樣是很難界定的。身分錯亂的主題不但於換裝的情節得以具體發揮，也很貼切的於劇尾由路人甲道出：「孫飛虎據說不是真的孫飛虎，崔雙

紋可能不是真的崔雙紋。」（頁 176）。即使較有主體性的孫飛虎也曾問道：「那麼你們是誰……你們……我……是誰？」（頁 156）人要是無法認清自己的身分，他如何掌握情勢做為命運的主宰？劇中，換裝不但是增加喜劇的趣味，還反映世人對服飾／外表的戀物情結。劇中人物慣以服飾認定一個人的身分高低，但是經過多次換裝之後，他們已然察覺服飾與內在、角色扮演與自我之間似乎有極大的落差，但又有點界限模糊。

語言上的實驗是《孫飛虎》另一個特色。為了營造古典中國的氛圍，姚一葦創造了亦詩亦文、既文言又白話、又說又唱的戲劇對白。如此獨特的對白從一開始就以生動活潑的形式呈現給觀眾：

路人乙：（誦）孫飛虎咱們可就說得怕人得多，
說他是一個殺人不眨眼的大惡魔，
長得又粗又大又麻又禿背又駝，
使根烏鐵棒子又狠又準又俐落，
黃的白的他見了全部愛，
醜的老人俗的俏的他都搶去做老婆，
小孩兒聽了他的名兒嚇得癟嘴兒不敢哭，
誰要是遇見了他包管小命兒見閻羅。

——頁 89

類似如上的對白充塞全劇，用字遣辭雖尚未到千錘百鍊的火候，但已達到既典雅又俚俗的境界了。除了文字與韻腳的斟酌，語言節奏也是作者關照的界面。例如，第二幕開始時，為了呼應人之無助有如木偶這個主題，對白以「近似一種無聊的重疊與反覆」（頁 115）的方式呈現：

崔雙紋：我們坐了很久了吧！
張君銳：很久了！

　　阿紅：或許不很久！

　　崔雙紋：夏天就要過去了！

　　張君銳：夏天真的就要過去了！

　　阿紅：夏天還沒過去。

　　崔雙紋：夏天過去了就是秋天。

　　張君銳：夏天過去了就是秋天。

　　阿紅：夏天還沒過去。

——頁 115

　　全劇對白的節奏隨著情節的起伏，時而快速，時而平緩，時而重複，時而變調，給觀眾一種新奇的感受。而且語言節奏的多變化更加強化人物身分的不確定性。劇尾，雖然好像塵埃落定，以結婚場面收場，但新郎、新娘為誰，還是令人不明究竟，其實仍然延續「錯亂」的基調。如此曖昧開放的結尾，於姚一葦的劇作並不多見，卻是《孫飛虎》最高明的所在。

　　《申生》為一齣歷史悲劇，處理宮廷貴族為了政治慾望爾虞我詐的過程，是迄今臺灣戲劇史上對政治與權力剖析得最深刻的作品。全劇以戰爭勝利的歡娛氣氛做為另一場政治風暴的序幕，令人憶及莎士比亞的歷史劇如《理查三世》。驪姬是權力慾望的代表，為了使她兒子奚齊成為將來登基的世子，以毒計陷害申生。驪姬的妹妹少姬是相反的對比；她不懂政治，也無意拱她兒子卓子成為一國之君。劇中不但姊妹的對話充滿政治意味，連奚齊與卓子孩童似的爭吵也帶有強烈的政治性。幫助驪姬陷害申生致死的優施及女官則是權力鬥爭的仲介。女官雖然希冀做個「自由人」，和優施擁有「屬於我們的天地」，但是身為權力仲介，既然捲入政治陰謀的深淵，他們已成政治機器的螺絲。正如優施所言：「我們只是爬在樹上的藤，當樹往上長，藤也往上長；當樹倒下的時候，藤還能活嗎？因此我們只有向前，沒有後退。」（頁 388）。然而，優施只說對了一半，事實證明，樹雖往上長，藤卻被無情地剷除了。

　　最為無辜的是代表平民百姓的幾位宮女。劇中，作者仿希臘悲劇的歌隊，將宮女塑造成一群觀看一場權力遊戲的觀眾。權力與她們無緣，但是她們看盡權力的各種面貌：

　　宮女們：（唱）那卜詞一定會應驗！

　　仇恨像一條毒蛇，

　　命運像一道鐵網，

　　血像焰火似的飛揚，

　　死亡像一掛珠串。

　　興起的將會倒下，

　　倒下的將會興起。

　　　　　　　　　　　　　　　　　　　　　　　　　　　　　　——頁 371

　　正因為身處權力的邊緣，她們比當事人更能冷眼洞察權力的面貌；也正因為身處權力的邊緣，她們對自己的和國家的命運毫無掌控的能力：「我們只是一群螻蟻。」（頁 449）

　　全劇最巧妙的安排是眾人口中的申生並沒出場，僅於驪姬的夢境中以黑布掩面的武士形象出現。他那完美的人格已經被其他人物從一個具體的形提升至象徵的層次：與其說他是一個人，不如將他視為正義、仁慈、善良、真誠等各種美德的代表。申生可以是權力鬥爭的祭品，也同時是政治較勁的藉口：

　　宮女們：里克大夫和邳鄭大夫，

　　口口聲聲要為申生報仇，

　　口號喊得多麼響亮，

　　申生之名又再度登場。

　　　　　　　　　　　　　　　　　　　　　　　　　　　　　　——頁 447

於〈《重新開始》後記〉（1993 年）姚一葦寫著：

假如真的回到「人」的本位上來，我想應該不是記號創造人，而是人創
造了記號。所以人還是「人」，只有他要把自己變成什麼，才能成為什
麼；「人」的意義不是外來的，而是來自他自身。

——頁 155

　　上述文字顯示，姚一葦深受西方人文主義（humanism）的影響，亦即
他相信人的主體性，他服膺本質論而駁斥建構論。最重要的是，他認為人
是自身命運的主人。然而，發表於 22 年前的《申生》所透露出來的訊息卻
是截然不同：在國家機器的政治運作下，沒有一個人有自主性，甚至連先
發制人的驪姬也無力控制那機器要如何運轉。於此，論述與創作的落差值
得玩味。是否因時間的推移，姚一葦對人的命運？他最關切的議題？有前
後不的看法？然而，從他舊有的論述及其他劇作（如《傅青主》），我們發
現姚一葦一貫持有的立場：無論困境如何艱難，人還是擁有選擇的自由，
即使死亡是選擇的後果。如此一來，是否曾經遭受白色恐怖迫害的姚一
葦，於處理政治／權力這個題材時特別悲觀？答案如何我們無法得知，也
並不重要。重要的是上述所謂創作與論述的落差，反應自五四時期就困擾
中國作家的一道無解的難題：命定論（或宿命論）與自主論孰輕孰重？當
然，這個問題於希臘悲劇就已提出而無定論，到了 19 世紀末時，寫實主義
與自然主義的劇作家再度陷入兩難。值得注意的是，於姚一葦大部分的作
品同樣的兩難也不斷浮現，並不像他於前引論述中所言的那麼斬釘截鐵。

現代的

　　和他的古典的劇作相較，姚一葦於「現代的」成就則遜色許多。於古
典的劇作，姚一葦有多方面的成就，但於現代的劇作他彷彿陷入創意、題
材、形式的濘泥而無法自拔。細讀他全數的時裝劇，可以歸類出以下的缺

失。首先，沒有「時代的影子」，即從他的作品無法體會其時代的背景及劇中社會、政治、文化的面貌。於八部作品中，居然只有《重新開始》有確切的時間指涉：1993 年夏天。其餘的七部都沒交待劇中故事的年代。於《來自鳳凰鎮的人》，舞臺指示如此寫著：

> 這完全是個虛擬的故事，沒有時間和地點的限制，適合咱們東方的城市，或許也適合西方的城市──假如把這些人名、地名、以及少許風土氣息的東西予以變更的話。
>
> ──頁 1

如此的設定（或沒設定）似乎有個優點：它使劇中的事件及人物提升至象徵的層次。然而，如果一齣以寫實的手法創作的劇本如果不將事件與人物落實於現實生活，所經營出來的象徵層次只是空中樓閣式的幻象。另一個與無時代感有關的缺失是沒有地域的色彩：不但沒有交待時間，也沒設定地點。寫實主義爲了關照現實，除了要交待時間以外，還特別強調鮮明的地方色彩。當然，並不是每一部西方寫實經典劇作都會在舞臺指示言明時間和地點，我們是從人物、對白、舞臺、服裝等得知時代及地域的背景。可是，讀完《來自鳳凰鎮的人》、《一口箱子》、或《我們一同走走看》，我們很難體會到劇中所指涉的時代及地域，也同時感受不到每一部作品產生時作者所處時空的政治氣候、社會動向及文化現象。

作者刻意避開時空的設定與指涉或許和戒嚴時期的白色恐怖氣氛有關。如前所述，於戒嚴期間，所有的文類當中以戲劇特別受到國民黨的「關照」。1970 年代於小說界發生的鄉土文學論戰，在戲劇界不太可能發生。並不是戲劇沒人體認到關照本土的重要，而是在嚴格的審核制度下，一部對社會有深刻批判的劇作是不可能演出或發表的。

於是，姚一葦選擇類似荒謬劇場中超時空的象徵世界。但是，他於對白、事件及人物的處理還是採用寫實的手法。因此，於他現代的劇作中，

我們感覺到兩種流派在相互拉扯。結果是：它們既不寫實也不荒謬，既沒有現實的對照也未達象徵的境界，好像有點現代實驗劇場的調調，卻又有太多傳統戲劇的元素。姚一葦一向堅持劇本要具文學性，於〈後現代劇場三問〉，他再次強調「戲劇是文學的一環」，必須具有高度的可讀性（1994年，頁 139～140）。可惜，他的時裝劇並沒有很高的可讀性。

《來自鳳凰鎮的人》因為過多的巧合、太乾淨的結構、及圓滿的結局等因素，應該屬佳構劇（the well-made play），還稱不上寫實劇。基本上，從對白的處理和人物的刻畫來看，它承襲五四以降中國「話劇」的傳統。《紅鼻子》一半魔幻、一半寫實。劇本充滿反諷的意味：一個對自己毫無信心的男子拋棄妻子加入了戲班子，一旦他戴上面具扮演小丑時，他有如「神賜」（紅鼻子的本名）可帶給人們奇蹟，卻無法解救自己。劇中，作者次要角色有些可取之處，唯獨對紅鼻子這個半神半人的角色，刻畫得不足以令人信服。全劇最大的問題在於作者將魔幻加諸於寫實之上，而不是將兩者合而為一。又，面具的使用過於陳腐，與尤金・歐尼爾在《巨神布朗》（*The Great God Brown*,1926 年）中做了同樣膚淺的設定：自我 VS.面具，本我 VS.角色扮演。

《一口箱子》以兩個流浪漢為主角，以野外為背景，不禁令人想起貝克特的《等待果陀》。第一場將阿三和老大兩人描寫得極為成功，其中有一段對白令人拍案叫絕：

老大：我問你是誰打碎了他的寶貝什麼的？

阿三：是我。

老大：那不就結了。

阿三：可是……

老大：可是什麼？

阿三：可是誰摔了一跤？

老大：我摔了一跤怎麼樣？

阿三：你這一跤可就把我撞倒了……

老大：你可知道我為什麼摔跤。

阿三：我不知道。

……

老大：是誰把油打翻在地上的？

——頁 467

　　這一段鮮活的對白不僅逗笑還很含蓄地暗示兩人共棲存活的關係。不過，劇情發展到第二幕就落入俗套，完全在讀者預期之中。

　　姚一葦最後的兩部作品——《X小姐》與《重新開始》——比較能令人感覺到時代的風貌。《X小姐》以失憶症喻意身分認同的危機，頗能反應解嚴後一時於生活中失去「定位」的社會文化現象。這種危機不單是發生在X小姐身上，還發生在成天唱著「我們沒有過去……我們只有現在」的音樂家、只顧數錢的錢大嬸、被比喻成「丟棄的木頭」的將軍和犬儒的詩人。這些流離失所的人都住在遊民收容所裡：其實，整個臺灣就活像個遊民收容所。誠如鄭樹森所言：

　　本劇中X小姐的喪失自我，未嘗不可視為一種喻意的針砭，是對一種新
　　興的「單向度的人」的批判，也提出一個何去何從的問題。從這個角度
　　來看，《X小姐》雖然表現手法抽象，但自有其現實意義。

——頁 84

　　根據醫師的診斷，她的左腦無損，因此「能講話，也算數」，而右腦受傷以致喪失「創作和直覺的能力」，且無法掌握整體結構，從「過去的經驗中來了解整體意義」（頁 38～39）。於此，X小姐的病症做為當代臺灣表徵就不言可喻了。

　　有些人或許會挑剔《重新開始》的劇情不合理：雷電交加、大雨滂沱

的時候，男女主角為何笨到將身體和容易遭雷擊的大樹綁在一起？問題是當洪水沖掉人造的房子時，他們除了依附自然界的老樹以求自保，還能抓住什麼？這個看似「沒常識」的安排其實點出劇中一個很重要的對比：老樹常存，人事多變。《重新開始》——姚一葦的最後一部作品——可算是一位人文主義者面對如洪水襲來的各式各樣的反人文主義理論（後現代主義、後結構主義、解構主義、女性主義等等）的絕地反撲。雖然劇中兩位人物都有批判，但是文本對保守的丁大衛手下留情，而對「新潮」的金瓊則嘲弄有加。第一幕到第二幕，丁大衛只從一個理性的男人學到他也有非理性的一面。可是，金瓊卻從一個「自欺欺人」的新女性轉變成回歸傳統的學者。第一幕時她氣咄咄逼人，滿口理論的術語，「撒狗血」般地拋給丁大衛與觀眾。事過境遷，原來自信滿滿的她遭受「真相」醍醐灌頂之後，她「成熟」了，也「覺醒」了，話語中自責多於責人，自謙取代自負。

　　老實說，《重新開始》是個失敗的嘗試，無力的反擊。理由有三。第一，兩位主角過於平面，且對女主角的批判多過於男主角。我們不必用到女性主義的觀點，只要就結構的概念來談：一部只有一男一女的戲，刻畫上女重男輕，於意識形態上又重男輕女，實在不成比例；第二，文本有意凸顯金瓊只會人云亦云，講一大堆她似懂非懂的理論術語如自戀情結、男人機器、霸權主義、殖民論述、意識形態、主體性等等。然而，作者在無意中將文本推向自我嘲諷，自我解構的邊緣：以充滿術語的文本來嘲諷滿口術語的女人，本文似乎在扯自己的後腿。令人懷疑作者是否深刻了解他所要批評的理論。於後記裡，姚一葦提到國人接受外來理論有如對待來去匆匆的服飾潮流。（頁 153）這的確是事實。可惜，如此乏力的反擊，實在無法激發很大的回應與討論。最後，作者深信「不是記號創造人，而是人創造了記號」，這個觀點過於武斷。或許可以這麼說：人造記號，記號造人。兩者的互動不應有絕對的主體和客體之分，而是一種互為主客體的糾葛情境。以《重新開始》為例，它是由姚一葦創造的文化記號。然而，人文主義也是文化記號，信守人文主義的他於某種程度上未嘗不是那個記號

的「產物」？《重新開始》是人創造的記號，它同時是記號創造的記號。

結語

姚一葦先生於《後現代劇場》如此寫著：

> 所以在後現代劇場中只要你高興，沒有什麼是可以或不可以，當然也就沒有所謂理論，因為理論總是涉及是非、對錯、好壞的分辨能力，然對此已無可分辨，或不需不辨。

——頁 137

後現代劇場果真「只要你高興，沒有什麼是可以或不可以」嗎？（頁137）這似乎不是他所引用康納（Steven Conner）的立場。如果真有「隨興即可」的劇場，那是最庸俗的後現代劇場，不值一論。後現代劇場極為多樣，優者自有其美學上的考量，而且不是所有的後現代劇場都要拋棄文本。美國的山姆‧謝伯德（Sam Sheperd）、英國的卡爾‧邱吉爾（Caryl Churchill）、德國的海納‧謬勒（Heiner Miller）等人都是以「文本」聞名的後現代劇作家。劇本需要有文學性嗎？這個問題的答案端賴我們如何界定「文學性」。個人比較傾向的看法是：無論以語言文本為重的、或以肢體（其實也是一種文本）為重的、或語言肢體並重的演出，都不可忽視所呈現出的文本性（texturality）：它的厚度、密度、深度。不是只有以文字為主的劇場才有「文學性」。

　　一般人於閒聊時，常不經意的將姚一葦的劇作貶為「書齋劇」。這是不持平、不負責任的論調。只要客觀的因素足以配合，他的許多古典劇作一旦搬上舞臺，自有其劇場的美感與魅力。如果以 1970 年代早期為姚一葦創作的分水嶺，筆者的評斷是：分水嶺之前，姚一葦走在時代的前端，成就不凡，實驗有成；分水嶺之後，他已走在時代的後面，雖努力不懈，但已辭窮。「時代倒錯」或許是姚一葦先生創作生涯上寂寞最大的原因吧！

參考書目

1.姚一葦，《來自鳳凰鎮的人》（1963 年）：《姚一葦戲劇六種》臺北，華欣文化公司，
　1975 年，頁 1～85。

2.姚一葦，《孫飛虎搶親》（1965 年）：《姚一葦戲劇六種》，頁 86～178。

3.姚一葦，《碾玉觀音》（1967 年）：《姚一葦戲劇六種》，頁 179～266。

4.姚一葦，《紅鼻子》（1969 年）：《姚一葦戲劇六種》，頁 267～366。

5.姚一葦，《申生》（1971 年）：《姚一葦戲劇六種》，頁 367～462。

6.姚一葦，《一口箱子》（1973 年）：《姚一葦戲劇六種》，頁 467～503。

7.姚一葦，《傅青主》（1978 年）：臺北，聯經出版公司，1989 年。

8.姚一葦，《馬嵬驛》（1979 年）：《我們一同走走看》臺北，書林出版公司，1987 年，
　頁 167～235。

9.姚一葦，《訪客》（1984 年）：《我們一同走走看》臺北，書林出版公司，1987 年。

10.姚一葦，《Ｘ小姐》（1991 年）：《Ｘ小姐／重新開始》，臺北，麥田出版公司，1994
　年，頁 7～82。

11.姚一葦，《重新開始》（1993 年）：《Ｘ小姐／重新開始》，臺北，麥田出版公司，1994
　年，頁 87～154。

12.姚一葦，〈《重新開始》後記〉：《Ｘ小姐／重新開始》，臺北，麥田出版公司，頁 153
　～155。

13.姚一葦，〈後現代劇場三問〉：《中外文學》第 23 卷第 7 期，1994 年，頁 136～147。

14.鄭樹森，〈淺談姚一葦的《Ｘ小姐》〉：《Ｘ小姐／重新開始》，臺北，麥田出版公司，
　頁 83～85。

——選自「姚一葦逝世週年紀念研討會」

臺北：國立臺北藝術學院，1998 年 4 月 11 日

姚一葦學生時代的文學創作和戲劇活動

◎朱雙一*

　　姚一葦 1946 年初畢業於廈門大學銀行系，同年 9 月攜眷赴臺，供職於臺灣銀行，1957 年因偶然機會，得到當時臺灣藝專校長張隆延的延攬，赴該校演講，從此一發不可收，數十年來在戲劇創作、文藝理論、美學理論乃至重要文學刊物的編輯上，都有非凡的建樹，成爲當代臺灣文壇最重要的作家之一。不過這裡似乎有個「謎團」：姚一葦並非文學科班出身，1957年以前幾乎默默無聞於臺灣文壇，但後來在理論和創作上表現出的極高造詣，卻絕非一日之功，更不會是從天突降的才能，必然在年輕時代就有所試煉和積累。筆者抱此信念，多年來試著「大膽假設，小心求證」。1996年 1 月間趁赴臺短期學術研究之機，向姚先生詢及此事，得到他從高中時就開始發表作品的確認以及當時他所用的筆名等珍貴資訊。稍後，又收到他寄來的親筆信和部分少作的影本。姚先生逝世前 20 天發出的這封信所提供的線索，幫助筆者繼續查找出他的若干早年作品，並窺知當年其文學、戲劇活動的一些情況。這些鮮爲人知的早年作品，已透露出姚先生的稟賦才華、性格人品、興趣特長、文學淵源等重要特徵，對於姚一葦研究，彌足珍貴，對於揭示當代臺灣文學與中國新文學的某種淵源關係，也有重要意義。

---

*本名朱二。發表文章時爲廈門大學臺灣研究所教授，現爲廈門大學臺灣研究院教授。

一、高中時代的散文創作

至今筆者已找到的姚一葦高中時代的散文作品有：浙江《東南日報》「筆壘」副刊上的〈山城拾掇〉（1940 年 3 月 19 日至 3 月 24 日，連載 4 期）、〈多雨的季節〉（1940 年 4 月 12 日）、〈林子〉（1940 年 6 月 27 日）、〈今宵明月〉（1941 年 2 月 11 日）；桂林《救亡日報》「文化崗位」副刊上的〈沉默〉（1940 年 12 月 22 日）；浙江《新青年》雜誌上的〈鄉愁〉（1940 年 8 月 16 日）；江西《大路》雜誌上的〈我要奮鬥〉（1941 年 2 月 1 日）等。[1]這些作品均以「姚宇」為筆名發表。

閱讀這些作品，值得注意的有如下幾個方面：

其一，姚一葦的文學創作出手不凡，一起步就有較高的水準，由此可見作者所具有的文學才華和天賦。上述作品多為發表於報刊上的抒情短文，發表時，作者年僅十八、九歲，正讀高中，因此應屬他最早期的作品之列。然而，這些作品文字清新優美，文思雋永深刻，已初露大家之象。作者顯然具有十分敏銳的藝術感受力，特別是對風、雨、霧、藍天、小溪、落葉、小草、樹林、浪花以及春秋時序等大自然事物，感覺特別細膩而豐厚。他的思想感情總是伴隨著對自然景物的描寫一起抒發，頗有中國傳統詩文的意境之美和韻味，同時又不乏現代年輕人躍動的靈思。他的文章中充溢著同情和關懷勞苦大眾的人道情懷，而對於社會不公和不義，已能採用藝術的手段加以隱曲的譏嘲而非直露的抨擊。以〈今宵明月〉為例，作者藉鄉間月色抒發情懷：「在大都市的弄堂裡看月，原抵不上一盞路燈的光亮，月亮的光輝只有鄉下人體貼得到。」接著引用了有關月亮的一首民謠說明社會的不平：「月亮彎彎照九洲，幾家歡樂幾家愁；幾家夫婦同羅帳，幾個飄零在外頭。」由月亮，他想起了魯迅的「多談風月」，寫道：「月倒不會多愁善感，然而詩人的觸景生情，今天的月光可以做今天的

---

[1]根據姚夫人提供的索引，可知姚一葦曾於 1940 年 7 月在《大路》半月刊上發表了〈過嶺〉一文。約半年後的 1941 年 2 月 1 日，《大路》半月刊第 4 卷第 4 期刊出了姚宇的〈我要奮鬥〉短文。該文是應編者之約，作為該刊作者自我介紹而寫的，文後注明寫於 1940 年 11 月 15 日。

詩，明天的月光可以做明天的詩，尤其是多談風月，絕不會有什麼禍殃，寫清風不識字，無故亂翻書」而失去腦袋的日子，也許過去了，即使罵罵月亮，它也不會責備你。」眾所周知，魯迅的「多談風月」本身就語含譏誚，同樣，姚一葦的字裡行間，似乎也包含著對於「文字獄」等專制政治的揶揄。作者在娓娓而述的抒情筆調下，暗藏機鋒，筆觸老到，讀來雋永有味。

　　如果說上述僅屬筆者的主觀評說，不足為據，那這些文章當年所受到編輯者的特別青睞，可為作品水準的佐證。《山城拾掇》等文發表的《東南日報》，為三、四十年代浙閩蘇皖贛一帶很有影響的大報，其副刊「筆壘」亦頗有名氣。姚一葦的幾篇文章都是在中共地下黨員陳向平擔任「筆壘」主編任內發表的。向平於 1940 年 2 月 1 日接編「筆壘」，在此之前「筆壘」一度被讀者譏為「言之無物」、「無聊」、「污了寶貴的園地」。向平接編後銳意革新，陸續宣布了「題材活潑一點」、「內容充實一點」、「文學精悍一點」，多寫動態，少談靜物，多捕捉活的問題，少發揮空的議論，要出乎真情實感，杜絕老生常談，以及「一秒鐘也不離開抗戰的立場」等辦刊取稿方針。上任後一個月，向平刊出〈筆壘的要求〉，其中寫道：「在開頭十來天，從關心筆壘的作者和讀者的知識水準和社會身分上推測，我知道本刊給予讀者的傳統印象，使得多少自負的青年作家，不但不願意動筆，而且難得有勇氣去閱讀它。我默默地用了幾個不同的筆名，自己動手寫，心頭是感到很沉重的！到最近幾天，才次第發現生疏的名字，寫了親切可愛的文章寄來；我像在荒涼浩瀚的沙漠中，望見了遠方青青的草樹一樣的快慰。我懸想今後旅途當中，不會再感到孤寂，一定可以遇著不少同路的夥伴。」就在此後不到 20 天，「筆壘」開始連載姚宇的〈山城拾掇〉；再往後約 20 天，又刊出了〈多雨的季節〉；兩個月後，則又刊出〈林子〉一文。如此密集地刊登姚宇的作品，不能不說「姚宇」可能就是向平所說的寫了親切可愛的文章寄來的「生疏的名字」之一。

　　姚一葦深得向平青睞，並留給向平深刻印象的又一個證據，是「姚

宇」似乎消失後，向平不斷地在報上呼喚「姚宇」，想和他重建聯繫以求賜
稿，歷時達二、三年之久。編者常以「代郵」、「本刊啓事」等形式，列出
一名單，附上諸如「多時未得教言，不勝繫念！盼望抽暇常賜佳作爲感」
等語，名單中總有「姚宇」之名，而這名字就和當時已成名的覃子豪等列
在一起。這些「啓事」分別出現在 1941 年 9 月 5 日、1942 年 3 月 5 日、5
月 6 日、10 月 12 日、11 月 6 日乃至 1943 年 11 月 8 日的「筆壘」副刊上
（不完全統計）。姚一葦當時以不滿 20 歲的高中生得到大報副刊主編如此
的賞識，可印證這些文章的水準和作者不凡的文學才華。

　　其二，可以看出當時姚一葦的心情相當沉鬱、寞落，但仍有一股年輕
人奮鬥、上進，力圖衝破束縛、尋找出路的蓬勃氣勢。這種鬱悒、寂寞情
緒的產生，可能有幾個原因。一是戰亂在一位年輕學子心靈上的投影。戰
亂甚至使姚一葦當時就讀的吉安中學內遷偏僻山城遂川。另一個尚不能確
定也不得其詳的原因，或許與姚一葦積極參加抗日宣傳活動卻受到迫害有
關。[2]

　　頗能表現姚一葦在陰霾慘澹的環境中仍保持著年輕人的理想憧憬和樂
觀向上精神的，應數〈多雨的季節〉一作。作者首先營構了一個荒涼夢境
般的寥寞春景：山中遲到的春天，古老而又斑駁的土牆，偷偷爬過牆頭的
長春藤，「童年的日子又回到我那鬱悒的夢裡了」。房間裡寫字臺上積滿了
一些隔年塵土，臺上堆著些破舊的古書，書葉是黃的。偶然地從書裡找著
一張小小的紙條，不知何人在上面寫著這樣的詩句：「寂寞的日子／讓春風
敲著我那灰黑的窗椽／也敲著我那破舊的心弦了。」作者藉此抒發道：

　　　我也有著那同樣的命運，然而，我不過是一個年青的孩子，我找不到一
　　　些風塵的歲月，遙遙期待著我的，是一片綺麗的天地。

---

[2] 《姚一葦文錄・自序》（臺北：洪範書店，1977 年）。

我似乎走進一個這樣的國土，沒有風，也沒有雨，每天都有一個晴朗的藍天，一片新綠的稻田，蒼萃的山岩和一帶灰黃的瓦屋，沿著水邊，一層層數不清的果樹，長滿了不知名的果子。

如今，我看到的只是一塊山谷裡的天空，在春天，卻有著這樣一個多雨的季節。

每晚，雨聲敲著那細碎的簷前，也敲著我那沉重的心頭了。

冒著雨，我想去看看那山谷裡的桃花，然而，桃花落滿了一湖的煙水，隔著暗暗的湖心，雨絲風片。我怎樣吐出那心頭的鬱悒呢？

想有些人，在夢中度過了所有的日子，我不知誰曾說過黑暗又會吞併我，光明又會使我消失。他不是熱愛著他那夢中的歲月嗎？

我並不愛那些夢中的日子，我仍就是這樣貪戀著光明，像這樣一個多雨的季節，看雨後的露珠，我又翩翩自舞了。

　　作者的情感一波三折，時而鬱悒沉重，時而充滿希望，最終更「翩翩自舞」起來，這是一個似乎時運不佳，卻有著無限未來的年輕人心靈的真實寫照。同年 11 月，年僅 18 歲的姚一葦曾寫了〈我要奮鬥〉[3]短文，其開頭就寫道：「我以為我畢竟是太年青了，而我又是這樣的懦弱，我的生活的痛苦和挫折，我想說，我又說不出，我只有像一個歌者樣的，唱並不悅耳的歌，不過我可以自信的，我要活下去，因為我愛那陽光。我要奮鬥—」，

---

[3]根據姚夫人提供的索引，可知姚一葦曾於 1940 年 7 月在《大路》半月刊上發表了〈過嶺〉一文。約半年後的 1941 年 2 月 1 日，《大路》半月刊 4 卷 4 期刊出了姚宇的〈我要奮鬥〉短文。該文是應編者之約，作為該刊作者自我介紹而寫的，文後注明寫於 1940 年 11 月 15 日。

這或許可作為上述文章的一個注腳。

其三，可以看出姚一葦寡言內向、踏實耿介、外拙內秀的性格、人品特徵。〈沉默〉一文發表于桂林《救亡日報》。《救亡日報》為上海文化界救亡協會機關報，是抗戰爆發不久，主要由一批左翼作家在上海創辦的。迫於戰火，該報於 1938 年 1 月遷廣州，1939 年 1 月再遷桂林，1941 年 2 月28 日（即〈沉默〉發表後約兩個月）被查封停刊。年輕的姚一葦所以向《救亡日報》投稿，當然未必因它由共產黨人所創辦，但至少是受到該報十分鮮明的抗日、進步傾向所吸引，這一點是可以肯定的。

文章開頭就寫道：「我近來很沉默，然而是不是真正的沉默，不知道，但是我不會鬧，不會說話，即使一句很平常的話都說得很笨重，給人家一個不快的印象。」作者因此受到朋友們的指摘、嘲笑，「然而我總是笑笑，也只有笑笑，因為我說得出什麼呢？我能夠說什麼呢？」作者也曾想怎樣來改變自己，有時裝得很像，也笑，也鬧，但過後幾乎會懷疑剛才的不是我，是另一個人，以後又是沉默，這樣一幕一幕像戲劇般重演著，變的戲法都相同，「我就活在這矛盾中間」。

接下來一段說明瞭作者話不多但心思細膩、思想犀利深刻的性格特點：「我是個沒有天才的人，聽人說話當然不能聞一就知五，聞一知二都很勉強，但多少總懂得點，而且有一套是永久不會改變的，就是有明爭，有暗鬥，有派別，有門戶，有親戚，有親戚的親戚……五花八門，一時要叫你吃一驚，過後也就釋然了，反正天下的事，大概差不多，看來看去，也就談不到什麼感想了。沒有到過上海的，會說得上海天花亂墜，在上海長住的，還不是一樣的平常。」作者筆鋒一轉，又回到了「沉默」的話題上，宣稱「我一樣的有活力，有青春，我並不需要沉默，而沉默卻找著了我……別人取笑過我，我不曾生氣，別人播弄過我，我沒有反應，我只有沉默。」

接著作者再一次扭轉筆鋒，寫道：「沉默是武器，是戰鬥的方式。說出來倒很可自豪似的，然而弱者還是弱者，絕對抵不上一口鋼刀或是一顆子

彈，但如甘地的不合作主義一樣，對於一個強者「無言的沉默」，比一付諂諛的歌頌者總還勝一籌，所以沉默，還是被採用著。」原來作者的寡言並非全是性格使然，還有以無言對抗邪惡和不義的一層意味。這種在低調委婉的抒寫中突現崢嶸風骨的手法，和〈今宵明月〉頗為相似。文章最後則仍表達了〈我要奮鬥〉中那種年輕人受現實阻礙的焦慮和不甘屈服、總要說出自己想說的話的勇氣。

姚一葦後來曾不止一次地提到自己嗜好讀書、是個典型的書蟲子、不喜交遊、不擅講話等性格，這和〈沉默〉所寫正相吻合，可見〈沉默〉實為其真性情的吐露。和沉默寡言相伴隨的，則是不好虛言的踏實作風和剛正不阿的耿介人格。這種作風和人格，保持于姚一葦的一生。

二、大學時代的小說創作

姚一葦大學時代以「姚宇」筆名正式發表的小說作品，現已知的有：

〈輸血者〉（刊於《改進》7 卷 5 期，1943 年 7 月出版）

〈料草〉（刊於《中央日報》福建版，1945 年 7 月 4 日《每週文藝》版面）

〈春蠶〉（刊於《改進》12 卷 2 期，1945 年 10 月出版）

〈翡翠鳥〉（作於 1942 年，刊於《明日文藝》第 3 期或第 4 期，1946 年）

〈改進〉是著名文化人黎烈文創辦于福建戰時省會永安的一份綜合性刊物，在當時具有「不特獨步東南，抑且銷行全國」的影響力。《中央日報》福建版亦為東南一帶之大報。能在這樣的報刊上發表，本身說明瞭這些作品已具有相當的水準。這和我們閱讀文本後得到的印象是吻合的。

值得注意的，這些作品表明姚一葦已由習作性質的抒情性創作，過渡到較正規的敘事性創作。這一轉變似乎和作者本人的興趣有關。後來他曾自我表白不喜遊山玩水，對寫遊記之類無雅興亦無能力，卻對能「對人生

提出了某種問題或表現某一人生的難局」的故事，頗感興趣。[4]自此，姚一葦一直將其主要筆力放在具有故事情節的體裁領域裡。姚一葦較強的構思、安排情節的本事和形象、生動、細緻的敘述描寫能力，在此已顯露。

更值得注意的，則是這些作品顯示的姚一葦與中國新文學著名作家——特別是魯迅和施蟄存——的某種影響或淵源關係。

姚一葦從年輕時代就對魯迅先生心存崇敬。〈翡翠鳥〉開頭出現在一群閑漢中的「紅鼻子」，我們在魯迅小說《明天》中似曾相識。〈輸血者〉寫的是一個賭博者。在中國現代文壇上，與魯迅過從甚密的章廷謙和鄉土文學作家許傑均曾寫過賭徒題材的小說；在外國文學中，魯迅所喜愛的俄國作家陀思妥也夫斯基和果戈理，也都有此題材的小說或劇本的中譯本，因此並不排除這些作品對崇仰魯迅的姚一葦起了觸發靈感的作用。而將賭徒和賣血者的角色合而爲一，則是姚一葦的創造。小說中表現出對於勞苦民眾的深厚同情以及對於階級剝削問題的觸及，不僅是〈今宵明月〉等作品中人道精神的延續，同時也提示了與中國現代「左翼文學」的精神聯繫。

〈輸血者〉的主人公有個奇怪的名字「五斤」，令人想起魯迅小說《風波》中，那「一代不如一代」的「九斤」、「七斤」、「六斤」們。魯迅爲人物這樣取名，緣於當地一種民間風俗（魯迅寫道：這村莊的習慣有些特別，小孩生下後，多喜歡用秤稱了輕重，便用斤數當小名）。姚一葦也爲人物取名五斤，等於借用了魯迅小說的民俗內涵。此外，姚一葦描寫小城鎮裡一群窮人聚集在破舊房子裡賭博的情景，以及瘟疫到來時，眾人束手無策，至多請個郎中，開個不緊不慢的藥方，或找個老婦人來禳災驅邪，更有甚者，認爲小孩只是個討債鬼，債討夠了就會回去，死了用席子一包了事，等等，也都是具有民俗色彩的描寫。後來刊於《大晚報》的〈鄉間婚禮〉一文，表明年輕的姚一葦對於民俗描寫已有頗爲深刻的理性認識。他對於喬治・桑的小說《魔沼》的興趣，不是其本文，而是文後說明鄉間婚

---

[4]同前註。

禮習俗的 4 篇附錄，因這些附錄「用了這巨大的篇幅來描寫婚禮進行的情形，除了使我們感到禮節的繁重，作者描繪的細緻之外，尤其使我們驚異的，是通過了作者筆下的真正樸實的、善良的靈魂」。姚一葦還聲明道：「並不是我對於死去了的或是古老的風俗有什麼留戀，我的意思是，假如要理解他們的生活，就必須要理解生活的一切，包括一切傳統的習俗在內，我們要從一切的傳統的習俗裡透視他們的靈魂，從平凡裡找出意義來，從粗野、瑣屑裡面去找出莊嚴的一面。」這也是魯迅《故鄉》、《社戲》等作品的特色之一。這裡可見姚一葦與中國現代鄉土文學傳統、魯迅精神的遙相對接。

〈春蠶〉顯示了另一位元現代著名作家施蟄存影響的明顯痕跡。

多種資料證實，大學時代作為學生文學社團「筆會」一員的姚一葦，和當時任教於長汀廈大的施蟄存有較多的交往。這種師生情誼甚至延續到雙方都離開廈大後。上述〈鄉間婚禮〉於 1947 年 4 月 25 日《大晚報》的「每週文學」第 12 期上發表時，主編即「復員」回到上海的施蟄存。從對一些中外文學作品的共同喜愛中，也可看出兩人的密切關係。如 1972 年姚一葦在《有感于威廉・英吉之死》一文中寫道：「我在大學讀書的時候，曾一度是薩洛揚（William Saroyan, 1908～）迷」。無獨有偶，1992 年施蟄存在接受新加坡作家訪問時稱：「譬如說有一位短篇作家，我是受他影響的，就是薩洛揚（Saroyan）。」[5] 其實，早在當年主編《大晚報・每週文學》時，施蟄存就接連刊發了自己或署名陳玫者所譯的薩洛揚的小說。又如，1960 年發表的《顯尼志勒的〈戀愛三昧〉》一文，說明姚一葦對這位擅長心理分析的奧地利作家很早就有相當的了解。他並介紹說顯氏的不少作品，很早就有中譯本。殊不知，顯尼志勒小說、劇本的翻譯者，其實就是施蟄存。

施蟄存翻譯顯氏作品，其主要目的是為了引進「精神分析」寫作方

---

[5] 施蟄存，《沙上的腳跡》（瀋陽：遼寧教育出版社，1995 年），頁 177。

法。在中國現代文學史上，施蟄存是以其獨樹一幟的精神分析小說而著稱的。姚一葦的《春蠶》也是一篇心理小說，而且是一篇運用了精神分析法的心理小說。其間的影響關係，是顯而易見的。

小說細膩地刻劃了洪藍小姐，在大學時代的尊貴和快愉隨著同學的畢業離去而消散，又面臨著工作單位的上司——一個滿嘴口臭的 40 歲男人的死追硬纏時，所產生的恍惚心理。後來姐夫介紹留美博士王教授，也只能引起她的厭煩。在宴席上，她突然產生了幻象：王教授變成了一隻豬玀，在地上打著滾，她覺得再有趣也沒有，於是笑了起來。等幻象消失之後，發現已回到了自己的牀上。小說寫到這裡，進入了演繹精神分析心理學的關鍵處：過了一會兒，洪小姐又迷糊了，並且一睡就是兩個月，再清醒過來時，姐姐告訴她過去兩個月裡發生的情況。原來洪藍小姐說了一個多月的夢話，總是叫著「陳士毅」的名字，苦苦哀求要跟他一起走。聽到這，洪小姐驚住了：她想起陳士毅是她高中時的同學和舊情人，那人因為一件什麼事情出走了，一去就永無消息。她早已把這件事情忘記，六七年來從不曾想起過，連偶然的一次都沒有。

佛洛依德心理學認為，人在現實中慾望（特別是性慾）受到挫折，就會將其壓抑到潛意識中，這時事情似乎已被全然忘卻，其實卻是出現心理障礙的根源。要醫治這種精神病變，只有引導患者回憶並將此挫折宣講（發洩）出來。小說中洪藍小姐正印合了這種情況。小說寫道，此後半年裡，洪藍小姐「幾乎整天都是快樂的」，不僅恢復了舊觀，而且長得更美麗了，她高高興興地和後來棄學從政、當了xx委員的王教授結了婚，像大多平常女人一樣，建立小家庭，生兒育女。

精神分析法的運用，使這篇情節性並不很強的小說顯得較為深刻，觸及人的心理和人性的深層，具有一種特殊的藝術魅力。然而須指出的是，這篇小說其實仍有著寫實的基調，有著時代的投影和生活的細節，甚至對於舊社會中的女性處境，有著切中要害的女性主義式的反映。這種情況和施蟄存有點相似。論者多指出，施蟄存的心理分析小說，其實脫胎於現實

主義，施蟄存自己也稱他的意圖是「把心理分析、意識流、蒙太奇等各種新興的創作方法，納入了現實主義的軌道」[6]。無論施蟄存或姚一葦，對於佛洛依德的東西，其實都持保留態度，採取的是「拿來主義」。在後來姚一葦數十年的著述生涯中，並不乏佛洛依德學說的引用和闡發，甚至採用於劇作中，如《申生》第二幕通過夢境「將驪姬的願望泄落出來」，「它裡面實際上有某種程度是性的暗示」[7]。但這並不等於毫無批判地接受和服膺。

由此可知，姚一葦大學時代的小說創作，題材多樣，還談不上風格的定型，「轉益多師」乃其重要特點。這些小說作品已有相當的水準，一方面似應歸功於某種文學創作的天賦、才氣，另一方面，則是姚一葦勤於讀書，願意並善於吸取中、外文學的有益營養所致。

三、初與戲劇結緣

姚一葦一生在戲劇領域表現出的極大熱誠、才華、學識和成就，使人相信他應在年輕時代就有了一定的準備和積累。經過考究，證實了我們的這一猜測。除了利用暑假創作了一部五幕七場長達十萬字的未曾發表的劇本外，大學時他基本處於戲劇活動的週邊。然而就是這段時間，對他樹立從事戲劇活動的志向和興趣，積累有關戲劇的知識，乃至奠定創作方法的基本路向，都有不可忽視的重要意義。這從筆者手頭上現有的兩篇與戲劇相關的姚一葦大學時代的作品（散文〈後臺斷想〉和評論〈論〈總建築師〉〉），就可以看出來。

首先，姚一葦到了大學後對於戲劇的興趣的進一步加深，和廈大學生戲劇活動十分活躍的環境，有相當的關係。也許出於抗日宣傳的需要及其它機緣（如能編善導的王夢鷗先生的在校），內遷長汀的廈門大學，是該校歷史上學生戲劇活動最為蓬勃的一個時期。以姚一葦進校頭一學年的 1942

---

[6]施蟄存，〈關於「現代派」的一席談〉，上海《文匯報》，1983 年 10 月 18 日。
[7]姚一葦、姚海星，〈命運的對抗——關於〈申生〉的對談錄〉（王友輝記錄），《聯合報》，1991 年 11 月 16 日。

年上半年爲例，就有元旦演出的《炮火升平》，二月下旬演出的《野玫瑰》，三八節演出的《女子公寓》，校慶（4 月 6 日）期間演出的《人之初》，迎新大會上演出的《處女的心》、《一杯茶》、《約法三章》等。從小就對戲劇有著濃厚興趣的姚一葦來到這樣的環境裡，怎能不會有如魚得水之感？也許出於較爲內向的性格，姚一葦沒有上臺表演，卻甘於打雜幫忙無怨無悔，甚至由此建立起獻身戲劇的志向。《後臺斷想》寫的即是前臺在彩排《家》，作者坐守後臺，浮想聯翩。文章寫道：春寒料峭，夜已深沉，寒意和倦意一起襲來，工作的艱苦使他聯想起《戲劇春秋》上的臺詞：「這裡面有多少辛酸，多少眼淚……」他想起了小時候在家鄉，大人小孩爭看野臺戲的情形，又想起了契可夫《櫻桃園》和阿胥《復仇神》裡的年輕人歡樂嬉戲、充滿青春活力和自然生活氣息的片段。當他因疲倦而昏昏欲睡時，突然聽到了一種「像古井裡的鐘聲似的」聲音：

> 你們，你們這戲劇的拓荒者，你這不可輕侮的力量，你們要創造什麼就創造什麼，你們的前面是這樣一條輝煌的路———雖然是充滿雜草與蘼蕪的，雖然是被別人歪曲過的，而你們是可以清除它們的，只要多用一點點力氣。

> 在自己生活中及自己天性中學習，假如你的工作是偉大高尚的，你不要只想如何及用什麼方法能夠達成這個目的，你要行動，工作，而後一切自成。

> 能使一群義勇的工作者，做出最大量的工作，僅僅因為這些工作被安排得愉快而為人欣悅，其實不是一種平常而普有的優點。

這些引文讓我們看到了大學時代的姚一葦，儘管沒有當前臺演員，其實已培養了對戲劇的極大興趣並認之爲能發揮自己「天性」的領域，認識

到戲劇工作的巨大社會功用和艱巨性，樹立了爲戲劇而真誠、努力地工作、奮鬥的理想和決心。這種決心的表白，我們後來在姚一葦一生不同時期的文字中（如 1987 年的〈我們一同走走看‧自序〉、1979 年的〈寫在第一屆實驗劇展之前〉等）反復地可以看到。

　　短短的〈後臺斷想〉中提到了不少中、外戲劇作品。確實，另一對姚一葦此後的戲劇生涯具有重要意義的，是有著「加爾各答以東之第一個大學」美譽的廈大，提供了姚一葦接觸大量中、外戲劇名作的機會。後來姚一葦回憶道：「我自小愛好戲劇。27 年進入高中……當時所接觸的只是一些國人作品和翻譯。30 年進入大學，在圖書館中發現大批英文本西方戲劇，使我眼界大開，只要得暇，就捧著字典讀。讀得越多，就越著迷……」[8]

　　筆者循著姚一葦當年的途徑來到廈大圖書館翻查，在保存本庫裡確實可以找到許多當年就已存在的書籍：顯尼志勒，奧達茨，以及姚一葦說過他很喜歡的薩洛揚的《我的心在高原》和《你的一生》英文版等等。筆者還試著以姚一葦《戲劇原理》附錄的「注釋」、「主要參考書目」、「西洋人名、劇名中譯對照表」等爲線索，翻查廈大圖書館的西文書目卡片，結果發現，書中提及、引用的作者及其著作，有不少在 1945 年以前出版的姚一葦在大學時有可能接觸到的英文版書籍目錄中，赫然可見。也就是說，像亞契爾、亞理斯多芬尼斯、亞里士多德、貝克、艾力克‧班特萊、柏格森、布裡歐、賽凡提斯、契可夫、高乃依、丹尼爾‧狄佛、狄更斯、朱萊敦、小仲馬、優裡匹得斯、弗格特、佛斯特、佛洛依德、漢彌爾頓、霍普特曼、黑格爾、霍布士、荷馬、雨果、易卜生、鐘斯、康得、克魯伊夫、萊比熙、萊興、梅特靈克、毛姆、麥裡底斯、莫里哀、尼采、平尼祿、普魯特斯、拉辛、盧梭、席勒、叔本華、莎士比亞、索福克裡克、約翰‧辛、威爾森等人的英文版書籍，在長汀時期的廈大圖書館裡都已經可以找

---

[8] 姚一葦，〈回首幕帷深——《姚一葦戲劇六種》再版自序〉。

到。這爲年輕的姚一葦提供了廣泛閱讀的有利條件。他利用課餘時間大量
接觸了當時歐美一些著名劇作家的作品。這無疑爲他以後成爲一位戲劇大
師，打下了堅實的基礎。

署名「袁三怨」的〈論〈總建築師〉〉發表於 1945 年 4 月 25 日《中南
日報》（長汀縣地方報紙）「每週文藝」第 8 期上，說明大學時代姚一葦已
嘗試寫作戲劇評論。從題目上看，該文評論的似乎只是易卜生的一部劇
作，其實，論者是將它放置于易卜生整個創作生涯中來加以定位，力圖從
與時代、社會的關係來討論易卜生創作的浪漫、寫實、象徵等三個階段的
發展。[9]36 歲前，生活于祖國的易卜生，由於挪威「依然沉溺於一個舊的時
代，還不曾放棄手工業而走向機器工業的生產」，所以這時他的作品「都屬
於浪漫的、熱情的、詩的，並充分地表示北歐神話與民謠風的特性」。當他
36 歲去國而蔔居於歐洲大陸以後，他所接觸的時代、環境都大大的改觀
了，「歐洲的工業正是方興未艾的時候，跟隨資本主義的發展而發展的政治
制度與意識形態，新的社會，新的物質基礎，新的人物的產生，不能再使
他保留他那份田園風的，浪漫的樸實的農民的氣息，在個人與社會的矛盾
的必然的過程裡，而寫出了他的「問題」劇，對於舊社會的傳統的推翻，
舊的道德的揚棄，以及舊的習慣的作爲問題的重估價，他毫不懷疑，毫不
猶豫，他大膽的呼喊，他要求改革——不是局部的改變，而是重新的樹
立。」這正足于表示「易卜生是忠實於他的時代的」。然而當他晚年的時
候，「歐洲的新興的資本主義國家都達到飽和狀態，生產力的發展終於約束
了他自己，以往的被壓迫者終於成爲壓迫者，易卜生的時代是過去了」。多
少易卜生是帶著淒涼的心情回到故鄉來的，他看出了屬於他的時代的沒
落，「他那「山神般的精神」終於幻滅了」，然而易卜生是不甘於沒落的，
哪怕是建築店中的樓閣，他終於以一種「唐吉軻德」的精神爲那年老的一

---

[9]不過，對於一般人的將易卜生創作劃分爲三個階段的說法，姚一葦認爲過於牽強和機械，對於這
樣一位「帶著豐富色彩的多樣性的作家」，應立足於單獨地研究他每一部作品的時代、背景，以及
創作過程，這也許是姚先生寫作這篇「作品論」的原因之一。但從他的具體行文中可以看出，他
對這種三段論的分期法，還是基本上認可的。

代作最後的努力，「於是他寫出他晚年的傑作，《總建築師》」。顯然，姚一葦緊緊扣住時代、社會的變動，特別是歐洲資本主義由盛而衰、由上升而轉向下坡的歷史變遷來觀察易卜生的劇作，精闢地勾勒出易卜生創作的演變過程，其中可見現實主義乃至歷史唯物主義的觀點和方法的運用。這篇評論的一個重要性在於可窺知作者早年文學理念的特徵，這就是：現實主義的基本傾向。在後來姚一葦半個世紀的文學生涯中，儘管他善於博採眾長，對於現代派手法也有相當的吸收，但無論是其理論或創作，都沒有離開現實主義（或稱「寫實主義」）的基本立場。這包括對於被視為現實主義鼻祖的亞里士多德的傾心。

　　然而這兩篇文章中還有值得注意的地方。對於易卜生，姚一葦沒有選擇他的更著名的社會問題劇，而是選擇他具有「濃重的神祕與象徵意味」、走向人物內心的後期作品來加以評論。在《後臺斷想》中，他想起的也不是契可夫、阿胥作品中的社會寫實的片段，而是《櫻桃園》、《復仇神》中充滿青春活力和自然生活氣息的片段。這裡透露的是作者對於複雜的「人」、「人性」和「人生」的濃厚興趣。由此可見姚一葦秉持的並非只注重社會環境的機械的現實主義，而是以「人」為焦點的「為人生為文學」式的現實主義。這和姚一葦接觸的大多是十八九世紀近代歐美的文學作品有關。姚一葦 1974 年在《西方戲劇研究上的兩條線索》一文中，以「人」和「環境」的關係來定義所謂「人生」，並指出易卜生、奧達茨等「寫實的現代悲劇」，乃是「平凡人物或小人物的悲劇」。他寫道：「在這一類的悲劇中，像希臘一樣，強調環境的作用甚於個人；然而他們所謂的環境不是希臘人的那一抽象的神的勢力，而是這一實體的真實存在，亦即現實世界。人被還原為平凡的個人……人像其他的生物一樣受著環境的影響，為自然以及社會法則所支配。於是悲劇英雄不得不自他的寶座跌落，他的崇高與尊嚴已蕩然無存，變成了為環境所支配下的可憐蟲。」[10]這可以用來解釋姚

---

[10]姚一葦，《欣賞與批評》（臺北：遠景出版社，1979 年初版），頁 250。

一葦自己的像《大樹神傳奇》這樣的劇作。而這種描寫現實環境作用下的
「平凡人物或小人物的悲劇」的現實主義文學路向，其實在大學時代就已
初步奠立。

——選自《新文學史料》2003 年第 1 期

突破擬寫實主義的先鋒
論姚一葦劇作的戲劇史意義

◎馬森[*]

一、第一度西潮與寫實主義

　　如果說從鴉片戰爭後滾滾而來的西潮，到五四運動的 1919 年到達高潮，為中國帶來了民主與科學的觀念，使中國不得不走上西化（或現代化）的道路，那麼在這西化的過程中，戲劇，做為文化的重要一環，自不能不承受衝擊而產生巨大的變化。最為顯著的變化就是對西方戲劇的模擬與移植。

　　五四運動時代，中國的知識分子注意到戲劇在西方文學中的重要地位，開始不以戲子的低下社會地位為忤，不再視戲劇為民間技藝之小道而加以排斥，像胡適、郭沫若、田漢、丁西林等大學教授或社會聞人，競相投身於戲劇的創作。既然在中國的傳統中並無所本，只能放眼西方，最初不是逕行翻譯西方現成的劇作，就是模擬西方劇作的形式或精神而成，致使這種基本上沒有歌舞而以對話為主冠以「話劇」之名的新戲劇，毋寧是那時代西方現代戲劇的翻版。在 20 世紀初期，西方的寫實主義遺緒未盡而現代主義甫行萌芽，在這樣的氛圍中，做為習作者的中國現代劇作家們，耳薰目染的多半都是西方寫實主義及其以前的劇作，特別是易卜生以降的寫實主義作品尤其贏得他們的傾心。例如話劇發展的初期，具有代表性的戲劇活動家歐陽予倩就曾直率地說：

---

[*]成功大學中國文學系退休教授。

歐洲的戲劇有許多的派別，從古典主義以至於表現主義，各有各的一種
精神。我們對於這許多派別，應當持怎樣一種態度？卻是一個問題。據
我的意見，以為現在應當注意寫實主義……寫實主義戲曲的對社會是直
接的，革命的中國用不著藏頭露尾虛與委蛇的說話，應當痛痛快快處理
一下社會的各種問題……寫實主義簡單的解釋，就是鏡中看影般的如實
描寫。不過這也不限於存形，何嘗不可以存神？尤以形神並存方為上
乘。[1]

不獨戲劇，小說也崇尚寫實，可說是當日文學與戲劇界一種共同的氣
氛[2]。譬如 1921 年〈《小說月報》改革宣言〉中就說：

寫實主義文學，最近已見衰歇之象，就世界觀之立點言之，似已不應多
為介紹；然就國內文學界情形言之，則寫實主義之真精神與寫實主義之
真傑作實未嘗有其一二，故同人以為寫實主義在今日尚有切實介紹之必
要。[3]

所以連不是戲劇人的臺大前校長傅斯年，談起編劇的方法，也不忘鼓
吹寫實劇的種種優點[4]。因此那時代，寫實主義的作品遂成為文藝創作上共
同仰望的標竿。

二、寫實主義與擬寫實主義

寫實主義雖然贏得大多數劇作家的傾心，但是運用的結果卻並不十分

---

[1]洪深，《中國新文學大系・戲劇卷導言》（上海：良友圖書公司，1935 年），頁 57。
[2]馬森，〈中國現代小說與戲劇中的擬寫實主義〉，《馬森戲劇論集》（臺北：爾雅出版社，1985
年），頁 347～372。
[3]《小說月報》，1921 年。
[4]傅斯年在談到新劇的創作時，特別提出「劇本的材料，應當在現在社會裡取出……，劇本裡的事
蹟總要是我們每日的生活……，劇本裡的人物，總要平常。」洪深，《中國新文學大系》（上海：
良友圖書公司，1935 年），頁 22。這幾項都可說是寫實主義的規範。

理想。主要的原因有兩點：一是對西方寫實主義的真精神研究不足，並不甚了解寫實主義背後社會動因以及哲學義涵，以致只求其貌似，而無法完成寫實主義的美學要求。二是那時代的中國作家們，一方面意識中仍然潛伏著我國傳統「文以載道」的陰魂，另一方面正當列強環伺亟待革新圖強的環境中不易擺脫意圖改造社會以救國的心理，加以有些個別的作家更兼有政黨黨員的身分，難忘為各自的理念辯護，因而實在無法完成寫實主義客觀無我的美學要求，於是寫出來的作品，貌似寫實，而非寫實。即使其中舞臺效果受到觀眾歡迎之作，仔細分析起來，作者主觀的成分仍然過強，譬如劇情的發展過於巧合，對劇中人物的任意褒貶，甚至等而下之者更會借劇中人之口對觀眾說些自以為是的道理。到了日本發動侵華戰爭之後，在救亡圖存的迫切需要下，要求當日的作者公正客觀就更加難了。

這種立意寫實結果卻充斥著理想主義和浪漫主義色彩，或美學上無能調和或統一的作品，我稱之為假寫實或擬寫實主義之作[5]。雖然擬寫實主義的劇作後來也逐漸形成一套寫作與演出的體系，可說自成風格，而被大陸的評論家冠以「浪漫的現實主義」或「詩意的現實主義」之名，但在西方寫實劇的美學風格對比下，仍難免使人有畫虎不成的感受。

三、第二度西潮與現代主義

這種情況一直到國府於 1949 年撤退來臺以後，受到第二度西潮的衝擊才漸漸有所改變。

到達臺灣的國府，不能不仰仗美國的援助，更不能不盡力開拓與西方自由世界各國的外交關係。在政經交往頻繁的情形下，文化的擴散就成為一種順理成章的現象，因此 1960 年代的臺灣文化氣氛已明顯地轉向歐美式的自由與民主，文學與藝術則迎來了現代主義和後現代主義。

如果說臺灣在第一度西潮時像中國大陸一樣，文學上崇尚的也是寫實

---

[5]馬森，〈中國現代小說與戲劇中的擬寫實主義〉，《馬森戲劇論集》，頁 347～372。。

主義，這從日據時代過渡到光復後的本土作家的言論主張和創作實踐明顯地表現出來，那麼二度西潮所帶給臺灣的則主要是現代主義與後現代主義了。繼紀弦而後，現代主義文學最重要的標記是 1960 年臺大外文系的一批同學所創辦的《現代文學》雜誌，這份雜誌在「發刊詞」上就有這樣的一句話：「我們打算分期有系統地翻譯介紹西方近代藝術學派和潮流、批評和思想，並盡可能選擇其代表作品。」鑑於以後該雜誌所介紹的西方作家，諸如卡夫卡（Franz Kafka）、史特靈堡（August Strindberg）、奧尼爾（Eugene O'Neil）、曼（Thomas Mann）、喬艾斯（James Joyce）、吳爾芙（Virginia Woolf）、勞倫斯（D.H. Lawrence）、福克納（William Faulkner）、艾略特（T.S. Eliot）、葉慈（Butler Yeats）、卡謬（Albert Camus）、沙特（Jean-Paul Sartre）、傑姆斯（Henry James）、海明威（Ernest Hemingway）等，時間上所謂的「近代」指的正是美學上的「現代主義」。雜誌的創辦者、編輯者和撰稿者如白先勇、王文興、陳若曦、歐陽子等也都被人視為現代主義的文學作家。

1965 年，臺灣的留法中國同學會創辦了《歐洲雜誌》。同年，另一批熱中戲劇與電影的臺灣青年創辦了《劇場》。這兩份雜誌對西方的現代主義和存在主義的介紹都不遺餘力。歐美戰後的戲劇新潮流，諸如史詩劇場、殘酷劇場、存在主義戲劇、荒謬劇場、生活劇場等從此就漸漸地傳入臺灣，擴大了年輕一代劇作家的視野。這種現象，我稱之謂「中國現代戲劇的二度西潮」[6]。

在二度西潮的衝擊下，除了現代詩受人注目之外，變化最大的文類就屬戲劇了。只因現代戲劇本來就是從西方移植而來的品種，所以不像詩那麼有太多繼承傳統的糾葛，對西潮的接納比較自由，也少有兩極化的爭論，但同時也可能產生盲從或跟風的缺點。

---

[6]（馬森，1989 年）。

四、姚一葦與史詩劇場

臺灣的二度西潮，並不像第一度西潮時那麼被動，而多半由臺灣的知識分子主動爭取而來。有感於話劇運動的形式以及無法紮根於民間，熱心戲劇的李曼瑰曾赴歐美考察戲劇。於 1960 年代初返國後，曾大力提倡「小劇場運動」，並率先成立了「三一戲劇藝術研究社」，舉辦話劇欣賞會。後來又成立了「小劇場運動推行委員會」，鼓勵民間、學校組織小劇場，擴大戲劇活動的範圍。1962 年，教育部社教司成立「話劇欣賞演出委員會」，聘李曼瑰擔任主任委員，繼續以政府的財力推展小劇場運動。在這一個基礎上，李氏又於 1967 年創立了民間的戲劇機構「中國戲劇藝術中心」，從事戲劇組訓、聯絡、出版等活動。並配合「話劇欣賞會」，以學校劇團為基礎，舉辦「世界劇展」（1967 年開始，演出原文或翻譯的外國名劇）與「青年劇展」（1968 年開始，演出國內作家的創作）。

在這一時期的劇作主題逐漸超越了反共抗俄的公式。劇作者的編劇技巧也日漸純熟，產生了不少富有人情味的佳作及頗具氣魄的歷史劇。叢靜文在 1973 年評論了 12 個重要劇作家，其中有：李曼瑰、鄧綏寧、鍾雷、姚一葦、吳若、何顏、陳文泉、趙琦彬、趙之誠、劉碩夫、徐天榮和張永祥（叢靜文，1973 年）。其實在這 12 個人之外，像丁衣、王紹清、王平陵、王生善、王方曙、王慰誠、徐訏、唐紹華、崔小萍、呂訴上、高前、彭行才、朱白水、賈亦棣、申江、上官予、貢敏、姜龍昭等也都有豐碩的成績。這個時期的劇作多收在 1973 年中國劇藝中心出版的十輯《中華戲劇集》中。

以上的劇作雖時有感人的佳作，但形式上大體仍沿襲早期話劇的傳統。最先脫出傳統擬寫實劇窠臼的是姚一葦的作品。他 1963 年寫的《來自鳳凰鎮的人》，無論情節與人物都令人想起曹禺的《日出》，所以仍然不脫老話劇的模式。但是到了《孫飛虎搶親》（1965 年）和《碾玉觀音》（1967 年），形式為之一變，不再以模擬日常生活作為主要的考慮，大膽地運用了

誦唱的敘述替代說白，這一點顯然受了布雷赫特（Bertolt Fridrich Brecht）史詩劇場的啓發，又加入了我國古典戲劇的技巧，可以說有意跳脫傳統話劇中擬寫實的表現手法。

姚一葦在銀行任職的階段即對西方劇作及戲劇理論研讀甚勤，二次大戰後在西方成爲顯學的史詩劇場自不會逃過姚氏的法眼。他曾說：

> 一提到敘事詩戲劇，有人一定會認爲我受了 Bertolt Brecht 的影響，在此點上我無法辯解。[7]

做爲一個馬克思主義者，布雷赫特厭惡自然主義，傾向於理想而重教化原是一件自然的事。他的疏離論（theory of alienation），目的即在使觀衆不要移情於舞臺，而時時置身劇情之外，以俾保持批判的精神，從而使自己受到教化。

這種觀點其實類似於我國傳統的「文以載道」思想，都把觀衆或讀者看作是可以教化的對象。姚氏基本上也是一個理想主義者，例如他在〈遣悲懷〉一文中所表達的情感[8]，而且他自認「自己是一個理性的作者，是屬於『非內省型』的劇作者」[9]，與布雷赫特的性向雷同，故他會對布雷赫特情有獨鍾並非出之於偶然。在《傅青主》一劇的〈自序〉裡他更說得明白：

> 我截取他一生中的兩段，中間以彈唱來將它連繫。亦即採取敘事詩戲劇（epic drama）的表現方法。[10]

姚氏多次談到他與布雷赫特的史詩劇場間的關係，就姚氏的作品而

---

[7]姚一葦，〈自序〉，《傅青主》（臺北：遠景出版社，1978 年），頁 7。
[8]姚一葦，〈代序〉，《戲劇與文學》（臺北：遠景出版社，1984 年）。
[9]王友輝，《姚一葦》（臺北：國立臺北藝術大學，2003 年），頁 80。
[10]同註 7。

論，1980 年前他主要的劇作，諸如《孫飛虎搶親》、《碾玉觀音》、《紅鼻子》、《申生》、《傅青主》等，多少都有些史詩劇的影子。

五、境外移植與傳統繼承

在二度西潮衝擊下，臺灣作家多少都遭遇到境外移植 V.S.傳統繼承的問題[11]，例如 1956 年元月紀弦結合百餘位詩人組成「現代派」發表宣言，提出「新詩乃橫的移植，而非縱的繼承」，明確地說明他們移植的是西方波特萊爾以降的現代主義詩人的詩藝，這種論調引起不少反駁的聲浪，有些其他詩人認爲繼承與移植同樣重要（馬森，2003 年）。新詩界對此一問題的討論特別熱烈，戲劇界因爲話劇明顯就是對西方戲劇的移植，似乎沒有多少討論的餘地。但是也有劇作家面臨到這個問題，像姚一葦，他的選擇就與紀弦相反，他在《傅青主》一劇的〈自序〉裡說：

> 在這部戲劇裡，我要使所有的一切都是中國的，不能沾上絲毫的西洋氣味；我企圖建立起我們自己的戲劇，把傳統與現代結合起來，爲開拓我們自身的文化盡一點力。[12]

對傳統戲曲姚一葦是十分尊重的，自己也頗有研究，曾經發表過不少有關的論文，例如〈元雜劇中之悲劇觀初探〉、〈論「奇雙會」的結構模式〉、〈平劇的形式與結構〉、〈論平劇的創新〉等[13]。他的多數劇作，像《孫飛虎搶親》（1965 年）、《碾玉觀音》（1967 年）、《申生》（1971 年）、《傅青主》（1978 年）、《左伯桃》（1980 年）、《馬嵬驛》（1987 年）[14]等不是取材

---

[11]例如 1956 年元月紀弦結合百餘位詩人組成「現代派」，發表宣言，提出「新詩乃橫的移植，而非縱的繼承」，明確地說明他們移植的是西方波特萊爾以降的現代主義詩人的詩藝，但是其他詩人則認爲移植與繼承同樣重要（馬森，〈現代主義文學在臺灣──二度西潮的美學導向〉，《戰後初期臺灣文學與思潮國際學術研討會論文集》（臺中：東海大學，2003 年），頁 138～147）。

[12]姚一葦，〈自序〉，《傅青主》，頁 7。

[13]姚一葦，〈代序〉，《戲劇與文學》。

[14]姚一葦，《姚一葦戲劇六種》（臺北：華欣文化公司，1975 年／1987 年）。

自歷史，就是取材自傳統說部。他也盡量企圖把傳統戲曲的時代氣氛、人物造型以及對白的腔調融於他的劇作中，他對傳統的有心繼承是顯然的。

　　但是他絕對不是一個傳統主義者，比較起來他對西方的學習也許更多。除了上文談到的對布雷赫特的史詩劇場的借鑑外，他的《紅鼻子》（1969 年）和《申生》（1971 年）兩劇，具有了儀式劇的形式，在《申生》一劇中更襲取希臘悲劇的場面，安排了歌隊。等到他遊美歸來後寫的《一口箱子》（1973 年）和《我們一同走走看》（1979 年），又添加了荒謬劇的意味。對於繼承傳統與向外借鑑的問題，他曾為文說：

> 所謂平劇與話劇不是對立的，而是相容的，也就是說我國的舊劇必須吸取新的意義，而我國的新劇則必須吸取舊的精神，二者終必可以合流，而成為我國的真正國劇。[15]

大陸戲劇家林克歡曾經稱道說：

> 他的劇作無論從內容到形式，都不斷地探索，追求一種融會中西戲劇精髓的藝術表現。[16]

六、新戲劇的開拓

　　一方面受到二度西潮的衝激，另一方面年輕的一代實在厭倦了宣傳口號式的作品，臺灣於是產生了不同於今為甚既往的新戲劇。所謂「新戲劇」，是相對於五四以來的傳統話劇而言。它之所謂新，一方面是在形式上不再拘泥於傳統話劇「擬寫實」的狀貌[17]，另一方面是在內容上擺脫過去宣

---

[15]姚一葦，《戲劇論集》（臺北：臺灣開明書局，1969 年），頁 147。
[16]林克歡，《紅鼻子的舞臺藝術》（北京：中國戲劇出版社，1984 年）。
[17]馬森，《馬森戲劇論集》（臺北：爾雅出版社，1985 年），頁 347～369。

傳八股及過度政治化的狹隘視野，擴及到人類心理、人際關係、宗教情操、愛、恨、生、死等大問題上。

　　新戲劇的萌發並不是獨立現象，而是與臺灣政治、經濟的資本主義化與社會的現代化有著密不可分的關係。臺灣的社會在 20 世紀 1970 年代經濟起飛之後漸漸從農業社會轉化爲工商業社會，政治在解嚴之後也漸漸從寡頭的獨裁蛻化爲議會民主。意識形態上則不能避免相應的現代主義與後現代主義的影響。在二度西潮的衝擊下，現代戲劇不可能保有 1960 年代以前老話劇的原貌，於是乎像張曉風、黃美序，還有筆者，都以不同的方式加入戲劇創作的行列。但是在新戲劇中最早出現的一部作品就是姚一葦的《孫飛虎搶親》。

七、《孫飛虎搶親》的時代意義

　　《孫飛虎搶親》脫胎於《西廂記》，作者拿《西廂記》中的一個小角色孫飛虎來大作文章，把他提升到主角、英雄的地位。作者並不敷衍原作的精神與涵義，而是以思想徹底加以改寫，第一對主奴與正邪的觀念重新詮釋，第二從女權主義的觀點重新建構了崔鶯鶯與紅娘的性格。在《西廂記》中的搶匪一變而爲一表人材、風流倜儻、智勇過人的大英雄；而張君銳（君瑞）卻成爲一個僞善懦弱者。阿紅（紅娘）爲了保護女主人而被迫更換衣飾假扮後者，馬上就氣焰高漲，不再守婢女的本分。到第二次崔雙紋（鶯鶯）再迫阿紅換裝時，後者不再聽話，二人因此大打出手。崔雙紋也不再是個癡情女子，她一見孫飛虎英俊瀟灑，立刻承認自己才是小姐，扮作小姐的阿紅不過是她的奴婢。崔鶯鶯在崔雙紋中脫胎換骨成爲一個不受禮教束縛而能自作主張的新女性。

　　如此一來，《西廂記》中的人物都具有了現代人的思想和觀念，並非借屍還魂，而係另造魂魄。對情愛的詮釋也打破才子佳人的老套，而另起新意：「**男人都是一樣的東西，女人也都是一樣的東西，愛情毋寧是虛妄的。**」不管這樣的觀點是否能獲得他人的認同，至少代表一種新的看法。

　　《孫飛虎搶親》一劇不止是爲古人另造魂魄，而且作者爲此劇編織了一襲融合了古今中外的合宜的外衣，對姚一葦來說是一次個人創作的新嘗試，但對中國現代戲劇的發展來說卻具有開拓的意義。黃美序曾說：

　　《孫》劇非但對姚一葦自己說是個新試探，也是中國現代劇場中的一個新試探。[18]

紀蔚然則認爲此劇：

　　在西方古典戲劇的形式中，注入古典中國包括人物、情境、語言、風土民情、時代背景種種元素……創造出古典中國味道的情境喜劇。」是姚一葦「藝術創作的最高成就。[19]

　　在姚一葦的眾多劇作中，這齣戲在藝術成就上是否超過其他作品，諸如《碾玉觀音》、《紅鼻子》及《申生》等，猶待商榷，但這齣戲在擬寫實仍然盛行的時代，的確顯得卓然不群，主要乃由於其表現的形式。作者一方面借鑑了史詩劇場的技法，劇初和劇末的路人甲和路人乙，明顯地擔負了史詩劇場中「敘述者」的角色，劇中以誦代言也有史詩劇場中以唱代言的類同作用；另一方面又汲取古典戲曲的素材，情節的架構與人物的造型都來自古典戲曲，連其中的舞蹈和歌唱作者也強調必須是中國風味的，此一中西合璧而不顯突兀，跟史詩劇場的諸多表現技巧本來來自中國也有其必然的關係。

　　自此劇的嘗試之後，姚一葦繼續有一系列寫古人古事的劇作，其故意拉遠觀眾的審美距離，與布雷赫特的疏離的用心如出一轍。

---

[18]黃美序，〈姚一葦戲劇中的語言、思想與結構〉，《中外文學》（1978 年 12 月）。
[19]王友輝，《姚一葦》，頁 86～87。

八、姚一葦的其他劇作

自從 1965 年的《孫飛虎搶親》之後，姚一葦劇作可變化多端，1967年寫成《碾玉觀音》，繼續古事新解；1969 年的《紅鼻子》具有儀式劇的形式；1971 年《申生》運用了希臘悲劇式的歌隊。這三齣戲廣義地說都是在史詩劇場影響下的作品。尤其《申生》一劇，人物個性分明，關鍵人物申生雖然未出場，但影子無處不在，驪姬一角更是中國現代戲劇中少有陰鷙的角色。此劇結構的完整、人物的生動、義涵的豐富，可謂姚氏此一階段的巔峰之作。

1971 年姚一葦訪美，使他目睹了後現代的劇場，歸來風格為之一變，一方面寫出帶有荒謬劇意味的《一口箱子》（1973 年）、《我們一同走走看》（1979 年）和《訪客》（1984 年）、《大樹神傳奇》（1985 年），另一方面繼續發展古事新解，意圖對歷史人物以及歷史事件重新詮釋，賦予現代的意義，像《傅青主》（1978 年）、《左伯桃》（1980 年）、《馬嵬驛》（1987年）。

沒有一個嚴肅的作家不企圖突破既有的成就，姚一葦也不例外。《Ｘ小姐》和《重新開始》可以看作是姚氏在這一方面的繼續努力。前者寫現代人的迷失，後者著墨在迷失後的新希望：重新開始。姚氏畢竟不是一個存在主義者，他沒有辦法認同不意圖傳達任何價值體系或理念的荒謬劇，也不會讓自己墮入悲觀之中，所以在嘗試了幾次之後，又歸返布雷赫特式的教化意圖，以上兩劇傳達了姚氏對當今世界的看法及批判，以及他始終貫徹的樂觀思想。

九、姚一葦的戲劇史地位

姚一葦是一個好學不倦的人，博學多識，從機電工程轉學銀行，又自修美學與戲劇，而終致以戲劇理論與創作聞名於世。

中國現代戲劇自五四運動時代文人教授競相參與創作以來，已使話劇

成為一個為國人漸次接受的新劇種。但是由於傳統以及社會政治的諸種原因，第一度西潮所帶來的西方的寫實主義並未在中國國土上真正開花結果，反倒促生了大批混融了浪漫與理想色彩的擬寫實主義的作品。這些作品當然也反映了從五四時代到 1949 年 20 年間中國社會的部分現實，同時也形成了大陸評論家所稱的「浪漫的現實主義」或浸潤著中國特殊風味的「詩意的現實主義」的美學風格。然而由於在西方寫實主義的美學的強烈對比之下，終感有所不足，特別在第二度西潮的沖激下又帶來了現代主義與後現代主義的思潮，觀眾與鑑賞家的口味也因之而丕變，敏感的劇作家自然不能不感受新時代的氛圍與要求。姚一葦正是得風氣之先的一位。

姚一葦所以能夠得風氣之先，有客觀與主觀兩方面的因素：客觀上姚一葦居身臺灣，趕上了第二度西潮的浪頭，使他有弄潮的機會；主觀上，他的閱讀廣闊以及與當時得西學之先的文人諸如白先勇、何欣、尉天驄、余光中、陳映真等來往密切，對西潮的接納有自主的先機。這就是為什麼早在 1965 年臺灣的劇壇還瀰漫著反共抗俄的主題和擬寫實風格的話劇的時代，姚一葦已經注意到了布雷赫特史詩劇場的優點，從而得到啟發，而立刻運用在劇作上，使他在同代的劇作家中顯得卓然不群。

後來於 1971 年訪美，又接觸到荒謬劇場，寫出帶有荒謬劇意味的《一口箱子》、《我們一同走走看》、《訪客》等劇作，在姚一葦認為是自己的實驗劇，其實也正好顯示了他不為既有的成績所限與求新求變的精神。但是當他遇到某些所謂的「後現代劇場」，他卻感到迷惑而不得不止步了。

記得 1982 年夏天我從倫敦返國度假，姚先生邀我一同去觀賞香港「進念二十面體」來臺北演出的《百年孤寂》。因為該劇似乎與馬奎茲的小說並無關係，只見演員在舞臺上轉圈子，既無言詞，也無情結和人物，十分鐘後姚先生就不耐地離席走了。我雖然耐心看完，但也不知所云，覺得近似過去看過的威爾遜（Robert Wilson）的《沙灘上的愛因斯坦》之類，名之謂「後現代」，後來證明不過是此路不通的實驗。但若無此類實驗，即難以領會到通與不通的問題。

如果說殘酷劇場與荒謬劇場代表後現代劇場的主流，我想姚一葦不會感到反感，但是如果認為與劇本文學一刀兩斷的偶發式的或雜技式的表演才算後現代劇場，那麼姚氏是無法接受的。他在〈後現代劇場三問〉一文中說：

> 簡而言之，後現代劇場否定了腳本（script）的存在，而強調演出的自由與自發性；也就否定了一切的先在性與可約束性。

> 所以後現代劇場中只要你高興，沒有什麼是可以或不可以，當然也就沒有所謂理論，因為任何理論總是涉及是非、對錯、好壞的分辨能力，然對此已無可分辨，或不須分辨。而我，這位戲劇的愛好者，浸淫此道超過半世紀，不免產生了一些疑問，於是像一個學徒似的，希望自書中找到解答，但大都未能如願。[20]

在失望之餘，只有寄望此一風潮快速過去。但「會不會過去？何時過去？我非預言家，不敢預測。」他說：「我唯有期待真正的戲劇藝術家出現，這一切才有可能。」是故姚氏不會跟風他不能認同的表現方式，而繼續堅持文學劇本的創作，為我們留下了最後的兩部劇作《X小姐》和《重新開始》。其中對當代社會的感慨與批判又超出以前的作品，其求新求變的精神令人欽佩。姚氏嘗言：

> 創作要走出自己的窠臼，展現一個全新世界，那就要心思寧靜，雜念不生，全神貫注，用志不紛；那就要切斷所有的紛擾，將過去一切暫時封存起來；那就要從那如磐的重壓中脫開自枯寂與痛苦的深淵中躍出，把自己拋向一個不可測的未來。[21]

---

[20] 姚一葦，〈後現代劇場三問〉，《中外文學》第 23 卷第 7 期（1984 年 12 月），頁 6～11。
[21] 姚一葦，〈代序〉，《戲劇與文學》（臺北：遠景出版社，1984 年）。

在四十多年後的今日，回顧中國戲劇發展的軌跡，姚一葦可說是海峽兩岸打破擬寫實風格話劇的第一人。當然，他對早期的話劇也有所繼承，他對後來的中國現代戲劇有所開拓，是他開啓了 1965 年至 1980 年間臺灣新戲劇的風潮，以及 1980 年以後小劇場的實驗精神。實際上，自從李曼瑰逝世之後，姚一葦已成爲臺灣現代戲劇的精神支柱，1980 年起舉行了一連五年的「實驗劇展」以及後一年的「鑼聲定目劇展」都是在姚一葦的主催下實現的，他也成爲國立藝術學院（今日的臺北藝術大學）戲劇系的創系主持者，爲臺灣的現代戲劇造就了不少編、導、演的人才。

參考書目

專書

· 王友輝，《姚一葦》。臺北：國立臺北藝術大學，2003 年。

· 林克歡，《紅鼻子的舞臺藝術》。北京：中國戲劇出版社，1984 年。

· 姚一葦，《Ｘ小姐／重新開始》。臺北：國立藝術學院，2000 年。

· 姚一葦，《我們一同走走看》，臺北：書林出版公司，1987 年。

· 姚一葦，《傅青主》，臺北：遠景出版社，1978 年。

· 姚一葦，《戲劇與文學》。臺北：遠景出版社，1984 年。

· 姚一葦，《戲劇論集》。臺北：臺灣開明書局，1969 年。

· 洪深，《中國新文學大系》。上海：良友圖書公司，1935 年。

· 陳映真主編，《暗夜中的掌燈者——姚一葦先生的人生與戲劇》。臺北：書林出版公司，1998 年。

期刊論文

· 姚一葦，〈後現代劇場三問〉，《中外文學》，第 23 卷第 7 期，臺北：中外文學月刊社，1994 年 12 月，頁 6～11。

· 馬森，〈二度西潮的弄潮人——論《姚一葦戲劇六種》〉，《臺灣戲劇——從現代到後現代》，宜蘭：佛光人文社會學院，2002 年。

· 馬森，〈現代主義文學在臺灣——二度西潮的美學導向〉，《戰後初期臺灣文學與思潮

國際學術研討會論文集》。臺中：東海大學，2003 年，頁 138～147。

・黃美序，〈姚一葦戲劇中的語言、思想與結構〉，《中外文學》。臺北：中外文學月刊

　　社，1978 年 12 月。

——選自《再造臺灣劇場風雲：姚一葦國際學術研討會論文集》

臺北：臺北藝術大學戲劇學系，2007 年 6 月 2—3 日

論姚一葦戲劇理論體系

◎牛川海*

　　姚一葦先生雖於 1966 年就出版了他第一本有關戲劇理論的專書《詩學箋註》[1]，但更早在 1959 年起就陸續發表了〈論莎士比亞的演出〉、〈戲劇的動作〉、〈戲劇的時空觀〉、〈史特林堡與現代主義〉等系列戲劇論文[2]，直到 1969 年將十年來有關戲劇方面的論文集結成冊，出版了《戲劇論集》[3]，其間又在 1968 年出版了《藝術的奧祕》[4]，其後又在 1974 年出版了《文學論集》[5]，又在 1978 年出版了《美的範疇論》[6]，又在 1979 年將《文學論集》由原收錄的 14 篇增訂爲 21 篇，改爲《欣賞與批評》[7]出版，又在 1984年出版了《戲劇與文學》[8]，又在 1989 年將《戲劇與文學》原有有關戲劇與文學 15 篇論文再增加九篇，仍沿用原名出版[9]，又在 1992 年出版了《戲劇原理》[10]，又在 1993 年出版了《審美三論》[11]，又在 1995 年出版了《戲劇與人生——姚一葦評論集》[12]，又在 1996 年出版了《藝術批評》[13]。

---

*中國文化大學戲劇學系教授。

[1]姚一葦，《詩學箋註》（臺北：臺灣中華書局，1966 年）。
[2]王友輝，《姚一葦》（臺北：國立臺北藝術大學，2003 年），頁 76～79。
[3]姚一葦，《戲劇論集》（臺北：臺灣開明書局，1969 年）。
[4]姚一葦，《藝術的奧祕》（臺北：臺灣開明書局，1968 年）。
[5]姚一葦，《文學論集》（臺北：書評書目社，1974 年）。
[6]姚一葦，《美的範疇論》（臺北：臺灣開明書局，1978 年）。
[7]姚一葦，《欣賞與批評》（臺北：遠景出版社，1979 年）；（臺北：聯經出版社，1989 年重印版）。
[8]姚一葦，《戲劇與文學》（臺北：遠景出版社，1984 年）。
[9]姚一葦，《戲劇與文學》（臺北：聯經出版社，1989 年增訂版）。
[10]姚一葦，《戲劇原理》（臺北：書林出版公司，1992 年）。
[11]姚一葦，《審美三論》（臺北：臺灣開明書局，1993 年）。
[12]姚一葦，《戲劇與人生——姚一葦評論集》（臺北：書林出版公司，1995 年）。
[13]姚一葦，《藝術批評》（臺北：三民書局，1996 年）。

　　縱觀姚先生自 1959 年起至 1997 年止（37 歲至 75 歲）的 38 年間不但創作了 14 部劇本[14]，二本散文[15]，還出版了上列 11 本學術論著，其中除了《藝術的奧祕》、《美的範疇論》、《審美三論》、《藝術批評》等爲整體討論藝術與美學理論方面論著外，《戲劇論集》、《文學論集》、《欣賞與批評》、《戲劇與文學》、《戲劇與人生──姚一葦評論集》等爲有關戲劇與文學方面論文，《詩學箋註》、《戲劇原理》則純爲戲劇理論專著。

　　姚先生自 1956 年於國立藝術專科學校應校長張隆延先生之邀，在影劇科作一次戲劇的專題演講，旋受聘該校編導專修科及戲劇科講授「戲劇原理」課程[16]，而後又經歷政工幹校影劇系、中國文化學院研究所藝術學門戲劇組、戲劇系，雖於 1992 年於國立藝術學院戲劇系退休，但仍在戲劇研究所任課，直至 1997 年辭世，近四十年期間，於各校主要講授戲劇理論及美學藝術評論課程。爲授課需要，治學不輟，教學相長，憑著自幼愛好戲劇，廈門大學期間雖自機電工程學系轉至銀行系，但興趣仍在文學和戲劇上，圖書館成爲他最常出沒的地方，再加上參與戲劇的演出更豐富了戲劇的知識[17]，只是後來由無目的愛好戲劇一變而爲有目的的研究戲劇；由閱讀戲劇而創作戲劇，而把全副心力放在藝術的研究上來[18]。姚先生自幼愛好戲劇，但只把它做爲一種娛樂，一種嗜好，終身鍥而不捨既創作又研究，既演出又評論，姚先生可說是全方位的戲劇家。雖然自稱：「創作第一，研究第二。」[19]但其在理論方面的貢獻，仍是自成體系[20]，值得推崇。

　　今僅就其戲劇理論體系提出三方面探討：

---

[14] 王友輝，〈附錄三 著作目錄 劇本創作〉，《姚一葦》，頁 187～188。
[15] 王友輝，《姚一葦》，頁 188。姚一葦，《姚一葦文錄》（臺北：洪範書店，1977 年）。姚一葦，《說人生》（臺北：聯經出版社，1989 年）。
[16] 姚一葦，〈自序〉，《戲劇原理》（臺北：書林出版公司，1992 年），頁 1。
[17] 王友輝，〈第一幕 風雨如晦〉，《姚一葦》，頁 25～47。
[18] 姚一葦，〈自序〉，《戲劇論集》（臺北：臺灣開明書局，1969 年），頁 1～2。
[19] 王友輝，《姚一葦》，頁 167。
[20] 王友輝，《姚一葦》。

第一、以「理性」為本質：

姚先生在論說治學態度時說：

> 在西洋我是亞氏之徒。我不是服膺他們的一切，而是服膺他們告訴我的
> 做人、治學的道理和那一虔敬誠實的態度。凡是知識性的東西，我都虛
> 心接納；凡是反知識的性的、強詞奪理的，我都排斥。[21]

姚先生不僅以亞里士多德（Aristotle）的論點為基礎來建立他的戲劇理
論體系，在論說方法上更是採取亞氏科學的態度，他說：

> 一般討論藝術理論之著作，大別之，不外兩種方法，一種是玄學的，另
> 一種是科學的。所謂玄學的，往往建立在一堆精巧、抽象，但卻曖昧的
> 設詞上面，舊的玄學家言天道、言性命、言稟賦、言靈感、言神、言
> 氣……，新的玄學家言直覺、言孤絕、言靜觀……，這些名詞，對我來
> 講，在未曾確立它的語氣之前，是不可思議的。因為它是不可思議的，
> 我便無法採納它們。不知是否因為我資質太差，還是因為我自小受過科
> 學的訓練，我只能亦只想寫我所能了解與所可把握的東西，而絕對不願
> 堆砌一大堆美麗而精緻的語句、但卻無法理解的東西。我崇奉的是篤
> 實、質樸，而反對的是浮誇、炫耀。[22]

是以姚先生在戲劇與美學理論著作中，無不顯示其文字既嚴謹又理性
之風格，而毫無虛幻漂渺之氣息。此等理性治學態度不僅顯示在文字上，
更突顯在文章本質架構上，每篇論文無不內容充實，言之有物；主腦分
明，論點清晰；分項分點，條理井然；邏輯推論，言之成理；此乃姚先生
治學理性風格是也。

---

[21]姚一葦，〈自序〉，《藝術的奧祕》，頁6～7。
[22]姚一葦，《藝術的奧祕》，頁6。

第二、以「箋註」為方式：

　　《詩學箋註》是姚先生最早出版的一本戲劇理論專著，其中值得一提的是姚先生依照我國傳統治學方法，於每章之後附上「箋」，姚先生認為：

　　《詩學》（On Poetics）為亞氏的講稿的綱要，故文字極為簡短，甚少鋪敘。對於一個初學者言，欲求透徹了解，僅讀原作其困難當可想像，於是西洋有關解釋或進一步闡明之作甚夥……。

　　本人之箋雖大都採取諸賢著作，但亦有不同之處。先言體例：西洋有關《詩學》之解釋諸書均係獨立之論文，而本人之箋，則係依照我國傳統治學方法，附於每章之後，而一章中亦悉依原作之段落，逐項加以說明，……對於一個讀者，當他對某一章中某一項問題欲求較多了解，可立即翻閱該章之箋，毋須讀畢全書而後獲得解答。次言內容：……。而本人則謹守亞氏之作，不敢稍越範圍；有所解釋，亦必就亞氏觀點以釋亞氏，盡量減少自己之意見。因此二大特點，故名之曰箋。[23]

　　再就是「註」，姚先生指出：

　　《詩學》是一部難讀的書，其中所涉及的人名、書名甚夥，有的已經失傳，有的出處為何，原書均未點明，對一般讀者言，不知自何處著手。……因此我所從事的工作，實為一種集註，集各家之註；……然而為適應我國讀者，由我所作之註亦約達三分之一。主要為名詞之詮釋、神話、重要地名、歷史人名，及版本間之差異處……等項，可能在歐美人士看來，已成一種普遍常識而不必註明者，但是對於我國讀者仍屬陌生，我均加以一一註出。[24]

---

[23]姚一葦，《詩學箋註》，頁25～26。
[24]姚一葦，《詩學箋註》，頁27～28。

姚先生所以稱這本書爲《詩學箋註》，其用意正如同他所說：

> 我的從事詩學的翻譯、箋釋及註解的目的，不僅是使《詩學》成為可讀之書，而更重要的是使它成為可用之書；不僅是西洋文學、藝術有相當基礎者可讀、可用，即使是一個初學者亦能讀，甚至能用。我認為我國自輸入西洋學術以來，已有近百年歷史，然而基礎工作卻做得十分的脆弱，與東鄰日本來比，真個是瞠乎其後，望塵莫及。於是所謂西化者，僅屬皮毛。因此我不顧愚陋，來從事此一艱難但卻重要之工作，如能因此而使吾人對於西洋美學、藝術、戲劇以及批評之觀念有所了解，則幸莫大焉！[25]

第三、以《詩學》為基礎：

姚先生認爲：「戲劇理論專家輩出，專著尤多，論旨之繁，觀念之富，令人難以適從。」[26]但其源頭當溯自亞里士多德，姚曾在《藝術的奧祕》〈自序〉中說：「影響我最大的一部書是亞氏的《詩學》，亞氏在《詩學》中對藝術提示了一套解釋的體系。……更重要的是他所提示的那一科學的方法，那一實事求是的態度，影響世人尤鉅。本書的體系亦係自亞氏的基礎上所建立起來者，雖然亞氏的論旨僅涉及〈論模擬〉與〈論完整〉二章，然而他所採取的方法與態度則幾乎通過全書。」[27]姚先生所指雖爲《藝術的奧祕》一書，但縱觀姚先生的理論專著莫不如此。

姚先生在早期發表的〈戲劇的動作〉，

> 這篇從「動作」的觀點所寫的論文，以亞里士多德：《詩學》中所論述的動作為源頭，架構出西方戲劇討論的脈絡，並就徵中國戲劇家李漁〈立

---

[25]姚一葦，《詩學箋註》，頁 29。
[26]姚一葦，《戲劇原理》，頁 1。
[27]姚一葦，〈自序〉，《藝術的奧祕》，頁 7。

主腦〉的觀點，是一葦後來成書的《戲劇原理》主要架構，也是他在戲劇理論上重要論述的開端。[28]

是以《詩學》不但是姚先生最早研究的一本書，同時也是他最熟悉的一本書，他於 1966 年在討論《詩學》翻譯，就提到：「我翻閱詩學十年以來，總在百遍以上。」[29]姚先生的學術論著首先就是由臺灣中華書局於 1966 年出版的《詩學箋註》，

> 對於這部影響西方文學藝術理論極大的著作，一葦早年即有研究，同時也是由他建構戲劇以及美學理論的基礎，甚至可以說，一葦所有的文學藝術的理論基礎，皆來自於亞里士多德的《詩學》[30]。

正如姚先生所言，

> 我對於《詩學》一書有頗深的淵源，開始時我將它作為戲劇理論的基礎；其後我從戲劇的研究轉移到藝術學、美學、藝術批評的研究上來，它又是這些部門的最初與最重要的經典。」[31]

《詩學箋註》不但是研究西方戲劇理論的開山之作，同時也是支撐他完成戲劇理論體系的架構基礎，如果說《詩學箋註》中之箋在書中「非僅不能獨立成篇，且無自己之層次與步驟。當然此種方式有其缺點，那就是不能就某一個問題予以專門而深入之探討，且完成沒有自身的取捨。」[32]但成就《戲劇原理》建立了姚先生自己的一套系統就是把這些片段的、各個

---

[28]王友輝，《姚一葦》，頁 77。
[29]姚一葦，〈關於我的翻譯及箋註〉，《詩學箋註》，頁 24。
[30]王友輝，《姚一葦》，頁 93。
[31]姚一葦，〈後記〉，《詩學箋註》，頁 216。
[32]姚一葦，〈關於我的翻譯及箋註〉，《詩學箋註》，頁 25。

的觀點溶入整體而成為系統。也就是說姚一葦的《戲劇原理》雖屬晚出，但其中觀點卻在《詩學箋註》中已見端倪。

《戲劇原理》中完成的戲劇理論體系構架是建立在把戲劇視為單一完整本體，有別於音樂、舞蹈、文學等不同門類藝術，將戲劇作為一整體藝術，是所謂「戲劇本體論」，簡稱「戲劇本論」，而不分別討論戲劇藝術中所呈現悲劇與喜劇等不同現象，是所謂「戲劇現象論」，簡稱「戲劇分論」。《戲劇原理》把戲劇做為單一對象，再依戲劇藝術的內在本質與外在形式分為「戲劇本質論」與「戲劇形式論」兩篇，試以一表說明之：

戲劇本體論（戲劇本論）	
上篇　戲劇本質論	下篇　戲劇形式論
第一章　戲劇的界說	戲劇時空處理的兩大傳統
第二章　戲劇的意志論	時間延展型
第三章　戲劇的動作論	時間集中型
第四章　戲劇的幻覺論	集中兼延展

第一篇〈戲劇本質論〉第一章原名〈戲劇的與非戲劇的〉，姚先生認為：「就是分辨什麼是戲劇的、什麼不是戲劇的？或什麼是屬於戲劇藝術的、什麼非屬於戲劇藝術，而是屬於其他藝術的。在此我們要先認清，不是所有舞臺上的表演藝術，都是戲劇藝術，只有在特定範圍之內的表演藝術才是戲劇藝術。因此第一個工作必須先劃清界限，否則戲劇的理論根本無從談起。」[33]此處取其意簡化為〈戲劇的界說〉，文中除開頭引用漢彌爾敦（Hamnilton）對戲劇的定義外，最主要的借重《詩學》第 26 章〈論悲劇在藝術上高於敘事詩〉的觀念，姚先生在此章「箋」中說：

亞氏復肯定了戲劇為更高形式之藝術，蓋戲劇之模擬形式較敘事詩為集

---

[33] 姚一葦，《戲劇原理》，頁 15。

中，且更具統一性；尤有進者，戲劇係將人類之行為直接提示給觀眾，故又較敘事詩為真切、生動。因此戲劇自技術性之觀點言，所受之限制較敘事詩遠為嚴峻。[34]受時間之限制，戲劇一般僅能表現二、三小時內所能完成者，不能任意延展。第二、受時空間之限制，戲劇僅能處理少數場地之轉換，不能任意變更。第三、受模擬媒介與模擬樣式之限制，亦僅能通過演員的對白與身體動作來完成，作者不能現身說法。第四、受情緒效果之限制，戲劇必須提供某些特種之情緒效果，此情緒效果又必須緊扣觀眾，不得鬆弛。第五、受真實程度之限制，戲劇為供表演者。表演雖不必逼真真實，但必須產生某種程度的真實幻覺，故想像不能任意的馳騁。[35]在此五大限制之下，以傳達出完整之結構、人物與思想，殊非易事。故有專門之知識與理論之建立，設有專門之學校與科目；然此一始祖不得不歸於亞氏，今者雖眾說紛紜，唯均不能脫出他所提示的範圍。[36]

第三章〈戲劇動作論〉則是姚先生最早在《詩學箋註》出版前就已發表的論文，其中論點完全出自於《詩學》中有關戲劇動作部分，文中雖有提及貝克（George Pierce Baker）、勞遜（John Howard Lawson）、弗格遜（Francis Fergusson）等人的解釋及李漁（立主腦）的觀點，但皆是圍繞亞里士多德的觀念而有闡揚及比較。至於有關動作與情節、人物、主旨之間關係章節，也皆是源於《詩學》第六章至第 19 章討論悲劇之定義及悲劇之六要素中論情節、人物、思想等章。如情節之定義、種類、發展的邏輯性以及動作之關係等；又如人物之行為與性格的關係、人物的種類、以及與動作之關係等；主旨之定義、戲劇之主旨、以及與動作之關係等等；皆出自上述《詩學》章數。

---

[34]姚一葦，《詩學箋註》，頁 212。
[35]姚一葦，《詩學箋註》，頁 212～213。
[36]姚一葦，《詩學箋註》，頁 213。

　　第二篇〈戲劇形式論〉討論戲劇時空處理問題，也是由《詩學》中亞里士多德就敘事與悲劇加以比較時，列舉二者的不同之點，開始討論。比較時間延展型與時間集中型二者不同之優點與缺點，前者長於表現人物性格，後者強調重視境遇，甚至表現人物性格，前者容易旁生枝節，容易吸收偶然的因素與即興的部分，因此容易流於散漫與鬆弛；後者需要高度集中、埋藏、引發的技巧，容易發生拼湊、斧鑿的痕跡。

　　姚先生雖稱：「**在講授『戲劇原理』課程中，迭經修訂補充，建立了自己的一套系統。**」[37]但僅指上述〈戲劇本體論〉方面，實際在〈戲劇現象論〉方面，在講授「現代戲劇」課程中，亦同時建立了他自己的一套系統，差別就在前者經王友輝記錄，姚先生修訂，再出版。後者則僅差尚未出版。在「現代戲劇」課程的講授大綱是依戲劇所呈現不同的寫實與反寫實及相對的悲劇與喜劇面貌，再細分流派、古典悲劇與現代悲劇及古典喜劇與現代喜劇的不同，分章分節討論。試以一表說明之：

戲劇現象論（戲劇分論）		
上篇　現代戲劇論	中篇　悲劇論	下篇　喜劇論
第一章 同一寫實的類型 　　第一節　自然主義 　　第二節　寫實主義 　　第三節　自然寫實	第一章 古典悲劇理論 　　第一節　悲劇情緒 　　第二節　悲劇人物 　　第三節　悲劇邏輯	第一章 古典喜劇理論 　　第一節　喜劇情緒 　　第二節　喜劇人物 　　第三節　喜劇邏輯
第二章 超然遊離的類型 　　第一節表現主義 　　第二節象徵主義 　　第三節史詩劇場	第二章 現代悲劇類型 　　第一節　寫實悲劇 　　第二節　幻想悲劇 　　第三節　揉合型式	第二章 現代喜劇類型 　　第一節　商業喜劇 　　第二節　怪誕喜劇 　　第三節　荒誕劇場

　　事實上，是在 1959 年至 1969 年十年間就已發表了相關論文：如〈談

---

[37]姚一葦，〈自序〉，《戲劇原理》，頁 1。

淨化〉[38]就在談悲劇的情緒及邏輯,〈悲劇之死亡〉[39]就在論現代悲劇的特性,〈喜劇的人物〉[40]就在說喜劇的情緒及悲劇與喜劇人物之不同,〈斯特林堡與現代主義〉[41]就在講現代戲劇流派;1978 年出版的《美的範疇論》中第四章〈論悲壯〉[42]、第五章〈論滑稽〉[43]更詳論了悲劇與喜劇的情緒與邏輯,是以姚先生對於戲劇不同現象的分門別類理論系統,也與〈戲劇本體論〉一樣早已建立完成,就等出版而已。

姚先生除對戲劇研究外,附帶對平劇與電影也有著墨,如〈從平劇的特質看《新繡襦記》〉[44],文中對平劇言簡意賅歸納出五點特性;1.平劇劇場是一種敘事詩劇場;2.平劇的劇場是一種疏離劇場或一種游離劇場;3.平劇的劇場是一種象徵的劇場;4.平劇的劇場融入大量非戲劇的成分;5.平劇劇場兼具娛樂與教化的雙重功能。又如〈映像的性格〉[45]一文,一針見血指出電影是映像的藝術,而映像又具有語言性格、模擬性格、空間性格及時間性格等,十分周延的界定電影映像的性格。上述不論京劇還是電影方面的論文,均能延續其戲劇理論理性之風格。

中國藝術研究院話劇研究所前所長田本相先生認為:

姚一葦先生的學術研究的旺盛時,主要是 20 世紀 1960 年代中期到 1970 年代,大體上說,正是大陸進行「文化大革命」的時期。……戲劇理論方面,除了一些翻譯著作,同樣顯得成果寥寥。如果放在這樣一個背景下,姚一葦先生的美學和戲劇理論著作,就顯得相當凸出和彌足珍貴了。就其成就來說,《詩學箋註》自不必說,如《藝術的奧祕》《美的範

---

[38]姚一葦,《戲劇論集》,頁 93～98。
[39]姚一葦,《戲劇論集》,頁 99～102。
[40]姚一葦,《戲劇論集》,頁 74～92。
[41]姚一葦,《戲劇論集》,頁 103～116。
[42]姚一葦,《美的範疇論》,頁 93～227。
[43]姚一葦,《美的範疇論》,頁 228～271。
[44]姚一葦,《戲劇論集》,頁 226～232。
[45]姚一葦,《戲劇論集》,頁 155～184。

疇論》和《戲劇原理》，以其自身體系完整，知識的深厚和見解的獨到，屹立在那段學術《空的空間》之中，恐怕任何研究中國當代美學和戲劇學史的人，是不能越過姚一葦先生的這些著作的。[46]

時至今日，放眼華文世界，單就戲劇理論而言，姚一葦先生還是無人能望其項背。

參考書目

- 中華戲劇學會，《紀念姚一葦先生學術研討會學術論文集》。臺北：中華戲劇學會，1998 年
- 王友輝，《姚一葦》。臺北：國立臺北藝術大學，2003 年，頁 76-79。
- 姚一葦，《文學論集》。臺北：書評書目社，1974 年。
- 姚一葦，《欣賞與批評》。臺北：遠景出版社，1979 年；臺北：聯經出版社，1989 年重印版。
- 姚一葦，《姚一葦文錄》。臺北：洪範書店，1977 年。
- 姚一葦，《美的範疇論》。臺北：臺灣開明書局，1978 年。
- 姚一葦，《詩學箋註》。臺北：臺灣中華書局，1966 年。
- 姚一葦，《說人生》。臺北：聯經出版社，1989 年。
- 姚一葦，《審美三論》。臺北：臺灣開明書局，1989 年。
- 姚一葦，《戲劇原理》。臺北：書林出版公司，1992 年。
- 姚一葦，《戲劇與人生——姚一葦評論集》。臺北：書林出版公司，1995 年。
- 姚一葦，《戲劇與文學》。臺北：遠景出版社，1984 年。
- 姚一葦，《戲劇與文學》。臺北：聯經出版社，1989 年增訂版。
- 姚一葦，《戲劇論集》。臺北：臺灣開明書局，1969 年。
- 姚一葦，《藝術批評》。臺北：三民書局，1996 年。

---

[46]田本相，中華戲劇學會，〈姚一葦論〉，《紀念姚一葦先生學術研討會學術論文集》（臺北：中華戲劇學會，1998 年），頁 5。

・姚一葦，《藝術的奧祕》。臺北：臺灣開明書局，1968 年。

──選自《再造臺灣劇場風雲：姚一葦國際學術研討會論文集》

臺北：臺北藝術大學戲劇學系，2007 年 6 月 2─3 日

再碾一次玉
重讀姚著《碾玉觀音》

◎彭鏡禧*

　　1993 年臺北世界劇展劇目之一的《碾玉觀音》，即將在牛川海教授執導下於 4 月 14、15 兩日由多青劇團演出。姚一葦教授這部作品寫成於民國 56 年，距今已有 26 年，其間多次搬上舞臺，是叫好又叫座的一齣戲。我重讀劇本，深深感受到它在平淡之中呈顯的幽邃，精簡之中表現的複雜。《碾玉觀音》裡幾乎沒有一句臺詞，沒有一個角色，沒有一段情節是多餘的；他們之間前後呼應、互相對照，形成這個劇本乾淨俐落的最大特色。我在這裡單從崔寧兩次碾刻玉觀音，來看劇作家如何雕琢他自己的戲。

　　《碾玉觀音》的故事大要是這樣的。寄居富貴之家的崔寧碾了一座玉觀音，因為形態肖似小姐韓秀秀，大家認為他洩漏了心底的祕密。秀秀的父母要把他逐出家門，但秀秀毅然背叛父母，主動帶著情人私奔。兩年後被家人找到，她又決定割捨丈夫，自己帶著腹中骨肉回娘家。再過了 13 年，已經瞎了眼的丈夫一路行乞尋來，被她救起；可是她（據說是為了孩子）不敢相認，只留他住下，請他碾一座玉觀音。完成後的雕像仍然酷似年輕時代的秀秀。這時崔寧安詳死去。

　　崔寧的第一座玉觀音的確藏有祕密。秀秀端詳著雕像，自言自語說：「六個月是段很長的日子。／他要我不要去打擾他。／他要雕出一個最美麗的神來。他要雕出他心中的祕密。／他要開出他心中的那一朵花。／我曾經問過他，他的祕密是什麼——他說：這不是語言可以表達的。／也不是音樂可以唱出來的。／只能用手把它雕出來。」秀秀以為崔寧雕的是

*發表文章時為臺灣大學外國語文學系教授，現為輔仁大學跨文化研究所客座教授。

她，先是因爲崔把祕密公開而生氣，後來則是因爲自己不能保存雕像：

> 冬梅：您——您生氣了。
>
> 秀秀：我有點兒生氣，可不是生你的氣。
>
> 冬梅：您生它的氣？您不喜歡它？
>
> 秀秀：這不是我們的東西。
>
> 冬梅：不是我們的？

然而，包括秀秀在內，大家都猜錯了。崔寧雕的不是秀秀：他只是「要雕出一個美麗的幻象」。他向秀秀解釋藝術創作的喜悅；爲了「雕一個我所理解的，我曾經觸摸過的東西，一種我所尊敬，所喜歡的東西，一個理想的東西，一個最最美麗的東西，一個生活在我們中間的東西，」他可以進入渾然忘我的境界。但是秀秀無法了解：

> 崔寧：雕成之後，他們說很像你，他們是這樣說的，可是我不知道，我沒有注意，即使是像你，那也不是有意的。
>
> 秀秀：（失望的）你不是有意的，當你雕它的時候，你沒有想到我？
>
> 崔寧：我沒有。（注視秀秀）我很抱歉。

誠實的藝術家在這裡傳達的訊息是：「我愛秀秀，但我更愛藝術（理想）」。不過，即使兩人的默契還不夠，秀秀也沒有理由生氣，反而應該爲這一椿「巧合」高興才是：因爲她是崔寧心目中的觀音。也因此她並不需要保存這一座玉觀音。

崔寧的藝術家之眼沒有看錯。離家私奔的秀秀，果然活出了「救苦救難的觀世音」的形象。她在第二幕裡濟助乞丐和窮苦的鄰居，完全忘記了個人和自己家裡的物質需要。當她被父母的差人找到時，斷然決定由她一個人回去，不只是爲了保全崔寧的肉體生命，也可以說是爲了保全他的藝

術生命。她說：「這個世界上有玉，就有碾玉的人，今後你要好好的雕它，為你而雕，為我而雕，為這個世界上所有痛苦的人而雕，為那些希望破滅了的人而雕，你要給他們以希望，你要給他們以美麗，你要給他們以信心。」活觀音似乎把救苦救難的責任移交給藝術家了。

回到深宅大院的秀秀，生下她和崔寧的孩子，卻變成了另外一個人。第三幕開始，我們看到秀秀除了兒子以外，大概只關心租穀的收取。管家替租戶求情說：「今年上半年鬧旱，下半年又鬧蟲，您知道，不是他們不交租，實際上有困難。」當年曾經因為只剩下一對耳環可以幫助張媽而感到抱歉、難為情的秀秀，現在的想法是：

> 你別幫他們說話，這兒的縣太爺是老爺子的門生，受咱們家的恩惠，明兒你去找找他，把這些東西給抓幾個，讓他們知道一點兒屬害，知道婦道人家也不是好欺負的。

秀秀的轉變使我們想到布雷希特（Bertolt Brecht）作品「四川好人」裡的沈德和水塔。沈德只要一有錢就無限量周濟窮人；錢用完就化身為表哥水塔，以資本主義者姿態壓榨窮人，等賺夠了錢再做好人。如此循環。不同的是，秀秀還沒有到達沈德那樣山窮水盡的起步，就已經放棄了她舊有的理想。甚至自己的丈夫崔寧，「一個活脫脫的乞丐」，瞎著眼走了十幾年──也就是說，從他們分手不久後開始──終於找上門來，她都怯於、吝於相認。面對不解的多梅，她反問道：「為了孩子，你知道嗎？」

第三幕以念兒背誦「魏顆嫁武子遺妾」一文開始。後來秀秀向 13 歲的念兒解釋，魏武子先要他的愛妾改嫁，後又要她殉葬，兩者都是愛的表達方式。我們可以說，秀秀自己放棄了殉葬（陪崔寧窮苦落魄一生），選擇了改嫁（順從世俗的觀念看法）──她換了一種愛的方式，因為她愛的對象已經換了。她的「不認夫」應當作如是觀。然而故事中的愛妾是被動；秀秀則是主動。這不是說秀秀寡情（是她第一個聽到崔寧的簫聲，也是她堅

持「一定要去看看」），而是她「我愛崔寧，但我更愛念兒」心態的表露。相對於崔寧對藝術的執著，夫妻之間算是扯平了。

因此，第三幕二場裡，崔寧和玉觀音幻化的秀秀有一長段對話，其中崔寧憑著他的直觀，說：「我懂了，那他（他們的孩子）一定還活著，而妳死了。」是的，舊的秀秀已經死了。崔寧必須瞎了肉眼，才能以心眼在收留他的秀秀身上再度看到觀音的慈悲（否則妻子接納丈夫，只怕無法引起什麼高貴的聯想吧）。他的第二尊玉觀音，依舊刻出了秀秀……劇本上說明是「年輕時代的秀秀，唯姿態別致，表現出高度的神祕感」。這個神祕感，是不是來自人性之中難以理解、更難以判斷的暗昧深沉？

深具嘲諷意味的是，崔寧把他的最後傑作送給善心的「寒夫人」（多麼傳神的假姓！）時，既謙虛又高傲的說：

　　……這東西有我自己在裡面，我的靈魂在裡面，假如遇著個識貨的，或許，我說或許可以賣一筆好價錢的。

如前所述，崔寧兩次碾刻玉觀音，都是以他心目中的理想爲樣本，所以才都刻成秀秀的模樣。而秀秀兩次「憬悟」到自己跟觀音只是貌似而已，並非神似；這是源於她對崔寧和藝術了解不足的「錯悟」的認知。早先的秀秀無法擁有碾玉觀音而覺得遺憾，但是其實沒有必要，因爲她本身就是那觀音：現在的秀秀可以擁有碾玉觀音，而令人遺憾的，她的確也有此需要，來隨時提醒她。只是，斤斤計較的秀秀，會不會爲了「一筆好價錢」而把這尊含藏崔寧高貴靈魂的玉觀音出賣了呢？

——選自《聯合報》，1993 年 4 月 11 日，37 版

開啟一個嶄新的戲劇時代
重讀《紅鼻子》

◎林克歡[*]

　　日子過得真快，今年已經姚一葦先生仙去的第十個年頭。從 1982 年陳
顒導演與我共同促成《紅鼻子》在北京演出至今，也已過去了四分之一個
世紀了。二、三十年來，臺灣的戲劇藝術，伴隨著解嚴與政黨輪替的社會
震盪，經歷了從「美學與政治齊飛」（鍾明德語）[1]，到上一世紀 1990 年代
後期「景氣的下探」、「表演團體面臨嚴冬」（林谷芳語）[2]，再到商業戲劇
與實驗戲劇各行其是又彼此滲透的今天，走過一條色彩紛呈、起起落落的
發展曲線。為了參加這一次學術盛會，我又一次拜讀《紅鼻子》等劇，希
圖在與姚先生的精神相遇中，重新認識一個不朽的靈魂，感知一個紛繁的
時代，並借此向在心靈領域與藝術領域中披荊斬棘的先行者表達我由衷的
敬意。

一

　　《紅鼻子》寫於 1969 年，發表於同年七月《文學季刊》。次年由臺灣
大專院校學生聯合在臺北首演。

　　《紅鼻子》敘述一位由父母、妻子呵護備至的富家子弟神賜，離家出

---

[*]前中國青年藝術劇院院長。
[1]鍾明德，〈重省小劇場與當代臺北文化〉，《自由時報》自由副刊，1989 年 8 月 7 日。
[2]林谷芳，〈試煉的一年——挑戰與回應，危機與轉化〉，《表演藝術年鑑》（2001 年），頁 7。

走，去尋找失落了的自我。他教過書，做過推銷員，當過記者，擺過攤
子，最後落腳在一個江湖雜耍班子中，成了一個戴著紅鼻子假面的小丑。
末尾，雜耍班中的一個舞娘游泳溺水，在眾人的呼救聲中，不諳水性的紅
鼻子毅然下海，一去不返。

　　《紅鼻子》是姚先生眾多劇作中，演出最多、爭議也最多的一部作
品。叢靜文說是「一部富象徵色彩」的劇作，「全劇在結構、技巧、人物方
面，雖有值得商榷的地方，終不失為可讀的文學作品，境界脫俗。[3]」馬森
說《紅鼻子》是一齣「儀式劇」，「有擬寫實，也有非寫實的一面，上承
1930、1940 年代的傳統話劇，而吸收了史詩劇場和電影的特點，讓觀眾看
到聚焦的場景及非寫實的一面。[4]」吳祖光則將其當成「喜劇性的悲劇」[5]。
黃美序的說法與吳祖光略為相近，他說：

> 紅鼻子這個人物，我認為是姚一葦所創造最具現代悲劇感、最諷刺意
> 味、也最耐人尋味的複雜人物。[6]

　　疑惑與分歧集中在紅鼻子為什麼要戴上小丑的假面？為什麼要投入大
海？黃美序認為紅鼻子戴上假面，是為了「隱藏他的真面目」、「可以說是
打腫臉充胖子、充英雄，來自欺欺人。[7]」彭鏡禧認為是為了演戲，「他一
直戴著面具，他當然知道自己在演戲。[8]」馬森說：「主題令人困惑」，「紅
鼻子的犧牲有什麼代價呢？這是此劇沒有解答的問題，無形中削弱了主題
的說服力，令觀者感到困惑，而紅鼻子也無法達到悲劇英雄的高度。[9]」黃

---

[3] 叢靜文，《當代中國劇作家論姚一葦》（臺北：臺灣商務印書館，1973 年），頁 72、75。

[4] 馬森，〈二度西潮的弄潮人——評《姚一葦戲劇六種》〉，《戲劇：造夢的藝術》（臺北：麥田出版公司，2000 年），頁 148～149。

[5] 吳祖光，〈喜劇性的悲劇〉，《人民日報》，1982 年 4 月 7 日。

[6] 黃美序，〈姚一葦戲劇中的語言、思想與結構〉，《幕前幕後，臺上臺下》（臺北：學人文化公司，1980 年 8 月），頁 179。

[7] 同前註。

[8] 彭鏡禧，〈《紅鼻子》的戲中戲〉，《聯合報》聯合副刊，1989 年 11 月 1 日。

[9] 馬森，〈二度西潮的弄潮人——評《姚一葦戲劇六種》〉，《戲劇：造夢的藝術》，頁 149。

美序說：「我認為紅鼻子的奔向大海，不是去救人，而是要永遠逃離他的妻子。」「『獻祭』的『犧牲』或祭品很明顯的是自己投入大海的紅鼻子。為什麼？為了誰？這一幕我覺得最是費解，也最耐人尋味。[10]」彭鏡禧則認為，紅鼻子「早已選定當小丑的角色，他只適合當這個角色。但太太找來了，扯下他的面具，不讓他演戲，要他回家，他再也無法做紅鼻子。同時他發覺也沒有必要做紅鼻子，因為沒有用！於是他走向死亡，一無依戀。[11]」陳顒在導演分析中說：「他的犧牲中蘊含著追求『死亡』──苦澀、悲哀、絕望的人生的最終的解脫，以及他的理想、信念的完成。[12]」

　　1994 年春節，在完成此劇 25 年之後，姚先生才向與他共同執導 1989 年版《紅鼻子》的導演陳玲玲透露了：「《紅鼻子》是在非常痛苦的心境下寫成的。」陳玲玲寫道：「當時，陳映真因《文季》被捕入獄，連陳耀圻也被抓起來，而他自己，早於民國 40 年，只因有人告發他接了一封他自己從未接到過的信函，就這樣被逮去關了半年！」「所以，你說：『他不會回來了！』是對當時政治環境一種痛苦的反射。」「一葦先生點點頭，『當時，誰也不知道這些人被抓了會不會被放回來，心情非常苦悶絕望』。[13]」了解作者創作時的具體心境，對我們理解作品固然有所幫助，但作品與人物有自己的結構與生命，作者的創作心境與作品的情感內涵並不是同一回事兒。要理解神賜為什麼要戴上小丑的假面？為什麼要投入大海？恐怕要從作者的全部創作，以及具體的語境，才有可能去碰觸、接近其可能的社會學或美學上的意義。

[10]黃美序，〈姚一葦戲劇中的語言、思想與結構〉，《幕前幕後，臺上臺下》，頁 177。
[11]彭鏡禧，〈《紅鼻子》的戲中戲〉，《聯合報》聯合副刊，1989 年 11 月 1 日。
[12]陳顒，〈導演談話錄〉，收錄在林克歡編《〈紅鼻子〉的舞臺藝術》（北京：中國戲劇出版社，1984 年 4 月），頁 51。
[13]陳玲玲，〈面具下的迷思──導演創作《紅鼻子》理想與實踐〉，《藝術言論》第 6 期（臺北：國立臺北藝術學院，1995 年 12 月），頁 152。

二

呂正惠在〈現代主義在臺灣〉一文中寫道:

> 1950 年代初期,在國民黨獨特的統治下,臺灣知識分子被迫陷入一種極
> 為特殊的困境之中。由於他們不能關懷當前的政治、社會問題⋯⋯他們
> 雖然生活在這個社會中,但並不真正屬於這個社會。因此,必然的,他
> 們不能做為某一具體社會的一份子而存在,而是做為普通人類的一份子
> 而存在。他們的思想與創作不是從「社會環境」的立場去發展,而是從
> 「人間境況」的立場去發展。[14]

> 知識分子這種「苟全性命」的生活方式,因此也就成為臺灣現代主義所
> 表現的孤絕生命的現實基礎。[15]

做為一個行事謹慎、與世無爭的讀書人,姚一葦在當時那種高壓的政
治環境下,當然無法具體、細緻地描摹知識分子與民眾的現實處境。他不
得不將對「社會環境」的關切,轉換成「人間境況」的抽象與泛化的藝術
表現。然而,「苦悶絕望」的情緒時襲上心頭,他只好將這深入的骨髓隱痛
與難以釋放抑鬱,轉化成他筆下人物惶然若失的心聲。

《孫飛虎搶親》第二幕:
崔雙紋:(誦)過去的事是已經過去。
而未來的事還沒有到來。
我們只有過什麼樣兒的一個過去。
我們還沒有過什麼樣兒的一個未來。

---

[14] 呂正惠,〈現代主義在臺灣——從文藝社會學的角度來考察〉,《臺灣社會研究》第 1 卷第 4 期,
   (1988 年),頁 189、194。
[15] 同前註。

我們只會等待！

阿紅：（誦）我們只會等待！

張君銳：（誦）我們只會等待！

等待著那不知道的未來。

──《姚一葦戲劇六種》，頁118

《馬嵬驛》第一幕：

楊玉環：……我每天都在擔心，都害怕，每個時辰都恐懼。今天不知道明天會發生什麼，早上不知道晚上會是什麼樣子。

──《我們一定走走看》第188頁

《申生》第四幕：

少姬：這個世界不是你的，也不是我的，它是個陌生的世界，是一個不屬於任何人的世界。

──《姚一葦戲劇六種》，頁462

　　姚一葦筆下這一連串人物所呈露出來的那種困頓、茫然與生命的無助，正曲折而又清晰地呈現了一個基本事實，那就是身處於一個異化世界的知識分子本身的無力感。正是在這一點上，一如呂正惠所說：「我們不得不承認，臺灣的現代主義跟1950、1960年代的臺灣政治環境有某種關連性存在。[16]」

　　在《紅鼻子》中，戴著假面的紅鼻子，安撫受驚的大資本家彭孝柏，並通過心靈審判使他對自己的作為表示短暫的悔恨；啟迪才思枯竭的作曲家邱大為，使他彷彿聆聽到來自上天或心底的美妙而神祕的樂音；誘發癡呆少女葉小珍被壓抑的生命力復甦……然而當公路塌方修復通車後，曾經

---

[16] 呂正惠，〈現代主義在臺灣──從文藝社會學的角度來考察〉，《臺灣社會研究》第1卷第4期，（1988年），頁197。

受過紅鼻子恩澤的人們，置紅鼻子的死活於不顧，爭先恐後地離他而去。
姚先生說：

> 他們得到紅鼻子神力的協助，消除了災難，我藉著大夥聘請雜耍班的演
> 出來表達他們酬神的心意。謝了神，人性中最根深柢固的罪孽卻如昔遺
> 留著，看透了這一切的紅鼻子，明白他並未真正解決什麼，決定要捨身
> 自我獻祭。[17]

姚先生一生相信人的偉大、人的尊嚴。他說：「神是什麼？神就是人
吶。[18]」他的「神」實際就是他心目中有神性的人、高尚的人、理想的人，
而在現實中的人，是「理想的人」的異化狀態。正如在《碾玉觀音》末尾
的秀秀所說的，崔寧一生苦苦所追尋的那個「人的觀音」，「是他心裡所幻
想的那個秀秀，那個從來不曾存在過的秀秀。[19]」他晚年仍然堅信，「回到
人的本位上來，我想應該不是記號創造人，而是人創造了記號，『人』的意
義不是外來的，而是來自他自身。」（《重新開始・後記》）然而嚴酷的社會
現實讓他深深地失望，理想與現實的巨大落差，令他不勝疑惑與徬徨。早
在 30 年前，張健便極為敏感地指出「姚一葦戲劇的一正一反」：《來自鳳凰
鎮的人》，「主題是男女主角在錯誤與迷失之後，終於重新肯定了人生……
這是正。」《孫飛虎搶親》，「直指人生的荒謬。因此這是反。」《碾玉觀
音》，「可說是作者對人生理想的肯定。這又是正。」《紅鼻子》，「全劇是對
人類處境及人性的暗諷。」（黃美序語），「所以他又是反……」[20]但這種正
反互逆、往返擺蕩的現象，並不如張健所猜測的，是人在生理、心理上的
自然周期使然，也不是對各種戲劇型態和主題的兼包並營，而是一位正直
的藝術家，直面人生時的惶惑不安與舉棋不定。姚先生一生寫過 14 齣戲。

---

[17]轉引自陳玲玲〈面具下的迷思〉，《藝術評論》第 6 期，頁 157。
[18]同前註，頁 156。
[19]姚一葦，《姚一葦戲劇六種》，頁 268。
[20]姚一葦，〈姚一葦戲劇的一正一反〉，《中國時報》，1977 年 7 月 27 日。

戲劇之於他，是一個生命的舞臺，藉以呈現他的哲理思考與人生感受。人的本來面目與面具難以剝離的複雜關係，人道主義獻身精神的崇高與軟弱，長久地困擾著姚先生。

　　面具之於紅鼻子，既是一種疏離、一種自我保護，又是一種神性的隱喻或象徵。紅鼻子戴上小丑的假面，抵禦資產者的偽善、刻薄，逃離小私有者的庸俗、空虛。他盡其所能去幫助周圍的人們，帶給他們一點兒生活的快樂。這正是姚先生一輩子所信守的，知識分子的自處之道。而在一備善良、犧牲、道義招致普遍漠視的冰冷、污糟的世界，不願同流合污的知識分子唯有死亡一途，這是他守住人的尊嚴的最後選擇。姚先生說：

> 紅鼻子究竟是為了救助世人而獻祭——世人是這麼的無可救藥啊！——還是為了自己而走上祭壇？這個問題太深刻了，沒人能答覆，我都無法答覆。[21]

　　其實並沒有這麼玄奧。紅鼻子是在清醒地意識到他的奉獻、他對眾生的普渡毫無意義之後，才毅然走向大海的。他的默然謝幕，是時代的悲哀。紅鼻子是一個不需要悲劇英雄時代的反英雄。在某種意義上，他與《犀牛》中高喊：「我是剩下來的最後一個人，我要保留這個面目一直到末日」的貝蘭特（Berengtr）一樣荒誕，只是沒有了貝蘭特滑稽的色彩。

三

　　二戰結束後，臺灣本土的戲劇創作，曾湧現林搏秋的《閹雞》、簡國賢的《壁》等優秀作品，但由於政治、文化、語言諸多原因，這類創作很快便沉寂下去。主宰 1950、1960 年代的臺灣劇場的，是國民黨政府所推行的反共抗俄劇，其最高的律令是張道藩的「三民主義寫實主義[22]」。在官方意

---

[21]轉引自陳玲玲〈面具下的迷思〉，《藝術評論》第 6 期，頁 157。
[22]參閱蔡源煌〈臺灣四十年來的文學與意識形態〉，《中國論壇》第 319 期（1989 年 1 月 10 日），頁

識形態鉗制與文藝獎勵的雙重催化之下，劇作的數量依照李曼瑰無從驗證的說法：「最少也在三千左右。[23]」實際的情形如何呢？陳紀瀅在《當代中國劇作家論序》中說：「自從五十年以後……舞臺劇場內逐漸呈零落，一致不可收拾。[24]」直到 1970 年代末期，卓明仍深為感歎，「我們的劇運一直危喘欲斃，實在令人生氣。[25]」姚一葦、張曉風、馬森、黃美序等人正是在這樣的政治氛圍與文化語境中，開始了與主流意識形態無涉的另一種新的探索。1967 年，繼《來自鳳凰鎮的人》、《孫飛虎搶親》之後，姚一葦創作了他的第三齣《碾玉觀音》。俞大綱稱此劇：「是中國話劇從迷失中找到自己面目的例證」，「是從傳統引渡到我們這一代的橋樑。[26]」馬森在評析《姚一葦戲劇六種》一書時寫道：「姚一葦是從擬寫實的傳統話劇過渡到後寫實的當代劇場的關鍵人物，也可以說是現代戲劇中第二度西潮的領先弄潮兒。[27]」陳映真更把姚先生譽為「黑夜中的掌燈者」。他說：「懷璧東渡的知識分子姚一葦，能隱乎亂世而不屈，在沒有學校、機關、派閥支援下，獨自走出一片朗朗的天地。[28]」

　　《紅鼻子》四幕一景，時間不超過 24 小時，嚴格遵循古典三一律的時空限制。然後姚先生卻處處著力，在一個看似寫實的故事框架中，揉進表現、象徵、超現實的諸多因素，使它成為一齣超越時代限制的優秀作品，一齣獨具個人品味與風格的現代戲劇。地點：一家臨海旅館的大廳，一個公眾場合，一處人來人往卻永遠不屬於任何人的人生驛站。人物眾多，人人都是旅人，人人都是歷史的過客。外部事件：豪雨如注，山崩地陷，交

39。

[23] 李曼瑰，〈中華戲劇集序〉，《中華戲劇集》第 1 輯（中國戲劇藝術中心出版社，1970 年 5 月），頁 2。

[24] 叢靜文，《當代中國劇作家論姚一葦》，頁 1。

[25] 卓明，〈當我們在一起——介紹耕莘實驗劇團〉，《雄獅美術》第 93 期（1978 年 11 月），頁 100。

[26] 俞大綱，〈舞臺傳統的延伸——讀姚一葦的《碾玉觀音》劇本抒感〉，《戲劇縱橫談》（臺北：傳記文學出版社，1970 年 12 月 1 日），頁 175。

[27] 馬森，〈兩度西潮的弄潮人——評《姚一葦戲劇六種》〉，《戲劇——造夢的藝術》（臺北：麥田出版公司，2000 年 11 月 15 日），頁 153。

[28] 陳映真，《暗夜中的掌燈者——姚一葦先生的人生與戲劇》（臺北：書林出版公司，1998 年 11 月），頁 44。

通阻斷，不可預測的自然災變，預示著不可預測的人生命運。紅鼻子戴上假面與脫下假面，凡俗、神異兩性的舞臺表現，與《孫飛虎搶親》中崔雙紋、阿紅互換衣衫的疏離，有異曲同工之妙。姚一葦視野開闊，思想深邃，現代主義／後現代主義以及傳統戲曲、民間說唱諸多舞臺手段的運用，從來都不是炫技的花活，永遠帶著生活的實感，生命的體溫，靈魂的躍動。或許，更令人感興趣的，恰恰是馬森所說的「令人困惑」的主題，或黃美序所說的「既費解又耐人尋味」的自我獻祭。它是作品所潛含的啟蒙主義底蘊與存在主義孤絕的個人深層與茫然，是在一個不能自由言說時代欲說不能的困頓、痛楚與曲筆。

　　我在一篇短文中曾寫道：

> 姚先生一生既非株守舊道，也絕不苟且遁世。對人生，姚先生有自己的操守、堅持；對戲劇，姚先生有自己的見解、愛好。我深信，當塵埃落定，囂動的聲音終於被歷史所磨洗之後，姚先生的信守和堅持，將益發顯現其獨特的價值。[29]

──選自《再造臺灣劇場風雲：姚一葦國際學術研討會論文集》

臺北：臺北藝術大學戲劇學系，2007 年 6 月 2─3 日

---

[29] 林克歡，〈讓我們重新開始〉，《中國時報》人間副刊，1997 年 5 月 12 日。

X，一個雙關的道德劇

◎陳傳興[*]

一

　　「Ｘ」，一個英文字母，一種數學符號，某個檔案密碼，它代表難以歸類解釋者；除了這些之外，「Ｘ」也是種否定的記號，被劃上「Ｘ」的事物它要不是被擦拭，被否定，就是在等待消失的命運，這是「Ｘ」的破壞毀滅性質。「Ｘ」還有一種特質，猶疑、徘徊不定的十字路口，模糊曖昧難以抉擇的灰色交會場域。沒有面貌身分認同特徵的Ｘ小姐，唯一能確定的，在Ｘ之外的，只有性別。Ｘ的性別，女性。劇作者在登場人物後面附註說明Ｘ小姐大致形貌——「年齡在二十二至二十五歲之間，衣著入時；惟其身材、體型、體態均無特徵，亦無性格，屬最普通型。」（頁 11）從裡到外，由內在心理個性到外表的形貌，Ｘ小姐不帶有任何個人特徵，Ｘ否定掉所有她可能有的獨特性，Ｘ不是一個具體個人，Ｘ是一種抽象類別的代號。所謂「最普通型」。那麼是否可以說《Ｘ小姐》在劇種分類上屬於概念思想先行的哲學性後設劇場？Ｘ小姐並不指稱任何一個具體的人，她只是一個「型」，一種「形式」漂盪在哲學劇場中，如劇作者在《重新開始》後記中對於外國時興流行學說橫行無阻隨意胡亂引入臺灣的學術亂象有所感嘆而發的言論——「對於所有這一切——讓我統稱之為『記號』吧，我總是恭敬地閱讀它們，但是在恭敬之餘，免不了會把它們看成一齣戲劇。所謂戲劇，乃是說，那些使用這些記號的人，只是演員，當他們走下舞臺

[*]發表文章時爲清華大學外國語文學系副教授，現已退休。

時，他又回到自己，和我們同樣的一個人，……；而那些美麗的『記號』只是在扮演時的必要服裝或道具而已。」[1]美麗的記號，流行的學術名詞與術語像Ｘ小姐「入時的衣著」穿在一具沒有面貌特徵的軀體上，兩者所顯現出來的只是矛盾錯愕而已。劇作者在這篇後記中以「扮演」去暗喻時下那些所謂的新思想，新學派只不過是輪番上演的劇場。如果僅只是單純的扮演也罷，在這種情況下也許隨意移植流行思潮所帶來的負面效應不會太過嚴重，但實際上學術思想的演練場域的廣延和影響的滲透、延遲性質遠超過單純認識論的解釋，而最為深刻的負面效應就是「遺忘」，自我的遺忘──「問題是，這些服裝和道具將隨著他所扮演的角色而異，常常使我們忘卻了他的本來面目；尤有進者，連他自己也忘了他是誰。」[2]沒有面貌、身分特徵的Ｘ小姐，深陷於不知因由的遺忘中，從一個個不同的囚禁監視場地、醫療診所、收容所這些高度紀律秩序化的空間中逃出，走在分歧混亂的街頭，眼看著一個偶然的巧遇即將化解開莫名有若命運謎語的遺忘時，另一個更巨大的創傷與遺忘降臨，戲由此重新開始，無限循環，頭尾相扣無始無終，Ｘ永遠是Ｘ，Ｘ就是遺忘本身。Ｘ的遺忘和《重新開始》後記所說的遺忘，兩者之間存在著什麼樣的隱喻替換？《Ｘ小姐》與《重新開始》寫作的時間在 1990 年代初期，臺灣社會仍處於解嚴後的渾沌不定狀態，學術文化界的知識亂象在在皆呈現不安焦慮，一個尚不知，不能釐清何謂「啓蒙」與「現代性」的社會卻胡亂引入西方學術界的後現代、後啓蒙、後理性爭辯，延遲的差異鴻溝必然會引生出一些效應。劇作者選擇在這個時候不採用他一向熟悉熱愛的歷史、象徵劇作類型書寫，改走《一口箱子》、《我們一同走走看》的抽象實驗路線。在其生前所發表刊行的 14 個劇本中歷史劇占了六部，劇作者對於歷史劇，歷史的偏愛，由量上即可見出一般。至於類似像《Ｘ小姐》形式的劇作就只有上述兩部，都是多場

---

[1]姚一葦，《Ｘ小姐／重新開始》（臺北：麥田出版公司，1993 年），頁 154。
[2]同前註。《Ｘ小姐》最早發表於《中國時報》人間副刊，1991 年。本論文引用的版本以麥田出版公司的合刊版為依據。

獨幕劇。前兩部實驗劇的出現讓劇作者連綿的歷史論述得到暫止，懸置語言與意義和現實指涉的緊密關係，重新傾聽新聲微音，再次凝視無幕的舞臺場景。這些實驗劇的創作意向不僅是劇作者個人對於新的劇場美學形式的需求與探索，它尚具有防禦與抗拒的功能，以便抵擋不止息的歷史論述之強制性復返，替代性轉移歷史與論述的致命誘惑。從這兩部劇作發表的時刻都正好落處在重大歷史片刻上，歷史精靈突然摘下面具赤裸立於無飾無幕的舞臺上，更可測出它們對於歷史論述的存否抗拒效應。然而若再掉轉觀察的角度與對象，不去看宏觀的大歷史論述，縮小場景範圍，只看這兩部劇作與當時的劇運制度性關係，它們卻又似乎在那裡呼應新舊交替的歷史片刻，以新聲迎新時。單看《我們一同走走看》與實驗劇展的前後照映就可明白。由《Ｘ小姐》之前的那兩部實驗劇作與歷史論述的存否抗拒，那就不會意外，在《馬嵬驛》之後會產生《Ｘ小姐》這樣低限抽象的劇作，至於《重新開始》的後記更不是毫無所指的空洞隱喻。《Ｘ小姐》創作時候也正是在大歷史論述斷裂崩毀——不論是國內或國外——，而新的劇場形式與制度還處在渾沌不明的時候，《Ｘ小姐》的出現有其內在邏輯必然性，等待重新開始的序曲。

二

　　《Ｘ小姐》的劇情內容非常簡單，一位不知來自何處昏迷在街頭的女士被帶進警局，醒來後她發現自己完全失去記憶，經過醫院、警方的幫助安排尋找無效之後，Ｘ小姐被送到遊民收容所，但很快地，不知道是以什麼樣方式，她又跑到市中心，巧遇舊識老友，一陣短暫交談之後她猛然之間重獲記憶，眼看著謎底就要揭曉時卻又發生車禍，倒地昏迷不醒。類似的失憶者、追尋重組記憶的題材在偵探片、文藝愛情片等等通俗演劇中已被用到快浮爛的程度，劇作者不避諱通俗老調的譏諷，重奏這首世紀之歌以減除繁枝綠葉的無伴奏低限音樂方式，素樸純淨到令人訝異那些劇作者嫻熟的歷史幽靈混音與犧牲祭典的悲吟哀歌皆消失不見。一般尋常通俗劇

在處理此類失憶、追憶的題材時的做法是極盡曲折繁複，橫生枝節胡亂拼湊記憶迷宮不管情節是否合理。《Ｘ小姐》不但沒有繁複情節，連情節、情境也都被約簡到是低限的直線敘事，人物當然也隨帶地沒有性格、行爲特徵、心理。一切都是使用最簡單的形式，如同其語言對話的純粹，劇作者摒除「再現」，企求直接鄰近、呈現的劇場狀態。沒有故事，也沒有人物，整部戲的古典結構，嚴謹到近乎像樂理、數學演算般。《Ｘ小姐》裡的追憶場景沒有重建、重溯意識分析的企圖，理性秩序的強調減除記憶與意識產生的可能，《Ｘ小姐》劇中逐場追憶的過程不是揭顯記憶與失憶，我們見不到在一般追憶演劇中所看到的抽絲剝繭逐層逼近記憶真相，對於記憶的認識逐漸增加，《Ｘ小姐》倒轉這種推展的方式，它採用減除的方式，每推進一場的結果只是更爲遠離追憶的可能，記憶更形薄弱消褪，此種消減的過程到了最後一場更爲極端，他表面上好像要讓我們接近失憶源頭，揭露謎底，但最後劇作者反諷地逆轉古希臘劇的天降神意做法，用現代機械替代天機，不去解題破謎反倒是更徹底的蒙蔽黑暗，可能，連做爲「人」的Ｘ小姐也會被徹底取消。《Ｘ小姐》以隱喻的方式諷嘲理性啓蒙，理性知識至上的結果是「Ｘ」，是人的取消，「Ｘ小姐」追尋記憶就像偵探片探尋追憶，追尋某種真理，只是《Ｘ小姐》的追尋結果，反而得到恐怖與自我消除。《Ｘ小姐》可以說是啓蒙知識場景的黑暗寓言。

　　獨幕六場的《Ｘ小姐》其主要場景：警局拘留所、偵訊室，醫院診療室，警局接待室，遊民收容所，城市街頭。除了最後一場爲戶外開放空間，其他五場全是封閉空間，這些封閉的室內空間都具備了相同的特徵：它們都是典型的監禁處罰與監視的場所，一些非常傅科式的法律論述空間。劇作者以往的劇作中也不乏監獄和警局這類場景，像《傅青主》的大獄，或是《我們一同走走看》裡的警局，但大致上這些場所是以典型方式處理，被當爲執行某種特定的具體社會功能的鎮壓機制，法律、正義判定的實現場所。《Ｘ小姐》裡我們見到的警局對於法律正義的執行不甚有興趣，這個地方（及其內的警員）被Ｘ小姐的失憶所吸引，專注在重建記憶

及身分認同，透過這個謎題，它延伸其權力機制到醫院與收容所，醫院也不是一般處理身體疾病的醫院，長安醫院的馬院長是腦神經科專家；而遊民收容所裡的遊民大都是游離於瘋狂邊緣的人物，只剩下代號和破碎不全的語言。從警局到收容所的過程是一連串的挫敗，X的記憶仍然無法復得，X小姐所能得到的只是一個新的代號，由神經科馬醫生給她的。這整個過程象徵了由警局所策劃開啓身分辨認的監視權力機制的失敗。第一場在拘留所裡的戲開始時猶帶有《傅青主》戲裡大獄的色彩，但很快地三個人物的對話讓我們懷疑這裡是否是拘留囚禁罪犯的地方，最後在這場戲將結束時女警進來將X帶走，警局拘留室的囚禁制壓性質，在這之後開始被監視機制取代。警局警員們所策劃的那一連串身分辨認、復憶的種種場景中，醫院的戲是其中最直接的所謂知識場景；馬院長的兩場戲，不論是 A 場的認知檢驗，或是 B 場的腦神經醫學知識教學，X小姐變成知識場景構築的藉口，如果不是醫學論述的對象物；很突兀反諷地，主導整個辨識過程的警員由法律執行者變成學生，但是所獲得的卻不是關於X小姐的身分記憶——馬院長對X小姐的認識僅只限於外表身體特徵「她的年齡大約在 22 至 25 歲之間，身高 162 公分，體重 110 磅，發育正常，受過相當教育。」——馬院長的診斷測試，不論是透過現代化醫療機器（腦波或電腦斷層）或是簡單的身體與語言智力的檢測，他無法越過身體表層進入X小姐的心理精神層面，而當X小姐開始出現意識揭露的徵兆時，這位腦神經專家卻不知掌握反而放掉這個時機去依賴醫療機器的幫助。簡略的說，馬院長所代表的醫療知識是一種極端的實用理性知識，不願意，也無能去面對處理生理物質層面以外的心理醫療現象。這樣的醫生他所能處理的當然就只能局限於外在的傷痕——「沒有外傷，甚至任何細小的傷痕也沒有發現，只有腿部有一處舊傷，早已痊癒。她具有一定的語言和思考的能力，⋯⋯。因此從整個的身體狀況來看，我沒有發現有什麼不對的地方。」馬院長的結論「X小姐除了喪失記憶之外，是個正常人。」說明他只會依靠身體表面狀態去定義所謂正常不正常的診斷，至於病因、失憶的

原因，他又只能搬出一套似是而非的「自然人／社會人」說法去迴避塘塞，一直到最後他無法避開時，他才坦承無法解決，將問題再推出去。這樣的結果和這一場開頭腦部生理解剖教學的專家學者口吻相較之下顯得相當嘲諷。整套說法只不過是書本上的知識，一套由醫學解剖、實驗建立的理論，馬院長認為這就是認識了解所謂的「自然人」的一般正常軀體現象所必需的；依照馬院長的邏輯，「自然人」實際上是某些既定的醫學論述規定下所定義出來的軀體現象，如此的「人」能否被稱為「自然人」？更為矛盾詭辯地，在他的認識中，「醫生所處理的只是一個『自然人』，也就是說一個可見的、可觸摸的人的軀體。」他未察覺到這個「自然人」根本是一種論述現象而非可見、可觸摸到的實物，落進唯名論的循環論證中，離開軀體現象越來越遠。建立在此種基礎上的醫療關係的失敗無效是不可避免的必然結果，來自於其內在的認識論割裂、自我盲化，「不是醫生所能解決」的原因源自於醫療者自身而非來自於病患的後天生長環境的外在決定因素。馬院長的這套「先天／後天」、「自然人／社會人」二元對立，僵硬機械的假科學真詭辯說詞，徹底諷刺了那些堅持科學理性知識至上者的啓蒙導師。

　　欠缺自我反思，只知盲從一套既定的典範論述規定，陳腐的二元論擁護者，徹底割裂「醫／病」、「正常／不正常」、「可知／不可知」等等；腦神經專家馬院長讓我們聯想起「開明專制」的某些特徵。他和法律論述的緊密聯繫可以由他幫助警方去測定Ｘ小姐（或許還有其他的類似病例）的腦神經；意識心理狀態的行為上得知，透過馬院長醫療認識警方延展他們的監視場域到心理意識層面。除了這個直接的關聯外，更為細微的則展現在國家意識形態機制層面上，那場馬院長想藉由唱歌方式去喚醒Ｘ小姐的記憶，結果反變成童歌教唱，馬院長教唱的「只要我長大」是一首反共抗俄時期意識形態鮮明的制式童歌，馬院長毫不醒覺到這首童歌和Ｘ小姐的童年記憶錯位不合，而Ｘ小姐只能重複他所教唱的片斷，像鸚鵡也像留聲機般跟唱；隨後他非常武斷地認定Ｘ小姐從前一定唱過這首歌——「你記

得你唱過沒有？」「在哪裡唱過？」——這首歌一定屬於Ｘ小姐記憶的一部分，以空間的問題去彌補、擦拭時序錯置的裂隙。然而實際上它是馬院長自己個人的記憶，對一位只有二十幾歲年齡的Ｘ小姐而言，反共抗俄的年代是遠不可及的屬於她的父母親那一個年代，馬院長個人的歷史失憶錯亂，只能留存那些鮮明的時代意識形象，很自動自發不須想過，這些屬於國家的影像與聲音會在這個時刻自行浮現。甚至他會覺得這個共同記憶是所有人在任何地方、時候都擁有的，他不自覺地（被）強制給予Ｘ小姐這個記憶，不是洗腦，因為他只是強制復返的記憶場所。附著在童歌裡的國家意識形態的絕對至上不可懷疑的特質類同童歌教唱之後的算術測試，這回Ｘ小姐就不像前面童歌學唱的完全被動重複所聽到的內容，她的運算機能完全保留，能夠很快回答馬院長所提出的那些簡單算題。幾乎已經內化成為必然的先天經驗的基本算術運算，已是不可疑的絕對真理，Ｘ小姐鮮明將它保存下來沒有隨著失憶而喪失。綜觀第三場 Ａ、Ｂ 兩場的教學場景，馬院長的醫師角色行為顯得極為薄弱，相較於他扮演教師傳遞不同知識、論述的鮮活。而長安醫院的診療室也似乎不太像一個腦神經科的專門醫院，被送上門接受診斷的Ｘ小姐的失憶引起它的質變，由失憶／記憶的臨牀診斷變成知識論述的臨床場所。兩場中，不論是 Ａ 場的童歌教唱、算術課，或是 Ｂ 場的腦生理解剖課、醫療哲學信念，對於馬院長而言它們的內容，其論述都具有律則性，那是不可疑的類真理。做為擁有這些知識論述，同時並具教學者／治療者雙重角色的馬院長他就是這些論述的代言人。Ｘ小姐的失憶，女警的無知門外漢都是同一事物，治療診斷就是教學，教學就是治療。無知也是一種疾病。但是馬院長的啟蒙治療不是照亮啟發，相反地，蒙蔽才是他的用意。從這個角度切入才能顯露長安醫院的瘋狂、妄想邏輯；由童歌斷片、基本算術到腦神經醫學理論、醫療哲學，這一條路線延展出來的貌似辯證質變跳躍的認識過程，從簡單常識上升到哲學、理論層面，其實是「存否」擺盪，每一場新的知識場景總是在否定前一場，點出前面的知識論述的虛幻、狂妄特質。Ｘ小姐在長安醫院裡目

睹見證知識論述的崩毀，她的失憶空洞、空白像個白色屏幕投映這些種種黯淡影像，那會是什麼樣的夢，惡夢——「（恐懼之至）可怕的——可怕的——。」馬院長不能，同時也不願去面對 X 小姐的恐懼，也是他自己的恐懼，X 小姐最後只能以——「他說什麼」——終結黑暗的長安醫院。

——選自「姚一葦逝世週年紀念研討會」

臺北：國立臺北藝術學院，1998 年 4 月 11 日

輯五◎
研究評論資料目錄

作家生平、作品評論專書與學位論文

專書

1. 陳映真主編　　暗夜中的掌燈者——姚一葦先生的人生與戲劇　臺北　書林出版公司　1998 年 11 月　417 頁

本書集結曾發表於各報刊雜誌有關姚一葦為人、治學的文章。全書分 4 輯：1.「悼念：暗夜中的掌燈者」，收錄姚先生辭世後，其同窗、好友、作家及學生的悼念文章共 35 篇。古蒙仁〈諸神消逝的黃昏〉、楊人凱〈幸有虛懷能自惜，不留污跡在人前〉、尉天驄〈和姚一葦先生在一起的那段日子〉、張健〈姚一葦先生二三事〉、張健〈玉觀音與紅鼻子〉、馬森〈熱情與堅持〉、高全之〈我們的姚一葦〉、施叔青〈感恩——念姚老師〉、李昂〈永遠的典範〉、陳映真〈暗夜中的掌燈者〉、陳映真〈洶湧的孤獨〉、白先勇〈文學不死——感懷姚一葦先生〉、林懷民〈懷念姚公〉、林克歡〈讓我們重新開始〉、鄭樹森〈古典美學的終點〉、廖仁義〈往事與歷史——懷念美學家姚一葦教授〉、鮑幼玉〈永遠的典範〉、馬水龍〈我所認識的姚老師〉、邱坤良〈姚一葦老師走了〉、陳玲玲〈落實的夢幻騎士——記戲劇大師的劇場風骨〉、蔣維國〈戲說分明——姚一葦排戲記〉、馬汀尼〈光明的尾巴〉、靳萍萍〈空中的城堡〉、黃建業〈憶記中的書香燈影〉、鮑光慶〈懷念公偉〉、鄭道傳、陳兆璋〈難忘的友情〉、朱雙一〈青年姚一葦——鮮為人知的早年創作〉、王友輝〈老師、讓我送你一程〉、王友輝〈來不及謝幕〉、林乃文〈暮靄中的書房〉、鍾雲鵬〈姚老師與「我」〉、蔡依雲〈飛鴻落照〉、李永豐〈沒有原則的姚一葦老師〉、陳鬱〈姚老師的最後一課〉、李映薔〈誰謂河廣一葦杭之〉；2.「斯人其事」，集結曾於報章雜誌發表過的文章，介紹姚先生的人與事共 12 篇，顧秀賢〈舞臺劇的最後堅持者——側寫姚一葦〉、何欣〈姚一葦和我〉、黃富美〈姚一葦七十「戲」說從頭〉、劉叔慧〈不寂寞的讀書人〉、李立亨〈默默耕耘的劇場「唐・吉軻德」——姚一葦的四種身分〉、古蒙仁〈獵殺時間的姚氏潛艇〉、陳鬱〈隱沒的酒神——姚一葦的閱讀人生〉、李映薔〈作詩過年〉、劉墉〈回首燈火明滅處〉、李映薔〈《紅鼻子》在日本〉、林祥〈旅店・人群・世界縮影——訪姚一葦談《紅鼻子》〉、李映薔〈戲劇的偶然，偶然的戲劇〉；3.「劇作家如思想家」，蒐集歷來評介姚先生的文章共 18 篇，林國源〈姚一葦先生的美學觀及其價值取向〉、趙衛民〈積學與酌理——讀姚一葦《說人生》〉、黃美序〈姚一葦戲劇中的語言、思想與結構〉、張健〈姚一葦戲劇的一反一正〉、曹明〈關照人生，關注現實——漫談姚一葦的歷史劇和現代劇〉、奮之〈人活著，是為了什麼？——關於

《來自鳳凰鎮的人》〉、俞大綱〈舞臺傳統的延伸——讀姚一葦的《碾玉觀音》劇本抒感〉、張健〈讀《碾玉觀音》〉、蘇格〈《碾玉觀音》的探討〉、陳玲玲〈從崔寧碾的兩座玉觀音、探討藝術的本質與功能〉、林克歡〈姚一葦先生和他的「紅鼻子」〉、彭鏡禧〈《紅鼻子》戲中戲〉、陳玲玲〈悲愴的妖姬——談《申生》‧探驪姬〉、余大綱〈由《一口箱子》演出引發的個人感想〉、劉森堯〈《一口箱子》中的現代悲劇意識〉、楊昌年〈去除孤獨的原型意義——評姚一葦《我們一同走走看》〉、鄭樹森〈淺談姚一葦的〈X 小姐〉〉、王墨林〈從「心」開始〉；**4.**附錄，收有〈姚一葦先生年表〉、〈姚一葦先生著作年表〉、〈姚一葦先生著作目錄〉、〈姚一葦先生參與會談及評審會議目錄〉、〈姚一葦先生劇作重要演出紀錄〉、〈姚一葦先生相關文獻目錄〉。

2. 王友輝　　姚一葦　臺北　行政院文建會　2003 年 7 月　197 頁

本書為《臺灣戲劇館‧資深戲劇家叢書》之一，集結有關姚一葦的劇作演出紀錄、詳細年表以及相關論述文章，結合史料解讀與作品評論，呈現其充滿文學與戲劇的人生。全書共 7 章：1.序幕——不做空頭文學家；2.第 1 幕——風雨如晦；3.第 2 幕——活著，就有希望；4.第 3 幕——現代劇場建築師，下有 2 場；5.第 4 幕——庇蔭繁花的綠葉；6.第 5 幕——尋找回家的路；7.尾聲——不留污跡在人前。正文後附錄〈姚一葦生平年表〉、〈未結集作品〉、〈劇作重要演出紀錄〉。

3. 吳佩芳　　姚一葦劇作：《碾玉觀音》之分析　臺中　白象文化出版公司
2010 年 8 月　169 頁

本書從情節、人物、對話、主旨 4 個面向分析姚一葦劇本《輾玉觀音》。全書共 6 章：1.緒論；2.情節結構之分析；3.人物塑造之分析；4.《輾玉觀音》對話之分析；5.《輾玉觀音》主旨之分析；6.結論。正文後有〈參考文獻〉，附錄《輾玉觀音》歷年演出紀錄圖片。

學位論文

4. 林秋芳　　模擬、動作、境界之研究——以姚一葦《藝術的奧祕》為中心　成
功大學中國文學系　碩士論文　林朝成教授指導　1997 年 6 月　62
頁

本論文從模擬、動作及境界三個面向思考姚先生的藝術理論，探討其定位及意義，並探看姚先生《藝術的奧祕》所闡述的理論在作者、作品、讀者及世界等四個面向的理解；最後探討姚先生的藝術理論的思考方式。全文共 5 章：1.緒論；2.模擬論；3.動作論；4.境界論；5.結論。正文後附錄〈姚一葦先生訪談記錄〉。

5. 蔡明蓉　　姚一葦戲劇美學理念及其實踐研究　臺灣師範大學國文學系　碩士
論文　潘麗珠教授指導　2000 年 7 月　231 頁

本論文從姚一葦目前所出版的 14 部劇作及其理論文章，歸納提取其戲劇美學，並探
看戲劇美學理念的實踐情形，放到歷史脈絡及大時代背景下審視，探知他戲劇美學
與傳統美學的貫通點，及他與同時期劇作家的特殊性。最後，透過文學劇本存在的
價值，確知姚一葦於現當代戲劇史所占的重要位置。全文共 5 章：1.緒論；2.姚一葦
戲劇美學理念研究；3.姚一葦戲劇美學理念實踐研究；4.姚一葦的戲劇美學；5.結
論。正文後附錄〈姚一葦與同時代劇作家劇作〉、〈1998 年讀劇活動紀實〉、〈姚
一葦劇作演出〉。

6. 楊醒輝　　姚一葦劇作六種之研究　中國文化大學戲劇系　碩士論文　林鋒雄
教授指導　2001 年 6 月　267 頁

本論文透過「劇本來源與編演過程」、「劇本分析」、「人物分析」、「戲劇意
念」等主題的了解，窺探《來自鳳凰鎮的人》等 6 劇作之全貌，探究其文學技巧並
相互比較此 6 劇作。全文共 9 章：1.緒論；2.《來自鳳凰鎮的人》分析；3.《孫飛虎
搶親》分析；4.《碾玉觀音》分析；5.《紅鼻子》分析；6.《申生》分析；7.《一口
箱子》分析；8.劇作六種其間的異同與文學技巧；9.結論。正文後附錄〈姚一葦先生
生平年表〉、〈姚一葦先生著作年表〉、〈姚一葦先生劇作六種重要演出紀錄〉。

7. 黃心華　　姚一葦戲劇創作理念與技巧──以《紅鼻子》一劇為例並探討其演
出　中國文化大學戲劇系　碩士論文　顧乃春，楊萬運，林鋒雄教
授指導　2001 年 12 月　110 頁

本論文透過所謂「原型」來分析《紅鼻子》一劇，再參酌各種文獻，統整出其中
「意型」（Idea）及表現技巧。全文共 5 章：1.緒論；2.姚一葦教授斯人斯事；3.姚
一葦教授的寫作歷程；4.《紅鼻子》創作理念及其演出；5.結論。

8. 吳佩芳　　姚一葦劇作《碾玉觀音》之分析　中國文化大學戲劇系　碩士論文
牛川海教授指導　2002 年　138 頁

本論文以《姚一葦戲劇六種》所收錄之《碾玉觀音》一劇為主要的研究範疇，進行
文本之分析，並透過亞里士多德《詩學》、姚一葦《戲劇原理》之動作論與時空觀
為理論架構，作為分析情節結構、人物塑造、對話、主旨的原則與依據。全文共 6
章：1.緒論；2.情節結構之分析；3.人物塑造之分析；4.〈碾玉觀音〉對話之分析；5.
〈碾玉觀音〉主旨之分析；6.結論。正文後附錄〈碾玉觀音〉歷年演出紀錄圖片。

9. 雷曉青　　以《孫飛虎搶親》與《碾玉觀音》為例論姚一葦的劇作技巧　東海
　　　　大學中國文學系　碩士論文　許建崑教授指導　2008 年　188 頁

本論文以《孫飛虎搶親》和《碾玉觀音》為文本，比較歷代文本之情節、人物，探
討姚一葦改寫的意旨，透過現代戲劇理論分析，以接受美學、女性書寫及藝術境界
等闡論其當代意義。全文共 6 章：1.緒論；2.姚一葦生平及其戲劇文學創作；3.姚一
葦的戲劇理論；4.姚一葦《孫飛虎搶親》之戲劇改寫研究；5.姚一葦《碾玉觀音》之
戲劇改寫研究；6.結論。正文後附錄〈姚一葦研究資料分類〉、〈姚一葦先生簡要年
表〉、〈關於姚一葦再創劇作之自述理念與學者評論〉。

10. 陳美美　　臺灣新戲劇研究（1965—1980）　佛光大學文學系　博士論文　馬
　　　　森教授指導　2009 年 7 月　324 頁

本論文以姚一葦、馬森、張曉風以及黃美序的作品為主，探討臺灣文壇在受到西方
文化的影響之下，四位作家如何將西方戲劇手法與中國文學及傳統戲劇融合。全文
共 7 章：1.第一度西潮下的中國現代戲劇；2.第二度西潮下的臺灣新戲劇；3.姚一
葦重要劇作分析；4.馬森重要劇作分析；5.張曉風重要劇作分析；6.黃美序重要劇
作分析；7.結論：臺灣新戲劇的回顧與展望。正文前有〈緒論〉。

11. 林淑慧　　藝術的奧祕：姚一葦文學研究　政治大學臺灣文學研究所　碩士論
　　　　文　陳芳明教授指導　2009 年　319 頁

本論文試探究姚一葦先生的翻譯、美學理論、戲劇創作與文學批評的建構，以及他
對於文學現代性的思考，藉此關注臺灣戰後現代文學與中國五四文學及現代主義文
學之間的關係。全文共 7 章：1.緒論；2.姚一葦的文學生涯；3.《詩學》的翻譯箋
註及其文化意義；4.美學理論之建構及其價值；5.現代戲劇之內在性與舊題新創；6.
姚一葦與臺灣現代文學批評的建立；7.結論。正文後附錄〈姚一葦大陸時期佚作一
覽表〉、〈姚一葦日文參考書目一覽表〉、〈論到梵林墩去的人〉、〈尉天驄先生
訪談紀錄〉、〈柯慶明先生訪談紀錄〉、〈白先勇先生訪談紀錄〉。

作家生平資料篇目

自述

12. 姚一葦　　《來自鳳凰鎮的人》後記　來自鳳凰鎮的人　臺北　現代文學社
　　　　　　1963 年 4 月　頁 55—58

13. 姚一葦　　《藝術的奧祕》自序　文學季刊　第 5 期　1967 年 11 月　頁 33—

39

14. 姚一葦　　自序　文學論集　臺北　書評書目出版社　1974 年 11 月　頁 1—2

15. 姚一葦講；蘇格記　　姚一葦談戲劇——《碾玉觀音》　書評書目　第 35 期　
　　　1976 年 3 月　頁 12—14

16. 姚一葦　　《姚一葦文錄》自序　書評書目　第 46 期　1977 年 2 月　頁 43—
　　　45

17. 姚一葦　　自序　姚一葦文錄　臺北　洪範書店　1977 年 2 月　頁 1—3

18. 姚一葦　　我寫《傅青主》　中國時報　1977 年 12 月 20 日　12 版

19. 姚一葦　　自序　傅青主　臺北　遠景出版社　1978 年 9 月　頁 1—7

20. 姚一葦　　我寫《傅青主》　戲劇與人生——姚一葦評論集　臺北　書林出版
　　　公司　1995 年 10 月　頁 37—42

21. 姚一葦　　我的大學讀書生活　中華日報　1978 年 4 月 19 日　11 版

22. 姚一葦　　我的大學讀書生活　書與我（一）　臺北　中華日報社　1980 年 6
　　　月　頁 59—64

23. 姚一葦　　我的大學讀書生活　今生之旅（二）——閃亮日子　臺北　故鄉出
　　　版社　1983 年 9 月　頁 198—203

24. 姚一葦　　從我編《現代文學》的一段往事談起　現代文學　復刊第 1 期　
　　　1979 年 8 月　頁 31—36

25. 姚一葦　　座右銘　中國時報　1980 年 4 月 11 日　8 版

26. 姚一葦　　老兵誌感——爲《現代文學》二十週年而寫[1]　現代文學　復刊第
　　　12 期　1980 年 11 月　頁 9—10

27. 姚一葦　　老兵誌感——爲《現代文學》二十週年而寫　現文因緣　臺北　現
　　　文出版社　1991 年 12 月　頁 234—236

28. 姚一葦　　人生之「境」——關於《傅青主》[2]　聯合報　1981 年 5 月 14 日　
　　　8 版

---

[1] 本文回憶參與《現代文學》雜誌時期的創作生涯。
[2] 本文說明〈傅青主〉的撰作動機、題材處理方式及劇作演出時欲呈現之效果。

29. 姚一葦　　　人生之「境」──關於《傅青主》　戲劇與人生──姚一葦評論集
　　　　　　　　臺北　書林出版公司　1995 年 10 月　頁 43—48

30. 姚一葦　　　《姚一葦戲劇六種》再版自序　聯合報　1982 年 9 月 6 日　8 版

31. 姚一葦　　　《姚一葦戲劇六種》再版自序　姚一葦戲劇六種　臺北　華欣文化
　　　　　　　　事業中心　1982 年 9 月　頁 1—4

32. 姚一葦　　　回首幕帷深──《姚一葦戲劇六種》再版自序　戲劇與人生──姚
　　　　　　　　一葦評論集　臺北　書林出版公司　1995 年 10 月　頁 32—36

33. 姚一葦　　　《姚一葦戲劇六種》再版自序　姚一葦戲劇六種　臺北　書林出版
　　　　　　　　公司　2000 年 4 月　頁 1—5

34. 姚一葦　　　自序　我們一同走走看　臺北　書林出版公司　1987 年 6 月　頁 1
　　　　　　　　—3

35. 姚一葦　　　《我們一同走走看》後記　我們一同走走看　臺北　書林出版公司
　　　　　　　　1987 年 6 月　頁 62—64

36. 姚一葦　　　《左伯桃》後記　我們一同走走看　臺北　書林出版公司　1987 年
　　　　　　　　6 月　頁 95—97

37. 姚一葦　　　後記──我寫《說人生》　說人生　臺北　聯經出版公司　1989 年
　　　　　　　　6 月　頁 211—215

38. 姚一葦　　　自序　欣賞與批評　臺北　聯經出版公司　1989 年 7 月　頁 1—3

39. 姚一葦　　　遣悲懷──代序　戲劇與文學　臺北　聯經出版公司　1989 年 9 月
　　　　　　　　頁 1—10

40. 姚一葦　　　我與《現代文學》　戲劇與文學　臺北　聯經出版公司　1989 年 9
　　　　　　　　月　頁 183—191

41. 姚一葦　　　《現代文學》與我　白先勇外集 2‧現文因緣　臺北　天下遠見出
　　　　　　　　版公司　2008 年 9 月　頁 50—58

42. 姚一葦　　　增訂版後記　戲劇與文學　臺北　聯經出版公司　1989 年 9 月　頁
　　　　　　　　303—304

43. 姚一葦　　　自序　戲劇原理　臺北　書林出版公司　1992 年 2 月　〔2〕頁

44. 姚一葦　導言　戲劇原理　臺北　書林出版公司　1992 年 2 月　頁 1—12

45. 姚一葦　劇本與演出之間——寫在《碾玉觀音》重演之前　表演藝術　第 6 期　1993 年 4 月　頁 94—95

46. 姚一葦　劇本與演出之間——寫在《碾玉觀音》重演之前　戲劇與人生——姚一葦評論集　臺北　書林出版公司　1995 年 10 月　頁 68—71

47. 姚一葦　〈重新開始〉後記　聯合文學　第 106 期　1993 年 8 月　頁 60

48. 姚一葦　〈重新開始〉後記　X 小姐；重新開始　臺北　麥田出版公司　1994 年 8 月　頁 153—155

49. 姚一葦　自序　戲劇與人生——姚一葦評論集　臺北　書林出版公司　1995 年 10 月　頁 1—2

50. 姚一葦　旅館・過客・縮影世界——一葦先生談《紅鼻子》　戲劇與人生——姚一葦評論集　臺北　書林出版公司　1995 年 10 月　頁 49—54

51. 姚一葦　讀書、寫作和冥想　聯合文學　第 142 期　1996 年 8 月　頁 6—7

52. 姚一葦　以讀書爲樂　文教資料　第 234 期　1997 年 12 月　頁 23—25

他述

53. 水　晶　記姚一葦先生　純文學　第 9 卷第 3 期　1971 年 3 月　頁 80

54. 林淑蘭　姚一葦是個戲劇迷　中央日報　1979 年 10 月 10 日　11 版

55. 劉方榮　《紅鼻子》喜傳親人佳音——訪臺灣劇作家姚一葦的母親石小靜　文匯報　1982 年 6 月 5 日　2 版

56. 〔王晉民，鄺白曼編〕　姚一葦　臺灣與海外華人作家小傳　福州　福建人民出版社　1983 年 9 月　頁 151—152

57. 〔文訊雜誌〕　文苑短波——姚一葦將主持編劇進修班　文訊雜誌　第 4 期　1983 年 10 月　頁 10

58. 余怡菁　無所用心，盡其在我——姚一葦與戲劇長相伴　自由時報　1988 年 12 月 21 日　11 版

59. 顧秀賢　舞臺劇的最後堅持者——側寫姚一葦　1988 年文藝年報　1989 年 5 月　頁 12

60. 顧秀賢　　舞臺劇的最後堅持者——側寫姚一葦　暗夜中的掌燈者——姚一葦　先生的人生與戲劇　臺北　書林出版公司　1998 年 11 月　頁 171　—173

61. 馬　森　　八〇年代的臺灣小劇場運動〔姚一葦部分〕　中國現代戲劇的兩度　西潮　臺北　文化生活新知出版社　1991 年 7 月　頁 274—275

62. 馬　森　　八〇年代的臺灣小劇場運動〔姚一葦部分〕　西潮下的中國現代戲　劇　臺北　書林出版公司　1994 年 10 月　頁 274—275

63. 馬　森　　八〇年代的臺灣小劇場運動〔姚一葦部分〕　中國現代戲劇的兩度　西潮　臺北　聯合文學出版社　2006 年 12 月　頁 201—202

64. 何　欣　　姚一葦和我　中國時報　1992 年 4 月 6 日　31 版

65. 何　欣　　姚一葦和我　暗夜中的掌燈者——姚一葦先生的人生與戲劇　臺北　書林出版公司　1998 年 11 月　頁 174—179

66. 林克歡　　姚一葦　中國大百科全書：戲劇　北京　中國大百科全書出版社　1992 年 4 月　頁 470

67. 古蒙仁　　獵殺時間的姚氏潛艇——小記姚一葦老師　中央日報　1992 年 5 月　16 日　16 版

68. 古蒙仁　　獵殺時間的姚氏潛艇　暗夜中的掌燈者——姚一葦先生的人生與戲　劇　臺北　書林出版公司　1998 年 11 月　頁 199—201

69. 陳玲玲　　聯合導演的挑戰與實踐——我與姚一葦先生的合作經驗　藝術評論　（5）　臺北　國立藝術學院出版組　1993 年 10 月　頁 109—122

70. 李映蕾　　作詩過年　聯合報　1995 年 3 月 6 日　37 版

71. 李映蕾　　作詩過年　戲劇與人生——姚一葦評論集　臺北　書林出版公司　1995 年 10 月　頁 211—215

72. 李映蕾　　作詩過年　暗夜中的掌燈者——姚一葦先生的人生與戲劇　臺北　書林出版公司　1998 年 11 月　頁 209—212

73. 李立亨　　他是一個又「小心」又「挑」的——專訪姚一葦近年著作的整理者　王友輝　表演藝術　第 35 期　1995 年 9 月　頁 77

74. 曹　明　臺灣戲劇大師姚一葦　戲劇文學　1996 年第 12 期　1996 年 12 月
　　　　　　頁 66—69

75. 曹　明　悼臺灣戲劇大師姚一葦　文教資料　1997 年第 6 期　1997 年 12 月
　　　　　　頁 34—41

76. 王友輝　捨不得這臺戲落幕——悼姚老　民生報　1997 年 4 月 12 日　19 版

77. 王墨林　藝術一定要這樣寂寞嗎？　自由時報　1997 年 4 月 12 日　35 版

78. 楊莉玲　戲劇學者姚一葦辭世——享年 75 歲　自由時報　1997 年 4 月 12 日
　　　　　　35 版

79. 李立亨　姚老師家的檸檬紅茶　中國時報　1997 年 4 月 14 日　26 版

80. 古蒙仁　諸神消逝的黃昏——敬悼姚一葦老師　自由時報　1997 年 4 月 15
　　　　　　日　33 版

81. 古蒙仁　諸神消逝的黃昏　暗夜中的掌燈者——姚一葦先生的人生與戲劇
　　　　　　臺北　書林出版公司　1998 年 11 月　頁 3—5

82. 王友輝　老師，讓我送你一程——悼一葦恩師　中國時報　1997 年 4 月 15
　　　　　　日　27 版

83. 王友輝　老師，讓我送你一程　暗夜中的掌燈者——姚一葦先生的人生與戲
　　　　　　劇　臺北　書林出版公司　1998 年 11 月　頁 133—137

84. 邱坤良　姚一葦老師走了[3]　聯合報　1997 年 4 月 16 日　18 版

85. 邱坤良　姚一葦老師走了　暗夜中的掌燈者——姚一葦先生的人生與戲劇
　　　　　　臺北　書林出版公司　1998 年 11 月　頁 89—91

86. 邱坤良　姚老走了　移動觀點：藝術‧空間‧生活戲劇　臺北　九歌出版社
　　　　　　2007 年 4 月　頁 92—93

87. 王亞玲　人生如戲，一葦杭之　時報周刊　第 999 期　1997 年 4 月 20—26
　　　　　　日　頁 126—127

88. 楊人凱　幸有虛懷能自惜，不留污跡在人前　時報周刊　第 999 期　1997 年
　　　　　　4 月 20—26 日　頁 128—129

---

[3]本文後改篇名爲〈姚老走了〉。

89. 楊人凱　幸有虛懷能自惜，不留污跡在人前　暗夜中的掌燈者——姚一葦先生的人生與戲劇　臺北　書林出版公司　1998 年 11 月　頁 6—11

90. 尉天驄　和姚一葦先生在一起的那段日子　中央日報　1997 年 4 月 30 日　18 版

91. 尉天驄　和姚一葦先生在一起的那段日子　暗夜中的掌燈者——姚一葦先生的人生與戲劇　臺北　書林出版公司　1998 年 11 月　頁 12—20

92. 施叔青　痛失良師　中國時報　1997 年 5 月 1 日　27 版

93. 施叔青　痛失良師　文教資料　1997 年第 6 期　1997 年 12 月　頁 48—49

94. 李　昂　永遠的典範　中國時報　1997 年 5 月 1 日　27 版

95. 李　昂　永遠的典範　文教資料　1997 年第 6 期　1997 年 12 月　頁 50—51

96. 李　昂　永遠的典範　暗夜中的掌燈者——姚一葦先生的人生與戲劇　臺北　書林出版公司　1998 年 11 月　頁 39—41

97. 張　健　姚一葦先生二、三事　中國時報　1997 年 5 月 1 日　27 版

98. 張　健　姚一葦先生二、三事　善境與美境　臺北　水牛出版社　1997 年 9 月　頁 107—111

99. 張　健　姚一葦先生二三事　暗夜中的掌燈者——姚一葦先生的人生與戲劇　臺北　書林出版公司　1998 年 11 月　頁 21—24

100. 張　健　《玉觀音》與《紅鼻子》　聯合報　1997 年 5 月 1 日　41 版

101. 張　健　《玉觀音》與《紅鼻子》　善境與美境　臺北　水牛出版社　1997 年 9 月　頁 103—106

102. 張　健　《玉觀音》與《紅鼻子》　暗夜中的掌燈者——姚一葦先生的人生與戲劇　臺北　書林出版公司　1998 年 11 月　頁 25—27

103. 馬　森　熱情和堅持・哭一葦先生——懷念「戲劇導師」姚一葦先生專輯　聯合報　1997 年 5 月 1 日　41 版

104. 馬　森　熱情和堅持——哭一葦先生　文教資料　1997 年第 6 期　1997 年 12 月　頁 44—47

105. 馬　森　熱情和堅持　暗夜中的掌燈者——姚一葦先生的人生與戲劇　臺

北　書林出版公司　1998 年 11 月　頁 28—32

106. 馬　森　　熱情與堅持——哭姚一葦先生　追尋時光的根　臺北　九歌出版社　1999 年 5 月　頁 233—239

107. 馬　森　　熱情與堅持——哭一葦先生　戲劇：造夢的藝術　臺北　秀威資訊公司　2010 年 12 月　頁 89—93

108. 高全之　　我們的姚一葦——懷念「戲劇導師」姚一葦先生專輯　聯合報　1997 年 5 月 1 日　41 版

109. 高全之　　我們的姚一葦　從張愛玲到林懷民　臺北　三民書局　1998 年 2 月　頁 174—177

110. 高全之　　我們的姚一葦　暗夜中的掌燈者——姚一葦先生的人生與戲劇　臺北　書林出版公司　1998 年 11 月　頁 33—35

111. 施叔青　　感恩‧念姚老師——懷念「戲劇導師」姚一葦先生紀念專輯　聯合報　1997 年 5 月 1 日　41 版

112. 施叔青　　感恩——念姚老師　暗夜中的掌燈者——姚一葦先生的人生與戲劇　臺北　書林出版公司　1998 年 11 月　頁 36—38

113. 陳　鬱　　姚老師的最後一課——懷念「戲劇導師」姚一葦先生專輯　聯合報　1997 年 5 月 1 日　41 版

114. 陳　鬱　　姚老師的最後一課　暗夜中的掌燈者——姚一葦先生的人生與戲劇　臺北　書林出版公司　1998 年 11 月　頁 161—162

115. 紀慧玲　　劇場導師——姚一葦典範長存　民生報　1997 年 5 月 2 日　19 版

116. 林克歡　　讓我們重新開始——悼念姚一葦先生　中國時報　1997 年 5 月 12 日　27 版

117. 林克歡　　讓我們重新開始——悼念臺灣著名戲劇家姚一葦先生　文教資料　1997 年第 6 期　1997 年 12 月　頁 30—33

118. 林克歡　　讓我們重新開始　暗夜中的掌燈者——姚一葦先生的人生與戲劇　臺北　書林出版公司　1998 年 11 月　頁 69—72

119. 黃美序　姚一葦走了！「太可惜啦！」[4]　表演藝術　第 54 期　1997 年 5 月　頁 19—21

120. 黃美序　姚一葦走了！「太可惜啦！」　文教資料　1997 年第 6 期　1997 年 12 月　頁 42—43

121. 蔡依雲　飛鴻落照[5]　表演藝術　第 54 期　1997 年 5 月　頁 20—21

122. 蔡依雲　飛鴻落照　暗夜中的掌燈者——姚一葦先生的人生與戲劇　臺北　書林出版公司　1998 年 11 月　頁 154—157

123. 陳映真　洶湧的孤獨——敬悼姚一葦先生（上、下）　聯合報　1997 年 6 月 22—23 日　41 版

124. 陳映真　洶湧的孤獨——敬悼姚一葦先生　臺港與海外華文文學評論和研究　1997 年第 3 期　1997 年 9 月　頁 74—76

125. 陳映真　洶湧的孤獨　暗夜中的掌燈者——姚一葦先生的人生與戲劇　臺北　書林出版公司　1998 年 11 月　頁 46—52

126. 陳映真　洶湧的孤獨——敬悼姚一葦先生　陳映真散文集・父親　臺北　洪範書店　2004 年 9 月　頁 123—131

127. 傅裕惠　「重新」解構，「開始」了解[6]　表演藝術　第 55 期　1997 年 6 月　頁 21—25

128. 楊婉怡　生前逝後的孤獨——新新學生眼中的姚一葦老師[7]　表演藝術　第 55 期　1997 年 6 月　頁 22—23

129. 陳映真　暗夜中的掌燈者　聯合文學　第 152 期　1997 年 6 月　頁 46—50

130. 陳映真　暗夜中的掌燈者　暗夜中的掌燈者——姚一葦先生的人生與戲劇　臺北　書林出版公司　1998 年 11 月　頁 42—45

131. 陳玲玲　落實的夢幻騎士——記戲劇大師的劇場風骨　聯合文學　第 152 期　1997 年 6 月　頁 56—60

---

[4] 本文與〈飛鴻落照〉分上下區塊，刊於同一版面。
[5] 本文與〈姚一葦走了！「太可惜啦！」〉分上下區塊，刊於同一版面。
[6] 本文與〈生前逝後的孤獨——新新學生眼中的姚一葦老師〉分上下區塊，刊於同一版面。
[7] 本文與〈「重新」解構，「開始」了解〉分上下區塊，刊於同一版面。

132. 陳玲玲　　落實的夢幻騎士——記戲劇大師的劇場風骨　暗夜中的掌燈者——姚一葦先生的人生與戲劇　臺北　書林出版公司　1998 年 11 月　頁 92—98

133. 林懷民　　懷念姚公　聯合文學　第 152 期　1997 年 6 月　頁 61—62

134. 林懷民　　懷念姚公　暗夜中的掌燈者——姚一葦先生的人生與戲劇　臺北　書林出版公司　1998 年 11 月　頁 65—68

135. 王友輝　　來不及謝幕　聯合文學　第 152 期　1997 年 6 月　頁 63—66

136. 王友輝　　來不及謝幕　暗夜中的掌燈者——姚一葦先生的人生與戲劇　臺北　書林出版公司　1998 年 11 月　頁 138—143

137. 李映蕃　　誰謂河廣，一葦杭之　聯合報　1997 年 7 月 17 日　41 版

138. 李映蕃　　誰謂河廣一葦杭之　暗夜中的掌燈者——姚一葦先生的人生與戲劇　臺北　書林出版公司　1998 年 11 月　頁 163—168

139. 楊　照　　姚一葦——藝術舞臺幕後的指導者　新新聞周報　第 541 期　1997 年 7 月 20—26 日　頁 54—56

140. 張　健　　智者不惑，勇者不懼　善境與美境　臺北　水牛出版社　1997 年 9 月　頁 112—117

141. 曹　明　　臺灣文藝界悼念姚一葦　臺港與海外華文文學評論和研究　1997 年第 3 期　1997 年 9 月　頁 77

142. 白先勇　　文學不死——感懷姚一葦先生（上、中、下）　聯合報　1997 年 11 月 29 日—12 月 1 日　41 版

143. 白先勇　　文學不死——感念姚一葦先生　暗夜中的掌燈者——姚一葦先生的人生與戲劇　臺北　書林出版公司　1998 年 11 月　頁 53—64

144. 白先勇　　文學不死——感念姚一葦先生　樹猶如此　臺北　聯合文學出版社　2002 年 2 月　頁 32—44

145. 白先勇　　文學不死——感懷姚一葦先生　白先勇作品集・樹猶如此　臺北　天下遠見出版公司　2008 年 9 月　頁 36—50

146. 鄭道傳，陳兆璋　　難忘的友情——悼姚一葦　新文學史料　1997 年第 4 期

1997 年 11 月　頁 88—90

147. 鄭道傳，陳兆璋　　難忘的友情　暗夜中的掌燈者——姚一葦先生的人生與
戲劇　臺北　書林出版公司　1998 年 11 月　頁 119—124

148. 西　蒙　　姚一葦生平簡介　文教資料　1997 年第 6 期　1997 年 12 月　頁 3
—4

149. 廖仁義　　往事與歷史——懷念美學家姚一葦教授　中國時報　1998 年 4 月
10 日　37 版

150. 廖仁義　　往事與歷史——懷念美學家姚一葦教授　暗夜中的掌燈者——姚
一葦先生的人生與戲劇　臺北　書林出版公司　1998 年 11 月　頁
78—82

151. 張　默　　辭世作家小傳——姚一葦（1922—1997）　1997 臺灣文學年鑑
臺北　行政院文建會　1998 年 6 月　頁 221—222

152. 曹　明　　知識，心靈，膽識，思想——姚一葦先生周年祭　上海戲劇
1998 年第 6 期　1998 年 6 月　頁 40—41

153. 鮑幼玉　　永遠的典範　暗夜中的掌燈者——姚一葦先生的人生與戲劇　臺
北　書林出版公司　1998 年 11 月　頁 83—85

154. 馬水龍　　我所認識的姚老師　暗夜中的掌燈者——姚一葦先生的人生與戲
劇　臺北　書林出版公司　1998 年 11 月　頁 86—88

155. 靳萍萍　　空中的城堡　暗夜中的掌燈者——姚一葦先生的人生與戲劇　臺
北　書林出版公司　1998 年 11 月　頁 108—109

156. 黃建業　　記憶中的書香燈影　暗夜中的掌燈者——姚一葦先生的人生與戲
劇　臺北　書林出版公司　1998 年 11 月　頁 110—112

157. 鮑光慶　　懷念公偉　暗夜中的掌燈者——姚一葦先生的人生與戲劇　臺北
書林出版公司　1998 年 11 月　頁 113—118

158. 鍾雲鵬　　姚老師與「我」　暗夜中的掌燈者——姚一葦先生的人生與戲劇
臺北　書林出版公司　1998 年 11 月　頁 149—153

159. 李永豐　　沒有原則的姚一葦老師　暗夜中的掌燈者——姚一葦先生的人生

與戲劇　臺北　書林出版公司　1998 年 11 月　頁 158—160

160. 陳宛蓉　姚一葦特寫——以高度哲理觀照人生　臺灣文學經典研討會論文集　臺北　行政院文建會，聯經出版公司　1999 年 1 月　頁 426

161. 陳宛蓉　姚一葦——以高度哲理觀照人生　聯合報　1999 年 2 月 28 日　37版

162. 曹　明　兩岸學者共同紀念姚一葦　臺聲　1999 年第 3 期　1999 年 3 月　頁 29—31

163. 陳玲玲　前身合是文殊座　聯合報　2000 年 6 月 3 日　37 版

164. 彭耀春　魯迅與姚一葦　魯迅研究月刊　2000 年第 9 期　2000 年 9 月　頁 83—86

165. 李立亨　劇作家、文藝理論家、教育家　臺北人物誌（三）　臺北　臺北市新聞處　2000 年 11 月　頁 190—195

166. 李立亨　建立自己的戲——劇作家、文藝理論家、教育家姚一葦　臺北畫刊　第 394 期　2000 年 11 月　頁 75

167. 〔王景山編〕　姚一葦　臺港澳暨海外華文作家辭典　北京　人民文學出版社　2003 年 7 月　頁 729—731

168. 劉森堯　謝謝你，伊歐涅斯柯！——懷念姚一葦和俞大綱兩位教授　母親的書　臺北　爾雅出版社　2004 年 2 月　頁 25—33

169. 曹　明　展現臺灣戲劇演變風貌——讀《資深戲劇家叢書》〔姚一葦部分〕　文訊雜誌　第 246 期　2006 年 4 月　頁 89

170. 許俊雅　新店溪流域的文化與文學——永和市——現代文學——姚一葦（一九二二年——一九九七年）　續修臺北縣志・藝文志第三篇・文學（上）　臺北　臺北縣政府　2008 年 3 月　頁 163—164

171. 〔封德屏主編〕　姚一葦　2007 臺灣作家作品目錄　臺南　國立臺灣文學館　2008 年 7 月　頁 532—533

172. 關國煊　姚一葦（1922—1997）　傳記文學　第 556 期　2008 年 9 月　頁 138—143

173. 柯慶明　　姚一葦先生雜憶（1—2）　印刻文學生活誌　第 65—66 期　2009
年 1—2 月　頁 162—165，122—125

174. 尉天驄　　和姚一葦先生在一起的日子　歲月　上海　上海人民出版社
2009 年 7 月　頁 80—88

訪談、對談

175. 蕭水順　　智識與創作——姚一葦先生訪問記　幼獅文藝　第 209 期　1971
年 5 月　頁 37—43

176. 誠然谷　　文學、戲劇、批評——姚一葦教授訪談錄（上、下）　中國時報
1972 年 5 月 31 日—6 月 1 日　9 版

177. 誠然谷　　文學‧戲劇‧批評——姚一葦教授訪問錄　文學論集　臺北　書
評書目出版社　1974 年 11 月　頁 305—316

178. 覃雲生　　與姚一葦教授一夕談書　書評書目　第 7 期　1973 年 9 月　頁 40
—47

179. 覃雲生　　與姚一葦教授一夕談書　戲劇與人生——姚一葦評論集　臺北
書林出版公司　1995 年 10 月　頁 15—23

180. 吳祥光等[8]　　訪姚一葦先生　新潮　第 28 期　1974 年 6 月　頁 43—45

181. 〔編輯組〕　　訪姚一葦、黃美序、司徒芝萍、汪其楣諸位談《一口箱子》
的演出　文藝　第 93 期　1977 年 3 月　頁 76—85

182. 韓國柱　　姚一葦——發揮文藝功能武裝全民思想，唯有三民主義的文藝方
向才能克敵致勝　青年戰士報　1977 年 8 月 29 日　3 版

183. 邱秀文　　為時代代言的藝術家——訪姚一葦先生　智者群像　臺北　時報
文化出版公司　1977 年 10 月　頁 118—126

184. 井迎兆，鄒貴領，柯錦彥　　從「讀劇本」做起——姚一葦先生訪問記　政
大文藝　第 2 期　1979 年 5 月　頁 40—43

185. 王禎和　　戲劇教授——姚一葦　電視‧電視　臺北　遠景出版公司　1980
年 3 月　頁 1—7

---

[8]專訪者：吳祥光、邱隆發、周慶塘、陳振興、黃樹人。

186. 方　梓　　以讀書爲樂　人生金言（下）　臺北　自立晚報社　1983 年 9 月
　　　頁 193—195

187. 戴晨志，楊世凡　　讓更多人參與戲劇活動——訪國立藝術學院戲劇系主任
　　　姚一葦教授　自由青年　第 70 卷第 5 期　1983 年 11 月 1 日　頁
　　　31—33

188. 姚一葦等[9]　　「當代劇場發展的方向」座談會　聯合文學　第 41 期　1988
　　　年 3 月　頁 12—14

189. 鄭明俊　　如何透過文學了解人性——訪姚一葦、王文興談　幼獅文藝　第
　　　420 期　1988 年 12 月　頁 6—11

190. 廖仁義　　打算盤出身，寫劇本出名，「傻事」願幹一輩子——姚一葦說
　　　中國時報　1989 年 1 月 16 日　22 版

191. 林　祥　　旅店・人群・世界縮影——訪姚一葦談《紅鼻子》　中國時報
　　　1989 年 8 月 3 日　27 版

192. 林　祥　　旅店・人群・世界縮影——訪姚一葦談《紅鼻子》　暗夜中的掌
　　　燈者——姚一葦先生的人生與戲劇　臺北　書林出版公司　1998
　　　年 11 月　頁 225—231

193. 黃秀慧　　戲正上演——訪姚一葦先生　聯合報　1989 年 8 月 31 日　27 版

194. 劉叔慧　　不寂寞的讀書人——專訪姚一葦先生　文訊雜誌　第 91 期　1993
　　　年 5 月　頁 92—95

195. 劉叔慧　　不寂寞的讀書人　暗夜中的掌燈者——姚一葦先生的人生與戲劇
　　　臺北　書林出版公司　1998 年 11 月　頁 185—191

196. 無名氏　　與姚一葦教授論瘂弦詩　國魂　第 577 期　1993 年 12 月　頁 78
　　　—79

197. 陳　鬱　　隱沒的酒神——姚一葦的閱讀人生　聯合報　1997 年 4 月 21 日
　　　41 版

---

[9]與會者：姚一葦、楊世彭、瘂弦、黃美序、賴聲川、金士傑、鍾明德；主持人：馬森；紀錄整
理：陳平之、胡正之。

198. 陳　鬱　　隱沒的酒神——姚一葦的閱讀人生　閱讀之旅（上）　臺北　聯經出版公司　1998 年 5 月　頁 222—232

199. 陳　鬱　　隱沒的酒神——姚一葦的閱讀人生　暗夜中的掌燈者——姚一葦先生的人生與戲劇　臺北　書林出版公司　1998 年 11 月　頁 202—208

200. 黃富美　　姚一葦七十「戲」說從頭　暗夜中的掌燈者——姚一葦先生的人生與戲劇　臺北　書林出版公司　1998 年 11 月　頁 180—184

年表

201.〔聯合文學〕　　姚一葦創作年表　聯合文學　第 106 期　1993 年 8 月　頁 61

202. 姚一葦　　姚一葦創作年表　X 小姐；重新開始　臺北　麥田出版公司　1994 年 10 月　頁 157—158

203. 治喪委員會　　姚一葦先生行誼年表　國史館館刊　第 23 期　1997 年 12 月　頁 261—265

204. 王友輝　　姚一葦先生年表　暗夜中的掌燈者——姚一葦先生的人生與戲劇　臺北　書林出版公司　1998 年 11 月　頁 379—384

205. 王友輝　　姚一葦生平年表　姚一葦　臺北　行政院文建會　2003 年 7 月　頁 183—186

其他

206. 吳　風　　中影籌拍《碾玉觀音》　經濟日報　1967 年 5 月 5 日　7 版

207. 王建魯，馬驥，何二珍　　演員的話　臺灣新生報　1967 年 8 月 21 日　9 版

208. 李曼瑰　　結合智慧發散力量　臺灣新生報　1967 年 8 月 21 日　9 版

209. 俞大綱　　看《碾玉觀音》總排雜感　臺灣新生報　1967 年 8 月 21 日　9 版

210. 趙琦彬　　我憑什麼導演　臺灣新生報　1967 年 8 月 21 日　9 版

211. 劉碩夫　　我的話　臺灣新生報　1967 年 8 月 21 日　9 版

212. 聶光炎　　我設計碾玉觀音　臺灣新生報　1967 年 8 月 21 日　9 版

213. 陳明道　　中山學術文藝理論獎得獎人——姚一葦　文化一週　1968 年 11 月

20 日　28 版

214. 尼洛等[10]　聯合報第八屆短篇小說獎決選會議紀實——特別貢獻獎〔姚一葦部分〕　聯合報七十二年度小說獎作品集　臺北　聯合報編輯部 1984 年 6 月　頁 20—23

215. 〔文藝年報編輯部〕　第十一屆吳三連文藝獎〔戲劇組〕得獎人——姚一葦評定書 1988 年文藝年報　1989 年 5 月　頁 3

216. 紀慧玲　姚一葦學藝定位，全方位觀察——關渡藝院舉辦研討會與戲劇，政戰學校巡演代表性作品　民生報　1998 年 3 月 25 日　19 版

217. 紀慧玲　時代倒錯，堅持理想——「戲劇教育家逝世周年研討會」尋找姚一葦定位　民生報　1998 年 4 月 12 日　19 版

218. 〔民生報〕　暗夜中的掌燈者，記錄姚一葦的戲劇與人生　民生報　1999 年 1 月 11 日　19 版

219. 曾意芳　姚一葦、李應強遺愛藝術院——夫婦捐獻所有遺產並成立基金會，告別式中親友緬懷敬佩　中央日報　2000 年 6 月 4 日　14 版

220. 李玉玲　新生代執筆，補白臺灣戲劇史——文建會推出「臺灣戲劇館」為前輩戲劇家張維賢、林摶秋、姚一葦立傳，預計出版二十五人傳記　聯合報　2003 年 8 月 14 日　6 版

221. 康俐雯　張維賢、林摶秋、李曼瑰、姚一葦——文建會戲劇館叢書串起臺灣戲劇史　聯合報　2003 年 8 月 14 日　45 版

222. 陳正熙　1980 年代臺灣小劇場運動的歷史意義——以「實驗劇展」的開始與結束為例[11]　再造臺灣劇場風雲：姚一葦國際學術研討會論文集　臺北　臺北藝術大學戲劇學系，姚一葦藝術基金 2007 年 6 月 2—3 日　頁 23—30

---

[10] 與會者：尼洛、白先勇、司馬中原、林懷民、高陽、蔣勳、鄭樹森；紀錄：丘彥明。
[11] 本論文旨在探討姚一葦先生所主導的「實驗劇展」之歷史義涵。

作品評論篇目

綜論

---

[12]本文後另譯並編修爲中文版呈現，篇名爲〈姚一葦戲劇中的語言、思想與結構〉。
[13]本文以劇本分析爲依據，就文學及戲劇兩方面來討論姚一葦先生的 7 個劇本。全文共 8 小節：1.
來自鳳凰鎮的人（三幕劇）；2.孫飛虎搶親（三幕劇）；3.碾玉觀音（三幕劇）；4.紅鼻子（四幕
劇）；5.申生（四幕劇）；6.一口箱子（獨幕四場）；7.傅青主（兩部劇）；8.結論。

233. 張　　健　　姚一葦戲劇的一正一反觀　從李杜說起　臺北　南京出版公司
　　　　　　　　1979 年 10 月　頁 113—118

234. 張　　健　　姚一葦戲劇的一正一反觀　文學的長廊　臺北　幼獅文化公司
　　　　　　　　1990 年 8 月　頁 95—100

235. 張　　健　　姚一葦戲劇的一正一反　暗夜中的掌燈者——姚一葦先生的人生
　　　　　　　　與戲劇　臺北　書林出版公司　1998 年 11 月　頁 298—302

236. 方　　梓　　姚一葦——美學的掌燈人　中華日報　1984 年 2 月 20 日　9 版

237. 徐　　學　　姚一葦歷史劇的現代性與民族性　臺灣研究集刊　1987 年第 3 期
　　　　　　　　1987 年 8 月　頁 47—51

238. 黃美序　　六個找劇評家的舞臺劇作者——姚一葦　中外文學　第 16 卷第 3
　　　　　　　　期　1987 年 8 月　頁 112—117

239. 王玉斌　　姚一葦　現代臺灣文學史　瀋陽　遼寧大學出版社　1987 年 12 月
　　　　　　　　頁 779—801

240. 王玉斌　　「國劇」的開發——論姚一葦劇作的特點與成就　吉林師範學院
　　　　　　　　學報　1988 年第 1 期　1988 年 1 月　頁 77

241. 王志健　　姚一葦　文學四論（上）　臺北　文史哲出版社　1988 年 7 月
　　　　　　　　頁 394—396

242. 徐　　學　　姚一葦歷史劇初探　戲劇文學報　第 10 期　1988 年 10 月　頁 47
　　　　　　　　—52

243. 公仲，汪義生　　60 年代後期和 70 年代臺灣文學（1966—1980）——姚一葦
　　　　　　　　臺灣新文學史初編　南昌　江西人民出版社　1989 年 8 月　頁
　　　　　　　　309—312

244. 徐　　學　　文學批評概述〔姚一葦部分〕　臺灣新文學概觀（下）　廈門
　　　　　　　　鷺江出版社　1991 年 6 月　頁 340—343

245. 徐　　學　　當代舞臺劇〔姚一葦部分〕　臺灣新文學概觀（下）　廈門　鷺
　　　　　　　　江出版社　1991 年 6 月　頁 370—380

246. 張文彥　　漫談臺灣話劇〔姚一葦部分〕　臺港與海外華文文學評論和研究

1992 年第 1 期　1992 年 5 月　頁 76—79

247. 曹　明　姚一葦的戲劇創作和文學評論初探　臺港與海外華文文學評論和研究　1992 年第 1 期　1992 年 5 月　頁 80—83

248. 金漢，馮雲青，李新宇　姚一葦　新編中國當代文學發展史　杭州　杭州大學出版社　1993 年 1 月　頁 709—710

249. 徐　學　文學批評（上）——夏志清、余光中等的主體派文學批評　臺灣文學史（下）　福州　海峽文藝出版社　1993 年 1 月　頁 473—474

250. 齊建華　李曼瑰、姚一葦的戲劇創作　臺灣文學史（下）　福州　海峽文藝出版社　1993 年 1 月　頁 775—780

251. 曹　明　關照人生，關注現實——漫談姚一葦的歷史劇和現代劇　藝術百家　1993 年第 4 期　1993 年 1 月　頁 58—61

252. 曹　明　觀照人生・關注現實——漫談姚一葦的歷史劇和現代劇　暗夜中的掌燈者——姚一葦先生的人生與戲劇　臺北　書林出版公司　1998 年 11 月　頁 303—310

253. 古繼堂　打通藝術和文學理論通道的姚一葦　臺灣新文學理論批評史　潘陽　春風文藝出版社　1993 年 6 月　頁 170—176

254. 古繼堂　打通藝術和文學理論通道的姚一葦　臺灣新文學理論批評史　臺北　秀威資訊科技公司　2009 年 3 月　頁 190—194

255. 王晉民　姚一葦的戲劇　臺灣當代文學史　南寧　廣西人民出版社　1994 年 2 月　頁 768—786

256. 曹　明　當代臺灣傑出劇作家——姚一葦　江蘇教育學院學報　1994 年第 2 期　1994 年 4 月　頁 47—51

257. 古遠清　探索藝術奧祕的姚一葦　臺灣當代文學理論批評史　武漢　武漢出版社　1994 年 8 月　頁 336—340

258. 盧善獻　藝術型態和文化模式的反思——談姚一葦戲劇與文學　龍岩師專學報　1995 年第 2 期　1995 年 6 月　頁 22—25

259. 李映蕾　　戲劇的偶然，偶然的戲劇　中國時報　1995 年 7 月 1 日　34 版

260. 李映蕾　　戲劇的偶然，偶然的戲劇　暗夜中的掌燈者——姚一葦先生的人
　　　　　　　　生與戲劇　臺北　書林出版公司　1998 年 11 月　頁 232—236

261. 李立亨　　默默耕耘的劇場「唐・吉軻德」——姚一葦的四種身分　表演藝
　　　　　　　　術　第 35 期　1995 年 9 月　頁 75—79

262. 李立亨　　默默耕耘的劇場「唐・吉軻德」——姚一葦的四種身分　暗夜中
　　　　　　　　的掌燈者——姚一葦先生的人生與戲劇　臺北　書林出版公司
　　　　　　　　1998 年 11 月　頁 192—198

263. 鄭樹森　　古典美學的終點　中國時報　1997 年 5 月 1 日　27 版

264. 鄭樹森　　古典美學的終點　暗夜中的掌燈者——姚一葦先生的人生與戲劇
　　　　　　　　臺北　書林出版公司　1998 年 11 月　頁 73—77

265. 鄭樹森　　古典美學的終結——評姚一葦先生的文論與美學　從諾貝爾到張
　　　　　　　　愛玲　臺北　印刻出版公司　2007 年 11 月　頁 131—135

266. 馬　森　　姚一葦的戲劇　聯合文學　第 152 期　1997 年 6 月　頁 51—55

267. 蔡依雲　　當劇作家走入劇場　表演藝術　第 55 期　1997 年 6 月　頁 28—
　　　　　　　　30

268. 王友輝　　劇場的標竿與象徵——追念一個名字：姚一葦　國家文化藝術基
　　　　　　　　金會會訊　第 5 期　1997 年 7 月　頁 10

269. 馬　森　　反共戲劇與新戲劇的興起——臺灣新戲劇的萌發與開展〔姚一葦
　　　　　　　　部分〕　二十世紀中國新文學史　臺北　駱駝出版社　1997 年 10
　　　　　　　　月　頁 344

270. 紀蔚然　　古典的與現代的——姚一葦的戲劇藝術　姚一葦逝世週年紀念研
　　　　　　　　討會　臺北　國立藝術學院主辦　1998 年 4 月 11 日

271. 尉天驄　　姚一葦先生與五○年代的臺灣文學批評　姚一葦逝世週年紀念研
　　　　　　　　討會　臺北　國立藝術學院主辦　1998 年 4 月 11 日

272. 許天治　　高情吟詠兼言志・古典風流見至真　姚一葦逝世週年紀念研討會
　　　　　　　　臺北　國立藝術學院主辦　1998 年 4 月 11 日

273. 蔣維國　傳統的延伸與現代意識的滲透——論姚一葦戲劇創作的藝術取向　姚一葦逝世週年紀念研討會　臺北　國立藝術學院主辦　1998 年 4 月 11 日

274. 曹　明　關注人的處境——姚一葦戲劇創作的深刻意蘊　上海戲劇　1998 年第 6 期　1998 年 6 月　頁 40—41

275. 曹　明　關注人的處境——姚一葦戲劇創作的深刻意蘊　臺灣研究　第 43 期　1998 年 9 月　頁 92—96

276. 曹　明　思考人的生存處境——姚一葦戲劇創作的深刻意蘊　紀念姚一葦先生學術研討會　臺北　中華戲劇協會主辦　1998 年 12 月 20 日

277. 田本相　姚一葦論　紀念姚一葦先生學術研討會　臺北　中華戲劇協會主辦　1998 年 12 月 20 日

278. 田本相　姚一葦論　戲劇藝術　第 98 期　2000 年 12 月　頁 81—87

279. 林國源　「境界」說與姚一葦批評理論的美學根源　紀念姚一葦先生學術研討會　臺北　中華戲劇協會主辦　1998 年 12 月 20 日

280. 朱雙一　姚一葦學生時代的文學創作和戲劇活動　紀念姚一葦先生學術研討會　臺北　中華戲劇協會主辦　1998 年 12 月 20 日

281. 朱雙一　姚一葦學生時代的文學創作和戲劇活動　新文學史料　2003 年第 1 期　2003 年 1 月　頁 200—208

282. 林克歡　姚一葦　中國文學通典・戲劇通典　北京　解放軍文藝出版社　1999 年 1 月　頁 867

283. 彭耀春　悄然反轉：論臺灣前期小劇場〔姚一葦部分〕　世界華文文學論壇　第 26 期　1999 年 3 月　頁 66—68

284. 薛甯今　論姚一葦劇作之形式與「史詩劇場」之關聯　雲漢學刊　第 6 期　1999 年 6 月　頁 157—184

285. 彭耀春　「對當時政治環境一種痛苦的反射」——論姚一葦的戲劇創作　臺灣研究集刊　2000 年第 2 期　2000 年 5 月　頁 92—98

286. 柯雅卿　姚一葦劇作特色試探　雲漢學刊　第 7 期　2000 年 6 月　頁 217

—238

287. 彭耀春　　姚一葦　二十世紀中國文學史（下）　臺北　文史哲出版社　2000 年 9 月　頁 977—982

288. 王澄霞　　姚一葦——走向後寫實當代劇場的先驅　臺港澳文學教程　上海　漢語大辭典出版社　2000 年 10 月　頁 232—235

289. 彭耀春　　建立起我們自己的戲劇——論姚一葦對臺灣當代戲劇民族化的貢獻[14]　華文文學　2000 年第 1 期　2000 年　頁 17，24—30

290. 王友輝　　暗夜中的掌燈者——姚一葦研究資料目錄　全國新書資訊月刊　第 28 期　2001 年 4 月　頁 22—34

291. 陳　軍　　現代意識與傳統精神的相互溝通——論姚一葦劇作的主題特色[15]　揚州大學學報　第 5 卷第 4 期　2001 年 7 月　頁 31—35

292. 陳　軍　　現代技巧與傳統形式的有機融合——姚一葦劇作的藝術特色　戲劇藝術　2002 年第 3 期　2002 年 6 月　頁 91—98

293. 古繼堂　　臺灣的新文學理論批評——姚一葦　簡明臺灣文學史　北京　時事出版社　2002 年 6 月　頁 376—378

294. 彭耀春　　論曹禺與姚一葦　江蘇社會科學　2002 年第 4 期　2002 年 7 月　頁 137—142

295. 朱雙一　　姚一葦——樹立獻身戲劇志向和為人生藝術理念　閩臺文學的文化親緣　福州　福建人民出版社　2003 年 7 月　頁 315—326

296. 朱恆夫　　論姚一葦的戲劇創作成就　中央戲劇學院學報　2004 年第 2 期　2004 年　頁 71—82

297. 熊元義，李國春　　中西悲劇的差異——兼評姚一葦與黃克劍的中西悲劇觀　涪陵師範學院學報　第 21 卷第 1 期　2005 年 1 月　頁 1—7

298. 胡星亮　　轉型：從寫實傳統到現代主義——論 1960 至 70 年代臺灣話劇的發展〔姚一葦部分〕　臺灣研究集刊　2005 年第 2 期　2005 年 6

---

[14]本期刊並未著錄月份。
[15]本文與〈現代技巧與傳統形式的有機融合——姚一葦劇作的藝術特色〉非同篇文章。

月　頁 83—91

299. 龍迪勇　　姚一葦的戲劇思想與美學理論　江西社會科學　2005 年第 6 期　2005 年 6 月　頁 241—251

300. 黃萬華　　臺灣文學——散文〔姚一葦部分〕　中國現當代文學・第 1 卷（五四—1960 年代）　濟南　山東文藝出版社　2006 年 3 月　頁 499—501

301. 林淑慧　　姚一葦與臺灣現代文學批評之建立　論劍指南：2006 政大中文系全國研究生論文發表會　臺北　政治大學中國文學系主辦　2006 年 12 月 2—3 日

302. 柯慶明　　傳統、現代與本土——論當代劇作的文化認同[16]　臺灣現代文學的視野　臺北　城邦文化公司　2006 年 12 月　頁 73—141

303. 馬　森　　突破擬寫實主義的先鋒：論姚一葦劇作的戲劇史意義[17]　再造臺灣劇場風雲：姚一葦國際學術研討會論文集　臺北　臺北藝術大學戲劇學系，姚一葦藝術基金　2007 年 6 月 2—3 日　頁 1—11

304. 馬　森　　突破擬寫實主義的先鋒：論姚一葦劇作的戲劇史意義　戲劇學刊　第 6 期　2007 年 7 月　頁 7—19

305. 牛川海　　論姚一葦戲劇理論體系　再造臺灣劇場風雲：姚一葦國際學術研討會論文集　臺北　臺北藝術大學戲劇學系所，姚一葦藝術基金　2007 年 6 月 2—3 日　頁 13—21

306. 黃美序　　姚一葦劇作中的兩性情　再造臺灣劇場風雲：姚一葦國際學術研討會論文集　臺北　臺北藝術大學戲劇學系，姚一葦藝術基金　2007 年 6 月 2—3 日　頁 31—39

---

[16]本文探討姚一葦、張曉風、汪其楣的劇本，以及賴聲川等人的集體創作。全文共 7 小節：1.前言；2.文化認同的辯證關係；3.過去與現在的糾葛；4.濁世與天啓的辯證；5.海山天地的混聲合唱；6.兩岸三邊的迷惘徬徨；7.結語。

[17]本文論說臺灣戲劇發展，聚焦於姚一葦《孫飛虎搶親》、《申生》等作品，以此論姚一葦於戲劇史上的定位。全文共 9 小節：1.第一度西潮與寫實主義；2.寫實主義與擬寫實主義；3.第二度西潮與現代主義；4.姚一葦與史詩劇場；5.境外移植與傳統繼承；6.新戲劇的開拓；7.《孫飛虎搶親》的時代意義；8.姚一葦的其他劇作；9.姚一葦的戲劇史地位。

307. 陳　軍　　　論姚一葦的戲劇觀　中央戲劇學院學報　2007 年第 3 期　2007 年
　　　　　　　　9 月　頁 5—13

308. 黃美序　　　臺風西雨新舞臺（臺灣行）——觀潮有成的前浪——姚一葦　戲
　　　　　　　　劇的味／道　臺北　五南圖書出版公司　2007 年 10 月　頁 330—
　　　　　　　　331

309. 梁燕麗　　　現代戲劇理論在臺灣——姚一葦、藍劍虹和鍾明德——姚一葦：
　　　　　　　　在傳統與現代之間[18]　臺灣文學現代性學術研討會論文集　廈門
　　　　　　　　廈門大學臺灣研究中心，廈門大學臺灣研究院　2008 年 7 月 4—8
　　　　　　　　日　頁 264—265

310. 曾萍萍　　　知識分子的失望與徘徊：《筆匯》內容分析——我要認識生命：
　　　　　　　　文藝理論與文藝批評〔姚一葦部分〕　「文季」文學集團研究—
　　　　　　　　—以系列刊物為觀察對象　中央大學中國文學系　博士論文　李
　　　　　　　　瑞騰教授指導　2008 年 7 月　頁 70—72

311. 曾萍萍　　　太陽兀自照耀著：《文學季刊》內容分析〔姚一葦部分〕　「文
　　　　　　　　季」文學集團研究——以系列刊物為觀察對象　中央大學中國文
　　　　　　　　學系　博士論文　李瑞騰教授指導　2008 年 7 月　頁 114—144

312. 馬　森　　　含苞待放——二十世紀的臺灣現代戲劇：臺灣新戲劇的萌發與開
　　　　　　　　展（1960—1979）〔姚一葦部分〕　戲劇：造夢的藝術　臺北
　　　　　　　　秀威資訊公司　2010 年 12 月　頁 40—41

分論

◆單行本作品

論述

《美的範疇論》

313. 李振興　　　美學的里程碑《美的範疇論》讀後　中央日報　1979 年 1 月 3 日
　　　　　　　　11 版

---

[18] 本文以姚一葦、藍劍虹、鍾明德為研究對象，檢視臺灣現代主義戲劇在他們推動下所形構的進程
　　與特質。

《欣賞與批評》

314. 郭玉雯　　《欣賞與批評》　錦囊開卷　臺北　國家文藝基金管理委員會　1993 年 6 月　頁 87—88

《戲劇與文學》

315. 盧善慶　　藝術形態和文化模式的反思——讀姚一葦《戲劇與文學》　龍巖師專學報　第 13 卷第 2 期　1995 年 6 月　頁 22—25

《戲劇原理》

316. 亞　菁　　從《戲劇原理》看姚一葦教授的讀書態度　書海浮生錄　臺北　文史哲出版社　2010 年 1 月　頁 38—41

散文
《說人生》

317. 趙衛民　　積學與酌理——讀姚一葦《說人生》　文訊雜誌　第 47 期　1989 年 9 月　頁 27—28

318. 趙衛民　　積學與酌理——讀姚一葦《說人生》　暗夜中的掌燈者——姚一葦先生的人生與戲劇　臺北　書林出版公司　1998 年 11 月　頁 258—261

319. 焦　桐　　知識的經緯——論姚一葦先生的知性散文　姚一葦逝世週年紀念研討會　臺北　國立藝術學院主辦　1998 年 4 月 11 日

320. 焦　桐　　知識的經緯——論姚一葦先生的知性散文　幼獅文藝　第 533 期　1998 年 5 月　頁 29—32

劇本
《來自鳳凰鎮的人》

321. 奮　之　　人活著，是為了什麼？——關於《來自鳳凰鎮的人》　暗夜中的掌燈者——姚一葦先生的人生與戲劇　臺北　書林出版公司　1998 年 11 月　頁 311—314

《孫飛虎搶親》

322. 張國立　　姚一葦「搶親」　中華日報　1986 年 10 月 8 日　11 版

323. 張啓豐　什麼是她／他們本來的面目？——試析《孫飛虎搶親》[19]　再造臺灣劇場風雲：姚一葦國際學術研討會論文集　臺北　臺北藝術大學戲劇學系，姚一葦藝術基金　2007 年 6 月 2—3 日　頁 71—84

324. 張啓豐　什麼是她／他們本來的面目？試析《孫飛虎搶親》　戲劇學刊第 6 期　2007 年 7 月　頁 21—35

《碾玉觀音》

325. 周仲球　我看《碾玉觀音》的演出　民族晚報　1967 年 5 月 28 日　11 版

326. 汝　津　我看《玉觀音》　中國時報　1969 年 3 月 24 日　10 版

327. 鄭　均　理想與現實——從《玉觀音》劇本中，看男女主角的愛情觀　大華晚報　1969 年 6 月 23 日　27 版

328. 黃森峰　《碾玉觀音》主題和技巧的分析　書評書目　第 27 期　1975 年 7 月　頁 49—54

329. 蘇　格　《碾玉觀音》的探討　書評書目　第 27 期　1975 年 7 月　頁 54—61

330. 蘇　格　《碾玉觀音》的探討　暗夜中的掌燈者——姚一葦先生的人生與戲劇　臺北　書林出版公司　1998 年 11 月　頁 325—333

331. 張　健　讀《碾玉觀音》　從李杜說起　臺北　南京出版公司　1979 年 10 月　頁 107—112

332. 張　健　讀《碾玉觀音》　暗夜中的掌燈者——姚一葦先生的人生與戲劇　臺北　書林出版公司　1998 年 11 月　頁 320—324

333. P. Masson 著；黃文範譯　談《碾玉觀音》　中華日報　1980 年 11 月 10 日　10 版

334. 劉效鵬　兩個不同世界的碾玉觀音[20]　華岡藝術學報　第 5 期　1990 年 7 月　頁 150—175

---

[19] 本文以《孫飛虎搶親》為研究文本，探討姚一葦如何透過「換裝」情節的安排，刻畫人物心理的轉折。全文共 5 小節：1.前言；2.傳統戲曲中的「換裝帶嫁」情節；3.「換裝」情節的安排與作用；由「換裝」看人物心緒的轉變；結語。

[20] 本文探討宋人小說〈碾玉觀音〉與姚一葦劇本的不同。全文共 3 小節：1.〈碾玉觀音〉之話本；2.《碾玉觀音》之劇本；3.總結。

335. 彭鏡禧　　再碾一次玉——重讀姚著《碾玉觀音》　聯合報　1993 年 4 月 11 日　37 版

336. 陳玲玲　　從崔寧碾的兩座玉觀音，探尋藝術的本質與功能　青年日報　1993 年 4 月 17 日　10 版

337. 陳玲玲　　從崔寧碾的兩座玉觀音——探尋藝術的本質和功能　暗夜中的掌燈者——姚一葦先生的人生與戲劇　臺北　書林出版公司　1998 年 11 月　頁 334—338

338. 吳　錡　　遊走於浪漫與現實之間——談《碾玉觀音》　表演藝術　第 6 期 1993 年 4 月　頁 104—105

339. 董淑玲　　試論《碾玉觀音》的寫實精神　環球商業專科學校學報　第 5 期 1998 年 1 月　頁 37—41

340. 俞大綱　　舞臺傳統的延伸——讀姚一葦《碾玉觀音》劇本抒感　暗夜中的掌燈者——姚一葦先生的人生與戲劇　臺北　書林出版公司 1998 年 11 月　頁 315—319

341. 薛甯今　　談姚一葦「舊瓶裝新酒」理論的實踐——以《碾玉觀音》為觀察對象　第七屆南區五校中國文學系研究生論文研討會　嘉義　南華大學文學所　2001 年 4 月 28 日

342. 薛甯今　　談姚一葦「舊瓶裝新酒」理論的實踐——以《碾玉觀音》為觀察對象　第七屆南區五校中國文學系研討會論文集　嘉義　南華大學文學所　2001 年 6 月　頁 173—194

343. 閻鴻亞　　交輝在劇本與舞臺的光芒——當代臺灣戲劇——現、當代重要劇作家與作品〔《碾玉觀音》部分〕　文學　臺灣：11 位新銳臺灣文學研究者帶你認識臺灣文學　臺南　國立臺灣文學館　2008 年 9 月　頁 262

《紅鼻子》

344. 方　遠　　飽含深情與哲理的《紅鼻子》　劇本　第 204 期　1982 年 4 月 頁 91

345. 方　遠　　飽含深情與哲理的《紅鼻子》　中國戲劇年鑑（1983）　北京　中國戲劇出版社　1983 年 12 月　頁 181—182

346. 美聯社　　姚一葦劇著《紅鼻子》在北平演出很熱烈　聯合報　1982 年 8 月 28 日　3 版

347. 〔聯合報〕　　姚一葦談《紅鼻子》，放諸四海而皆準　聯合報　1982 年 8 月 29 日　3 版

348. 李映薔　　《紅鼻子》在日本（上、下）　聯合報　1987 年 12 月 18—19 日　8 版

349. 李映薔　　《紅鼻子》在日本　暗夜中的掌燈者──姚一葦先生的人生與戲劇　臺北　書林出版公司　1998 年 11 月　頁 218—224

350. 李映薔　　他們的「紅鼻子」在那裡？　中國時報　1989 年 8 月 3 日　27 版

351. 劉　墉　　回首燈火明滅處，記十九年《紅鼻子》首演　聯合報　1989 年 8 月 3 日　27 版

352. 劉　墉　　回首燈火明滅處　暗夜中的掌燈者──姚一葦先生的人生與戲劇　臺北　書林出版公司　1998 年 11 月　頁 213—217

353. 馬　森　　虛實悲喜是人生──評《紅鼻子》　民眾日報　1989 年 9 月 21 日　13 版

354. 馬　森　　虛實悲喜是人生──評《紅鼻子》　當代戲劇　臺北　時報文化出版公司　1991 年 4 月　頁 167—175

355. 馬　森　　兩個《紅鼻子》（上、下）　中央日報　1989 年 9 月 25—26 日　16 版

356. 馬　森　　兩個《紅鼻子》　當代戲劇　臺北　時報文化出版公司　1991 年 4 月　頁 159—166

357. 彭鏡禧　　《紅鼻子》戲中戲　聯合報　1989 年 11 月 1 日　29 版

358. 彭鏡禧　　《紅鼻子》戲中戲　暗夜中的掌燈者──姚一葦先生的人生與戲劇　臺北　書林出版公司　1998 年 11 月　頁 349—352

359. 陳玲玲　　《紅鼻子》演出簡報　藝術評論（2）　臺北　國立藝術學院出版

組　1990 年 10 月　頁 248—250

360. 陳玲玲　面具下的迷思——導演創作《紅鼻子》的理念與實踐　藝術評論
（6）　臺北　國立藝術學院出版組　1995 年 12 月　頁 149—222

361. 鄭樹森　《紅鼻子》在北京——懷念「戲劇導師」姚一葦先生專輯　聯合
報　1997 年 5 月 1 日　41 版

362. 李映蕾　什麼是快樂　聯合報　1998 年 4 月 5 日　41 版

363. 林克歡　姚一葦先生和他的《紅鼻子》　暗夜中的掌燈者——姚一葦先生
的人生與戲劇　臺北　書林出版公司　1998 年 11 月　頁 339—
348

364. 林克歡　《紅鼻子》作品解析　中國文學通典‧戲劇通典　北京　解放軍
文藝出版社　1999 年 1 月　頁 932

365. 彭耀春　論姚一葦戲劇《紅鼻子》　華文文學　1999 年第 2 期　1999 年
頁 55—61

366. 唐麗芳　姚一葦的《紅鼻子》　20 世紀中國文學通史　上海　東方出版中
心　2003 年 9 月　頁 624—625

367. 胡志毅，張偉　《紅鼻子》故事賞析　眾聲喧譁的文學花園：現代文學知
識精華：小說、戲劇　臺北　雅書堂文化公司　2005 年 3 月　頁
498—501

368. 林克歡　開啟一個嶄新的戲劇時代——重讀《紅鼻子》　再造臺灣劇場風
雲：姚一葦國際學術研討會論文集　臺北　臺北藝術大學戲劇學
系，姚一葦藝術基金　2007 年 6 月 2—3 日　頁 41—47

369. 曾萍萍　中期「文季」在文學史上的定位與意義——生活逼迫而覺醒：
《文學季刊》定位與意義〔《紅鼻子》部分〕　「文季」文學集
團研究——以系列刊物為觀察對象　中央大學中國文學系　博士
論文　李瑞騰教授指導　2008 年 7 月　頁 213—214

《申生》

370. 陳玲玲　悲愴的妖姬——談《申生》‧探驪姬　中國時報　1991 年 11 月

26 日　31 版

371. 陳玲玲　悲愴的妖姬——談《申生》‧探驪姬　暗夜中的掌燈者——姚一葦先生的人生與戲劇　臺北　書林出版公司　1998 年 11 月　頁 353—355

372. 姜翠芬　《申生》：希臘悲劇爲經、中國悲劇爲緯　紀念姚一葦先生學術研討會　臺北　中華戲劇協會主辦　1998 年 12 月 20 日

《一口箱子》

373. 俞大綱　由《一口箱子》演出引發的個人感想　中國時報　1977 年 3 月 21 日　12 版

374. 俞大綱　由《一口箱子》演出引發的個人感想　暗夜中的掌燈者——姚一葦先生的人生與戲劇　臺北　書林出版公司　1998 年 11 月　頁 356—360

375. 劉森堯　《一口箱子》中的現代悲劇意識　書評書目　第 47 期　1977 年 3 月　頁 97—101

376. 秦　趣　戲劇評論——談箱子裡的機關　大華晚報　1977 年 5 月 8 日　7 版

377. 亮　軒　打開這口箱子——詳析姚一葦《一口箱子》原劇本　書評書目　第 88 期　1980 年 8 月　頁 97—114

378. 石光生　師恩與友情——寫在《一口箱子》之前　臺灣新聞報　1983 年 12 月 24 日　9 版

379. 司徒芝萍　《一口箱子》的時代意義　再造臺灣劇場風雲：姚一葦國際學術研討會論文集　臺北　臺北藝術大學戲劇學系，姚一葦藝術基金　2007 年 6 月 2—3 日　頁 49—55

380. 吳麗蘭　談《一口箱子》及阿三的死——記號形式的突破與意義之賦予　再造臺灣劇場風雲：姚一葦國際學術研討會論文集　臺北　臺北藝術大學戲劇學系，姚一葦藝術基金　2007 年 6 月 2—3 日　頁 57—70

381. 吳麗蘭　　談《一口箱子》及阿三的死：記號形式的突破與意義之賦予[21]　戲
　　　　　　　劇學刊　第 7 期　2008 年 1 月　頁 69—85

《姚一葦戲劇六種》

382. 馬　森　　二度西潮的弄潮人——論姚一葦《姚一葦戲劇六種》[22]　臺灣文學
　　　　　　　經典研討會　臺北　行政院文建會主辦　1999 年 3 月 19—21 日

383. 馬　森　　二度西潮的弄潮人——論姚一葦《姚一葦戲劇六種》　臺灣文學
　　　　　　　經典研討會論文集　臺北　行政院文建會，聯經出版公司　1999
　　　　　　　年 6 月　頁 415—424

384. 馬　森　　二度西潮的弄潮人——論姚一葦《姚一葦戲劇六種》　戲劇——
　　　　　　　造夢的藝術　臺北　麥田出版公司　2000 年 11 月　頁 144—153

385. 馬　森　　二度西潮的弄潮人——論姚一葦《姚一葦戲劇六種》　臺灣戲劇
　　　　　　　——從現代到後現代　宜蘭　佛光人文社會學院　2002 年 6 月
　　　　　　　頁 33—45

386. 姚海星　　出版說明　姚一葦戲劇六種　臺北　書林出版公司　2000 年 4 月
　　　　　　　頁 1—3

387. 王乾任　　認識戲劇的入手好工具——我讀《姚一葦戲劇集》　臺灣 50 年來
　　　　　　　的 50 本好書　臺北　弘智文化公司　2002 年 6 月　頁 174—176

《我們一同走走看》

388. 王錫茞　　「實驗劇展」觀後感——《我們一同走走看》　幼獅文藝　第 323
　　　　　　　期　1980 年 11 月　頁 160—161

389. 黃美序　　我看首屆「實驗劇展」——《我們一同走走看》　幼獅文藝　第
　　　　　　　323 期　1980 年 11 月　頁 169—171

390. 楊昌年　　祛除孤獨的原型意義——評姚一葦《我們一同走走看》　聯合文

---

[21] 本文分析《一口箱子》中的記號、符號，探討其背後的義涵，聚焦於「爬得高，就跌得重」與「阿三的死」之間的關聯，探究「阿三的死」的意義。全文共 2 小節：1.記號（signs）與符號（symbols）；2.「爬得高，就跌得重」。正文後有結語。

[22] 本文以西方戲劇理論觀照姚一葦著作《姚一葦戲劇六種》中〈來自鳳凰鎮的人〉、〈孫飛虎搶親〉、〈碾玉觀音〉、〈紅鼻子〉、〈申生〉、〈一口箱子〉六部劇作，並肯定姚一葦在臺灣為接受西方後寫實主義的劇作家第一人。

學　第 41 期　1988 年 3 月　頁 194—196

391. 楊昌年　　祛除孤獨的原型意義——評姚一葦《我們一同走走看》　暗夜中的掌燈者——姚一葦先生的人生與戲劇　臺北　書林出版公司　1998 年 11 月　頁 367—370

392. 大　力　　《我們一同走走看》編後絮語　劇本　1990 年第 9 期　1990 年 9 月　頁 21

◆多部作品

《藝術的奧祕》、《美的範疇》

393. 古繼堂　　臺灣的美學理論研究概況〔《藝術的奧祕》、《美的範疇》部分〕　臺灣新文學理論批評史　瀋陽　春風文藝出版社　1993 年 6 月　頁 138—139

394. 古繼堂　　臺灣的美學理論研究概況〔《藝術的奧祕》、《美的範疇》部分〕　臺灣新文學理論批評史　臺北　秀威資訊公司　2009 年 3 月　頁 160

《孫飛虎搶親》、《碾玉觀音》

395. 陳美美　　現代主義文學作品——現代主義戲劇：姚一葦《孫飛虎搶親》、《碾玉觀音》　臺灣現代主義文學的萌芽與再起　佛光人文社會學院文學研究所　碩士論文　馬森教授指導　2004 年 6 月　頁 111—117

單篇作品

396. 許　逖　　橫通[23]　激湍　臺北　陽明雜誌社　1968 年 1 月　頁 118—142

397. 許　逖　　橫通〔〈論境界〉〕　激湍　臺北　雙喜圖書出版社　1983 年 1 月　頁 161—190

398. 阿　盛　　簡評〈說生命〉　1985 臺灣散文選　臺北　前衛出版社　1986 年 2 月　頁 181

---

[23]本文評論姚一葦先生的〈論境界〉，作者肯定其開文壇界定「境界」一詞之先，卻同時批判其文為不入流之作。全文共 5 小節：1.境界能界定嗎？；2.《人間詞話》慘遭肢解；3.缺乏最普通的科哲常識；4.高明乎？心虛乎？；5.餘話。

399. 鄭樹森　　淺談姚一葦的〈Ｘ小姐〉　中國時報　1991 年 2 月 3 日　27 版

400. 鄭樹森　　淺談姚一葦的〈Ｘ小姐〉　Ｘ小姐；重新開始　臺北　麥田出版
　　　　　　　公司　1994 年 10 月　頁 83—85

401. 鄭樹森　　淺談姚一葦的〈Ｘ小姐〉　藝文綴語　臺北　洪範書店　1995 年
　　　　　　　10 月　頁 231—232

402. 鄭樹森　　淺談姚一葦的〈Ｘ小姐〉　暗夜中的掌燈者——姚一葦先生的人
　　　　　　　生與戲劇　臺北　書林出版公司　1998 年 11 月　頁 371—372

403. 鄭樹森　　淺談姚一葦的〈Ｘ小姐〉　從諾貝爾到張愛玲　臺北　印刻出版
　　　　　　　公司　2007 年 11 月　頁 136—137

404. 陳傳興　　Ｘ，一個雙關的道德劇〔〈Ｘ小姐〉〕　姚一葦逝世週年紀念研討
　　　　　　　會　臺北　國立藝術學院主辦　1998 年 4 月 11 日

405. 邱坤良　　〈Ｘ小姐〉重新開始　自由時報　2000 年 7 月 11 日　40 版

406. 邱坤良　　〈Ｘ小姐〉重新開始　移動觀點：藝術・空間・生活戲劇　臺北
　　　　　　　九歌出版社　2007 年 4 月　頁 95—97

407. 郭士榛　　〈Ｘ小姐〉黑暗寓言探病——緬懷姚一葦劇作華文藝術節首演戲
　　　　　　　碼詮釋現代荒謬眾生相　中央日報　2000 年 7 月 12 日　28 版

408. 陳玲玲　　被迫遺忘——從創作年代管窺〈Ｘ小姐〉　聯合報　2000 年 7 月
　　　　　　　19 日　37 版

409. 傅裕惠　　過去已經過去，未來還未到來〔〈Ｘ小姐〉〕　民生報　2000 年
　　　　　　　7 月 24 日　A5 版

410. 黃淑綾　　集體失憶的我與你——〈Ｘ小姐〉　表演藝術　第 91 期　2000 年
　　　　　　　7 月　頁 26—27

411. 吳小分　　「我」從此無解——華文戲劇節之〈Ｘ小姐〉　新觀念　第 143
　　　　　　　期　2000 年 9 月　頁 60—61

412. 呂健忠　　失落於天地間的「走影者」——第三屆華文戲劇節〔〈Ｘ小姐〉
　　　　　　　部分〕　表演藝術　第 94 期　2000 年 10 月　頁 67—69

413. 王友輝　　備忘圖像的沉澱〔〈Ｘ小姐〉部分〕　表演藝術　第 94 期　2000

年 10 月　頁 74—78

414. 馬　森　　八〇年代的臺灣劇作和反劇作〔〈訪客〉部分〕　中國現代戲劇
　　　　　　　的兩度西潮　臺北　文化生活新知出版社　1991 年 7 月　頁 294
　　　　　　　—295

415. 馬　森　　八〇年代的臺灣劇作和反劇作〔〈訪客〉部分〕　西潮下的中國
　　　　　　　現代戲劇　臺北　書林出版公司　1994 年 10 月　頁 294—295

416. 馬　森　　八〇年代的臺灣劇作和反劇作〔〈訪客〉部分〕　中國現代戲劇
　　　　　　　的兩度西潮　臺北　聯合文學出版社　2006 年 12 月　頁 218—
　　　　　　　219

417. 曹　明　　臺灣劇作家姚一葦新作〈重新開始〉　中國戲劇　1994 年第 4 期
　　　　　　　1994 年 12 月　頁 45—46

418. 王墨林　　從「心」開始〔〈重新開始〉〕　中國時報　1995 年 7 月 8 日
　　　　　　　46 版

419. 王墨林　　從「心」開始〔〈重新開始〉〕　暗夜中的掌燈者——姚一葦先
　　　　　　　生的人生與戲劇　臺北　書林出版公司　1998 年 11 月　頁 373—
　　　　　　　375

420. 蔣維國　　戲說分明——姚一葦排戲記〔〈重新開始〉〕　表演藝術　第 55
　　　　　　　期　1997 年 6 月　頁 26—30

421. 蔣維國　　戲說分明——姚一葦排戲記〔〈重新開始〉〕　暗夜中的掌燈者
　　　　　　　——姚一葦先生的人生與戲劇　臺北　書林出版公司　1998 年 11
　　　　　　　月　頁 99—104

422. 馬汀尼　　光明的尾巴〔〈重新開始〉〕　暗夜中的掌燈者——姚一葦先生
　　　　　　　的人生與戲劇　臺北　書林出版公司　1998 年 11 月　頁 105—
　　　　　　　107

423. 廖炳惠　　比較文學與現代詩學在臺灣——試論臺灣的「後現代詩」〔〈後
　　　　　　　現代劇場三問〉部分〕　第二屆現代詩學會議論文集　彰化　彰
　　　　　　　化師範大學國文學系　1995 年 4 月　頁 79

424. 朱雙一　　從遷移到扎根：海與山的交會——福佬人：遵奉「愛拼才會贏」
　　　　　　　的準則〔〈大樹神傳奇〉部分〕　臺灣文學與中華地域文化　廈
　　　　　　　門　鷺江出版社　2008 年 9 月　頁 137

多篇作品

425. 馬　森　　六〇—七〇年代的臺灣新戲劇〔〈一口箱子〉、〈我們一同走走
　　　　　　　看〉部分〕　中國現代戲劇的兩度西潮　臺北　文化生活新知出
　　　　　　　版社　1991 年 7 月　頁 262—265

426. 馬　森　　六〇—七〇年代的臺灣新戲劇〔〈一口箱子〉、〈我們一同走走
　　　　　　　看〉部分〕　西潮下的中國現代戲劇　臺北　書林出版公司
　　　　　　　1994 年 10 月　頁 262—265

427. 馬　森　　六〇—七〇年代的臺灣新戲劇〔〈一口箱子〉、〈我們一同走走
　　　　　　　看〉部分〕　中國現代戲劇的兩度西潮　臺北　聯合文學出版社
　　　　　　　2006 年 12 月　頁 192—195

428. 林安英　　姚一葦戲劇美學初探——以〈訪客〉、〈重新開始〉為例　雲漢
　　　　　　　學刊　第 4 期　1997 年 5 月　頁 77—94

429. 朱雙一　　青年姚一葦——鮮為人知的早年創作〔〈輸血者〉、〈春蠶〉、
　　　　　　　〈翡翠鳥〉、〈料草〉、〈後臺斷想〉〕　聯合文學　第 152 期
　　　　　　　1997 年 6 月　頁 67—72

430. 朱雙一　　青年姚一葦——鮮為人知的早年創作〔〈輸血者〉、〈春蠶〉、
　　　　　　　〈翡翠鳥〉、〈料草〉、〈後臺斷想〉〕　暗夜中的掌燈者——
　　　　　　　姚一葦先生的人生與戲劇　臺北　書林出版公司　1998 年 11 月
　　　　　　　頁 125—132

431. 朱雙一　　姚一葦早期小說與魯迅、施蟄存〔〈輸血者〉、〈春蠶〉〕　常
　　　　　　　州工學院學報　第 25 卷第 1 期　2007 年 2 月　頁 26—31

作品評論目錄、索引

432. 王友輝　　姚一葦先生相關文獻目錄　暗夜中的掌燈者——姚一葦先生的人
　　　　　　　生與戲劇　臺北　書林出版公司　1998 年 11 月　頁 409—417

其他

433. 林國源　　姚一葦《詩學箋註》與《詩學》〔亞里斯多德〕研究典範的突破
　　　　　　　　姚一葦逝世週年紀念研討會　臺北　國立藝術學院主辦　1998 年
　　　　　　　　4 月 11 日
434. 林國源　　姚一葦《詩學箋註》與《詩學》〔亞里斯多德〕研究典範的突破
　　　　　　　　古希臘劇場美學　臺北　書林出版公司　2000 年 5 月　頁 266—
　　　　　　　　282

國家圖書館出版品預行編目資料

> 臺灣現當代作家研究資料彙編. 21, 姚一葦 / 王友輝
> 編選. -- 初版. -- 臺南市 : 臺灣文學館, 2012.03
>   面 ；   公分
> ISBN 978-986-03-2105-0(平裝)
>
> 1.姚一葦 2.傳記 3.文學評論
>
> 863.4   101004848

【臺灣現當代作家研究資料彙編】21
姚一葦

發 行 人／　李瑞騰
指導單位／　行政院文化建設委員會
出版單位／　國立台灣文學館
　　　　　　地址／70041 台南市中西區中正路 1 號
　　　　　　電話／06-2217201　　　　傳真／06-2218952
　　　　　　網址／www.nmtl.gov.tw　　電子信箱／pba@nmtl.gov.tw

總 策 畫／　封德屏
顧　　問／　林淇瀁　張恆豪　許俊雅　陳信元　陳義芝　須文蔚　應鳳凰
工作小組／　王雅嫻　杜秀卿　翁智琦　陳欣怡　陳恬逸
　　　　　　黃寁婷　詹宇霈　羅巧琳
編　　選／　王友輝
責任編輯／　王雅嫻
校　　對／　王雅嫻　陳逸凡　黃敏琪　趙慶華　潘佳君　羅巧琳
計畫團隊／　財團法人台灣文學發展基金會
美術設計／　翁國鈞‧不倒翁視覺創意
印　　刷／　松霖彩色印刷事業有限公司

經銷展售／　　國家書店松江門市（02-25180207）
　　　　　　　國立台灣文學館—雪芙瑞文學咖啡坊（06-2214632）
　　　　　　　文建會員工消費合作社（02-23434168）
　　　　　　　南天書局（02-23620190）　　　唐山出版社（02-23633072）
　　　　　　　府城舊冊店（06-2763093）　　　台灣的店（02-23625799）
　　　　　　　啓發文化（02-29586713）　　　三民書局（02-23617511）
　　　　　　　草祭二手書店（06-2216872）　　五南文化廣場（04-22260330）

初版一刷／2012 年 3 月
定　　價／新臺幣 340 元整
　　　　　　第一階段 15 冊新臺幣 5500 元整　第二階段 12 冊新臺幣 4500 元整
GPN／1010100535（單本）
　　　1010000407（套）
ISBN／978-986-03-2105-0（單本）
　　　978-986-02-7266-6（套）

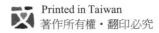